LES PASSIONS VOYAGEUSES

LES MILLE ET UNE NUITS

1. DAMES INSIGNES ET SERVITEURS GALANT
2. LES CŒURS INHUMAINS
3. LES PASSIONS VOYAGEUSES
4. LA SAVEUR DES JOURS

LES MILLE ET UNE NUITS

***

LES PASSIONS VOYAGEUSES

Nouvelle édition entièrement refondue
Texte établi sur les manuscrits originaux
par René R. Khawam

PHÉBUS

ISBN 2-266-02780-8

INTRODUCTION

Le corps social tout comme le corps humain a ses fièvres, ses maladies de langueur, ses crises surtout, où la moindre plaie s'envenime. Ainsi le vieil empire des khalifes abbassides en ce début du XIII*e* *siècle qui vit la première rédaction des* Mille et une Nuits. *La formule « empire des khalifes » est d'ailleurs bien impropre. Certes le Commandeur des Croyants, du fond de son palais de Baghdad, continue théoriquement de régner sur les musulmans des sept climats. Mais l'ère géographique où s'exerce cette royauté s'est réduite au fil des siècles comme peau de chagrin. Il y a peu de temps, l'Égypte fatimide avait ses propres khalifes, qui refusaient carrément la tutelle de Baghdad. Grenade, Cordoue et tout le Maghreb vivent depuis longtemps dans une autonomie de fait. Quant aux musulmans de l'Inde et de l'Orient extrême, ils ignorent souvent jusqu'au nom de la dynastie qui gouverne sur les bords du Tigre.*

Gouverne? Même pas. L'Émir des Croyants a déjà bien du mal à faire respecter son autorité à l'intérieur de son propre palais, où des factions rivales, vizirs en tête, ourdissent mille ruses pour obtenir les clés du coffre de l'État… quand elles ne s'étripent pas purement et simplement. Tout cela pour le plus grand bien d'une petite faction de militaires turcs qui accaparent la réalité du pouvoir à la tête des principales villes de Syrie, d'Anatolie, de Perse, voire d'Égypte… et qui gouvernent à la face du monde à Baghdad même. Ces émirs seldjouqides ont la poigne qui manque aux khalifes et aux princes de souche arabe en général, depuis longtemps amollis par une aimable oisiveté. Ils n'en tireront pas pour cela des avantages décisifs, trop occupés à guerroyer entre eux pour être en mesure de rassembler durablement le monde musulman en un véritable empire. La tentative de Saladin (1138-1194), qui parvient à ranger un temps sous une même férule la Syrie et l'Égypte, est sans lendemain : ses héritiers s'empressent de démanteler le fragile édifice qu'Il leur a légué. Pourtant un gouvernement fort et suffisamment centralisé ne serait pas un luxe pour l'islam, menacé mieux que jamais sur ses diverses frontières. A l'ouest, les croisés francs reprennent pied à Jérusalem, d'où les avait chassés Saladin, et menacent à nouveau Le Caire. A l'est, les hordes mongoles débordent les marches de l'empire et déferlent sur la Perse. Longtemps épargnée, Baghdad deviendra leur proie à son tour : assiégée en 1258 par le fameux Houlagou, petit-fils de Gengis-Khan, elle sera furieusement mise à sac et réduite à la soumission.

Le bon peuple assiste à tout cela en rongeant son frein, mais son impatience est manifeste. La révolte gronde dans les mosquées où les cheikhs qui dirigent la prière du vendredi n'hésitent pas à conspuer publiquement les princes, allant parfois jusqu'à appeler la racaille des rues à prendre les armes contre tel despote local jugé trop encombrant. Ces intégristes avant l'heure, qui ont parfois le bon droit pour eux, prêchent déjà le retour à un islam pur et dur et rêvent de bouter hors d'Asie le Satan étranger, quel qu'il soit. Gare au tavernier — généralement juif ou chrétien — qui se trouve sur leur chemin : ses précieuses jarres de vin grec ou persan seront versées au ruisseau, et les sympathiques ivrognes qui en font leur ordinaire paieront leur plaisir de quelques rudes volées de bâton. Gare surtout aux femelles qui profitent du trouble de l'époque pour relever le nez et écarter un pan du voile supposé les cacher à la vue du monde. Leurs époux, benêts ou complaisants, sont publiquement rappelés à l'ordre par les autorités religieuses du quartier : l'adultère avéré, qu'on se le dise, est toujours puni par le sang — celui de la femme, s'entend.

Mais les tenants ombrageux de la légalité ne sont pas les seuls à donner de la voix. En face d'eux, plus discrètes mais non moins efficaces, et tirant parti elles aussi du désordre ambiant, s'organisent de véritables bandes de hors-la-loi qui font régner la terreur dans les villes et les campagnes. Certaines de ces compagnies truandes, puissamment organisées et ramifiées, exercent une manière de pouvoir fantôme qui étend son ombre d'un bout à l'autre de l'empire. Les émirs turcs leur livrent de temps à autre bataille ouverte, mais pactisent s'il le faut avec elles contre l'ennemi commun : ainsi verra-t-on de temps à autre des truands d'honneur, enrôlés sous la bannière sainte, combattre, aux côtés des preux défenseurs de la Foi, le croisé franc, le Grec d'Asie Mineure ou le Mongol des steppes. Les versions récentes des Mille et une Nuits *(essentiellement celles qui puisent dans les manuscrits tardifs de la recension « égyptienne » — fin du XVIIIe et début du XIXe siècle) se font volontiers l'écho de cette geste édifiante, où les descriptions batailleuses ont une large place. Dans notre précédente édition des* Nuits *(Éditions Albin Michel, 1965-1967), les récits qui font référence à cette « Épopée des voleurs » — et à la culture truande en général — occupaient l'essentiel du volume III (« Dalila Sac-à-Ruses » et « les Voleurs de Gloire »). Vingt ans de recherches, depuis lors, nous ont permis de tenir pour assuré que ces textes, tardivement rajoutés aux* Nuits, *n'étaient que de pâles résumés d'œuvres plus anciennes — dont nous avons réussi à retrouver la trace. Raison pour laquelle nous avons décidé de les écarter de la présente édition, où elles n'ont rien à faire, nous réservant d'en donner plus tard la version authentique, encore inédite à ce jour.*

Le véritable héros des contes du présent cycle n'est donc pas le Truand, mais bien la Femme, cette autre rebelle à l'ordre établi. Le lecteur occidental des Nuits *en effet n'est pas peu surpris de constater qu'au sein de cette œuvre supposée véhiculer l'essentiel de la culture arabe, si attachée, croyons-nous, aux valeurs viriles triomphantes, la gent féminine, pourtant reléguée par la loi dans l'intimité inaccessible du harem, occupe une telle place.*

C'est que cette relégation même, dans la mesure où elle frustre le désir des hommes qui n'ont pas accès au gynécée et pique par là même leur curiosité, rend la femme d'autant plus mystérieuse, d'autant plus étrangère — et d'autant mieux désirée. Qu'on ne s'étonne donc pas si l'imagination du conteur s'ingénie ici à conférer à cette esclave de l'ombre des pouvoirs qu'elle refuse à l'homme. Et qu'on sache bien que cette fascination vouée au sexe prétendument « méprisé » et à ses arcanes n'est pas propre au seul auteur des Nuits. Nombreux sont, dès les débuts de l'islam, les livres qui s'emploient à pénétrer le secret du désir féminin, le plus souvent en des termes qui en Occident eussent immanquablement voué leurs auteurs au bûcher d'infamie. Citons, parmi les classiques du genre, les Délices des cœurs d'Ahmad al-Tîfâchî (XIIIe siècle) et la Prairie parfumée où s'ébattent les plaisirs (1) de Mouhammad al-Nafzâwî (XVe siècle). Aux yeux de ces vénérables compilateurs, la femme est l'incarnation même du désir insatiable. Ne raconte-t-on pas qu'un sultan, soucieux de voir jusqu'où pouvait aller l'appétit d'amour de sa favorite, la fit conjoindre en une nuit par mille de ses guerriers sans que la donzelle daignât pour cela se dire comblée ? Pareille boulimie copulatoire, on s'en doute, se moque de la clôture des harems, si bien défendus soient-ils. Il n'est pas de gardiens, pas de murailles, pas de chaînes dont la ruse femelle, attisée par le besoin forcené de jouir, ne vienne à bout.

Fatna Aït Sabbah, dans son récent ouvrage (la Femme dans l'inconscient musulman, éd. Albin Michel, 1986), insiste sur cet aspect obsessionnel de la littérature arabe classique : « Le sexe de la femme est vécu, dans le discours érotique, par les hommes qui l'approchent, comme un pôle d'énergie animale, irrésistible, et qui vibre et fait vibrer l'univers à un rythme qui lui est propre et où le corps masculin est réduit à un simple regard,

(1) De ces deux livres, nous avons donné (aux Éditions Phébus) des traductions complètes non censurées, établies exclusivement à partir des manuscrits anciens.

hypnotisé. » Et de décrire par le menu, textes à l'appui, les moyens d'apprivoiser ce volcan dont les humeurs ne demandent qu'à se répandre au moindre attouchement... On est loin, décidément, du discours officiel des docteurs de l'islam actuel, si fort empressés à jeter un voile vertueux sur ces débordements.

L'auteur des Nuits, *heureusement pour nous, n'a pas de tels préjugés. Dans les trois contes que réunit le présent volume, la Femme est au centre de tout ; de même la passion amoureuse qu'elle suscite à la moindre occasion gouverne tout. Gouvernement des États, rapports entre les nations, mœurs : tout est soumis à son caprice. C'est la femme qui, traditionnellement, déjoue les pièges de la magie : elle seule est à même de reconnaître un prince ensorcelé sous les traits d'un oiseau étrange (« Djoullanare de la Mer »). Elle seule encore possède le don du parler enjôleur capable d'atteindre le cœur des puissants (« Compagne au Doux Langage »).*

Autant dire que l'homme, à ses côtés, n'a ici qu'un rôle de pâle comparse, tout juste bon à remuer de l'air et à arpenter le théâtre du vaste monde. Amant malheureux, sans cesse courant à la poursuite de ses chimères, le voyage et l'exil seront son lot : épreuve nécessaire imposée à tous ceux qui brûlent d'accéder à la « conjonction » désirée. Ainsi du héros de « Visages de l'amour », le jeune prince « Lune-du-Temps », dont les aventures ne sont qu'une suite d'errances, au terme desquelles la Femme, enfin possédée, se révélera démone, incestueuse, prête à tous les crimes pour satisfaire ses désirs honteux. Ainsi encore du jeune roi Badr (« Djoullanare de la Mer ») qui ne pourra régner et aimer qu'après maintes tribulations qui le conduisent tour à tour au fond de la mer, dans une île déserte où il est changé en oiseau, puis dans une autre île où il manque périr d'angoisse, puis dans une cité mystérieuse de Mages gouvernée par une reine cruelle, croqueuse de beaux adolescents...

L'idée ici est bien celle, surprenante, d'une manière de gynécocratie. *Certes le pouvoir théorique, sceptre, trône et tout l'attirail habituel, reste aux mains des hommes. Mais qu'un œil bordé de khôl, qu'un pied menu, qu'un sein entrevu à l'heure du bain vienne à attirer leur attention, et ils s'empressent de jeter ces nobles insignes par-dessus les moulins, prêts sur-le-champ à vivre en gueux et à courir à l'autre bout du monde, si besoin est, pour conquérir cette chair convoitée — que le destin ne leur livre (tant mieux pour nous) qu'au terme de mille et une aventures.*

L'auteur des Nuits, *à la différence des intégristes de notre temps, se garde bien de porter un jugement moral sur cet ordre des choses. Allah l'a voulu ainsi, et bien fol est celui qui oserait y trouver à redire. Que la femme soit le ferment des pires bouleversements, qu'elle pousse l'homme hors de la voie tracée par la prudence, qu'elle soit celle par qui le scandale arrive — soit. Mais l'équilibre de la société n'est-il pas au prix de semblables incartades ? Et puis à quoi bon l'ordre, s'il doit nous priver des délices et des dangers de l'amour ? C'est ce que semble nous murmurer l'insoucieux Nour al-Dine, « Lumière-de-la-Religion » (!), amoureux éperdu de la belle « Doux-Langage », héros prodigue et jouisseur dont l'épicurisme généreux sera récompensé par l'Émir des Croyants lui-même ! Pourquoi être plus royaliste que le roi — plus khalifal que le khalife ? Heureux islam que celui-ci... qui n'a pas encore oublié que la loi du Prophète, par-delà ses rigueurs, est amie de l'indulgence ; et qui professe, à l'unisson des sages soufis, que le monde des hommes doit être gouverné par l'Amour !*

Suresnes, le 1er février 1987
René R. Khawam

1

COMPAGNE AU DOUX LANGAGE

Il y avait, dit-on (1) — mais Dieu sait mieux que nous ce qui est caché, et Il connaît mieux les événements qui se sont produits pour les peuples dans le passé, qu'il soit proche, lointain ou très ancien —, il y avait donc, dans la ville d'al-Basra, un roi ami du pauvre et du gueux, un roi que tous les soldats admiraient pour sa générosité : de ses mains coulaient des bienfaits abondants comme l'océan ; d'homme libre, on devenait esclave à son service, de nuit comme de jour, tant il prodiguait ses dons. La vie ne lui était douce que quand il voyait son monde satisfait de lui et, de son argent libéralement dispensé, il se constituait une seconde armée sous sa bannière. Vraiment, il était ce roi dont le poète a dit :

Voyez-le : il essuie un sort contraire
mais il fait si bien du fil de son sabre
que les ennemis sont bel et bien forcés
de lui faire connaître leur agrément.

(1) Ms A, t. III, fol. 28 à 49, Nuits 201 à 229 ; Ms B, fol. 76 à 89, Nuits 160 *bis* à 179 ; Ms C, t. I, fol. 251 à 278, Nuits 208 à 236 ; Ms G (B. N. n° 3615), fol. 159 à 170, Nuits 169 *b* à 176 *a* (incomplet) ; éd. Boûlâq, Nuits 32 *b* à 36 *a*. Dans la traduction de Galland, ce conte, intitulé « Histoire de Noureddin et de la belle Persane », échappe à la division en « Nuits » ; dans celle de Mardrus, il s'intitule « Histoire de Douce-Amie et d'Ali-Nour » et correspond aux Nuits 32 *b* à 36 *a*.

Lors de la mêlée, il se lance à l'attaque
et son cheval et lui impriment sur le sol
une ligne bien droite, unique, qui arrive
aux ennemis : là, il frappe les chevaliers.

Écrit-il ? Il grave sur le papier
des coups de sabres ; et dans les mots
les points sont mis par des flèches ;
sa plume est le dur javelot.

Les cavaliers sont autant de corps
roulant dans une mer de sang, houleuse
et dont s'enfle la vague : ce sont
les ennemis tombés, et les naseaux des bêtes.

C'est sur cette mer que vogue la nef sublime :
en guise de mât, la mort, et pour voile,
la page blanche de tous les possibles,
la page que viendront remplir ses exploits.

Chacun de ses doigts ouvre
non sur une mer, mais sur trois ;
chacune de ces mers à son tour
porte mille coups cruels.

Le Temps s'était promis d'éditer
un second héros, identique à lui ;
Temps, tu en as menti : choisis le gage
qui te délivrera de ce serment !

Ce roi avait pour nom Mouhammad, fils de Soulaymâne, al-Rakabi. Ses deux vizirs étaient, l'un al-Mou'îne, fils de Sâwi, et l'autre al-Fadl Ibn-Haqane ; pour celui-ci, quelle était sa bonté ! Nul ne pouvait lui être comparé en son temps : sa conduite était irréprochable, généreuses ses pensées les plus secrètes. Tout le monde ressentait en son cœur de l'inclination pour lui, et dans les maisons les femmes priaient Dieu de lui accorder une longue vie, car c'était l'agent de tout bien, celui qui éloignait la faim des lieux où il habitait. Bref, comme avait dit le poète, il était

Noble et pieux, revêtu d'un manteau
au sillage de vertus : quand il parut,
brillant, paré de cet éclat moral,
le siècle a bruit d'applaudissements.

Ce n'est jamais en vain que le sollicitait
quiconque d'affligé et qui criait à l'aide :
dès la porte il rencontrait un visage ami,
heureux de le recevoir en sa demeure.

Mais l'autre, cet al-Mou'îne, fils de Sâwi, c'était l'avarice, la vilenie, la méchanceté, la folie en personne. Jamais vous ne l'auriez entendu parler en bien de qui que ce fût, jamais vous ne l'auriez vu renoncer à quelque mauvais coup ! Plus louvoyant qu'un renard, plus brigand que Salhab lui-même (1). Lui, c'était, comme le poète l'a dit en vers,

Le fils de gens de rien, que dis-je ?
le fils de deux mille apostats, l'enfant
du carrefour, le métis de trimardeurs
et d'inconnus n'ayant feu ni lieu.

Sur son corps, chaque poil,
quand il avait poussé,
attestait une semence
et son voisin une autre.

On peut dire qu'autant al-Fadl Ibn-Haqane se faisait aimer, autant al-Mou'îne, fils de Sâwi, suscitait la haine.

Un jour, il advint que Mouhammad, fils de Soulaymâne, al-Rakabi, qui était assis sur son trône au milieu d'un certain nombre de ses courtisans, fit venir son vizir al-Fadl Ibn-Haqane pour lui faire savoir ceci :

— Ô Fadl al-Dine, « Bienfait de la religion », voici : tu vas me procurer une servante qui n'ait pas sa pareille en perfection de formes, en mérite et en intelligence ; je

(1) Nous n'avons pas retrouvé trace du brigand en question.

veux qu'elle soit d'une beauté accomplie et qu'elle ait les qualités rêvées.

Les grands du royaume et les chefs du conseil firent remarquer :

— Ô roi du temps, semblable servante ne peut certes se trouver à moins de dix mille pièces d'or.

Le vizir fit comme on lui ordonnait : il reçut la somme indiquée et descendit en ville avec notification écrite du sultan l'habilitant à « inspecter chaque jour les marchés, à recommander aux crieurs des ventes publiques de chercher la servante ainsi faite et de s'opposer, par préemption du vizir, à la vente à tout particulier de toute servante valant dans les dix mille pièces d'or, physiquement parfaite et belle ». A compter de ce moment-là, aucune servante ne fut vendue qu'al-Fadl Ibn-Haqane n'eût donné d'abord son avis.

Il n'en trouva aucune à son goût, jusqu'au jour où un crieur public l'aborda juste au moment où, déjà en selle, il se préparait à regagner le palais du sultan. L'homme se jeta sur l'étrier du vizir, y porta les lèvres puis, montrant al-Fadl de la main, il lui dédia ce poème :

Ô toi qui as fait renaître
le pouvoir royal de ses cendres,
tu es le vizir à qui jamais
n'a manqué l'assistance de Dieu !

Tu es le vizir couvert d'actions d'éclat,
d'exploits que nul n'égale, et sans toi,
les ennemis du royaume, pour le démembrer,
non, ces brigands n'attendraient pas la nuit !

Après quoi, il l'informa :

— Ô Seigneur des vizirs, la personne que l'on cherche, conformément aux termes du décret royal, cette personne a été trouvée.

— Fais-la venir, répondit le vizir.

L'homme disparut, puis au bout d'un long moment, ramena une servante de belles proportions, dont les seins étaient fermes et droits, qui avait les yeux bordés d'un fin filet noir, la taille fine, les joues lisses. Sa jeunesse était la plus appétissante du monde, sa bouche promettait des saveurs meilleures que l'eau de rose, les rameaux tendres et les tiges des fleurs étaient moins droits que sa silhouette, et la brise à l'aube moins douce que ses paroles. Son portrait, voici comment le poète l'avait tracé :

Dame de haute beauté, faite à la perfection,
et dont les traits ont l'éclat d'un astre
quand il est à l'apogée ; tout un peuple mêlé,
riches et esclaves confondus, l'apprécie.

Le Dieu du Trône l'a dotée de toutes grâces :
elle l'emporte sur tous en distinction,
son corps, son âme sont élégants, et enfin,
elle a la taille élancée du roseau.

Son visage est un firmament, où veillent
sept étoiles allumées, sentinelles gardant
la joue, et à qui n'échappe nulle menace,
car elles montent le guet, l'œil à l'horizon.

Que quelqu'un vienne, en tapinois, lui jeter
un Satan de regard, une œillade maligne,
la voilà qui vous lui dépêche une étoile
enflammée, et notre tentateur est consumé.

Le vizir, voyant la fille, fut confondu d'étonnement devant une telle beauté. Il demanda son prix au marchand d'esclaves :

— Mon maître, répondit celui-ci, j'ai preneur à dix mille pièces d'or.

Il jurait ses grands dieux que ce prix-là, encore, n'arrivait pas à couvrir tout ce qu'on avait engagé pour elle : les poulets qu'elle avait mangés, les boissons qu'elle avait bues, les tenues d'apparat qu'il avait fallu donner au maître qui l'avait formée. Et en effet, elle connaissait l'écriture, la déclamation, la science de la langue, pour avoir approfondi autant les textes et leurs commentaires que la grammaire, la médecine, les principes du droit. Elle savait enfin jouer de tous les instruments propres à susciter des mouvements de joie ou de tristesse.

— C'est bon, dit le vizir au courtier, je veux voir son maître actuel.

On amena l'homme. Il s'agissait d'un Persan qui n'avait plus d'homme que le nom, tellement le temps l'avait usé : il ne lui restait plus un seul cheveu sur le sommet de la tête et il aurait eu du mal à ingurgiter de la puréee de moelle de palmier. Il avait tout du vautour atteint de sénilité ou alors du mur qui menace de tomber en poussière avant même qu'on y touche. Il n'avait plus qu'à dire ce que lui fait dire le poète :

Le Temps m'a fait trembler,
hélas ! de quel frisson fébrile !
Car le Temps est doué
d'une force terrible, d'un courage unique...

Jadis j'avançais d'un pas égal,
sans craindre la fatigue ; aujourd'hui
je ploie sous le faix de ma lassitude,
incapable même de marcher.

Le vizir lui annonça :

— Je veux bien, ô vieillard, que tu reçoives pour prix de cette servante dix mille pièces d'or du sultan Mouhammad, fils de Soulaymâne, al-Rakabi.

— Pas question, ô mon petit père, protesta le vieillard. L'offrir au sultan en cadeau serait un devoir pour nous:

Mais le vizir lui fit tout de même verser la somme dite : dix mille pièces d'or qu'on pesa sur le trébuchet. Puis le Persan s'adressa au vizir :

— Avec la permission de notre maître, j'aurai à lui parler.

— Qu'as-tu à dire ? Je t'écoute.

— Ô seigneur, voici, c'est un conseil : abstiens-toi de montrer aujourd'hui même cette servante au sultan, car elle vient d'arriver, elle a subi un changement de climat, et la fatigue se voit encore sur ses traits. Laisse-la dans ton palais une quinzaine de jours, le temps que lui revienne son éclat. Alors seulement tu l'enverras au bain, tu la vêtiras au mieux et la présenteras au sultan, comme cela tu ne manqueras pas de t'attirer les récompenses les plus hautes.

Le vizir se dit que ce qu'il venait d'entendre n'était pas un mauvais avis. Aussi emmena-t-il la servante dans son propre palais, où il lui réserva un pavillon, lui faisant tenir chaque jour poulets, boissons, et costumes luxueux. Cette situation dura un certain temps.

Or, le vizir était père d'un garçon aussi beau que la lune en son plein : le visage de cet adolescent était tout de lumière ; sur sa joue rose un grain de beauté faisait comme une pastille d'ambre, et son duvet semblait une variété de myrte en plein fleur. Il répondait trait pour trait à cette description qu'avait donnée de lui le poète :

Une lune, et pour rayons, elle darde
des regards d'affection, qui brillent,
une vraie lame dégainée ! Pour séduire,
il lui suffit de marcher, un peu incliné.

Ses boucles qui lui ombragent le front
le font un Éthiopien ; son teint est d'or
et de pierreries, il met l'eau à la bouche
et sa taille dit les qualités de la lance.

A un cœur inflexible et dur comme le sien
répond une taille souple et qui se ploie ;
ah ! pourquoi, délicate comme elle l'est,
n'a-t-elle pas rendu son cœur semblable ?

Car si la gracilité de sa taille avait gagné
son cœur, alors il eût été moins cruel
envers la personne qui l'aime, et puis
nulle faute n'entacherait sa conduite.

Toi qui viens me reprocher comme je l'aime,
vois plutôt ce qui plaide pour moi :

il s'est établi en tyran dans mon cœur
et je ne peux me rebeller là-contre.

Je ne peux m'en prendre qu'à mon cœur,
je ne peux m'en prendre qu'à mes regards :
sur qui irais-je jeter blâme et opprobre,
moi qui fus l'instrument de mon assassinat ?

Or, ce jeune homme était ignorant des raisons pour lesquelles la jeune fille se trouvait dans le palais, car le vizir l'avait ainsi prise à part et prévenue :

— Ma fille, il faut que tu saches que je ne t'ai achetée que pour le sultan Mouhammad, fils de Soulaymâne, al-Rakabi. Le fils que j'ai est un Satan : il n'est pas dans le quartier une adolescente à côté de laquelle il soit passé indifférent et sans lui faire affront. Méfie-toi, garde-toi de lui montrer ton visage, et même de lui faire entendre le son de ta voix. Penses-y tout le temps et règle ton comportement sur ce danger qui te guette.

— Oreille attentive et bon vouloir ! répondit la servante.

L'ayant ainsi avertie, le vizir la quitta et s'en alla à ses affaires.

Or, un jour, le destin voulut que la fille entrât au bain du palais. Une des servantes l'aida à se laver ; l'eau chaude eut un effet bénéfique : les couleurs de la jeune fille se ravivèrent, ses formes parfaites et sa beauté apparurent avec encore plus d'éclat. Enfin, quand elle fut sortie du bain, on lui présenta la robe la plus propre à mettre en valeur sa jeunesse ; elle la revêtit donc puis se rendit auprès de la maîtresse de la maison et lui baisa la main. La dame l'accueillit par ces mots :

— Ô Compagne-au-Doux-Langage (ainsi se nommait l'esclave achetée : Anîs al-Djalîs), que ce bain soit favorable à ta santé !

— Dieu t'accorde Ses bienfaits et Ses dons, ô dame, répondit la jeune fille.

— Ô Doux-Langage, quelle impression laisse le bain à cette heure-ci ?

— Ô dame mienne, à cet instant de la journée, il fait le plus grand bien ! L'eau ne demande qu'à offrir son réconfort à la jeunesse.

Du coup, la dame de la maison dit à ses servantes :

— Ne pensez-vous pas que nous pourrions nous rendre aux salles où l'on se baigne ? Voilà longtemps que nous ne l'avons fait.

— Par Dieu ! ô dame, approuvèrent les servantes, tu as rencontré notre désir secret : nous pensions justement à cela.

— Eh bien, allons-y, au nom de Dieu !

La dame conclut ainsi l'entretien. Elle se retira, ainsi que les servantes ; de son côté, Doux-Langage regagnait son pavillon, que la maîtresse de maison avait placé sous la bonne garde de deux jeunes esclaves, en leur recommandant :

— Faites bien attention, et ne laissez personne approcher de cette porte !

Toute la compagnie était donc partie pour les salles où l'on se baigne, et de son côté, Doux-Langage prenait dans ses appartements quelque repos après son bain. C'est alors que le fils du vizir, Nour al-Dine Ali, (« Lumière-de-la-Religion »), qui se rendait chez sa mère et ne la trouvait point, demanda aux deux esclaves qui gardaient la porte du pavillon si par hasard elles savaient où elle était.

Au son de cette voix, Doux-Langage se posa cette question :

— Tiens, à quoi peut ressembler l'homme qui parle ainsi ? Je me demande si ce n'est pas le garçon dont on m'a recommandé de me méfier...

Elle sauta alors sur ses pieds, maintenant toute fraîche après ce bain et cette sieste, et, s'élançant à la porte du pavillon, elle colla l'œil à une ouverture ménagée dans le vantail. Elle vit en effet un garçon pareil au disque de la lune en son plein. Le premier regard qu'elle lui jeta fut aussitôt suivi d'un soupir. Ce qui tira l'œil du garçon : il la vit, et de sa poitrine jaillit à son tour un soupir. Le rossignol qui sommeillait en chacun des deux était tombé dans le lacs d'amour tressé par l'autre.

Le garçon s'avança vers les deux petites gardiennes qui veillaient à la porte et, arrivé tout près d'elles, il lança un grand cri juste à leurs oreilles. Il profita de leur épouvante, qui les chassa au loin de toute la vitesse de leurs jambes, pour entrer tranquillement dans le pavillon, s'approcher de la jeune fille et lui demander :

— C'est toi que mon père m'a achetée ?

— Oui, par Dieu ! ô mon maître, c'est moi, lui répondit-elle.

Alors le garçon la serra de très près, vaincu par l'ivresse. Il se saisit des jambes de la fille, qu'il disposa sur ses hanches, et elle s'accrocha à son cou, les mains jointes, doigts entrelacés, l'excitant par des baisers savamment lubriques. Bientôt le pantalon fut à bas et pris le pucelage.

La scène n'avait pas échappé aux deux fillettes, qui, à grand renfort de cris, se mirent à appeler à l'aide, et ce fut au tour du garçon de s'en aller à toutes jambes, dans sa crainte d'être découvert et puni.

Mais les cris avaient fait sortir du bain la maîtresse de maison : elle se précipita pour s'enquérir de la cause de ces clameurs dont tremblait le palais. Elle interrogea les deux enfants :

— Malheur à vous ! Que se passe-t-il ?

— Notre maître Lumière-de-la-Religion est arrivé et nous a frappées ; nous n'avons pu lui barrer le passage, et nous nous sommes enfuies. Alors il est entré dans le pavillon de Doux-Langage et il s'est enlacé à elle un moment. Nous ne savons pas trop ce qu'il a fait ensuite, mais il est sorti en courant.

La dame entra à son tour dans le pavillon et interrogea Doux-Langage :

— Ô ma fille, comment les choses se sont-elles passées ?

— Ô dame mienne, répondit Doux-Langage, j'étais assise là, quand soudain a surgi devant moi un beau garçon qui m'a affirmé : « Tu n'es autre que celle que mon père a achetée pour moi. » Par Dieu ! ô dame mienne, je l'ai cru, et j'ai répondu que oui. Du coup, il s'est jeté sur moi et m'a enlacée.

— T'a-t-il blessée de quelque chose qu'il porte sur lui ?

— Je n'ai reçu que trois coups, en tout et pour tout, répondit Doux-Langage.

— Tu as eu ton compte ! Que Dieu te conserve en vie !

Alors la dame et les servantes pleurèrent en se frappant les joues. Elles ne craignaient qu'un malheur : voir Lumière-de-la-Religion tué par son père. Elles donnaient encore libre cours à leurs larmes et à leurs cris quand le vizir revint au palais. Il leur demanda ce qui se passait.

Personne n'eut assez de courage pour tout lui dire. Il réitéra sa question, cette fois auprès de son épouse :

— Mets-moi au courant, toi !

— Soit, mais je ne parlerai pas avant que tu aies fait le serment de suivre l'avis que je te donnerai ensuite.

— Accordé.

— Ton fils est entré, tandis que nous étions au bain, chez la servante Doux-Langage. Il s'est approché d'elle et a pris son pucelage.

En entendant le récit des événements tels que les rapportait sa femme, le vizir céda à l'abattement et, se laissant tomber sur un siège, il se mit à se frapper le visage jusqu'à se faire couler le sang par les narines. Il s'arrachait la barbe avec tant d'acharnement que des touffes entières lui restaient entre les doigts.

— Ô mon maître, lui dit sa femme, c'est pour si peu que tu te donnes ces coups ? Mais ces dix mille pièces d'or, je te les verserai sur ma fortune à moi !

A ces mots de sa femme, le vizir releva la tête :

— Malheur à toi ! C'est bien de cela qu'il s'agit, oui, le prix de cette servante ! Mais c'est corps et biens que je vais m'anéantir dans cette histoire, voilà ce que je crains !

— Je ne comprends pas.

— Tu as l'air d'oublier que nous avons un ennemi qui nous guette par-derrière : celui qu'on appelle al-Mou-

'îne, fils de Sâwi. A peine aura-t-il eu vent de l'histoire qu'il se présentera devant le sultan pour lui dire : « Seigneur, ton fameux vizir qui t'aime et qui apprécie tant de vivre sous ton autorité, à en croire tes déclarations répétées, sais-tu qu'il a prélevé de ta cassette dix mille pièces d'or avec lesquelles il a acheté une servante, la plus belle de toutes celles qu'il a vues, et que, trouvant cette beauté fort à son goût, il a suggéré à son fils de la prendre, puisqu'il était plus digne de la posséder que le souverain ? Alors, ô seigneur, le garçon l'a prise, l'a dépucelée et l'a installée chez lui, dans sa maison. » Et le sultan lui répondra : « Pures calomnies : tu ne veux que du mal à ton collègue ! » Mais mon ennemi répliquera : « Avec ta permission, j'amènerai devant toi la servante. » Il aura immédiatement mandat pour accomplir cette mission : il nous attaquera, prendra la servante et l'amènera au sultan qui l'interrogera. Elle ne pourra nier les faits. Mon ennemi fera remarquer : « Ô seigneur, ma conduite te prouvera que je te donne de bons conseils, et que j'aime vivre sous ton autorité. Mais par Dieu ! je n'ai point de part aux biens de ce monde et je suis jalousé de tous, seigneur. » Alors, le sultan fera disperser mes biens et prendra ma vie.

Son épouse, à ce discours, tenta de rassurer le vizir :

— Ô mon maître, ne sais-tu pas que les bienfaits de Dieu nous sont distribués à notre insu ?

— Je sais.

— Ô mon maître, remets-t'en au Dieu Très-Haut et moi je Le supplierai de faire en sorte que l'aventure de cette servante reste ignorée de tous et que personne n'entende parler de cette histoire. Ô mon maître, rappelle-toi ce qu'on dit : « Celui qui a l'invisible entre Ses mains remédie aux défauts de Ses créatures. »

Le vizir al-Fadl accepta de se diriger dans cette voie ; un verre de boisson qu'on lui avait apporté fit le reste, et le réconforta.

Mais revenons à Lumière-de-la-Religion, qui par crainte d'être châtié ne s'était pas montré de tout le jour : il avait choisi de le passer avec ses compagnons dans les jardins et autres lieux de divertissement. Il attendit le soir, et le repas, pour frapper à la porte, et quand les servantes lui eurent ouvert, il s'en alla directement dormir ; le lendemain, il se réveilla avant la prière de l'aube et quitta la maison. Une fois dehors, il passa cette journée-là et les suivantes comme il avait passé la première, de sorte qu'un mois s'écoula ainsi, sans que son père et lui eussent pu se rencontrer face à face. Au bout de ce mois, sa mère dit au vizir :

— Ô mon maître, il n'a donc pas suffi que tu aies perdu ta servante, que tu veuilles encore perdre ton fils ! Par Dieu ! dès qu'il sentira que la vie qu'il mène est insupportable, il quittera la maison sur un coup de tête, et nous ne le verrons plus.

— Que faire ? demanda le père.

— Ô mon maître, attends debout ce soir que ton fils rentre. Montre-lui de la fermeté dans tes reproches, et va même jusqu'à proférer des menaces. C'est là que j'entrerai en scène, faisant mine de le délivrer de tes mains, et tu reviendras sur tes sentiments ; tu lui donneras la fille, parce qu'elle l'aime et qu'il l'aime aussi. De mon côté, je verserai le prix qu'elle a coûté.

Le vizir veilla donc patiemment jusqu'à l'heure où son fils rentrait d'ordinaire à la maison. Le jeune homme frappa à la porte, et le vizir profita du temps qu'on mettait à aller lui ouvrir pour se cacher précipitamment dans un recoin sombre de la pièce. Quand le fils fut entré, il sentit quelqu'un se jeter sur lui, qui l'eut bientôt terrassé et maintenu au sol d'un genou appliqué sur la poitrine : en se débattant, il cherchait à savoir qui était son agresseur ; il reconnut son père, qui sortait un couteau et menaçait sa gorge de son tranchant. Mais la mère surgit, qui vint saisir par-derrière la main qui tenait le couteau et cria à son époux :

— Que veux-tu faire ?

— L'égorger !

Alors, le fils, Lumière-de-la-Religion, intervint :

— Il t'est donc facile, mon père, de m'égorger ?

Du coup, le père le considéra de ses yeux noyés de larmes, car il sentait la tendresse paternelle se réveiller en lui.

— Il t'a bien été facile, toi, de mettre en péril ma vie et mes biens !

— Eh bien, ô mon maître, pense à ces vers du poète :

Accorde-moi la grâce de me remettre
ma faute : qu'est-ce que le pouvoir,
sinon toujours accorder le pardon
à ceux qui ont commis des fautes ?

Si j'ai concentré entre mes mains
un beau petit lot de défauts, toi,
tresse-toi une guirlande de vertus
et fais-moi un fleuron de la clémence.

L'homme qui implore à genoux le pardon
à Celui qui est au-dessus de lui
doit lui-même déverser l'indulgence
sur l'homme qui lui est inférieur.

Le vizir eut pitié : il cessa de maintenir son fils ainsi plaqué au sol et ôta le genou de dessus sa poitrine ; le garçon se releva et baisa la main et le pied de son père qui, après un instant de contemplation muette, lui fit cette réflexion :

— Ô Ali, si seulement j'étais sûr que tu puisses te conduire d'une façon équitable avec Doux-Langage, comme j'aurais aimé t'en faire présent !

— Mais, ô mon maître, indique-moi comment il faut la traiter pour faire preuve d'équité.

— En la gardant pour seule compagne, en lui épargnant tout affront, en ne la revendant jamais.

— Je fais le serment d'agir comme tu dis, ô mon maître.

Il jura dans les formes, puis eut la femme en partage. Il demeura avec Doux-Langage une année entière, vivant en sa compagnie une vie sans histoires, et Dieu fit oublier au roi l'affaire de la servante. Quant au vizir al-Mou'îne, fils de Sâwi, la considération dont jouissait son collègue al-Fadl Ibn-Haqane auprès du souverain l'empêchait d'entreprendre contre lui la moindre détraction.

Vers la fin de cette année-là, al-Fadl Ibn-Haqane entra au bain et en ressortit couvert de sueur ; il avait pris froid, et la fièvre le contraignit à s'aliter. Le sommeil finit par le quitter complètement, et il se mit à maigrir. A la fin, il envoya chercher son fils.

Quand Ali, Lumière-de-la-Religion, fut au chevet de son père, celui-ci lui tint ce discours, entrecoupé de larmes :

— La richesse, ô mon fils, est un tout, dont chacun a le lot qui, d'avance, lui a été imparti ; de même le terme de la vie est assigné : chaque homme doit boire la coupe de la mort. Écoute le poète :

Je suis un mort qui attend l'heure
— loué soit Celui qui ne meurt pas ! —
et une chose m'est devenue certaine :
un jour il faudra que je trépasse.

Oh, le roi de peu de prix
qu'un roi soumis à la mort !
Crois-moi, celui-là serait roi
qui à la mort échapperait.

Ô mon fils, je n'ai d'autre recommandation à te faire que celles-ci : sois pieux envers Dieu, pèse toujours les conséquences de tes actes, prends soin de Doux-Langage.

Après un instant de silence, il reprit :

— Ô mon fils, je supplie le Dieu Très-Haut de t'accorder Son agrément.

Sur ces derniers mots, il entra en agonie et rendit l'âme. Il s'éleva chez les servantes des lamentations qui mirent le palais sens dessus dessous. Le sultan, et bientôt la ville entière connurent la nouvelle de la mort d'al-Fadl Ibn-Haqane ; les enfants pleurèrent dans les écoles, les hommes sur les lieux de leur travail, les femmes dans les maisons. Lumière-de-la-Religion fit ce qu'il fallait pour son père disparu ; il reçut les émirs, les vizirs et tous les grands du royaume sans exception, et tout ce monde, en plus de la population entière de la ville, assista aux funérailles. A l'éloge funèbre succédèrent ces vers :

Je suis parti un jeudi,
loin de mes êtres chers ;
sur un battant de porte,
on a lavé mon corps,

après m'avoir défait
de mes vêtements à moi ;
ensuite on m'en a mis
qui n'étaient pas miens.

Les épaules de quatre compagnons
ont porté ce corps en un lieu sacré,
un oratoire, où une prière pour moi
fut dite par quelques hommes pieux.

Ce qu'ils ont dit était une prière
qui ne comporte nulle prosternation,
et les accompagnaient les voix amies
de mes camarades venus ici pour moi.

Tous, solennellement, m'ont conduit,
en me disant adieu, vers une demeure
voûtée, solide aux attaques du temps
et dont aucune porte ne va ni ne vient.

Après l'inhumation, le cortège que formaient les parents et les familiers rentra au palais, entourant Lumière-de-la-Religion qui sanglotait et se trouvait dans l'état où le montre le poète :

Le jeudi, lorsque fut venu le soir,
ils sont partis pour un long voyage

et moi qui restais, je les ai salués
d'un adieu quand ils se sont éloignés.

A mon âme partie au loin avec eux,
à mon âme qui ne les a pas quittés,
j'ai dit de revenir, mais elle a dit :
« Vers où ? », n'ayant plus de séjour.

Veux-tu que je revienne habiter
un qui n'a plus ni chair ni sang
mais des os qui, s'entrechoquant,
ne sont que son corps cliquetant ?

Veux-tu que je retrouve deux yeux
rendus aveugles à force de pleurer
et deux oreilles sourdes aux blâmes
que décernent à l'envi les censeurs ?

La disparition de son père laissa Lumière-de-la-Religion dans une intense douleur, qui lui fit prolonger son deuil un certain temps.

C'est ainsi que le jeune homme était assis dans la maison du défunt quand il entendit frapper à la porte : il alla ouvrir et se trouva en présence d'un homme avec lequel il avait partagé, à une certaine époque, jeux et banquets. Baisant la main d'Ali, Lumière-de-la-Religion, le nouveau venu lui tint ce discours :

— Ô mon maître, celui qui a eu un fils tel que toi, celui-là n'est pas mort en vérité. Ô mon maître Ali, mets du baume sur ton cœur, respire largement et quitte l'affliction où tu es.

Ces mots agirent sur Lumière-de-la-Religion : il gagna la grande salle du palais, où son père avait coutume de réunir ses compagnons de jeux et de banquets, y fit porter tout ce qu'il fallait pour y passer d'agréables moments. De ce jour, on se rassembla chez lui pour y faire la fête — un groupe de dix garçons, tous fils de marchands, auquel s'adjoignit même à l'occasion la servante, quand le maître l'invitait. L'hôte mangeait avec eux, buvait avec eux le vin, et renouvela ces réunions, proposant divertissement sur divertissement. Il combla tout le monde de cadeaux, profitant de chaque occasion pour manifester à chacun sa générosité. Mais un beau jour, il reçut de l'inten dant cette mise en garde :

— Ô mon maître Lumière-de-la-Religion, ne sais-tu pas qu'un Sage a dit : « Qui dépense sans faire de comptes s'appauvrit sans s'en rendre compte ? » Ô mon maître, cet argent que tu distribues à tort et à travers, ces dons considérables que tu octroies feraient fondre des montagnes de richesses !

Ces mots n'eurent guère de prise sur Lumière-de-la-Religion, qui, regardant son comptable droit dans les yeux, lui fit cette réplique :

— Toute ta belle leçon glisse sur moi, et peu me chaut ton excellent discours. A mon tour de te citer un poète, cette fois :

Suppose que ma main ait de l'argent
et qu'elle s'abstienne d'en donner,
ai-je lieu de me réjouir d'une main
articulée et d'un pied qui marche ?

Donnez-moi un seul nom d'avare célèbre
auprès des générations par son avarice
et à l'inverse un généreux que la mort
ait surpris dans l'opprobre général.

» Me suis-je bien fait comprendre : les reliefs de mon repas de midi, j'entends que tu ne me les accommodes pas pour le soir !

— Est-ce ta consigne ? demanda l'intendant.

— Parfaitement.

L'homme estima qu'il n'avait pas à insister et retourna à ses affaires.

Lumière-de-la-Religion persista dans ses habitudes, qui lui rendaient la vie agréable. Dès que l'on disait : « Ô mon maître Lumière-de-la-Religion, tu possèdes à tel endroit un bien beau jardin », il répondait :

— Prends-le, c'est un cadeau, et avec un homme généreux, ce qui est donné n'est pas repris.

— Peux-tu coucher cela par écrit de ta main ? insistait l'autre.

Il le faisait. Un autre disait : « Ô mon maître, telle maison... », un troisième : « Ô mon maître, tel établissement de bains que tu possèdes... », Lumière-de-la-Religion commençait par les leur donner, puis organisait une première fête en leur honneur au début de la journée, une autre à la fin, et une troisième au milieu de la nuit. Ce mode de vie dura un an.

Or, un jour qu'il était tranquillement installé chez lui, cette mélodie, que chantait une servante musicienne, parvint aux oreilles de Lumière-de-la-Religion :

Tant que la régulière succession des jours
t'a versé le bonheur, tu l'as tenue en estime,
et tu t'es moqué des revirements du sort
sans penser qu'ils sont toujours possibles.

Les nuits ont conclu la paix avec toi,
mais, les hypocrites, elles t'ont amadoué :
c'est quand elles sont le plus limpides
qu'elles ouvrent la porte aux embarras.

Soudain, on entendit frapper. Le maître, tiré de sa méditation par quelqu'un de l'entourage, qui l'avertit qu'on heurtait, alla lui-même voir de quoi il s'agissait ; ayant ouvert, il se trouva face à face avec son intendant qui, sur le seuil, lui annonça la nouvelle :

— Ô mon maître, ce que je craignais pour toi est arrivé.

— C'est-à-dire... ?

— Il ne reste dans tes caisses pas le moindre sou que je puisse affecter à la dépense. De mon côté, je suis arrivé au bout des ressources que tu m'as confiées, à moi ton esclave, pour en user aux fins d'entretien du train de vie, et je joins les justificatifs de ta propre main.

Lumière-de-la-Religion, à ces mots, resta interdit ; il

garda les yeux obstinément fixés sur le sol un moment, puis murmura .

— A Dieu ne plaise ! Il n'y a de puissance et de force qu'en Dieu le Très-Haut, le Très-Grand !

Mais un invité l'avait suivi sans bruit quand il s'était rendu à la porte ; il entendit les propos de l'intendant et courut les rapporter à la joyeuse assemblée :

— Réfléchissez à ce que vous devez faire, maintenant qu'Ali est devenu pauvre, que dis-je pauvre, ruiné.

— C'est simple : nous ne viendrons plus nous asseoir dans sa maison, répondirent les invités.

Lumière-de-la-Religion, qui avait congédié son intendant, rentra au salon retrouver ses amis ; l'affliction se lisait clairement sur ses traits. L'un des invités se leva à ce moment-là et, regardant l'hôte, lui demanda :

— Ô mon maître, peux-tu m'autoriser à me retirer ?

— Pour quelle raison ? lui demanda Ali.

— Ô mon maître, c'est que mon épouse, aujourd'hui même, est sur le point d'accoucher. Je ne peux rester plus longtemps éloigné de ceux de ma famille qui l'entourent, et je souhaite les rejoindre.

Ali l'autorisa à partir. Un autre invité se leva et, invoquant une affaire urgente, quitta à son tour l'assemblée. Tout le monde présenta successivement ses excuses, jusqu'à ce que du groupe de dix, il ne restât plus personne.

Demeuré seul au grand salon, Lumière-de-la-Religion envoya chercher la servante Doux-Langage à laquelle il demanda, dès qu'elle fut là, et après lui avoir rapporté ce que l'intendant lui avait annoncé :

— Ô Compagne-au-Doux-Langage, que penses-tu de ce qui m'est arrivé ?

— Ô mon maître, répondit-elle, tu as eu à affronter les reproches unanimes de tous ceux qui t'aimaient ou se contentaient de t'estimer. Tu as préféré y rester sourd. Pour moi, voilà des nuits que je voulais te parler, car je voyais dans quelle situation tu te trouvais. Mais je t'ai entendu fredonner ces vers :

Si le monde t'a accordé ses richesses,
que les créatures de Dieu en profitent
avant que n'arrive la fin de leur vie ;
et toi, ne garde rien pour ton usage.

Ou bien Fortune ne te marchande rien :
elle est inépuisable, sois généreux !
Ou bien elle te prive : tu peux donner
car, pauvre, tu seras toujours privé !

» Voilà ce que tu as chanté. Cela m'a découragée de te dire quoi que ce soit, et j'ai ravalé mes mots.

— Ô Doux-Langage, reprit Ali, tiens compte de ceci : j'ai peut-être dépensé toute ma fortune, c'est vrai, mais uniquement pour mes dix compagnons. Crois-tu qu'ils me laisseront dans l'indigence ?

— Par Dieu ! mon maître, inutile de compter sur eux pour te renflouer.

— Eh bien, on verra : je vais en entreprendre immédiatement la tournée. Avec un peu de chance, j'obtiendrai d'eux quelque chose qui me mettra le pied à l'étrier, un petit capital pour débuter dans quelque affaire, sans penser davantage à faire la fête.

Ali sortit en effet sur ces derniers mots prononcés, et pour faire encore plus vite, il ne s'arrêta pas en route : il se rendit sans détour à la rue, la même pour les dix, où habitaient ses compagnons. Il frappa chez le premier :

— Qui est là ? demanda une servante.

— Servante, porte ce message à ton maître : « Mon maître, Nour al-Dine Ali Ibn-Haqane se tient à ta porte ; il te salue et te baise les mains. »

La servante porta le message à son maître. Mais on put entendre celui-ci qui répondait de loin :

— Dis que je n'y suis pas.

La servante revint à la porte faire la commission :

— Mon maître n'est pas chez lui.

Alors Ali se fit cette réflexion :

— Si cet homme est un bâtard et qu'en bâtard, il ne se souvienne pas de ce que j'ai fait pour lui, ma foi, tant pis ; je vais bien en trouver un autre, qui ne soit pas un fils de l'adultère !

A la deuxième porte où il frappa, il dit la même chose à la servante, qui s'absenta un instant et revint en lui faisant savoir :

— Ô mon maître, sache que celui que tu demandes n'est pas là.

Ces mots amusèrent Ali, qui se dit :

— Peut-être trouverai-je la délivrance chez un autre.

La même démarche à la troisième porte aboutit au même résultat : il n'était pas question pour l'homme de se remémorer le bien qu'Ali lui avait fait. Alors, profondément déçu de tout, Lumière-de-la-Religion se mit à pleurer et à gémir. Au milieu de ses plaintes, il se récita ces pensées du poète :

Quand tu es bien pourvu de toutes choses,
on t'entoure en foule, comme on se presse
autour de l'arbre lourd de fruits, chacun
à son poste, tant qu'il y en a à prendre.

La cueillette finie, il en va autrement !
Les branches dépouillées, se dispersent
les gens, qui laissent l'arbre solitaire
à son destin : le chagrin et la poussière.

Maudits soient tous les fils de ce siècle !
J'avais dix compagnons, et sur ce nombre,
je n'en ai pas vu un, non, pas vu un seul,
capable de se montrer ami au cœur limpide.

Ali revint donc auprès de sa servante Doux-Langage plus soucieux qu'auparavant, et, quand elle lui demanda : « Ô mon maître, est-ce que je n'avais pas raison ? », il dut bien répondre :

— Par Dieu ! il n'y en a pas eu un seul de la bande pour me reconnaître et bien vouloir me faire rentrer dans une part de mes fonds perdus.

— Ô mon maître, suggéra alors Doux-Langage, vends tout ce que contient la maison, le mobilier et le reste, et attendons que Dieu — qu'Il soit exalté et glorifié ! — nous tire d'embarras.

C'est ce que fit Lumière-de-la-Religion : tout l'aménagement de la maison fut vendu et le produit en passa, jour après jour, dans la nourriture. Mais vint un moment où il ne resta plus rien, et le maître de maison revint alors interroger la servante :

— Que pourrions-nous bien trouver à vendre ?

— Ô mon maître, répondit-elle, j'ai une idée : emmène-moi au marché pour m'y vendre, moi. Tu te rappelles que ton père m'a achetée dix mille pièces d'or. Peut-être Dieu — qu'il soit exalté et glorifié ! — permettra-t-il que tu te retrouves sous peu, en me revendant, avec semblable capital. Et si Dieu — qu'Il soit exalté et glorifié ! — a décidé qu'après cela nos chemins de nouveau se recoupent, eh bien, nous serons alors ensemble.

— Ô ma Compagne-au-Doux-Langage, protesta Ali, comment pourrais-je, par Dieu ! me séparer de toi, ne serait-ce qu'une heure ?

— Et moi, ô mon maître ? Mais que veux-tu, nécessité fait loi, comme dit l'adage sur lequel a brodé le poète :

Souvent la nécessité t'a contraint
à trouver ta route par des chemins
qui ne sont pas toujours à ton goût,
ô toi qui es un homme formé au bien !

Si, privé de tout moyen de survivre,
on sent que la mort est la seule issue,
est-ce le moment de faire le difficile
sur les principes ? Il s'agit de manger !

Ali avait compris : il n'avait plus qu'à prendre avec lui sa compagne Doux-Langage. Ses larmes, comme les gouttes d'une pluie serrée, arrosaient à jet continu ses joues et, tandis qu'il pleurait ainsi, il récitait ces vers, qui peignaient à merveille son état :

Arrête-toi, donne-moi pour la route
un seul regard avant de me quitter ;
sans cela, comment désaltérer un cœur
qui a manqué périr de la séparation ?

Mais peut-être t'en coûte-t-il trop,
ce regard que je quémande ; c'est bon,
ne te mets donc pas en peine : pour moi,
il ne me reste qu'à mourir de mon amour.

Une fois au marché, Ali confia la servante au crieur d'esclaves en lui faisant cette recommandation :

— Ô Hadj Hasane, il faut que tu saches exactement combien est grande la valeur de la femme que tu vas mettre à l'encan.

— Ô mon maître Lumière-de-la-Religion, sois sans inquiétude, lui répondit le crieur, nous savons notre métier.

Puis il s'enquit :

— Mais je ne me trompe pas : il s'agit bien de cette Compagne-au-Doux-Langage dont ton père a fait, pour dix mille pièces d'or, l'acquisition il y a un certain temps, non ?

— C'est cela même.

Alors le crieur, voyant que tous les marchands n'étaient pas encore à leur poste, décida d'attendre un peu : il voulait voir le marché plus rempli, et laissa donc se terminer les transactions ordinaires sur les esclaves de toutes races — nubiennes, takrouriennes, franques, maraghiennes, grecques, tatares, tcherkesses, berbères, éthiopiennes, khalandjiennes, et autres. La foule des acheteurs s'était enflée pendant ce temps, et c'est seulement à ce moment-là que le crieur se mit en posture de faire son boniment :

— Écoutez-moi, marchands et autres possesseurs de grandes richesses : tout fruit rond n'est pas une noix, tout fruit long n'est pas une banane, tout ce qui est rouge n'est pas viande, et tout ce qui est blanc n'est pas graisse. Ô marchands, j'ai avec moi la perle rare. Qu'est-ce que vous m'en offrez ? A combien vais-je crier ?

L'un des marchands ouvrit les enchères :

— Crie quatre mille pièces d'or !

Pendant que le crieur répétait la première offre, voilà que surgit le vizir al-Mou'îne, fils de Sâwi, qui passait par là ; à la vue de ce tableau, avec Ali qui se tenait là, près de la place aux ventes, il se fit cette réflexion :

« Tiens, Ibn-Haqane, ici ? Cette ruine, ce tas de boue a-t-il encore de quoi, qu'il aille s'acheter une servante ? »

Puis son regard tomba sur le crieur entouré de tous les marchands :

« Ma foi, je crois que je ne m'étais pas tellement trompé, se dit al-Mou'îne. Simplement, je pense qu'il n'a plus d'argent et qu'il est descendu au marché avec Doux-Langage sa compagne pour la mettre aux enchères. Si c'est comme je dis, oh ! la délicieuse rosée qui va me rafraîchir le cœur ! »

Il appela le crieur, qui vint baiser la terre à ses pieds en signe de respect.

— Ô crieur, commanda le vizir, fais-moi voir un peu cette servante que tu es en train de vendre aux enchères.

L'homme fut tenu de s'exécuter :

— Certes, mon maître, au nom de Dieu !

La servante, qu'il avait fait avancer devant le vizir, plut énormément à al-Mou'îne, fils de Sâwi.

— Ô Hasane, demanda-t-il au crieur, à quel prix en sont pour l'instant les enchères ?

— Ô mon maître, elles ont été ouvertes à quatre mille pièces d'or.

— C'est bon ; je la prends pour quatre mille pièces d'or, déclara le vizir.

Quand les marchands entendirent la proposition du vizir, ils s'en tinrent là et se gardèrent de faire monter les enchères : ils le savaient méchant et perfide. Aussi le ministre interpella le crieur et, le fixant dans les yeux, le brusqua :

— Malheur à toi ! Qu'est-ce que tu attends, à regarder ainsi les marchands ? Retourne en vitesse auprès du vendeur et demande-lui ce qu'il décide !

Le crieur alla donc vers Lumière-de-la-Religion et l'avertit en ces termes :

— Ô mon maître, tu vas perdre ta servante et tu n'auras pas un sou en échange.

— Qu'est-ce à dire ? demanda Ali.

— Eh bien, c'est ainsi. Les enchères ont été ouvertes à quatre mille pièces d'or ; à ce moment-là, le vizir al-Mou'îne, fils de Sâwi, le cupide tyran que tu sais, passait par le marché. Il a vu la servante, elle lui a plu, et alors il m'a dit d'aller trouver son propriétaire pour savoir, à quatre mille pièces d'or, s'il était vendeur ou non. Ô mon maître, il ne fait pas de doute pour moi qu'il sait qu'elle est ton bien. A supposer qu'il te donne comptant ce qu'elle vaut, dix mille pièces d'or, ou même le prix qu'il dit, quatre mille, ce serait demi-mal. Mais je le connais : il n'y a pire ennemi de la justice, et il va tirer un billet de la somme convenue sur un de ses traitants, oh ! rassure-toi, l'un des mieux établis sur la place. Pendant ce temps, il fera parvenir à celui-ci, clandestinement, tous les ordres nécessaires pour te lanterner et différer le règlement d'une fois sur l'autre, en te payant d'un : « C'est entendu, mais plus tard dans la journée » ou d'un : « Nous verrons cela demain. » Voilà à quoi tu auras droit jour après jour et toi, comme tu as ta fierté, viendra le moment où, pris de colère, tu déchireras la traite purement et simplement, n'ayant plus qu'à faire passer ton opération avec la servante par pertes et profits.

Lumière-de-la-Religion écouta ce discours du crieur avec attention et, perplexe, lui demanda :

— Dans ces conditions, que faire maintenant ?

— Ô mon maître, voici mon conseil : tu n'as qu'à me suivre et tu te tireras de ce mauvais pas en y perdant le moins possible.

— Dis vite.

— Voici : tu vas venir tout de suite auprès de moi, dès que j'aurai repris ma place au marché, et tu reprendras la servante d'entre mes mains en lui infligeant une correction et la morigénant : « Insolente que tu es ! N'ai-je pas tenu mon serment de t'emmener au marché et de te mettre aux enchères ? » De la sorte, il y aura des témoins, et parmi eux le vizir, pour établir le motif de ton refus de vendre, et tout le monde croira que tu n'as amené ici la servante qu'en exécution d'un serment qui te liait.

— Cette solution me paraît la meilleure, approuva Lumière-de-la-Religion.

Le crieur quitta donc le jeune homme et revint se mettre en plein milieu du marché. Saisissant la main de la servante, il s'adressa au vizir al-Mou'îne, fils de Sâwi, en ces termes :

— Ô seigneur, le propriétaire arrive.

Et, en effet, on vit s'approcher du crieur Lumière-de-la-Religion, qui tira d'un geste brusque la servante de la main qui la tenait, puis la frappa d'un coup de poing, en ajoutant ces mots :

— Malheur à toi ! Tu vois bien que je suis descendu avec toi au marché comme j'en ai fait le serment. Retourne maintenant à la maison, et ne renoue pas avec tes anciennes habitudes. Malheur à toi ! Comme si j'avais besoin de l'argent que pourrait me rapporter ta vente ! Je prendrais n'importe quoi chez moi et je le vendrais, que je multiplierais par je ne sais combien ce que tu m'aurais rapporté !

Mais le vizir, regardant le jeune homme en face, lui lança :

— Malheur à toi ! Je doute fort qu'il te reste encore quelque chose à vendre pour une pière d'or ou même d'argent.

Puis il s'approcha, avec le dessein de le frapper. Alors, Lumière-de-la-Religion promena ses regards sur l'assemblée : il n'y avait là que des amis, qu'ils fussent marchands, crieurs publics ou chalands ordinaires. Il leur dit :

— Par Dieu ! Si vous n'étiez pas là, je l'aurais tué.

Mais tous se réfugièrent dans une attitude de réserve, qui semblait signifier : « Agis avec lui à ta guise, mais nous, nous n'interviendrons pas. » Lumière-de-la-Religion se jeta donc sur le vizir : il ne manquait pas de force et put faire tomber à terre le ministre en le saisissant puis en le tirant de l'arçon de sa selle. Enfin, comme tout auprès se trouvait un bac où l'on pétrissait l'argile pour en faire des briques, le jeune homme y projeta son adversaire, qu'il souffleta et martela de ses poings. Le vizir reçut même un coup dans les dents et cracha du sang, qui fit une tache sur ses vêtements. Or, il avait avec lui dix esclaves qui, voyant leur maître aussi mal en point, se jetèrent sur la poignée de leur sabre avec l'intention de dégainer, de tomber sur Lumière-de-la-Religion et de le couper en morceaux. C'est alors qu'on les sépara. Marchands et clients s'interposèrent, raisonnant les esclaves armés :

— Écoutez : l'un des deux est vizir, et l'autre fils de vizir. Pensez qu'un jour ils se réconcilieront peut-être et qu'alors vous ferez les frais de leur arrangement. Et sans aller jusque-là, supposez qu'un coup malheureux de vous fasse passer ce jeune homme de vie à trépas, imaginez quelles funestes conséquences aurait sur votre sort ce qu'on appellerait alors un assassinat. Non, croyez-nous, restez étrangers à ce différend.

Lumière-de-la-Religion cessa de son côté de frapper le vizir et prit la servante pour se diriger vers sa demeure. L'autre, en se relevant, se mit à considérer son état : il était peint de trois couleurs, le rouge du sang et le noir du limon bariolant le blanc de ses vêtements. Voyant cela, il ramassa une vieille natte en fibres de palmier, qu'il troua pour y introduire sa tête, prit dans les mains deux torchons d'alfa, puis se dirigea dans cet équipage jusqu'au pied des murs du palais où se trouvait le sultan Mouhammad, fils de Soulaymâne. Une fois là, il cria :

— Ô roi du temps, je suis victime de l'injustice.

Le sultan, entendant ce cri, ordonna sur-le-champ :

— Que l'on m'amène l'homme qui crie ainsi sa plainte.

Dès que Mou'îne fut devant lui, le sultan reconnut le Grand Vizir et lui demanda :

— Ô vizir, qui t'a ainsi traité ?

Alors le vizir pleura devant le sultan, et récita :

Vas-tu laisser faire le siècle
qui m'accable, quand tu y vis ?
Vas-tu, toi qui es un lion,
me laisser manger aux loups ?

Quiconque a soif n'a qu'à s'abreuver
aux mers qui t'environnent ; et moi,
que tu protèges, nuage gros de pluie,
je resterais à ne pas étancher ma soif ?

Puis il ajouta :

— Ô mon maître, vois la façon dont est traité tout sujet qui aime vivre sous ton autorité et tout homme de bon conseil dans ton royaume.

— Malheur à toi ! Fais-moi vite savoir comment on t'a infligé ce mauvais traitement, et qui a bien pu se conduire ainsi avec toi, alors que te respecter, c'est me respecter moi.

— Ô mon maître, répondit le vizir, je suis sorti aujourd'hui pour aller au marché aux servantes : je voulais en acheter une qui sût faire la cuisine. J'en ai vu une qui était à vendre et qui surpassait en perfection de formes toutes celles qu'on ait jamais vues. J'ai formé le dessein de me la procurer pour notre maître le sultan, et j'ai interrogé le crieur des enchères afin de savoir qui elle était, elle, et qui, celui qui la possédait. J'ai appris que c'était la servante d'Ali, le fils du vizir al-Fadl Ibn-Haqane. Notre maître le sultan se rappelle qu'il avait donné au vizir son père dix mille pièces d'or pour lui acheter une servante : c'est précisément de celle-ci qu'il avait fait l'acquisition, car elle lui avait plu. Mais le vizir s'était montré assez avare pour ne pas l'offrir à notre maître le sultan, la réservant au contraire à l'usage de son fils. Or, celui-ci, à la mort de son père, a liquidé la totalité de son patrimoine, si bien qu'il n'a plus rien en sa possession. Et quand il s'est trouvé vraiment dénué de tout, il a pris sa servante et il est descendu avec elle au marché, la confiant au crieur public et lui demandant de la mettre aux enchères.

» Les marchands ont proposé leurs prix, renchérissant jusqu'à ce que la somme ait atteint quatre mille pièces d'or. C'est là que je me suis avancé vers le jeune homme en lui disant : « Mon fils, prends pour toi quatre mille pièces d'or contre cette servante que je veux procurer à notre maître le sultan. Il a plus de droits que quiconque sur elle, étant donné que la somme qui était prévue pour son achat avait été prélevée sur la cassette de notre maître le sultan. » Il n'avait pas plus tôt entendu mes paroles qu'il s'écria, en me regardant dans les yeux : « Ô vieillard funeste ! Plutôt la vendre aux chrétiens ou aux juifs qu'à toi ! » Et moi de répliquer : « Est-ce ainsi que tu traites notre maître le sultan, dans les bienfaits duquel ton père et moi avons grandi ? »

» A ces mots, il se précipita sur moi, me fit choir de ma monture, moi, à mon âge ! porta la main sur moi et me mit dans l'état où tu me vois présentement. J'ajoute que si j'ai subi tous ces désagréments, ce n'était qu'en considération de la défense de tes intérêts.

Le vizir conclut sur ces mots, puis il se jeta sur le sol, dans les pleurs, feignant la pâmoison et les tremblements. Le sultan, entendant le rapport de son ministre, conjugué avec cet état où il le voyait, fut grandement indigné et la veine de la colère se gonfla sur son front, entre ses deux yeux. Il se tourna vers les Grands du royaume qui étaient de service ce jour-là à la cour et l'entouraient : il s'agissait de quarante manieurs de sabre. Il leur donna cet ordre :

— Descendez en ville, à la maison de Lumière-de-la-Religion. Mettez-la au pillage et ruinez-la de fond en comble. Ensuite de quoi, vous m'amènerez le jeune homme que vous traînerez de force, et la servante avec lui.

— Oreille attentive et bon vouloir ! répondirent les courtisans.

Équipés de pied en cap, ceux-ci descendirent vers la maison de Nour al-Dine Ali Ibn-Haqane. Or l'entourage du sultan comptait un certain 'Alam al-Dine Sinndjar, « Étendard-de-la-Religion », ancien esclave de Fadl-al-Dine Ibn-Haqane, et pour lors chambellan, au terme d'une carrière dans les honneurs que le souverain avait ainsi couronnée. Voyant ce qui se préparait pour la plus funeste fin d'un jeune homme qu'il aimait beaucoup, le fils de son ancien maître, il en conçut une grande peine et, quittant furtivement la compagnie du sultan, fila à bride abattue jusqu'à la maison de Nour al-Dine Ali Ibn-Haqane.

Arrivé chez celui-ci, il frappa à la porte : le maître lui-même vint lui ouvrir, saluant le chambellan Sinndjar qui venait le visiter.

— Ô Lumière-de-la-Religion, ce n'est pas le temps pour toi de te réjouir de ma visite, et coupons court aux échanges de salutations. Le poète n'a-t-il pas dit :

Si tu es victime d'un sort injuste,
songe d'abord à sauver ta vie
et laisse ta demeure se lamenter toute seule
sur le destin de celui qui l'a édifiée.

Tu trouveras toujours à échanger
ta patrie contre une autre,
alors que si tu perds ta vie,
aucune autre ne viendra la remplacer.

Dans les affaires importantes,
ce n'est pas ton conseiller qui décide :
le moment venu, la décision ultime
n'appartient qu'à toi.

La force qui gonfle le cou du lion
ne vient que du lion lui-même :
et il ne peut compter sur elle
que s'il obéit à son instinct...

Le jeune homme demanda au visiteur :

— Ô Étendard-de-la-Religion, que se passe-t-il donc ?

— Ô mon maître Nour al-Dine, répondit l'autre, dépêche-toi de fuir, avec ta servante : tu n'as pas d'autre moyen de sauver votre vie à vous deux. Le vizir al-Mou'îne, fils de Sâwi, vous a tendu un piège et, si tu ne le prends pas de vitesse, tu ne manqueras pas d'y tomber. Il s'y est pris de telle sorte que le sultan vient d'envoyer quarante hommes, des experts du sabre, avec mission de piller ta maison, de vous enchaîner, toi et ta servante, et de vous remettre tous deux à lui, pieds et poings liés. Voilà où en sont les choses ; aussi laisse-moi te donner mon avis : enfuis-toi sans plus tarder, emmène-la, et surtout n'attends pas de voir arriver ici la troupe de ceux qu'on envoie contre toi.

Sinndjar ne se contenta pas de ces mots, mais remit à Lumière-de-la-Religion quarante pièces d'or, qu'il prit dans sa bourse, tout en lui recommandant :

— Ô mon maître, prends cela et fais attention à le dépenser au mieux de tes intérêts. J'aurais préféré pouvoir te donner davantage, mais ne perdons pas de temps en vains regrets.

Lumière-de-la-Religion alla retrouver Doux-Langage, qu'il mit au courant de tout. L'affaire cloua d'épouvante sa compagne. Elle suivit cependant Ali dans sa fuite et Dieu leur permit d'arriver à la porte de la ville sans être remarqués par personne, et de la sorte, ils purent la passer sans encombre. Ils ne s'accordèrent point d'arrêt jusqu'au rivage du fleuve : ils virent là un bateau prêt à appareiller, dont le capitaine, debout au milieu du pont, criait :

— Ô marchands, êtes-vous certains de ne plus avoir à faire en ville ? Réfléchissez ! Peut-être avez-vous oublié quelque chose !

Les marchands unanimes se récriaient :

— Nous n'avons plus rien à faire en ville !

Sur quoi Lumière-de-la-Religion se fit conduire à bord, accompagné de sa servante.

— Où va ce bateau ? demanda-t-il.

— A Baghdad !

— Entendu.

Et l'on s'éloigna du rivage. Le navire semblait fendre l'air, volant sur l'eau, toutes ses voiles éployées, comme le poète en a fait le tableau :

Vois, pour le plaisir de tes yeux,
ce navire qui fend l'onde la nuit :
ne dirait-on pas le rapide éclair
quand il déchire un ciel d'orage ?

Il est comme une frégate altérée,
fondant du plus haut de l'éther,
pour venir à la surface des ondes
prendre de quoi étancher sa soif.

Le navire bénéficia d'un vent favorable · Lumière-de-la-Religion et sa compagne furent vite loin de la ville où les envoyés du sultan les cherchaient dans toutes les pièces de leur maison, qu'ils avaient forcée, pour leur faire un mauvais sort. Non seulement les recherches de ces méchants, mais encore leurs efforts pour recueillir le moindre renseignement sur leur disparition s'avérèrent infructueux. Les mercenaires se contentèrent donc de ruiner la maison de fond en comble, puis ils s'en retournèrent auprès du sultan afin de lui rendre compte de la façon dont leur mission avait tourné.

— Trouvez l'homme, ordonna le souverain. Où qu'il vous tombe entre les mains, vous vous saisirez de lui et l'amènerez devant moi.

— Oreille attentive et bon vouloir ! répondirent les mercenaires.

Quant au vizir, il était rentré chez lui, après que le sultan l'eut gratifié d'une tenue d'apparat et calmé par cette promesse :

— Personne d'autre que moi ne se chargera de te venger.

Et en effet, le souverain fit crier le héraut dans toute la ville, pour faire savoir que Lumière-de-la-Religion était recherché par lui. On entendit partout les rues résonner de cette annonce :

— Ô vous tous qui nous écoutez, sachez que le sultan Mouhammad, fils de Souleymâne, al-Rakabi, a décrété que celui qui lui amènera Nour al-Dine Ali, fils du défunt vizir, recevra une tenue d'apparat et mille pièces d'or, et que celui qui l'aura caché ou se sera abstenu de fournir ce qu'il aurait pu savoir de lui, celui-là, mieux vaut qu'il ne pense pas au sort qui lui sera réservé.

On chercha Lumière-de-la-Religion aux quatre points cardinaux, sans parvenir à rien savoir de lui. Dans cette agitation où tout le monde s'était mis pour le trouver, Dieu avait décrété pour lui et pour sa compagne Doux-Langage un voyage sans encombre qui les menait tranquillement à Baghdad.

Quand ils furent à la Ville de la Paix, le capitaine tint à Ali ce discours :

— Ô mon maître, que cette cité te soit propice : puisses-tu en y entrant y trouver santé et tranquillité ! Non seulement tu seras sous un bon climat, mais encore ta sécurité est assurée. On ne compte pas ceux qui visitent Baghdad ; quant à ceux qui s'y sont installés, c'est pour eux comme une villégiature. Juges-en : l'hiver, la froidure l'épargne ; le printemps, avec ses roses, la visite, y fait s'épanouir les fleurs et charge de fruits les branches d'un arbre dont le vert est tout neuf ; on entend alors sans fin gazouiller les oiseaux. Baghdad, tu la verras comme la décrit le poète :

Ville tranquille de toutes parts,
et sûre aux habitants,
ville livrée sans partage
au souverain bien-être.

Ville comme un paradis chamarré
des mille couleurs des plantes,
et comme un paradis prodigue de ses trésors
pour le plaisir de quiconque y demeure.

Lumière-de-la-Religion paya de cinq pièces d'or les services du capitaine, prit sa servante et débarqua. Avec elle, il marcha au hasard, et pour finir, la puissance divine les conduisit, par les chemins qui sillonnent à travers les jardins, en un lieu dont on avait balayé puis arrosé le sol. Les allées qui bordaient ce parc présentaient des bancs de pierre, des lampadaires, et des points d'eau pour se désaltérer, avec des seaux et des gobelets. Au-dessus du promeneur courait un treillage, et comme on pouvait voir au bout du chemin la porte d'un jardin, du reste close, on avait l'impression de s'avancer dans une avenante ruelle.

— Quel bel endroit, et comme il fait bon y être ! dit Nour al-Dine à sa compagne Doux-Langage.

— Par Dieu, suggéra celle-ci, que dirais-tu d'une petite sieste d'une heure sur l'un de ces bancs de pierre ?

L'un et l'autre se rafraîchirent le visage et les mains, burent un peu d'eau, et s'étendirent donc sur un banc. Une brise légère se mit à les caresser, leur apportant du jardin le gazouillis des oiseaux et le roucoulement des ramiers, le bruissement des frondaisons et le murmure des ruisseaux. Bercés par ces harmonies, l'homme et sa compagne ne tardèrent pas à se laisser aller au sommeil.

Il faut savoir que le jardin où ils prenaient ce repos avait pour nom « Jardin de l'Agrément » et qu'il était le parc du palais appelé « Palais des Effigies ». Le khalife y avait fait élever, reposant sur un mur percé de quatre-vingts fenêtres, une coupole sur le pourtour de laquelle on trouvait quatre-vingts lampes, alternant chacune avec un chandelier haut et fin surmonté d'un cierge. C'était pour le souverain un plaisir que de se rendre dans cette salle, d'en faire donner toutes les lumières, et alors, d'y faire chanter pour lui Ishâq le Commensal (1). Il était dans ces moments-là entouré de ses favorites de toutes races, et il se sentait respirer plus à l'aise que d'ordinaire, comme débarrassé de toute sensation de poids sur la poitrine.

Il avait préposé à la garde du jardin un vieillard d'un âge avancé, qu'il aimait au plus haut point, un certain cheikh Ibrâhîm. Cet homme prenait sa tâche fort au sérieux : si d'aventure, au retour de quelque commission en ville, il tombait sur des curieux qui, non contents d'amener des femmes légères dans le parc, voulaient encore jeter un œil indiscret sur la propriété privée par-dessus la porte, il se fâchait tout rouge et même, il allait parfois jusqu'à faire son rapport au khalife.

— Tu as carte blanche, lui avait dit ce dernier. Quiconque sera surpris par toi à cette porte, tu en useras avec lui comme bon te semble.

(1) Ishâq de Mossoul (767-849), musicien célèbre qui fit les beaux jours de la cour de Hâroun al-Rachîd et de ses successeurs.

Il se trouvait justement que l'arrivée du couple fugitif dans le parc coïncidait avec une course en ville de cheikh Ibrâhîm le gardien. Et quand celui-ci fut de retour, il tomba sur deux personnes étendues là, à dormir sur un des bancs de pierre de l'allée, et qui s'étaient enveloppées d'un ample manteau de femme.

— Par Dieu, se dit le vieillard, leur compte est bon ! Ces deux-là ne se doutent pas des ordres du khalife, qui m'a dit de tuer sans autre forme de procès le premier que je verrai ici. Néanmoins, je souhaite m'y prendre autrement et agir en sorte que ceux-ci puissent dire partout comment je les ai traités, afin qu'à l'avenir, on soit dissuadé de faire comme eux.

Il alla donc à un arbre pour y couper une branche, qu'il tailla en badine en la dépouillant de ses feuilles, et revint vers les deux personnes endormies, prêt à appliquer son coup : son bras était déjà si haut que l'on voyait le blanc de son aisselle. Tout à coup, il se ravisa :

— Ô Ibrâhim, tu es sur le point de frapper d'un grand coup cet homme et cette femme, mais as-tu pensé qu'ils sont peut-être étrangers au pays, qu'en ce cas ils ont les chemins pour toute auberge, et que seuls les malheurs du temps les ont conduits ici ? Vois d'abord à qui tu as affaire, enlève le manteau qui les couvre et regarde leurs visages.

Jetant la branche qu'il avait encore en main, Ibrâhîm s'approcha et souleva l'étoffe qui dissimulait les deux individus à ses regards. Alors il aperçut deux disques de lune brillant de tous leurs feux, et se remémora cette poétique description :

Lorsque mes yeux tombèrent
sur ces deux-là qui dormaient
à même le sol, je voulus
les voir me fouler la paupière.

Deux croissants au firmament,
deux soleils à l'orient, deux lunes,
deux gazelles, deux branches souples,
deux statues aux irréprochables canons.

Ce spectacle de la pure beauté et de la perfection physique enthousiasma le vieillard, qui se dit en lui-même :

— Par Dieu ! Quelle race !

Il remonta l'étoffe sur le visage des dormeurs et alla aux pieds de Lumière-de-la-Religion, qu'il se mit à masser. Le garçon ouvrit les yeux et, à la vue de ce vieillard d'âge avancé, il conçut de la gêne. Vite, il replia ses jambes puis se mit en position assise, avant de prendre la main de cet homme respectable, à laquelle il porta les lèvres. Il ajouta ces mots :

— Ne te donne pas ce mal, ô mon oncle, et que Dieu rétribue ta peine.

— Ô mon fils, demanda le vieillard, de quel pays êtes-vous venus tous deux ?

— Ô vieillard, répondit Lumière-de-la-Religion, en effet nous ne sommes pas d'ici.

— Eh bien, puissiez-vous partout être traités avec honneur.

L'homme compléta par une invitation ces souhaits de bienvenue :

— Vous seriez mieux chez moi, dans ce jardin : l'air y est encore meilleur et, de plus, c'est un régal pour l'œil. Venez...

— A qui dis-tu, vieillard, que ce jardin appartient ? demanda Lumière-de-la-Religion.

— A moi : je le tiens de mon père, qui me l'a laissé en héritage.

Ce mensonge était délibéré de la part du vieillard, qui ne voulait que permettre au couple de visiter sans arrière-pensée et sans appréhension le jardin. Il insista :

— Mon enfant, si je vous ai fait cette offre, ce n'est que pour vous aider à chasser vos soucis et votre chagrin : l'air pur libérera vos poitrines, vous verrez.

Lumière-de-la-Religion remercia le cheikh Ibrâhîm pour ces mots gentils qu'il entendait, se leva avec la servante et tous deux le suivirent dans le jardin. Mais quel jardin admirable c'était !

Dès l'entrée, on passait sous un arc qui ressemblait à

cette salle suspendue où Chosroès Anouchirwâne avait autrefois fait dresser son trône. Les vantaux de la porte présentaient des motifs en tout point semblables à ceux qu'on voyait aux portes du paradis. Ensuite, passé le portail, on se trouvait sous une voûte naturelle de pampres pendant d'un treillis en arcades, et qui offraient aux yeux une palette variée : le rouge de l'or massif y côtoyait le noir tête d'Abyssin, et entre le noir et le rouge, le blanc y disposait comme des perles qui auraient alterné avec du corail et de l'ambre gris. Cette charmille sous les vignes débouchait sur un épais bosquet où la futaie montrait des troncs tantôt simples, tantôt jumeaux. On y entendait gazouiller les oiseaux, et, dans tous leurs airs mêlés, on pouvait distinguer le refrain harmonieux de la calliope, le sonore roucoulement de la tourterelle, le chant nostalgique du rossignol, le langage presque humain du merle, les oraisons des ramiers, qui semblent énumérer les mérites des absents et réveiller en foule les souvenirs émus. Jusqu'au pigeon à collier qui cadençait sa prose rythmée, et tissait avec le chardonneret un splendide chant alterné.

Les arbres ployaient sous des couples de fruits mûrs. On pouvait compter trois espèces de grenades, les acides, les sucrées et les aigres-douces ; les pommes évoquaient un subtil mélange des deux saveurs ; quant aux poires, elles étaient de l'espèce de Mouhibb ou de Khoullâne. Bref, ce verger présentait des merveilles qui non seulement sont au-delà des mots pour les décrire, mais encore au-delà de ce que l'œil a jamais pu percevoir.

Lorsque Lumière-de-la-Religion eut rassasié sa vue de ce jardin et de ses beautés, il en ressentit un grand bien-être, sa poitrine se dilata et lui revinrent en tête les souvenirs heureux des moments passés avec les amis, quand il tenait table ouverte et que le plaisir colorait tous ces jours. Se tournant vers le vieillard, il lui demanda alors comment il s'appelait.

— Ibrâhîm est mon nom, lui répondit le vieux.

— Eh bien, cheikh Ibrâhîm, reprit le jeune homme, quel beau jardin tu as là, par Dieu ! Que le Très-Haut te bénisse et que Sa bénédiction rejaillisse sur toutes les productions de ce jardin. Ô cheikh Ibrâhîm, ton bon cœur s'est déjà suffisamment manifesté quand tu nous as adjuré d'accepter cette invitation à venir voir ta propriété ; il ne serait pas raisonnable de te faire ajouter à cela la moindre dépense pour nous. Aussi, accepte ces deux pièces d'or et envoie acheter du pain, de la viande et tout ce qu'il faut pour que nous puissions faire un bon repas.

Le cheikh Ibrâhîm prit l'argent et se mit en posture de faire les emplettes, tout en se disant :

— Ce serait bien étonnant qu'ils puissent manger pour plus de dix pièces d'argent. Je n'aurai qu'à empocher la différence !

Notre homme prit donc la route pour aller faire provision de vivres, capables en quantité et en qualité d'apaiser la faim de ses visiteurs et, tandis qu'il vaquait à cette tâche, Lumière-de-la-Religion Ali se mit à faire avec Doux-Langage sa compagne les cent pas dans le jardin, en guise de promenade. Le destin amena les pas du couple vers le palais du khalife, ce fameux Palais des Effigies que l'on avait fait bâtir, comme il a déjà été dit, au milieu du parc. Ali fit le tour de l'édifice, dont il admira les proportions et les plans, qu'il trouva parfaits, mais il ne put y entrer. Aussi, quand le cheikh Ibrâhîm revint des courses, il s'entendit poser la question :

— Ô cheikh Ibrâhîm, n'as-tu pas dit que ce jardin t'appartenait ?

Et comme le vieillard confirmait sa première réponse, une autre question vint aussitôt :

— Et le palais que l'on a édifié au milieu, à qui est-il donc ?

Le vieux se dit alors que s'il prétendait que le palais appartenait à quelqu'un d'autre, ses visiteurs ne manqueraient pas de trouver cela bizarre et de continuer en lui demandant le comment et le pourquoi de la chose. Il préféra répondre que le palais aussi était à lui. Alors Lumière-de-la-Religion revint à la charge :

— Comment, ô cheikh Ibrâhîm ? Voilà un palais qui t'appartient, et nous tes hôtes, tu n'es pas plus pressé que cela de l'ouvrir pour nous, de nous y faire entrer, et de nous adjurer de régaler nos yeux des beautés qu'il contient ?

Le vieux, à ce reproche, sentit monter la honte et fut bien obligé de se comporter en propriétaire du palais. Il quitta un moment ses visiteurs puis revint vers eux avec une grande clef à la main, s'approcha de la porte et l'ouvrit, en ajoutant la formule sacramentelle : « Au nom de Dieu ! »

Il précéda dans l'escalier Ali et Doux-Langage, qu'il conduisit à travers de nombreuses pièces jusqu'à la grande salle des Lustres. Lumière-de-la-Religion, voyant les lampadaires recouverts d'étain, les lampes en appliques, les fenêtres, ne put s'empêcher d'évoquer en son souvenir les agréables soirées d'autrefois, et ces mots montèrent en lui :

— Quelle belle salle, ô cheikh Ibrâhîm, par Dieu !

Sur ces paroles, tous trois s'assirent pour prendre le repas : ils mangèrent jusqu'à être rassasiés et procédèrent aux ablutions. Puis, s'avançant vers une des fenêtres, qu'il ouvrit, Ali, qui avait fait venir près de lui Doux-Langage, se mit à contempler le paysage, avec tous ces fruits qui pendaient aux arbres et, à la fin, se retournant vers Cheikh Ibrâhîm, il lui adressa cette demande :

— Dis-moi, vieillard, as-tu de quoi nous offrir à boire ?

— Ô mon fils, répondit l'autre, quelle idée de prendre de la boisson après avoir mangé ! D'ordinaire, c'est avant.

— Tu n'y es pas, repartit Lumière-de-la-Religion : pour la boisson, on attend d'avoir fini de manger.

— Mais, reprit le vieillard, qu'entends-tu au juste par « boisson » : est-ce le vin que tu veux dire ?

— C'est cela même.

— Alors, mon fils, tu sauras que je demande l'appui de Dieu pour me protéger du vin. Treize fois, j'ai fait le pèlerinage de La Mekke, et, en conséquence, je ne puis pas même toucher à un gobelet qui aurait contenu du vin sans encourir la malédiction de Dieu.

— Permets-moi deux mots, répliqua le jeune homme.

— Parle, ô mon fils.

— Cet âne que tu vois là-bas attaché à un piquet de la bordure du parc, suppose que la malédiction de Dieu s'abatte sur lui, en recevrais-tu une partie ?

— Ma foi non, accorda le vieillard.

— Eh bien, voici deux pièces d'or, prends l'âne et va jusqu'à l'auberge où l'on boit du vin. Mets pied à terre à bonne distance de cet établissement, attends que quelqu'un en sorte, hèle-le et dis-lui : « Garde ces deux pièces d'argent pour toi, et avec les deux pièces d'or que voici, achète-moi deux belles et bonnes jarres de boisson. » Attends encore qu'il ressorte de l'auberge et dis-lui alors : « Mets les deux jarres dans ce bât à deux poches et le bât sur l'âne. » Quand il aura tout bien fait, pousse la bête devant toi et rejoins-nous ici. Nous déchargerons nous-mêmes l'âne, de sorte que tu n'auras ni porté ni touché de la main un récipient contenant du vin et que, comme l'âne aura été le seul à recevoir la malédiction à cause de la boisson, rien n'en rejaillira sur toi.

Ce stratagème fit beaucoup rire le vieux, qui félicita Lumière-de-la-Religion :

— Par Dieu, ô mon fils, je dois dire que je n'ai jamais rien entendu d'aussi habile, ni personne d'aussi éloquent.

Il agit selon les indications du jeune homme, et fut bientôt de retour avec la marchandise qu'il s'était procurée. Et le couple alla lui-même chercher le vin sur le dos de la bête. Puis Lumière-de-la-Religion dit encore au vieillard :

— Vieil homme, tu ne nieras point que, à nous tes hôtes, tu doives désormais tout et notamment que tu sois là pour répondre à nos demandes.

— Mais encore ?

— Notre demande est, par exemple, que tu extirpes de leurs cachettes récipients, coupes et autres gobelets pour la boisson.

Le vieux remit aux jeunes gens les clefs des celliers et

coffres à vaisselle, en prenant bien soin d'ajouter :

— Je vais chercher les fruits... Si vous avez besoin de quelque chose, prenez-le et installez-le sur la table.

Lumière-de-la-Religion alla ouvrir les celliers et les coffres à vaisselle, y puisant non seulement ce qui lui paraissait utile, mais encore ce qui lui faisait envie. De son côté, le vieillard leur rapportait de sa cueillette toutes sortes de fruits, des bouquets de fleurs odorantes et tout ce qu'il avait pu trouver de ce genre. Après quoi, il les laissa. Quant à Doux-Langage, elle prépara rapidement le décor et dressa une sorte de buffet où elle avait arrangé les coupes, les verres à boire en or et en argent, flûtes ou gobelets pansus, à côté des compotiers et des raviers destinés à recevoir des fruits secs ou des fruits frais de toutes espèces. Tout fut donc apprêté pour le plaisir de boire ensemble en conversant. Alors Lumière-de-la-Religion se remplit un verre de boisson, et regardant sa compagne Doux-Langage, leva sa coupe :

— Notre route a été bénie, qui nous a conduits à ce jardin.

Et il ajouta cette poésie :

Comme ce jour est délicieux !
Comme il nous comble d'aise !
Quelle beauté montrent ces fruits,
et quelle perfection est en eux !

Une coupe à la main droite, à la gauche
ma belle, lune brillant de tous ses feux,
je voue au diable le sévère censeur
qui me reproche ma façon de vivre !

Il but et fit boire Doux-Langage. Plusieurs coupes suivirent la première, jusqu'à ce que le jour, en s'enfuyant leur eût dérobé sa lumière. Et quand l'obscurité de la nuit se mit à envahir les lieux, le vieillard remonta du jardin pour demander aux jeunes gens s'il pouvait leur être utile. Il s'arrêta au seuil du salon et, regardant Lumière-de-la-Religion, lui adressa ce compliment :

— Par Dieu, ô mon maître, c'est un jour fortuné qui vient de s'achever. Je ne pourrai que reprendre les mots mêmes du poète pour dire l'honneur que tu nous as fait en venant nous voir ici :

Si ces murs savaient qui daigne les visiter,
ils l'accueilleraient transportés d'émotion,
comme un qui baise la trace des pas de l'hôte,
et déborderaient de joie à la bonne nouvelle

A leur manière ils chanteraient, exultants,
ce chant que l'on chante à qui vous honore :
« Que soient les bienvenues ces personnes
parées de bienveillance et de générosité ! »

Lumière-de-la-Religion, sur l'esprit de qui régnait en tyran capricieux l'ébriété, répondit au vieillard :

— Mais non, mais non, ô cheikh Ibrâhîm ! Par Dieu, nous sommes arrivés, nous, dans ton amitié, sans crier gare : ce sont uniquement tes nobles qualités et ton beau caractère qui t'ont fait nous supporter.

C'est alors que Doux-Langage pensa à quelque chose, qu'elle dit à voix basse à son maître :

— Ô Lumière-de-la-Religion, est-il quelqu'un au monde qui serait capable de faire boire ce cheikh Ibrâhîm ?

— Toi, tu as ton idée là-dessus, n'est-ce pas ?

— Tu m'as devinée, par ta vie !

— Malheur à toi ! Comment feras-tu ?

— Voici, maître : adjure-le d'abord toi-même de nous tenir compagnie dans ce salon. Lorsqu'il sera tranquillement assis auprès de nous, bois un dernier verre et fais semblant de sombrer dans le sommeil. Alors je lui présenterai à boire et recevrai de lui la boisson.

Lumière-de-la-Religion commença à exécuter le plan :

— Ô cheikh Ibrâhîm, est-ce ainsi que l'on agit d'habitude ?

— De quoi s'agit-il, ô mon fils ? demanda le vieux.

— Nous sommes tes hôtes, et toi, tu ne viens même pas auprès de nous t'asseoir et nous raconter les événements anciens, les bons mots des grands hommes, que sais-je, tout ce qui nous aiderait à passer en ta compagnie, sans nous ennuyer, le cap de la nuit obscure.

Le cheikh Ibrâhîm regarda les jeunes gens : le vin avait pris sur leur âme un empire absolu, avait rendu leurs joues rouges et leurs idées confuses ; les yeux brillaient de désir et la sueur perlait en couronne à leur front. Le vieillard se dit : « Je n'ai rien à craindre à m'approcher d'eux. Et puis, est-ce tous les jours qu'on rencontre des êtres de cette qualité ? » Alors il entra et alla s'asseoir sur la marche de l'estrade où les autres se tenaient. Mais Lumière-de-la-Religion insista :

— Par ma vie, pourquoi ne viens-tu pas plus près ?

L'autre s'approcha donc. Ali emplit de vin un verre qu'il lui tendit :

— Bois, ô vieillard.

— Je demande le secours de Dieu, répliqua l'autre. J'observe fidèlement mes obligations religieuses.

Ali, sans insister davantage, but lui-même le verre qu'il destinait à son hôte et s'endormit. Ou plutôt, comme on sait, il fit semblant. La servante prit alors le vieux à témoin :

— Vois un peu comment il se conduit avec moi.

— Comment ? interrogea le vieillard.

— Eh bien, comme toujours, il boit un peu et se met à dormir, m'oublie et me laisse veiller seule, sans personne pour me tenir compagnie.

Le vieillard sentit ses membres s'amollir. La jeune femme en profita pour emplir un verre qu'elle lui tendit :

— Par ma vie, contente le désir de mon cœur : bois.

L'autre tendit la main, prit le verre et en but le contenu. Elle, de son côté, lui en remplissait déjà un second. Il le but aussi.

— Cela me suffit, déclara-t-il alors.

— Un verre ou cent, c'est pareil, lui fit-elle remarquer.

Le troisième verre qu'elle lui avait préparé suivit le chemin des deux autres. Et au moment où le vieillard s'apprêtait, le quatrième à la main, à le porter à ses lèvres, Lumière-de-la-Religion fit semblant de se réveiller et de se fâcher :

— Ô vieux, en voilà des manières ! Quand je t'ai adjuré de boire, tu m'as objecté ta religion !

Le vieillard rougit de confusion. Il balbutia :

— Ce n'est pas ma faute.

Mais Ali éclata de rire. Puis la conversation devint générale et tous trois se mirent à boire ensemble. A un moment, la servante se pencha vers Lumière-de-la-Religion et lui dit à l'oreille :

— Bois, toi, sans davantage lui passer de verres et l'adjurer de te faire plaisir en les buvant : on va s'amuser, tu ne le regretteras pas.

Elle se mit donc à échanger des coupes avec le jeune homme, sans plus s'occuper du cheikh Ibrâhîm. En effet, celui-ci ne tarda pas à les regarder en face et à s'inquiéter :

— Que se passe-t-il ? Vous me laissez sans boire ?

Ce revirement divertit beaucoup les jeunes gens. Ils se remirent alors à boire et à offrir de nouveau des verres au vieillard, et c'est ainsi que la minuit les surprit.

La servante à ce moment-là proposa d'allumer un des cierges de la Salle aux Lustres. Le cheikh Ibrâhîm l'y autorisa :

— Soit, mais un seul cierge.

Elle alluma tous les cierges. Ibrâhîm ne prononça pas un seul mot de reproche, et ne lui dit rien quand elle revint s'asseoir. Au bout d'une heure, Ali dit au vieillard :

— Quelle part me réserve ton hospitalité ? Laisse-moi allumer à mon tour une de ces lampes.

— Soit, mais une seule, s'il te plaît, lui demanda-t-il.

Ali se leva, alluma toutes les lampes et, quand le lieu resplendit de lumière, le vieillard, vaincu par l'ivresse, soupira à l'intention de ses hôtes :

— Aurai-je moins de part que vous à diriger ce lieu ?

Il dit, et ouvrit les quatre-vingts volets.

Or, le destin voulut que cette nuit-là le khalife s'assît dans son palais près d'une fenêtre donnant sur le Tigre et que par hasard il portât son regard dans la direction du jardin de plaisance. De loin, il vit en lieu et place du Palais des Effigies un tison ardent. La cour du khalife (1) en fut si émue qu'on eût dit le jour du Jugement dernier. Le vizir Dja'far fut aussitôt convoqué auprès du souverain qui, le foudroyant de sa colère, lui jeta ces mots :

— Ô chien d'entre les vizirs, Baghdad est aux mains d'un conquérant et tu ne m'en avertis pas ?

— Dieu ! ô Dieu ! ô Émir des Croyants, s'écria Dja'far, comment ajouter foi à cette nouvelle ?

— Ô chien, reprit le khalife, si Baghdad n'avait pas été conquise, on n'aurait pas illuminé de la sorte le Palais des Effigies en en ouvrant les fenêtres. Qui donc oserait agir ainsi, s'il ne s'était d'abord assuré la souveraineté à notre place ?

Le malheureux Dja'far sentit la peur parcourir en longs frissons son corps, des épaules aux flancs.

— Ô Émir des Croyants, demanda-t-il, par qui sais-tu que le Palais des Effigies a été illuminé et que ses fenêtres ont été ouvertes ?

— Malheur à toi ! s'écria le khalife, avance un peu ici et ouvre tes yeux.

Dja'far se rapprocha du khalife et regarda dans la direction du jardin de plaisance. Lui aussi vit le palais se détacher comme un tison trouant l'épaisse obscurité de la nuit. Il voulut couvrir le gardien, le cheikh Ibrâhîm : sans doute avait-il reçu des étrangers et souhaitait-il les traiter... Aussi forgea-t-il pour le khalife ce conte :

— Ô Émir des Croyants, le cheikh Ibrâhîm est venu me trouver, il y a une semaine de cela, et il m'a dit : « Maître, je souhaite célébrer la circoncision de mes enfants, sous le patronage de l'Émir des Croyants et le tien. — Et que désires-tu ? lui ai-je alors demandé. — Un rescrit du khalife m'autorisant à célébrer la cérémo-

(1) Il s'agit, une fois de plus, du fameux Hâroun al-Rachîd (766-809), inséparable, comme à l'ordinaire, de son fidèle vizir Dja'far.

nie dans le palais, m'a-t-il répondu. — Va, et agis à ta guise ; au cours de ma prochaine audience chez le khalife, je l'informerai de l'affaire. » Et puis, cela m'est sorti de l'esprit, ô Émir des Croyants.

— Ô Dja'far, reprit le Khalife, j'avais une faute à te reprocher, j'en ai deux maintenant : la première, c'est de ne pas m'avoir averti, la seconde, c'est de n'avoir rien compris à son arrière-pensée. Car il n'est venu te trouver et ne t'a tenu ces propos que pour tirer de toi quelque don à la faveur de cette cérémonie. Non seulement tu ne lui as rien donné, mais tu t'es gardé de me mettre au courant de sa démarche pour te débarrasser sur moi du cadeau.

— J'ai simplement oublié, ô Émir des Croyants.

— Par la tombe de mes ancêtres et de mes aïeux, s'écria le khalife, je ne finirai cette nuit qu'auprès des invités du cheikh Ibrâhîm, ses parents et ses amis ! Tout le monde y gagnera, à cette visite. Pour eux, leur fête en tirera davantage d'éclat, et de plus, ma présence justifiera qu'elle se déroule en ce lieu, sans compter le plaisir qu'aura le cheikh Ibrâhîm à me voir. Et pour moi, ce sera un plaisir que de rencontrer les cheikhs et tous les hommes vertueux que rassemble cette cérémonie.

— Ô Émir des croyants, fit remarquer Dja'far, n'est-il pas un peu tard à présent ? La fête doit être sur sa fin...

— Peu importe ! Il faut absolument que j'y aille.

Cette conclusion du khalife laissa Dja'far sans voix, et très embarrassé sur la conduite à tenir. Quant au khalife, il se dressait déjà sur ses pieds, imité par son ministre et par son domestique Masrour ; tous trois sortirent du palais sous un déguisement de marchands, traversèrent la ville de Baghdad et se dirigèrent vers la porte du jardin de plaisance. Quand ils furent devant le portail, le khalife en poussa un battant, qui s'ouvrit de lui-même, à son grand étonnement. Il fit même cette remarque :

— Tiens, vois-tu cela, ô Dja'far, le cheikh Ibrâhîm a laissé la porte ouverte jusqu'à cette heure avancée de la nuit. Cela ne lui ressemble pas : la joie lui aura sans doute totalement occupé l'esprit.

Tous les trois traversèrent le parc jusqu'aux abords du palais. Au pied des murs, le khalife eut l'idée de ce stratagème :

— Ô Dja'far, je souhaite d'abord entrer en me cachant, comme cela je verrai ces clercs tout à mon aise, au lieu de me présenter comme khalife, ce qui m'empêcherait de me faire une idée sincère et véritable de leur condition... qu'ils ne manqueraient pas de farder s'ils savaient qui je suis. Du reste, je ne les entends ni parler ni réciter les prières, et pourtant la fête ne semble pas terminée : c'est qu'un sentiment de fervente piété a dû plonger toute l'assistance dans le silence de la vénération muette...

Il regarda autour de lui et ses yeux s'arrêtèrent sur un arbre de belle taille.

— Voilà qui fait tout à fait mon affaire, un arbre : je vais y grimper, et comme ses branches se trouvent près des fenêtres, je pourrai regarder dans la salle sans me gêner et découvrir ce qui s'y passe.

Aussitôt dit, aussitôt fait : le khalife grimpa, passant d'une branche à l'autre, jusqu'à celle qui était la plus proche des fenêtres et qui lui permettait de jeter ses regards à l'intérieur de la salle. Et ce qu'il vit était un jeune homme et une adolescente beaux comme des lunes, ainsi qu'un cheikh Ibrâhîm levant à la jeune femme un verre au bord orné d'un filet d'or :

— Ô Dame, qui règnes en maîtresse sur les belles créatures, si l'on boit sans entendre de beaux chants, l'envie de dormir vous prend et le sommeil ne tarde pas à vous gagner. Le poète déjà l'avait remarqué :

D'abord le grand, puis le petit verre !
Remplis les deux l'un après l'autre ;
et reçois à boire des mains de ta mie,
ce disque brillant de la lune.

Ne bois pas si la musique et les chants
n'accompagnent pas la boisson ; j'ai vu

même des chevaux refuser de boire,
si on ne sifflait pas à leurs oreilles.

En voyant le comportement du cheikh Ibrâhîm, le khalife eut la veine de la colère qui se gonfla sur son front, entre les deux yeux. Il regarda Dja'far et lui fit cette proposition :

— Moi, j'ai rassasié ma vue des clercs qui sont les hôtes du gardien de ce jardin. A toi, maintenant : monte et regarde, afin de ne pas laisser échapper les bénédictions que le spectacle de gens si pieux ne manque pas de répandre.

L'embarras de Dja'far était grand. Que devait-il penser de cela ? Il obéit au khalife, grimpa sur l'arbre et porta ses regards dans le salon : il y vit le vieux, ainsi qu'Ali et la servante, dans l'état où les avaient mis libations et joyeux propos. Le visage du ministre changea de couleur, à sentir de si près l'odeur de la corde et du gibet. Une fois redescendu, Dja'far se tint penaud en attendant la parole du khalife, qui ne tarda pas :

— Ô Dja'far, cette cérémonie de circoncision nous a vraiment proposé de quoi enrichir notre expérience.

Mais cela ne délia pas la langue du vizir, honteux, épouvanté, paralysé. Le khalife demanda alors :

— Qui a fait entrer ici ces gens ? Comment ont-ils eu le front de s'installer dans mon palais sans ma permission ? Quoique, je dois dire, je n'aie jamais vu de personnes aussi bien faites que ce jeune homme et cette adolescente...

Dja'far se saisit de cette dernière remarque, dans l'espoir d'apaiser son souverain et de recueillir son agrément :

— Ô Émir des Croyants, tu as dit juste concernant ces deux-là.

— Ô Dja'far, reprit la khalife, si nous remontions tous les deux sur cette branche qui est près des fenêtres, afin que leur joie à tous trois, de boire et de deviser, nous fasse du bien à notre tour ?

Voilà de nouveau le khalife et son ministre, ensemble

cette fois, en l'air, sur leur observatoire. De là, ils entendent le vieillard qui demande à la servante :

— Ô Dame, qui règnes en maîtresse sur les belles créatures, qu'est-ce qui manque encore à notre fête ?

— Ô vieillard, si tu as à ta disposition quelque instrument de musique, apporte-le et notre joie sera parfaite.

— La chose est faisable, acquiesça le gardien du palais.

On le vit se lever et sortir. Mais nos deux guetteurs ne savaient point ce qu'il allait chercher. Après s'être absenté un moment, il revint avec un luth. Le khalife ne mit pas longtemps, même en l'examinant de loin, à reconnaître l'instrument ancien d'Ishâq.

— Ô Dja'far, affirma-t-il, cette servante a pris le luth, mais, je le jure par la tombe de mes parents et de mes aïeux, de deux choses l'une : ou elle chante bien et ceux-là obtiendront mon pardon, mais toi tu te balanceras au bout d'une corde ; ou elle chante mal, et eux et toi vous serez pendus.

— Ô Seigneur mien, s'écria Dja'far en une fervente prière, fais qu'elle chante d'une façon abominable !

— Tiens, et pourquoi ? s'étonna le khalife.

— Si tu nous supplicies tous ensemble, je serai en excellente compagnie pour passer agréablement le temps à converser…

Cette pointe amusa le khalife. Mais déjà la jeune femme avait accordé son luth, elle en effleurait les cordes des doigts et, se mettant à jouer à la perfection, elle remplit les cœurs de désir : l'homme sain de corps et d'esprit en tombait malade d'un amour éperdu. Après ces accords, elle entama cette mélodie :

Ô vous qui êtes les ornements
des jardins de nos amants,
tous les châtiments sont mérités,
que vous déciderez contre nous.

Nous nous sommes tournés vers vous,
quémandant votre intimité, implorant

votre aide, vous, si compatissants
que vous relevez les humiliés.

Épargnez notre vie, faites quartier
à des malheureux mariés à la misère
et montrez-vous inspirés par la foi
au moment de décider de notre sort.

Quelle gloire auriez-vous à nous tuer
tandis que nous sommes sous vos toits ?
Quelle inquiétude pourtant nous avons
de vous voir pécher en nous punissant !

Le khalife se tourna vers Dja'far :

— Ô Dja'far, crois-moi, je n'ai jamais entendu mélodie aussi parfaite.

Cette réflexion du khalife rassurait Dja'far : visiblement, la colère de son maître était tombée. Il s'empressa d'acquiescer :

— L'Émir des Croyants a raison.

Après cet échange, les deux hommes redescendirent de l'arbre. Mais le khalife n'avait pas oublié son serment :

— Nous voulons, dit-il, prendre place parmi eux et entendre jouer et chanter cette femme devant nous.

— Mais, objecta Dja'far, comment apparaître devant eux sans qu'ils en conçoivent une grande gêne, et surtout épargner au vieux une attaque foudroyante qui l'emportera ?

— J'y pourvoirai, et ferai en sorte qu'il ne me reconnaisse pas, décida le khalife.

Il laissa là Dja'far et marcha du côté du palais qui donnait sur le Tigre, tout en réfléchissant à un plan ; c'est alors qu'il vit un pêcheur qui s'adonnait par là à son travail, et cette scène lui remit en mémoire qu'un jour, pendant une de ses villégiatures en cette résidence, il avait demandé au cheikh Ibrâhîm, son gardien, la raison du bruit qu'il entendait dehors.

— Ô Émir des Croyants, ce sont les pêcheurs, avait répondu le vieux.

Le khalife s'était alors fait menaçant :

— Si jamais tu ouvres la porte de ce jardin aux pêcheurs, tu es bon pour la potence.

Il n'en avait pas fallu davantage pour que le parc fût définitivement fermé aux pêcheurs. L'un d'eux, justement, ce soir-là, un habitué nommé Karîm, s'était rendu compte, en passant devant le portail du parc, qu'il était resté ouvert et il s'était dit : « Je n'ai qu'à profiter de la négligence du gardien, le cheikh Ibrâhîm, puisqu'il a l'air de s'être endormi en laissant la porte ouverte : je vais aller jeter le filet du côté du palais, au calme ; c'est bon pour le poisson qui, du coup, sort sans être gêné. »

Il était donc tranquillement à pêcher, quand il entendit marcher derrière lui. Il n'eut pas besoin de dévisager longuement l'inconnu pour reconnaître en lui le khalife ; un frisson d'épouvante le parcourut du haut en bas, et il balbutia quelque excuse :

— Ô Émir des croyants, ne crois pas que je me trouve ici par mépris de l'ordre que tu as donné ; non, si je suis là, c'est poussé par la pauvreté et par toutes ces bouches à nourrir dans mon foyer.

— N'aie pas peur, le rassura le khalife. Reste et pêche désormais au nom de ma chance.

Le pêcheur se prépara, puis lança son filet, assura sa fermeture et le tira. En le ramenant, il y trouva nombre de poissons d'espèces variées.

— Mets à part cette anguille et ce turbot d'eau douce, lui intima le khalife après l'avoir complimenté de sa prise.

L'homme fit comme on lui disait.

— Maintenant, reprit le khalife, dépouille-toi de tes habits.

L'autre se déshabilla : il posa son unique vêtement, une longue tunique qui ne comptait pas moins de quatre-vingt-dix pièces de raccommodage, et ôta également son turban. Le khalife prit le tout et donna cet ordre au pauvre homme :

— Maintenant, prends ma tenue et va faire ce que tu as à faire.

Après quoi, s'emparant d'un panier propre dont il

garnit le fond de feuilles ramassées sur place, il y mit les deux poissons que l'autre avait laissés pour lui, puis il rejoignit Dja'far dans son nouveau déguisement : le vizir, le voyant en face de lui, crut d'abord qu'il s'agissait du pêcheur, et c'est seulement au rire du khalife, amusé par la confusion de son ministre, qu'il identifia l'Émir des Croyants. Il appela :

— Ô Émir des Croyants !

Et quand le khalife répondit à son nom, il s'excusa .

— Par Dieu ! je croyais que tu n'étais autre que le pêcheur Karîm.

— Eh bien, Dja'far, tu n'as qu'à maintenant rester ici jusqu'à mon retour.

Le khalife, satisfait de cette épreuve, gagna l'entrée du palais et y frappa. C'est Lumière-de-la-Religion qui l'entendit heurter et avertit la compagnie qu'il y avait quelqu'un. Le vieillard se leva et vint demander :

— Qui est là ?

— C'est Karîm le pêcheur, répondit le khalife. J'ai compris qu'il y avait des invités chez toi, et je suis venu leur offrir les poissons que j'ai là, dans mon panier.

Le mot de « poissons » ne tomba pas dans l'oreille de sourds et les hôtes furent intéressés par l'offre, si bien que Doux-Langage s'écria :

— Au nom de Dieu, ouvre, par ma vie ! Laisse monter le pêcheur au salon avec son lot de poissons.

Le vieux ouvrit et en réponse aux salutations que faisait le khalife à la compagnie, il renvoya ce compliment au nouveau venu :

— Bienvenue au voleur et au joueur invétéré que tu es. Fais voir un peu ta pêche.

Le soi-disant pêcheur déballa devant tout le monde son panier.

— Que voilà du beau poisson et bien frais ! approuva la jeune femme. Il n'en serait que meilleur frit.

— Pourquoi nous as-tu apporté ces poissons sans les avoir fait d'abord frire ? demanda cheikh Ibrâhîm. Que veux-tu qu'on en fasse dans l'état où ils sont ? Va les faire frire et rapporte-les ensuite.

Il ajouta un cri terrible à son ordre, histoire d'effrayer

son interlocuteur. Sur quoi le khalife se hâta d'aller rejoindre Dja'far.

— Ô Dja'far ! cria-t-il.

— J'espère, ô Émir des croyants, que tu nous apportes une bonne nouvelle, répondit le vizir.

— Écoute : ils veulent que le poisson leur soit présenté frit.

— Qu'à cela ne tienne, dit Dja'far, je m'en occupe.

— Par la tombe de mes parents et de mes aïeux ! répliqua le khalife, personne d'autre que moi ne prendra en charge cette opération ! J'y mettrai moi-même la main.

En effet, le khalife gagna la cabane du gardien, y trouva ce qu'il fallait, sel et thym y compris, s'approcha du fourneau et y osa la poêle ; il y versa ensuite l'huile de sésame, fit partir le feu et jeta les poissons dans l'huile, attendant leur complète cuisson. Puis il disposa dans un plat, autour du poisson, les citrons et les navets et regagna le salon du palais afin de présenter le tout aux joyeux commensaux. Tous trois s'approchèrent et mangèrent, et quand ils eurent fini, le jeune homme fit ce compliment au pêcheur :

— Pêcheur, bravo !

Il porta ensuite la main à la fente de sa chemise, d'où il sortit un sac en papier contenant trente pièces d'or, tout ce qui lui restait du capital que lui avait remis le chambellan au moment de son départ, et tout en lui lançant cette bourse de fortune, il adressa ces mots à l'homme :

— Excuse-moi du peu, ô pêcheur, mais je n'ai pas autre chose que ces pièces-ci. Par Dieu, si j'avais fait ta connaissance avant que mon héritage n'eût fondu, j'aurais arraché de ton cœur l'amertume qu'engendre la pauvreté. Quoi qu'il en soit, prends ce peu, comme signe de la bénédiction divine.

Le khalife attrapa la bourse, baisa le cadeau et l'enfouit sous sa tunique. Il n'avait point d'autre idée en tête que d'entendre chanter la femme.

— Ô seigneur, comment te remercier d'en avoir bien usé envers moi ? Cependant, je voudrais obtenir de ta bienveillance que cette servante chante une mélodie pour moi.

— Ô servante, s'écria Lumière-de-la-Religion, chante quelque chose à l'intention de ce pêcheur.

La fille prit le luth et fit jouer ses doigts sur les cordes, après les avoir retendues et en avoir vérifié la justesse par quelques accords préliminaires. Après quoi, elle chanta ces strophes :

Comme elle l'avait promis,
elle effleura de ses doigts
les cordes : caresses à l'âme,
qui manqua prendre son essor.

Elle se mit à chanter,
et son chant rendit l'ouïe
au sourd ; au muet de naissance,
il fit crier : « Bravo ! »

Elle procéda ensuite à un interlude, une pièce pour le luth seul, dont la brillante interprétation stupéfia les trois hommes, après quoi elle reprit un air accompagné :

Quel honneur pour nous de vous voir
venir habiter notre terre : désormais
l'air embaume mille parfums divers,
désormais nos nuits sont illuminées.

Laissez-moi frotter
de musc et de camphre,
asperger d'eau de rose
les murs de ma maison.

Le khalife, émerveillé de ce qu'il venait d'entendre, s'écria :

— Quel art ! Jamais je n'avais rencontré une telle virtuose.

— Prends-la, elle est à toi sans contrepartie, s'exclama sur-le-champ Lumière-de-la-Religion en s'adressant au soi-disant pêcheur.

Et, ayant fait son don, il se levait déjà et s'habillait pour aller son chemin. La servante tenta de le retenir :

— Où vas-tu de ce pas ? S'il faut absolument que tu me quittes, attends au moins que mon âme ait exprimé ce qu'elle ressent, ce ne sera pas long.

Ayant dit, elle enchaîna sur ces vers :

Passion, Nostalgie et Douleur
logent en moi et me consument :
elles peuvent faire un spectre
de ce corps qu'elles dévorent.

Êtres chers à mon cœur, non,
je ne vous ai pas oubliés :
je suis encore telle qu'en moi-même,
et il me reste à dépenser du chagrin.

S'il était donné à un vivant
de s'immerger dans ses larmes,
personne au monde avant moi
ne m'eût précédée en cet abîme.

Toi que j'aime d'un amour
qui règne en tyran sur moi,
comme le vin qu'on verse
épouse la coupe qui l'accueille,

l'heure de se séparer, que tant je redoutais,
cette heure a-t-elle sonné, dis-moi,
toi que j'aime d'une passion qui adhère,
liqueur épaisse, aux parois de mon corps ?

Ô Ibn-Haqane, toi, l'objet de ma supplique,
toi, l'objet de mon espérance ardente,
toi, l'objet de mes soins constants
et pour qui ne cesse de battre mon cœur,

si c'est pour moi que tu as suscité
le ressentiment de notre maître et seigneur

et si c'est encore moi qui suis cause
de ton exil loin du pays de ton enfance,

au moins que Dieu épargne la mélancolie
à mon maître Ali : puisse son deuil de moi
être adouci par la satisfaction de me donner
à un homme bien né et valeureux !

Le khalife retint les derniers mots, si flatteurs pour lui ; se tournant vers le garçon, il lui demanda néanmoins ces précisions :

— Ô mon maître, la servante n'a-t-elle pas fait allusion, dans la poésie qu'elle vient de déclamer, à un certain « maître et seigneur », dont tu aurais provoqué le « ressentiment » par sa faute à elle ? Que signifie cette phrase ? Te serais-tu par hasard créé un ennemi, et pour recouvrer tes droits, quelque appui te serait-il efficace ?

— Ô pêcheur, répondit Lumière-de-la-Religion, il nous est arrivé une histoire étonnante, à moi et à ma compagne.

— Raconte, demanda le khalife.

— Mais veux-tu l'entendre de ma bouche en vers ou bien dans un récit ordinaire ?

— Ô mon maître, la prose ne fait qu'utiliser les mots, et les vers ont cela de mieux, qu'ils leur adjoignent l'harmonie du discours.

Lumière-de-la-Religion se concentra un instant, le regard fixé au sol, puis il déclama :

Ô mon ami, le sommeil m'a fui,
et comme ont crû mes soucis,
depuis que j'ai quitté
le pays de mon enfance !

Mon père était un homme généreux,
qui savait écouter ! Je l'ai perdu,
et défunt parmi les défunts,
il gît désormais en la terre.

Il disparut, et moi, j'ai affronté
des embarras sans nombre et sans fin :

mon pauvre cœur n'en pouvait plus,
il était broyé, réduit en miettes.

Au marché, mon père avait acquis
une femme svelte, et dont la taille,
à chaque pas, ondulait si joliment
que le tendre rameau l'en jalousait.

J'avais reçu aussi un patrimoine
en même temps que cette fille : hélas !
je le dilapidai en dons et libéralités
à des parasites, à des boit-sans-soif.

Touchant alors le fond de la détresse,
je fus contraint, à mon corps défendant,
de mener la fille à la foire aux esclaves
dans l'espoir de la vendre et de me refaire.

Quand le crieur l'eut montrée et prisée,
est arrivé le tyran, usant de préemption ;
il n'a pas eu besoin d'ouvrir la bouche :
sa seule présence a clos les enchères.

Et moi, j'ai laissé éclater ma colère ;
il ne m'en a pas fallu davantage :
retirant la fille de la main du crieur,
j'ai définitivement renoncé à la vendre.

Le vilain m'a frappé.
Et puis, il a logé
la rancune, tapie
au fond de son cœur.

Brûlé jusqu'au fond du cœur,
j'ai redoublé contre lui
mes coups, et de la sorte,
je me suis soulagé.

Craignant des représailles,
j'ai dû regagner mon logis,

dans lequel je me barricadai,
de peur de voir surgir des ennemis.

Le souverain lui-même a ordonné :
« Qu'on le capture et qu'on le lie ! »
Mais le chambellan, un noble cœur,
a trouvé le moyen de m'avertir.

« Disparais, plie bagages »,
m'a-t-il conseillé :
en ne me voyant plus,
les envieux se tairaient.

C'est dans l'épaisseur de la nuit
que quittant notre demeure,
nous avons formé le projet
de nous installer à Baghdad.

Nous voilà donc arrivés,
peu importe quand, et toi,
à l'improviste, tu es venu
à notre rencontre.

Ô pêcheur, je suis trop pauvre
pour te faire un don proportionné
aux services que tu m'as rendus.
Je ne te donnerai point d'argent,

Mais je t'offre cependant
celle que mon cœur a élue,
l'objet de mes désirs charnels,
l'objet auquel je tiens en esprit.

Prends, je te prie, prends
ce cadeau que je t'ai fait
et sois assuré que par ce don
je t'ai fait don de mon cœur.

Le khalife écouta attentivement les vers, mais à la fin, il demanda à Ali :

— Maître, en usant maintenant du récit en prose, raconte-moi l'affaire dans ses détails.

Lumière-de-la-Religion lui conta toute son histoire du commencement jusqu'à la fin.

— Où comptes-tu te rendre maintenant ? demanda le khalife.

— Dans les pays qui appartiennent à Dieu, répondit Ali.

— Laisse-moi te remettre un billet de ma main. Tu le porteras au sultan Mouhammad, fils de Soulaymâne. Quand celui-ci te verra avec le billet, il oubliera ses reproches et t'amnistiera.

— Tu te moques ! Je ne sache point de pêcheur de par le monde qui entretienne de relation épistolaire avec les rois, fit observer Lumière-de-la-Religion.

— C'est que nous étions autrefois ensemble à étudier auprès d'un certain maître, fort versé en jurisprudence. J'aidais Mouhammad à réviser ses leçons. Lui est devenu sultan et moi, pêcheur. Je n'ai qu'à lui écrire un billet avec le service que j'attends de lui pour qu'il fasse ce que je lui dirai et qu'il accède à mon désir.

Lumière-de-la-Religion sembla se laisser convaincre par l'argument. Il dit néanmoins au pêcheur :

— Écris donc ton billet, pour voir.

L'autre prit l'encrier et la feuille et, après avoir tracé la formule : « Au nom de Dieu... », inscrivit ces mots :

« Ce billet est de Hâroun al-Rachîd, fils d'al-Mahdi, à Son Excellence Mouhammad, fils de Soulaymâne, al-Rakabi, son cousin, le plant qu'il a mis en terre en l'arrosant de ses bienfaits, son collègue dans l'exercice du pouvoir.

« Celui qui te remettra ce billet est Ali Ibn-Haqane, le fils du vizir. Dès que tu l'auras reçu de lui, tu déposeras ta fonction et tu installeras à ta place cet Ali Ibn-Haqane, définitivement et sans revenir sur ta décision. Reçois mon salut. »

Le khalife remit le billet à Lumière-de-la-Religion, qui le baisa et le serra dans son turban. Le jeune homme tourna les talons, quitta le palais et prit sa route.

Voilà pour Ali Ibn-Haqane.

Quant au khalife, le gardien le regarda droit dans les yeux, et il lui exprima son courroux :

— Maintenant, en voilà assez ! Ne trouves-tu pas que tu exagères ? Pour deux poissons qui, ensemble, ne valent pas vingt oboles, tu ramasses une bourse de pièces d'or, et en plus tu veux emmener la servante ?

Il faut savoir que le khalife, au moment où il faisait frire les poissons, et avant de remonter auprès de la petite compagnie des trois amis, avait prévenu Dja'far :

— Va me chercher au palais un costume royal complet et reviens te poster sous la fenêtre, avec Masrour le porte-sabre et quatre esclaves.

Pour lors, il attendait patiemment que le gardien en eût fini avec son discours ; quand ce fut fait, il lui dit :

— Ô vieillard, nous allons partager le contenu de la bourse que m'a donnée Ali. Pour la servante, je la prends.

— Par Dieu, répliqua le cheikh Ibrâhîm, de la servante aussi, tu n'auras droit qu'à la moitié. Ouvre donc la bourse, que je voie ce qu'elle contient. Ou bien ce sont des pièces d'argent, et alors tu en prends une et me donnes le reste ; ou bien ce sont des pièces d'or, et tu me donnes le tout : en effet, j'ai dans mon sac une poignée de petites oboles, et je t'en compterai quelques-unes, de quoi faire une petite pièce d'argent, le prix des poissons. Maintenant, debout, et va-t'en, avec mon salut !

— Par Dieu, riposta le khalife, tu n'auras rien du tout !

En entendant ce refus, le vieillard se saisit d'une assiette en porcelaine de Chine qu'il lança sur le khalife. Mais le coup fut esquivé, si bien que le projectile alla se briser contre le mur. Voyant cela, le gardien se mit en tête d'aller chercher un maillet dans le cellier et d'en faire une meilleure arme contre le pêcheur, qu'il prenait toujours pour un pêcheur, cependant que celui qui en réalité était le khalife s'approchait de la fenêtre et criait :

— A moi, du jardin ! Faites vite !

Dja'far et les esclaves qui l'accompagnaient ne perdirent pas de temps : en un instant, ils entouraient le khalife. L'ayant en un tournemain revêtu du costume royal, puis assis sur le trône qui lui était réservé dans la salle, ils se tinrent à distance respectueuse de lui, prêts à le servir. C'est le moment que choisit le vieux pour revenir de son cellier, où il avait trouvé son maillet : des yeux, il cherchait partout le pêcheur et c'est en explorant ainsi du regard la grande salle qu'il tomba sur le spectacle d'un Dja'far debout, au pied d'un trône où était le khalife en personne. Le gardien en fut comme paralysé de stupéfaction ; il ne pouvait en croire ses yeux, il avait l'air absent, il se mordait les doigts, il murmurait :

— Est-ce un rêve ? Suis-je éveillé ?

Le khalife alors l'interpella :

— Ô cheikh Ibrâhîm, que signifie ce que j'ai trouvé en arrivant ici ?

Ces mots dissipèrent l'ivresse du vieux, qui se traîna au sol, balayant les dalles de sa barbe blanche. Puis on entendit ces vers qui sortaient de sa bouche :

Accorde-moi la grâce de me remettre
ma faute : qu'est-ce que le pouvoir,
sinon toujours accorder le pardon
à ceux qui ont commis des fautes ?

Si, comme je le confesse, j'ai agi
en valet de Sottise, toi, montre-moi
comment se comporte le compagnon
de Noblesse et de Magnanimité.

Le Khalife fut clément avec le vieux. Quant à Doux-Langage, qu'il s'occupa de faire mener à son palais, où des appartements particuliers, avec une nombreuse maison, devaient l'attendre, il lui dit ces mots avant de la quitter :

— Tu sauras que j'ai envoyé ton maître à al-Basra, afin qu'il y soit sultan. En lui expédiant les insignes d'honneur et les colliers de sa charge, nous te remettrons en même temps à lui, si Dieu le permet.

Voilà ce qu'il en était concernant Doux-Langage et le cheikh Ibrâhîm. Que devenait pendant ce temps Nour al-Dine Ibn-Haqane ?

Eh bien, il s'était rendu à al-Basra en une seule étape. A peine entré dans cette ville, il monta au palais du sultan, auquel il remit le billet. Le sultan lut d'abord le message, porta ses lèvres à la feuille, s'assit et se releva par trois fois en l'honneur de son souverain, et déclara à la fin :

— Oreille attentive et bon vouloir pour les ordres du Dieu Très-Haut et ceux de l'Émir des Croyants !

Il se préparait à descendre du siège d'où il exerçait l'autorité suprême sur la ville, quand on vit entrer brusquement le vizir. Le sultan lui fit passer le billet : l'autre le parcourut, puis, découpant la partie de la feuille qui contenait la formule : « Au nom de Dieu... », il se contenta de la porter dans sa bouche, où il se mit à la mâcher. Au sultan, qui s'étonnait de la raison d'un tel comportement, le vizir répondit :

— Comment as-tu pu croire, toi, ô sultan, notre maître, que ces lignes étaient tracées de la main du khalife ?

— Mais de qui donc serait cette écriture, sinon du khalife ?

— Non, par ta vie, ô roi du temps, le khalife n'a pas écrit ces mots. Tu as devant toi un Satan, qui a imité l'écriture du khalife. La preuve : as-tu déjà vu quelqu'un à qui on confie le pouvoir sur une ville venir ainsi sans marques d'honneurs, sans collier, sans le moindre messager pour annoncer sa venue, mais se présenter, seul et sans escorte ?

— Eh bien, quel est ton avis ?

— Mon avis est que tu remettes l'individu entre mes mains et que, pendant ce temps, un messager aille à Baghdad et nous revienne avec les marques d'honneur et les colliers. S'il ne nous les rapporte pas, tu sauras que ce que je dis est vrai, et tu n'auras qu'à me faire justice contre cet homme.

Ce discours du vizir, le fils de Sâwi, sut convaincre le sultan, qui conclut :

— Soit, prends cet homme. Je te le confie.

Le vizir se saisit donc de la personne de Lumière-de-la-Religion, qu'il amena dans sa maison. Une fois chez lui, il appela ses esclaves à grands cris et leur intima d'étendre l'homme par terre.

Lumière-de-la-Religion fut bâtonné jusqu'à en perdre connaissance. Le vizir le fit enchaîner et mener à la prison, dont il convoqua le geôlier, un certain Petit-Chat, auquel il donna cet ordre :

— Ô Petit-Chat, jette cet individu dans un cul-de-basse-fosse et torture-le.

Le geôlier appliqua l'ordre à la lettre et tourmenta le prisonnier jusqu'au milieu de la nuit, moment où Lumière-de-la-Religion perdit connaissance. C'est vers la fin de la nuit qu'il reprit ses sens, pour laisser échapper ses larmes et réciter ces vers :

Je serai endurant, quitte à étonner
Endurance elle-même par ma patience
et je patienterai jusqu'à ce que Dieu
statue Lui-même sur mon cas.

Celui qui a dit que le siècle
apporte aussi de doux moments
doit forcément vivre une journée
plus amère que myrrhe et aloès.

Au bout de dix jours de cette géhenne pour Ali, le vizir se mit en tête de faire couper le cou au prisonnier. Il recourut à ce stratagème : prenant quelques Arabes de la ville au hasard, il leur donna à apporter des cadeaux au sultan. Quand les commissionnaires se furent acquittés de cette tâche, il monta au palais et dit à son souverain :

— Mais c'est que ces présents n'étaient pas pour toi ! Ne devaient-ils pas être remis au nouveau sultan ?

— Tiens, tu me fais penser à notre homme, répliqua le sultan. Descends me le chercher, que nous lui coupions le cou.

— Encore quelque chose, ô seigneur : tu te souviens

que cet individu m'a frappé, et qu'il l'a fait devant mes ennemis, qui ont applaudi à mon affront. Eh bien permets que je fasse crier par toute la ville que celui qui voudra se divertir au spectacle de la décollation d'Ali Ibn-Haqane pourra venir près du palais assister à l'exécution. Il y aura ainsi sur les lieux le voyageur et le passant, et mon cœur guérira de sa blessure.

— Fais à ta guise, conclut le sultan.

Le vizir descendit donc en ville et ordonna au héraut de faire la proclamation selon les termes qu'il avait dits au sultan. Ainsi fut fait, si bien que toute la population entendit la nouvelle. Tout le monde pleura : le sort de Lumière-de-la-Religion plongeait chacun dans l'affliction. Cependant, le vizir se rendait, avec dix esclaves, à la prison, où il demanda au geôlier de faire venir le jeune homme qu'il gardait dans ses bâtiments.

Le geôlier fit selon les ordres et le prisonnier se retrouva bientôt devant le vizir ; Ali avait été transporté sans ménagement, et la douleur ne lui permit d'ouvrir les yeux que pour voir devant lui son ennemi, celui qui voulait sa mort. Il le regarda droit en face et lui fit cette cinglante déclaration :

— Tu as tout misé sur le vil bonheur matériel, au mépris de cette sagesse à laquelle nous invite le poète :

Ils ont pratiqué l'arbitraire : leur justice,
expéditive, est devenue leur coutume ;
mais ils feront long feu : leur pouvoir,
bientôt, ne sera plus que chimère envolée.

Le vizir s'échauffa :

— Est-ce toi, homme de boue, qui profères encore des menaces à mon encontre ! Mais quand je t'aurai proprement coupé le cou, malgré qu'en ait la population d'al-Basra, comment feras-tu pour empêcher les jours d'apporter avec eux le lot qu'ils voudront ? A ton tour de penser à ce que dit le poète :

Qui survit un jour,
un seul, à son ennemi,

celui-là peut s'estimer
un homme comblé.

Puis il ordonna aux esclaves de charger le prisonnier sur un mulet. Quand ils virent cet équipage, les gens sortirent de leur maison et se rassemblèrent autour du condamné :

— Ô notre maître Lumière-de-la-Religion, lui demandèrent-ils, autorise-nous sans tarder à prendre chacun une pierre et à lapider le vizir. Nous sommes volontaires pour affronter ce danger s'il nous permet de tuer ce méchant vieillard et ses esclaves et de te délivrer du mauvais pas où tu te trouves. Après cela, advienne que pourra.

Les gardes conduisirent Lumière-de-la-Religion au pied des murs du palais, là où se trouvait le tapis des hautes œuvres. Le bourreau s'approcha, banda les yeux du condamné, dégaina son sabre, et demanda au sultan le signal qui devait l'autoriser à faire sa besogne. Il le demanda par deux fois, et comme le sultan ne faisait rien, il s'assit devant Lumière-de-la-Religion, lui enleva le bandeau qui l'empêchait de voir et lui dit :

— Ô mon maître, je ne suis qu'un serviteur et je ne fais qu'exécuter les ordres que je reçois. Il ne te reste à vivre que le temps d'une parole prononcée par le sultan.

Alors Ali tourna ses regards vers la droite puis vers la gauche, sans rencontrer autour de lui ni champion ni auxiliaire. Sa soif était extrême ; il se contenta de réciter ces vers :

Voilà que ma vie, dont le terme approche,
n'est plus rien que le néant; hé! vous ici,
aucune âme charitable ne me secourra donc
pour que Dieu tienne compte de son mérite?

Personne ne s'intéressera donc à moi
dans cet état d'extrême affliction,
personne pour m'aider d'une gorgée d'eau
à affronter plus facilement mon trépas?

Si je meurs en ayant soif,
ne serai-je pas semblable
au fils d'Ali le Pur (1),
le jour de mon retour ?

Cette complainte en vers fit fondre en larmes l'assistance, secouée de sanglots communicatifs, tant l'émotion était grande. Le bourreau alla chercher un peu d'eau dans une cruche dont il présenta le goulot au condamné. Mais le vizir, se dressant immédiatement sur ses pieds, frappa violemment la cruche, qui roula sur le sol, se brisant en miettes. Il ajouta, à l'intention du bourreau :

— Mais coupe-lui donc le cou !

La foule vociférait :

— Non, non ! Tu n'as pas le droit.

Les choses en étaient là, quand on vit soudain un nuage de poussière s'élever à l'horizon, tandis que retentissait un tumulte.

— Voyez ce qui se passe, s'inquiéta le sultan.

— Nous allons couper à l'instant le cou de ce condamné ! répétait le vizir.

— Attendez ! ordonna le sultan. Dès que nous serons informés de ce qui se passe là-bas.

Le nuage de poussière, c'était Dja'far et ses compagnons. Pour savoir ce qui avait motivé leur irruption si soudaine dans la ville d'al-Basra, il faut remonter à une certaine nuit, où le khalife entendit, en entrant dans son palais, une voix qui récitait ces vers :

Les tourments dont mon chemin est hérissé
ont brûlé et mon cœur et toute mon âme :
le destin a décidé de nous tenir éloignés,
moi et la personne pour qui brûle mon être.

(1) Allusion à l'infortune de Housayn, fils du khalife Ali (cousin et gendre du Prophète), ignominieusement assassiné à la faveur d'un guet-apens.

Puisse Dieu rassembler ceux qui s'aiment
et puisse-t-Il faire que l'élu de mon âme
à mes regards enfin surgisse,
comblant les désirs que je nourris.

Le khalife avait demandé qui habitait dans ces appartements.

— Ô mon maître, lui fit-on savoir, c'est Compagne-au-Doux-Langage, dont le maître a été envoyé par toi dans la ville d'al-Basra pour y être investi de l'autorité suprême, à la place de l'émir Mouhammad, fils de Soulaymâne.

Aussitôt, le khalife fit venir Dja'far :

— Nous avons oublié Lumière-de-la-Religion Ibn-Haqane, lui déclara-t-il, et avons négligé de lui faire parvenir les insignes de son pouvoir ainsi que les colliers. Pourvu que son ennemi n'ait pas ourdi une ruse pour le tuer ! Enfourche rapidement un cheval de la poste et pars pour al-Basra. Si tu estimes que le vizir a fait un mauvais parti au jeune homme, fais-le pendre sans hésiter. Si tu trouves Lumière-de-la-Religion encore en vie, ramène-le-moi, en même temps que le sultan et le vizir, dans l'état où tu les auras vus. Que ton absence ne dure que ce qu'il faut pour aller et revenir.

Dja'far fit immédiatement ses préparatifs, et prit la route en se faisant accompagner des principaux fonctionnaires servant sous son autorité. La troupe ne cessa de chevaucher jusqu'à ce qu'elle fût rendue à la ville d'al-Basra, où l'on se souvient que Lumière-de-la-Religion était sur le point de subir sa décapitation, le bourreau près de lui, sabre dégainé, n'attendant qu'un signe.

Dja'far se présenta d'abord au sultan, qu'il salua, et auquel il demanda des nouvelles de Lumière-de-la-Religion. Le sultan lui fit part des mesures qu'il avait prises. Alors Dja'far donna l'ordre de faire transporter devant lui le jeune homme. Ce qui fut fait : Ali arrivait comme on l'avait pris, assis sur le tapis de cuir des exécutions capitales, le sabre nu posé près de lui. Ensuite, le ministre du khalife le fit délier, ce qui ne tarda guère. Et son dernier ordre fut qu'on mît la corde autour du cou du vizir al-Mou'îne et qu'on lui liât les bras derrière le dos. Après quoi, prenant les trois hommes avec lui, Dja'far repartit pour Baghdad.

Le cortège arriva à la « Demeure de la Paix » et entra chez le khalife, devant lequel fut avancé Lumière-de-la-Religion et qui écouta la fin des aventures du jeune homme à al-Basra.

— Ô Ali, dit à la fin du récit le khalife, prends ce sabre et coupe de ta main le cou de ton ennemi.

Le jeune homme prit le sabre et s'avança vers le vizir. Mais l'autre le regarda fixement et lui dit :

— Ô Lumière-de-la-Religion, j'ai agi comme me l'a enseigné le lait que j'ai sucé enfant : montre par ton comportement la qualité du lait qui t'a nourri.

Il n'en fallut pas davantage à Ali pour laisser échapper le sabre. Il se tourna vers le khalife et lui présenta cette excuse pour lui avoir désobéi :

— Ô seigneur, laisse-moi me retrancher derrière le poète :

Seule l'imposture m'a permis
d'avoir raison de lui, dit le méchant :
l'âme généreuse se laisse tromper
aux discours du faux semblant.

Le khalife ordonna à son serviteur Masrour, son porte-sabre :

— Ô Masrour, coupe le cou toi-même à ce personnage.

Alors Masrour, s'avançant vers le vizir, le frappa de son sabre, séparant la tête du corps. Cependant, le khalife regardait Ali Ibn-Haqane et lui proposait :

— Fais un souhait : je le réaliserai pour toi sur-le-champ.

— Ô mon maître, répondit le jeune homme, gouverner en émir dans la ville d'al-Basra ne m'intéresse pas. Mes vœux se borneraient à vivre à ta cour, en familier et en commensal de mon souverain.

Le khalife lui accorda cette faveur et le nomma parmi les compagnons intimes qui vivaient à sa cour, après lui avoir octroyé des dons, mais surtout en le rétablissant dans la propriété de la servante dont il avait été le maître avant lui. Aussi cette dernière et Lumière-de-la-Religion coulèrent-ils des jours heureux, sereins et pleins de paix, jusqu'à ce que vînt les trouver Celle qui ruine l'édifice des plaisirs et disperse les assemblées. Que Dieu nous soit favorable au jour de ce rendez-vous !

2

UN MARIAGE PAR OUÏ-DIRE

Histoire de Djoullanare de la Mer

IL était dans la Perse un roi fort estimé et revêtu d'une grande autorité (1). Il gouvernait les destinées d'innombrables contrées des sept climats, innombrables étaient les pays qu'il avait rassemblés sous son sceptre. Partout lui obéissaient les serviteurs de Dieu : par toute la Perse les princes étaient ses feudataires et les troupes armées le tenaient pour leur chef suprême. Il rendait une justice équitable entre le fort et le faible, car son esprit, ferme et plein de discrimination, était respectueux de la foi et attentif aux droits de l'opprimé. Aimé du monde entier, de ses familiers comme de ceux qui ne le connaissaient que de loin, il attirait sur lui les prières de tous, qui demandaient à Dieu de lui accorder une longue vie, de lui donner la victoire sur ses ennemis et d'augmenter sa gloire.

Une ville du Khourasane était sa capitale : c'est là qu'il avait son harem, cent concubines de toutes races, chacune seule dans un cabinet particulier qui lui était affecté. Malgré cela, Dieu lui avait refusé la faveur d'obtenir un enfant mâle, qui eût réjoui sa vue et

(1) Ms A, t. III, fol. 49 à 72, Nuits 230 à 271 ; Ms B, fol. 89 à 103, Nuits 179 à 197 ; Ms C, t. II, fol. 279 à 310, Nuits 237 à 279 ; Ms E (B.N., n° 3637), fol. 369 à 475 (sans indication de Nuits) ; éd. Boûlâq, Nuits 738 *b* à 756 *a*. Dans la traduction de Galland, ce conte, sans indications de Nuits, figure sous le titre « Histoire de Beder, prince de Perse, et de Giauhare, princesse du royaume de Samandal » ; dans celle de Mardrus, il a été omis.

recueilli par héritage l'autorité suprême. C'était le regret qu'on l'entendait parfois formuler :

— J'ai peur de mourir sans que Dieu m'ait gratifié d'un garçon, j'ai peur que le pouvoir, en quittant nos mains, ne tombe entre celles d'un étranger à notre nom.

Le roi avait, auprès des marchands de sa ville, la réputation, fort justifiée, d'être friand de nouvelles servantes et de nouvelles concubines. Aussi, dès que leurs activités commerçantes donnaient à ces voyageurs l'occasion de lui en ramener une de leurs tournées, la lui présentaient-ils, à quelque race qu'elle appartînt. Plaisait-elle au roi ? Il ne la marchandait pas, laissant un joli bénéfice au négociant qui, par-dessus le marché, recevait un costume d'apparat, des dons, un rescrit d'exonération fiscale et douanière sur toutes ses marchandises et que pour finir, il élevait en dignité auprès de lui. Cet usage fort généreux attirait de toutes les régions des sept climats et de toutes les métropoles un peuple de marchands avides de rendre visite à ce roi et de lui offrir en cadeaux précieux favorites et concubines. Et pourtant, cela n'empêchait pas le roi de garder en son cœur ce feu qui ne pouvait s'éteindre, ces flammes impossibles à cacher, ce regret, comme il a été dit, de n'avoir pas été gratifié par Dieu d'un enfant mâle qui eût reçu de lui par héritage le pouvoir suprême.

Pendant de longues années, cette préoccupation habita le souverain, et le temps qui passait le faisait vieillard chenu. Un jour qu'assis sur le trône de l'autorité royale, son vizir à sa droite et ses serviteurs debout derrière lui, prêts à obéir à ses ordres, il présidait le conseil des Grands de son gouvernement, où siégeaient émirs et notables, on vit entrer dans la salle un secrétaire qui l'informa :

— Ô roi du temps, à la porte se trouve un marchand accompagné d'une belle qui pourrait bien être du goût de notre maître le sultan. L'homme demande à te la présenter et il dit que si tu la trouves comme il faut, il te la donnera en cadeau. Il ajoute que cette servante n'a pas sa pareille de nos jours et que la perfection de ses formes et de sa beauté ne saurait trouver d'équivalent en nulle autre femme.

— Qu'il entre ici, ordonna le roi, et que je voie cela.

Le secrétaire repartit afin d'introduire le marchand, qu'il laissa entre les mains du chambellan. Le visiteur, une fois dans la salle du trône, se tint à distance respectueuse du souverain, d'abord sans bouger, puis il baisa la terre en signe de respect et enfin offrit ses services. Le roi le fit asseoir et, quand l'autre eut pris place, il se mit à deviser familièrement avec lui, usant de mots aimables de manière à laisser se calmer son émoi et retomber cette crainte qui n'avait pas manqué de le saisir à l'aspect majestueux et vénérable du souverain. Il avait fait ce que font les rois, les princes et les sultans dignes de ce nom quand ils reçoivent un messager, un marchand, voire n'importe quel solliciteur : ils le traitent avec bonté et l'accueillent en souriant, de façon à chasser cette inquiétude et cette vague angoisse qui monte en quiconque affronte la gravité solennelle d'un détenteur du pouvoir.

Enfin, le roi regarda le marchand bien en face et lui demanda :

— Et cette servante, qui selon toi me conviendrait, où est-elle ?

— Je vais la faire entrer, répondit le visiteur. Mais sache d'abord qu'en elle réside la perfection physique : elle a la beauté des traits, une taille élancée, des proportions harmonieuses. Comment la décrire convenablement avec des mots ? Elle se trouve devant la porte, ô seigneur, et elle est restée avec les domestiques, en attendant la permission du roi.

Le roi donna l'ordre de l'aller chercher. A ses yeux parut une femme de taille élevée comme une lance et qu'un long voile de soie brochée d'or enveloppait. Quittant son trône, le souverain gagna un salon attenant à la salle du conseil, l'une des pièces qu'il réservait à son usage privé. Il demanda au marchand de l'y accompagner avec la servante. Quand tous trois s'y retrouvèrent, le marchand dévoila le visage de la femme pour le roi.

Alors celui-ci vit quelqu'un de plus parfait qu'un étendard, de plus droit que la plume d'oiseau que l'on a taillée pour écrire, de si bien fait qu'une telle femme eût fait pâlir de confusion la lune qui se serait levée auprès d'elle. Ses sept nattes, véritables queues de chevaux, noires comme la nuit, étaient si longues qu'elles traînaient sur les anneaux en argent dont elle entourait ses chevilles ; et pour le reste, des yeux bordés d'un filet noir, des joues lisses, une croupe lourde, une taille mince.

Devant une beauté si accomplie, devant une telle perfection de formes, le roi restait perplexe. Vraiment, c'était trait pour trait la description qu'avait dans ses vers brossée d'elle le poète :

Je me suis épris d'elle, voyant
son éclat parvenu à son zénith,
voyant comme avaient pu l'orner
à la fois Décence et Sérénité.

Sa taille n'était ni excessive
ni trop ramassée, mais de rêve,
et le long voile autour d'elle
paraissait étroit à ses formes.

L'harmonie de ses proportions
se lisait aussi dans sa stature
où l'on ne trouvait à reprocher
rien de trop ni de trop peu.

Ses longs cheveux se prenaient
aux anneaux de ses chevilles :
du sommet de sa tête, la raie,
jalouse, les surveillait.

A l'observer ainsi en détail, le roi restait béant d'admiration devant tant de perfections accumulées en une seule personne, et son cœur fut ravi de cette beauté. Aussi l'amour pour la servante s'ancra-t-il solidement en son âme.

Fixant de ses regards le marchand, il lui posa cette question :

— Ô vieillard, combien vaut cette servante ?

— Ô roi, répondit le marchand, j'ai déboursé pour l'avoir deux mille pièces d'or ; c'était il y a trois ans et, depuis, je voyage avec elle, ce qui m'a coûté, en frais de toutes sortes, et improductifs, mille autres pièces d'or, pour l'amener jusqu'à toi. Fais le compte. Eh bien, ton esclave te tient quitte de son prix et l'offre en cadeau à son maître le sultan.

Ce dernier, ému de ce discours, donna au marchand un costume d'apparat, lui fit verser dix mille pièces d'or et le gratifia pour finir d'un des chevaux de son écurie personnelle. L'homme baisa la terre en signe de respect devant son souverain et prit congé de lui. Cependant, le roi remettait la nouvelle venue aux anciennes de la cour et aux habilleuses avec ces mots :

— Faites ce qu'il faut pour elle, ensuite de quoi vous l'installerez dans l'un des cabinets particuliers qui me sont réservés.

— Oreille attentive et bon vouloir ! répondirent-elles.

La jeune fille fut donc prise en main, et le nécessaire fut fait : elle reçut tout ce dont elle avait besoin, depuis les vêtements et la domesticité jusqu'à la nourriture et aux boissons.

Le lendemain, le roi devait se rendre au bord de la mer. Il l'y emmena. Son lieu d'excursion, une presqu'île, s'appelait « La Blanche. » Aussi, dès qu'on fut arrivé, les dames de la cour firent-elles entrer la servante au bain, et ne ménagèrent-elles point leur peine pour elle, si bien que quand elle sortit d'entre leurs mains, sa perfection physique et sa beauté n'en brillaient que de plus de lustre. Elles l'avaient revêtue de robes et de parures en choisissant ce qui lui convenait le mieux, puis on l'amena, ainsi parée, dans le cabinet particulier qui lui avait été attribué et qui donnait sur la mer.

Vers le soir, le roi alla vers elle. Il la trouva debout à la fenêtre, qui regardait le large. Le roi était là, mais elle, sans lui porter aucunement attention, et loin de lui manifester des marques de respect, ou au moins de tourner la tête vers lui, fixait obstinément les flots. De cette attitude qu'il nota, le roi se contenta de conclure qu'elle venait d'un pays qui ignorait les bonnes manières : sans doute l'avait-on insuffisamment formée au savoir-vivre. Il se contentait de la contempler : c'était comme un soleil qui dispense la lumière, comme les astres qui brillent du plus vif éclat. Et en effet, ses vêtements, ses bijoux, tout soulignait sa grâce, la perfection de ses formes, sa beauté en un mot. Il ne put s'empêcher de s'écrier en se retirant :

— Gloire à Dieu qui t'a créée à partir d'une goutte d'eau vile prélevée en un lieu misérable !

Plus tard, il revint à la chambre, mais cette fois, il s'approcha de la servante, qui était toujours debout à la fenêtre : il la serra contre sa poitrine, l'entraîna vers le lit où il s'assit, l'installant sur sa cuisse et l'embrassant. La grâce et la perfection inscrites sur les traits de cette créature ne cessaient de l'émerveiller.

Il donna alors l'ordre aux domestiques d'apporter à manger. Des mets furent avancés, dans des plats d'or et d'argent, comme il convient pour des rois. Au milieu de la table se dressait un grand compotier de cristal pur, plein de beignets aux amandes. Le roi en prit, mais surtout, il formait des bouchées qu'il portait à la bouche de la servante. Elle mangeait, mais la tête toujours inclinée vers le sol, sans chercher à plaire à son roi, sans lever le visage vers lui, sans même prononcer le moindre mot pour lui.

Le roi essaya bien d'engager la conversation : il lui demanda son nom. Elle, restait obstinément muette, n'ouvrant pas la bouche pour lui répondre, n'articulant pas la moindre parole, le moindre son. Elle garda la tête penchée à terre pendant tout le temps de l'entrevue, même quand les servantes eurent débarrassé et versé de l'eau sur les mains du roi et de sa compagne.

En désespoir de cause, constatant cet air absent qu'arborait la fille, la voyant incapable d'ouvrir la bouche, ne fût-ce que pour répondre à ses questions, le roi ne put s'empêcher de s'étonner :

« Gloire au Dieu de Majesté ! Comme est parfaite la figure de cette fille ! Mais aussi quelle sottise ! A moins qu'elle ne soit muette. La perfection sans tache appartient à Dieu seul — qu'Il soit exalté et glorifié ! Ah ! si seulement elle parlait, elle n'aurait, pour sûr, aucun défaut. »

A l'étonnement succéda l'inquiétude ; le roi s'enquit auprès des dames de l'entourage de cette curieuse personne, lesquelles lui confirmèrent :

— Par Dieu, ô roi, elle n'a pas proféré la moindre parole, la moindre syllabe. Elle est toujours aussi silencieuse que tu la vois maintenant.

Du coup, le roi convoqua toutes les servantes, concubines et favorites qu'il pouvait compter, en leur demandant de chanter devant la jeune fille des chansons de toutes sortes. Mais s'il en ressentit une grande joie, la fille, elle, se contentait de regarder tout cela sans rien dire, sans esquisser le moindre sourire, et finissait immanquablement par abandonner sa tête, qui se penchait vers le sol, le visage toujours aussi sévère. Sur le roi s'abattit alors une lourde oppression : renvoyant toutes les femmes, il décida de s'enfermer seul dans une pièce à part avec la nouvelle venue. Il commença par se dépouiller de ses vêtements, s'étendit sur le lit et la fit s'étendre à ses côtés. Le corps de la jeune fille lui semblait un lingot d'argent : il le regardait, fasciné de séduction, et l'élan d'amour qui l'emportait le conduisit à prendre possession de sa compagne. Elle était vierge, ce qui le réjouit et lui inspira cette réflexion :

— Par Dieu, voilà qui m'étonne : une servante dont le titre de propriété passe de main en main, qui a tout pour plaire physiquement, un corps de rêve et tout ce qu'il faut, et qui se trouve encore vierge ! Cette histoire a de quoi surprendre !

L'attachement qu'il conçut pour cette femme ne cessa de grandir, ainsi que la place qu'il lui donnait dans son cœur. Cette tendresse, fondée sur une grande estime, il finit par la considérer comme sa part de bonheur en ce bas monde, le lot qui lui avait été dévolu. Par contrecoup, il renonça à toutes ses favorites, s'abstenant même de rapports avec concubines ou femmes légales. L'année complète qu'il vécut à ses côtés lui sembla une journée. Elle, elle était toujours dans la même réserve à son égard, incapable de sortir de son silence quand il entamait la conversation ou quand il lui posait des questions. Le roi en était fort peiné. Au bout de cette année-là, il advint que la regardant intensément, avec ce même regard d'amour éperdu, qui montrait à l'évidence combien son cœur brûlait de passion et de désir pour elle, il lui fit cette déclaration :

— Ô unique objet de mes vœux, sache, par Dieu, que je ne prise pas plus mon royaume que le centième d'un « grain d'orge » (1), lorsque je te vois. Et pourtant, tu restes silencieuse, refusant de m'adresser la parole, de tenir la moindre conversation avec moi. Tu m'es plus chère que mes yeux, j'ai laissé pour toi toutes mes servantes, mes concubines, mes épouses, toi dont j'ai fait la seule part qui me revient du monde d'ici-bas. Chaque jour amplifie ma patience envers toi, et je demande au Dieu Très-Haut d'incliner ton cœur à la tendresse et à la bienveillance pour moi qui te quémande une seule parole, si du moins tu es capable de parler. Car si tu es muette de naissance, fais-le-moi savoir, afin que je chasse tout espoir de réussir. Sait-on ? Peut-être Dieu m'accordera-t-il la grâce d'avoir de toi un enfant mâle, qui puisse réjouir ma vue et recevoir après ma mort le pouvoir suprême en héritage ? Je suis un étranger ici, un solitaire, privé de parenté, qui ne trouve aide et assistance auprès de personne dans l'exercice du pouvoir. Me voilà vieux désormais, et sans force pour gouverner à la fois mes affaires et celles de mes sujets. Au nom de Dieu qui est au-dessus de toi, ô dame mienne, si tu peux me répondre, fais-le. Je ne souhaite entendre de toi qu'un seul mot, quitte à mourir sitôt après l'avoir entendu.

(1) Menue monnaie équivalant, selon les régimes, à la cinquantième ou à la soixantième partie du dirhem.

La jeune fille suivit tout ce discours en fixant ses regards au sol, et prolongea un bon moment cette attitude, où elle semblait en train de réfléchir. A la fin, levant la tête vers le roi, elle sourit en regardant son visage, et prononça les paroles suivantes :

— Ô roi plein d'initiative, ô lion vigoureux, que Dieu augmente ta puissance, abaisse tes ennemis, allonge ta vie et comble tous tes vœux. Voilà que le Dieu Très-Haut a exaucé tes prières, entendu tes supplications, pénétré tes demandes secrètes. Apprends que, moi, je suis enceinte de tes œuvres ; oui, le moment est proche qui me verra mettre au monde un enfant. Garçon ou fille, je ne sais. Mais ce que je sais, c'est que si je n'avais pas été enceinte, je n'aurais pas prononcé un seul mot, je ne t'aurais pas parlé, je n'aurais pas répondu à ta pressante demande.

A ces mots, le roi fut saisi d'une grande joie ; prenant la servante sur son cœur, il se mit à baiser son visage, entrecoupant de ces mots ses débordements d'exaltation :

— Ô dame mienne… ô lumière de mes yeux… Dieu m'a fait la grâce de me délivrer de deux soucis : t'entendre parler, toi, que je croyais muette, après ce long silence… oh ! quelle joie, plus que n'en pourrait me donner tout ce que je possède… Et puis, moi qui n'avais pas d'enfant, tu m'annonces ta grossesse… Toi, enceinte de moi !

Dans sa joie, il rejoignit sur ces mots à peine prononcés la salle d'audience, s'assit sur son trône et, de là, le cœur comblé, il ordonna au vizir de procéder à une distribution d'aumône pour la valeur de dix mille pièces d'or aux pauvres, aux miséreux, aux veuves, aux personnes délaissées, aux orphelins. Le vizir se conforma aux instructions du roi qui, de son côté, se dépêchait d'aller retrouver la servante :

— Ô dame mienne, lui demanda-t-il, ô fruit savoureux à mon cœur, dis-moi pourquoi, un an durant, alors que tu dormais à mes côtés dans le même lit, tu ne m'as, de jour ou de nuit, adressé la moindre parole ? Pourquoi as-tu attendu ce jour où nous sommes ? Comment as-tu pu t'enfermer dans ce mutisme opiniâtre et surtout ne jamais déroger à ce choix que tu avais fait ?

— Ô roi, répondit-elle, n'oublie pas que je suis une étrangère, une captive qui vit loin de son pays et des demeures qu'habitent les siens. J'ai le cœur brisé de douleur : comment en irait-il autrement pour quelqu'un qui a tout quitté, sa famille, ses amis, son frère et sa mère ?

Le roi la reprit pourtant :

— Comment peux-tu te dire une étrangère au cœur brisé ? Qu'est-ce qui te fait dire cela, quand j'ai mis mon royaume entre tes mains, et un roi à tes pieds comme esclave ? Ton frère, ta mère, soit ! Mais d'abord, où sont-ils ? Et aussi, quel est ton nom ?

— Je vais te le dire : Djoullanare-de-la-Mer, voilà mon nom, répondit-elle. Mon père était roi de la Mer et quand il mourut, il laissa son royaume en héritage à nous trois, ma mère, mon frère et moi. Mais nous avons été défaits par un autre roi de la Mer, qui s'est emparé de notre empire. Mon frère a reçu le nom d' « Intègre » ; quant à ma mère, elle a aussi pour pays d'origine la mer : elle n'appartient nullement à la race des filles de la terre ferme, celles qui vivent sur le continent.

» Un jour, je me suis brouillée avec mon frère et j'ai juré, par le Dieu Très-Haut, de remettre pour toujours mon sort entre les mains d'un homme de la terre ferme, d'un homme qui vécût au sol. Je suis sortie du fond de l'océan et me suis assise sur le rivage de l'Île de la Lune. J'étais installée là quand je vis soudain arriver un vieillard qui, me prenant par la main, m'emmena chez lui. Le méchant voulut abuser de moi, mais je lui donnai sur la tête un coup d'une violence à lui ôter la vie. Il me chassa de chez lui, ou plutôt me vendit à ce marchand qui m'a conduite chez toi.

» Lui au contraire était un grand cœur, pieux et galant homme. Il m'acheta pour deux mille pièces d'or, avec l'intention de me revendre à son roi. Mais si tu ne m'avais pas manifesté ta bonté, ô roi, si tu ne m'avais préférée à toutes tes femmes, tes concubines, tes servantes et tes favorites, je ne serais pas restée une seule heure sous ton toit. Non, je me serais plutôt jetée dans la mer par cette fenêtre que tu vois et j'aurais rejoint ma famille. Ce qui m'a retenue aussi, c'est la honte de partir grosse : on n'aurait plus eu confiance en ma parole, on aurait imaginé je ne sais quoi d'infamant, au lieu que c'est un roi qui, m'achetant sur sa cassette, m'a tenue pour la seule part de bonheur que ce bas monde lui ait dévolue. J'aurais eu beau jurer à tous que telle était mon histoire, je n'aurais rencontré que l'incrédulité.

Le roi, en réponse à ces mots de la servante, la combla de remerciements et l'embrassa entre les deux yeux.

— Ô dame mienne, ô lumière de mes prunelles, s'écria-t-il, si tu m'avais quitté une heure seulement, oui, par Dieu, tu m'aurais fait mourir. Mais satisfais ma curiosité, je te prie, au nom de Dieu qui est au-dessus de toi : comment est-il possible à votre peuple de se déplacer au-dedans des mers sans mourir noyé ?

Elle lui fit cette réponse :

— Ô roi, nous nous contentons de marcher au-dedans des mers de la même façon que vous sur la terre ferme. L'eau ne nous fait aucun mal : elle ne pénètre pas dans notre corps.

Puis elle ajouta :

— Cependant, il faut que tu saches, ô roi, que nous devons, au moment de nous déplacer sous l'eau, prononcer les paroles inscrites sur le sceau du prophète de Dieu Salomon, fils de David — que le salut soit sur lui ! Alors, l'eau nous épargne, notre corps et nos vêtements mêmes lui sont impénétrables.

» Pour moi, ô roi, comme le terme de ma délivrance est proche, il faut que je te dise que j'ai trouvé bon de faire venir ma mère, les filles de mon oncle paternel et mon frère : ainsi ils verront que je demeure en permanence chez toi, que c'est de tes œuvres que je suis enceinte, toi qui m'as achetée sur ta cassette et comblée de bienfaits. Ils verront aussi que tu es un des rois de la terre et qu'il n'y a rien d'infamant pour moi à vivre comme je vis. D'ailleurs les sages-femmes de la terre ferme ne valent rien pour aider les femmes de la mer à accoucher ; elles ne me seront d'aucun secours, faute de savoir seulement comment s'y prendre en pareille circonstance.

» Une dernière raison m'a poussée à appeler ici ma famille, c'est que tu pourras constater que je ne t'ai jamais menti et qu'en te disant que je suis une des filles de la mer, une princesse dont le père était roi, je me suis montrée véridique.

Le roi approuva :

— Tu as bien fait, je donne toujours mon assentiment à ce que tu décides.

— Ô roi, reprit-elle en revenant au point où elle avait laissé la curiosité de son compagnon, si nous marchons dans la mer, nous n'en ouvrons pas moins les yeux dans l'eau, de sorte que nous sommes capables de voir durant le jour, le ciel, le soleil, tout comme à la surface de la terre, et la nuit, la lune et les étoiles, sans que cela nous fasse aucun mal. Apprends aussi qu'il y a dans les mers toutes sortes de races et de nations, comme chez vous, et même en plus grand nombre que chez vous.

Le roi allait d'émerveillement en émerveillement, mais ce n'était pas fini : il vit soudain Djoullanare qui faisait sortir de dessus son épaule un bâtonnet en bois d'aloès, dont elle préleva une particule qu'elle jeta dans le feu, en faisant entendre d'abord un sifflement puis des paroles incompréhensibles. Un grand nuage de fumée emplit la pièce, tandis que la femme disait au roi :

— Va te cacher dans ce cabinet attenant à la chambre, d'où tu pourras voir sans être vu mon frère, ma mère, mes proches et les filles de mon oncle paternel. Mon désir est de les convoquer ici, afin que tu considères les merveilles qu'a créées le Dieu Très-Haut. Car il s'agit d'espèces que le Dieu Très-Haut a spécialement destinées à la vie sous la mer.

Le roi fit comme elle disait et, caché dans son cabinet, il se mit en posture d'observer.

Elle n'avait pas plus tôt fini de parler que la mer se couvrit d'écume et que les flots, un instant agités, se fendirent en un point d'où sortit d'abord un jeune homme : sa grâce et sa beauté l'emportaient sur celles de la lune, sa moustache abondante, ses joues roses, ses dents qui faisaient comme autant de perles, tout cela lui donnait une absolue perfection physique, en sorte que, comme homme, il rappelait beaucoup la jeune femme sous ce rapport. Derrière lui émergeaient des flots une vieille dame aux cheveux gris et sa suite, cinq filles d'honneur aussi jolies que des lunes, et qui elles aussi évoquaient Djoullanare. Tout ce petit monde, comme le remarquait le roi, s'avançait sur la mer et gagnait ainsi la grève qui bordait le palais. Au cours de leur marche sur les flots, les voyageurs de l'eau purent apercevoir Djoullanare qui s'était montrée à la fenêtre du palais. Ce ne fut qu'un cri de joie de leur part, et tous, prenant leur essor à la façon des oiseaux aquatiques, vinrent se poser tout près de la servante du roi. Aux embrassades de la retrouvaille se mêlaient, comme on l'imagine, des pleurs motivés par une si longue séparation.

— Ô Djoullanare, se plaignaient les parents, voilà trois ans que tu nous as quittés. Par Dieu, le monde à nos yeux s'est rétréci depuis que tu t'es éloignée de nous, et pour nous, ni la nourriture ni la boisson ne présentaient de saveur ni d'attrait.

En réponse, Djoullanare se contentait d'embrasser la tête de son frère, ses mains et ses pieds, et elle passait alors à sa mère et à ses cousines, auxquelles elle donnait les mêmes baisers. A la fin, tout le monde s'assit et on resta ensemble une heure à évoquer les tourments que dans le cœur de chacun avait fait naître l'absence.

Après ces préambules, on interrogea Djoullanare : comment elle allait, chez qui elle se trouvait pour lors, à qui appartenait ce palais, ce qui avait fait qu'elle était arrivée là... n'étaient que quelques-unes des questions qui fusaient.

— Il faut que je vous dise, commença-t-elle, qu'en vous quittant, je suis sortie de la mer, et que je me suis installée sur le rivage de l'Île de la Lune. Quelqu'un de là-bas m'a prise et m'a vendue à un marchand qui à son tour m'a revendue, pour dix mille pièces d'or, au roi qui gouverne cet État. Pour moi, je me trouve bien chez lui : il m'a sacrifié toutes ses femmes et ses servantes et m'a consacré tout son temps au mépris de ses travaux.

Mais le frère de Djoullanare ne l'entendait pas ainsi :

— Ma sœur, retournons dans notre pays vivre entre nos parents.

Cet avis donné par le frère fit trembler d'épouvante le roi, qui se disait en lui-même :

— Pourvu qu'elle n'écoute pas son frère ! Pourvu qu'elle ne parte pas ! Si je suis séparé d'elle, je suis un homme fini. Non seulement je l'aime, mais encore elle est enceinte de mes œuvres : je risque d'être frustré deux fois dans ce que je désire le plus au monde, la garder et contempler mon enfant, et alors, ce serait pour moi une mort certaine.

Mais la sœur, loin d'écouter le conseil, riait aux paroles du frère :

— Ô mon frère, je vis chez un être de grand cœur, pieux et galant homme. Il m'a traitée avec bienveillance et, depuis que je suis entrée sous son toit, je ne l'ai jamais entendu proférer envers moi une parole méchante. Bref, ma condition me contente au-delà de tous mes vœux.

Elle ajouta qu'elle était grosse des œuvres de son bienfaiteur, plaidant ainsi sa cause :

— C'est un fils de roi, comme moi je suis fille d'un roi : Dieu n'a pas permis une alliance en dehors de mon état. Ce roi, fils de roi, n'a pas de fils, et je supplie le Très-Haut de m'accorder par faveur un enfant mâle qui puisse recevoir par héritage le royaume de son père.

Ces derniers mots de Djoullanare procurèrent à son frère, à sa mère et à ses cousines une joie qui, comme une fraîcheur délicieuse, faisait du bien à leurs yeux.

— Tu sais bien quel rang tu occupes chez nous, conclurent-ils. Si les choses se présentent comme tu les décris, tu peux compter sur notre accord, que dictent tant l'amour que le respect.

— Oui, par Dieu, tout est comme je vous ai dit, s'écria Djoullanare.

Le roi, qui entendait cela, ne pouvait que sentir s'accroître l'amour qu'il vouait déjà à sa servante. Ce discours faisait surgir du fond de son cœur de la reconnaissance pour elle et pour son désir, désormais indéniable, de rester auprès de lui, tant elle était éprise de son roi.

Djoullanare donna un ordre, et les domestiques avancèrent les tables pour le repas ; on pouvait y voir des mets de toutes sortes, ainsi que des plateaux de douceurs et de fruits. La famille mangea, mais fit remarquer :

— C'est tout de même un homme étonnant que ton maître ! Voilà un homme chez qui nous arrivons, chez qui nous mangeons même, et qui ne vient pas s'asseoir avec nous, au mépris du respect qui nous est dû ! Passe encore, si tu t'étais plainte à nous de lui ! Mais non, tu n'as eu pour lui que des mots de gratitude, tu as évoqué son sort avec tendresse, tu n'as dit que du bien de lui en contrepartie des services qu'il t'a rendus et du bien qu'il t'a fait.

Les visiteurs étaient bel et bien fâchés. Des flammes commençaient à sortir de leur bouche : on aurait dit des torches. Le roi redoublait d'effroi dans son cabinet, devant pareil spectacle. Mais la servante bondit le retrouver dans son poste d'observation :

— Ô roi, le calma-t-elle, tu as vu mes parents, tu as entendu mes paroles de gratitude envers toi. Tu sais quel discours ils tenaient : leur désir était de me faire regagner au plus vite par la voie des flots ma patrie.

— Que Dieu te récompense et te comble de tout ce que tu souhaites ! s'écria le roi. Par Dieu, si j'avais douté de ton amour pour moi, à lui seul, ce moment-là m'eût détrompé.

— Ô roi, se défendit-elle, est-il autre chose que le bien pour rétribuer le bien ? Tu m'as fait du bien, tu m'as comblée d'honneurs, tu m'as considérée comme ta part de bonheur dans ce bas monde : comment trouverais-je facile de me séparer de toi ? Du reste, quand je leur ai parlé de toi sur le ton de la reconnaissance, ma mère, mon frère, mes cousines ont commencé à sentir grandir en eux de l'affection pour toi ; c'est là qu'ils ont manifesté le désir de te connaître, et déclaré : « Nous ne partirons d'ici qu'après l'avoir vu, qu'après avoir mangé avec lui, de sorte que restera entre lui et nous le souvenir du pain et du sel pris en commun. »

— Oreille attentive et bon vouloir ! répondit le roi. Mais ces flammes que j'ai vues sortir de leurs bouches ne me rassurent pas, et je dois avouer que, même de loin, elles m'ont suffisamment impressionné pour que j'aie cru mourir.

Cette remarque fit rire Djoullanare :

— N'aie crainte : cette manifestation de leur mauvaise humeur est complètement inoffensive, et là, s'ils étaient en colère, c'est que je leur ai présenté à manger sans que tu aies daigné venir parmi nous.

Elle prit le roi par la main et le fit entrer dans la pièce où se trouvaient les membres de sa famille, qui attendaient devant les plats. Arrivé devant les visiteurs, le roi les salua et leur souhaita la bienvenue sous son toit. Les hôtes lui rendirent son salut, avec tous les égards dus à son rang : ils se tenaient debout par déférence envers lui et, pour mieux montrer le respect qu'ils lui manifestaient, baisèrent la terre devant lui. Après quoi, ils lui tinrent ce discours :

— Ô roi du temps, une seule recommandation sera la nôtre en ce jour : la perle d'entre les perles, c'est Djoullanare-de-la-Mer. Elle est reine, fille de roi, et ne convient qu'à un homme de ton mérite. De ton côté, ton mérite te destine à une femme de sa qualité. Juge un peu : tous les rois des peuples de la Mer sans exception nous ont demandé sa main, et, par Dieu, nous n'avons accepté de la donner à nul d'entre eux. Nous ne pouvions nous séparer d'elle, fût-ce le temps d'un clin d'œil. Mais toi, si tu n'avais pas eu en partage cette généreuse noblesse, cette bravoure, cette justice, cette piété qui sont tes ornements, Dieu ne t'aurait pas fait la grâce de te donner cette reine. Gloire à Celui qui a favorisé votre union en vous rendant parfaits, toi, aux yeux de cette femme et elle aux tiens ! Laissez-nous vous dire comment le poète décrit votre situation :

Elle ne pouvait s'assortir
qu'à un homme tel que lui,
et lui ne pouvait convenir
qu'à une femme comme elle.

S'il était advenu qu'un autre
l'eût désirée, c'est d'un séisme
que la terre même eût protesté,
comme elle le fait parfois.

Le roi accueillit ces compliments avec plaisir et remercia ses hôtes, ainsi que Djoullanare. Il prit place parmi ses invités, et l'on bavarda tout en mangeant. Quand tout le monde fut rassasié, et qu'on se fut lavé les mains, on se transporta dans des appartements d'aspect agréable, où le roi installa les étrangers comme chez eux. Et il resta constamment en leur compagnie, sans les quitter fût-ce une seule heure, pendant tout leur séjour chez lui, qui dura un mois complet.

Djoullanare fit savoir à ce moment-là que le temps où elle allait enfanter était venu.

Aussi le roi fit-il préparer tout ce dont elle aurait besoin, pour elle et pour son enfant, en fait de potions et de remèdes. En effet, elle ressentit, à quelque temps de là, les premières douleurs. On s'assembla autour d'elle et quand les douleurs devinrent plus vives, on sut que la délivrance était proche : par la permission du Dieu Très-Haut, vint au monde un enfant mâle, un vrai disque brillant de lune. Quand elle le vit, sa mère en conçut une joie extrême. Le roi apprit la nouvelle par la mère de l'accouchée : son contentement éclata, ses remerciements au Dieu Très-Haut s'accompagnèrent de prosternations et de distributions de costumes d'apparat, de dons et libéralités de toutes sortes. Quand on lui demanda comment on allait le nommer, il répondit :

— Badr, « Disque-Brillant-de-Lune ».

Ainsi fut fait. Après quoi, le roi ordonna aux chambellans et aux émirs d'envoyer les crieurs et les hérauts par toute la ville, afin d'inviter les habitants à la décorer ; il fit élargir les prisonniers, procéder à des distributions de vêtements pour les orphelins et les veuves, d'argent pour les plus déshérités. Partout dans les rues, les instruments de musique annonçaient la bonne nouvelle. Un grand festin réunit à la cour les familiers du roi et les gens du commun. Esclaves, serviteurs, servantes, gardes furent affranchis. Ces réjouissances durèrent dix jours entiers.

Le onzième, le roi vint s'asseoir aux côtés de Djoullanare, où se tenaient déjà la mère, le frère et les cousines de la nouvelle accouchée. Le frère prit l'enfant dans ses bras, joua avec lui, le fit danser, le tint en l'air sur ses paumes renversées, pour le plus grand plaisir des deux parents qui le regardaient faire. Mais profitant d'un moment d'inattention passagère de leur part, il s'envola avec lui par la lucarne, puis, s'abattant au milieu des flots, il s'y enfonça, disparaissant avec l'enfant qu'il entraînait.

Le roi jeta un cri si terrible qu'on eut l'impression que son âme était sur le point de quitter son corps. Il déchirait ses vêtements, se frappait le visage de ses mains, sanglotait, versait des larmes. En le voyant dans cet état, Djoullanare tenta de le rassurer :

— Ô roi du temps, n'aie pas peur, et que le sort de ton fils ne te plonge pas dans l'affliction. Vois-tu, j'aime cet enfant, qui est aussi le mien, autant que tu l'aimes, sinon plus. Mais je sais qu'il y a mon frère avec lui et que notre enfant, là où il est, à l'intérieur des flots, ne risque rien : j'ai confiance en mon frère qui, s'il y avait le moindre danger, n'aurait pas agi comme il a agi. Du reste, ils ne vont pas tarder à revenir tous deux, et tu les retrouveras à l'instant sains et saufs, avec la permission du Dieu Très-Haut.

Et en effet, au bout d'une petite heure, la mer s'agita, bouillonna et s'ouvrit en un point d'où sortit « Intègre », l'oncle maternel du petit, avec l'enfant qui n'avait subi aucun dommage. L'homme, comme à son habitude, s'envola de la surface des flots et rejoignit le reste de la famille, tenant toujours par la main le petit prince qui, serein comme l'astre des nuits, ne versait pas la moindre larme.

« Intègre », le frère de Djoullanare, parla ainsi au roi :

— Tu as dû être bien inquiet pour ton fils quand tu m'as vu plonger de la sorte dans les flots avec lui.

— Tu ne peux savoir à quel point, par Dieu, ô Intègre : je ne croyais pas qu'il pût en revenir sain et sauf.

— Ô roi, reprit l'oncle, j'ai dû l'emmener car il fallait appliquer sur ses yeux quelque collyre dont nous avons le secret et réciter sur lui les noms inscrits sur le sceau de Salomon, fils de David. Ce sont nos préservatifs ordinaires pour nos nouveau-nés. Maintenant, tu n'as plus à craindre l'eau pour lui : il ne pourra ni se noyer, ni s'asphyxier dans les flots, ni se perdre par accident d'aucune sorte dans cet élément, qui représente pour nous le milieu où nous nous déplaçons, l'équivalent de la terre ferme pour vous.

Sur ce, il sortit de sa ceinture un sac cacheté, dont il rompit le sceau : il le secoua, et alors en sortirent toutes les espèces possibles et imaginables de pierres précieuses. Si certaines étaient facilement reconnaissables, comme les hyacinthes et les émeraudes de forme oblongue, celles-ci au nombre de trois cents, d'autres, en nombre égal, surprenaient par leurs dimensions : aussi grosses que des œufs de colombe elles brillaient autant que le soleil.

— Ô roi, dit-il à son hôte, les pierres les plus rares sont pour le nouveau-né, ton fils Badr, Disque-Brillant-de-Lune. Les autres pierres précieuses, hyacinthes et émeraudes, sont un présent pour toi, chez qui nous sommes arrivés les mains vides. Il faut nous en excuser : nous ne savions rien alors sur l'endroit où vivait Djoullanare, rien non plus sur la condition où elle était. Et puis, nous avons bien vu que tu t'unissais à notre famille en l'épousant, et que nous devenions des parents par alliance : c'est ce qui nous a décidés à t'apporter ce cadeau. Ce ne sera pas le dernier et tu nous reverras souvent avec ces pierres précieuses, ces hyacinthes qui foisonnent chez nous, dans nos pays de la Mer. J'en trouve plus facilement que quiconque sur terre ou même en mer, car j'en connais les filons et les gisements avec précision; aussi n'ai-je aucun mal à en rassembler une grande quantité.

Le roi restait sans voix devant un tel trésor, et son cœur faillit s'envoler de joie.

— Une seule de ces pierres vaut autant, murmura-t-il, que tout mon empire!

Il adressa ses remerciements au jeune Intègre et, se tournant vers Djoullanare :

— Vois, lui dit-il, ma confusion devant ton frère, car il m'a fait la grâce d'un présent si précieux que nul habitant de la Terre ne peut s'en procurer de semblable.

La reine remercia le roi de son compliment, puis son frère, qui prit alors la parole :

— Ô roi du temps, tu as été bon pour nous, donc tu as droit à notre reconnaissance. Non seulement tu as comblé de biens ma sœur, mais encore tu nous as reçus dans ton palais et nous y avons mangé la nourriture que tu nous a présentée. Vois-tu, c'est tout comme dans ce que dit le poète :

Si je n'avais pas attendu, dans ma passion,
de voir pleurer ma mie pour pleurer,
j'aurais donné à mon âme l'occasion
d'étancher sa soif avant de me repentir.

Mais elle a pleuré la première,
faisant couler mes larmes; j'ai dit :
« A celui qui dans cette voie a fait
le premier pas revient tout le mérite. »

» Nous pourrions, ô roi du temps, nous tenir uniquement à ton service et nous y dévouer pendant une durée de mille ans, que nous serions même alors au-dessous de ce que nous te devons.

Le roi remercia. Quarante jours passèrent, au bout desquels Intègre, se présentant respectueusement devant le roi, et baisant la terre devant lui, lui tint ce discours :

— Ô roi du temps, tu nous as fait la faveur de nous accorder l'hospitalité ; nous en avons profité tant et plus, au risque de gêner. Nous ne voulons plus désormais que quémander une chose de ta bonté : donne-nous, par grâce, la permission de nous retirer, car nous éprouvons le désir de retrouver nos proches, notre famille, le berceau de notre enfance. Nous ne cesserons pas pour autant de vous envoyer de nos nouvelles, à toi comme à notre sœur Djoullanare. Par le Dieu Très-Haut, crois bien que mon cœur ne ressent aucun plaisir à vous quitter, mais c'est une dure loi pour nous, et pour qui a été élevé dans la mer, un trop long séjour sur le continent ne vaut rien.

Le roi accéda à la demande d'Intègre, et fit donc ses adieux au jeune homme, à la mère et aux cousines de son épouse, et Djoullanare embrassa aussi les siens. Tous pleuraient de chagrin, tant il était pénible de se séparer.

— Nous reviendrons, nous reviendrons, promettaient les visiteurs, et nous ne laisserons pas s'écouler trop de temps entre deux séjours chez vous.

À la fin, ils prirent leur envol et gagnèrent la direction de la mer. C'était un enchantement d'observer leur façon de se déplacer. Une fois au-dessus des flots, ils s'y laissèrent tomber, et bientôt on ne les vit plus. Alors, resté seul avec son épouse, le roi la combla de bienfaits et d'honneurs.

L'enfant grandissait. Les domestiques ne cessaient de le porter sur leurs épaules, son royal père lui dispensait un amour intense : le garçon gagnait, avec l'âge, en grâce et en beauté. Parfois, la famille de sa mère venait chez le roi accomplir un séjour d'un mois ou deux dans le palais, après quoi elle regagnait ses contrées marines.

Le garçon atteignit l'âge de quinze ans. Nul de ses contemporains ne l'égalait en perfection physique, ni pour la beauté de ses traits ou l'éclat de son teint ni pour les qualités rêvées dont l'avait pourvu la nature. Il connaissait la calligraphie et les Chroniques du passé, le

Qoran, la langue que l'on parlait et celle qu'on avait parlée. Il savait tirer à l'arc, manier la lance, monter à cheval en disputant la balle de bois, bref, tout ce qui fait nécessairement partie de l'éducation des princes. C'était lui le sujet principal de toutes les conversations de la jeunesse de la ville, filles et garçons. Et pour avoir de lui un portrait fidèle, mieux vaut encore laisser la parole au poète qui disait, entre autres :

Sur sa joue a grandi le duvet :
sa joue comme une blanche page !
Et dans mon cœur a grandi
l'émoi qu'il me cause.

Il a tout d'un lustre allumé au cœur
de la nuit épaisse, mais qui pendrait
de la voûte du firmament, retenu là
par des chapelets de grains d'ambre.

Le roi, son père, comme il a été dit, l'aimait intensément. Une fois l'adolescent nanti de tout ce qui était nécessaire aux rois, le souverain convoqua les émirs, les grands du royaume et les hauts fonctionnaires de l'administration pour entendre le serment qu'il allait faire prêter à son fils Badr, Disque-Brillant-de-Lune, en prévision de sa succession au trône, car c'était à lui qu'il revenait de leur commander. Rien ne vint troubler la cérémonie, aucun mauvais sentiment, aucune arrière-pensée, car le prince était sympathique à tout un chacun : on le savait généreux pour son prochain, de quelque condition qu'il fût, aimable dans ses propos, agréable en société, charitable et, en politique, avisé autant que dévoué aux intérêts de son peuple.

Le lendemain, le roi, escorté de ses hauts fonctionnaires, précédé des émirs et de leurs escouades, se dirigea à cheval vers l'hippodrome. Le cortège, où figurait en bonne place le prince, s'y déploya en parade puis fit demi-tour vers le palais. On vit alors, sur le chemin du retour, le roi mettre pied à terre et se comporter comme un serviteur pour son fils, signe d'allégeance qu'imitèrent immédiatement tous les émirs jusqu'au dernier. On porta devant le prince l'étendard royal et des hérauts allaient en tête, proclamant la liste de ses titres.

Le défilé continua ainsi jusqu'à la cour du palais, le prince restant toujours en selle. Puis, quand on fut arrivé, il descendit de sa monture, soutenu par son père et les émirs. Il entra dans la salle du Conseil et prit place sur le trône. Son père se tenait debout devant lui, comme un simple émir. Alors le nouveau roi fit acte de souveraineté parmi les émirs, signa les proclamations au peuple, destitua le méchant de sa charge, nomma le juste à une fonction officielle, rendit des jugements jusqu'au milieu du jour. Après quoi, il se leva du trône.

Il se rendait chez sa mère Djoullanare : avec au front la couronne royale, il était aussi beau que la lune à son lever. Lorsque sa mère l'aperçut, ainsi paré des attributs du pouvoir, elle accourut vers lui, l'embrassa, le félicita, appela les bénédictions de Dieu sur son règne et sur l'ancien roi son père, souhaitant à son royal fils comme à son époux de longues années de vie, une autorité durable et la victoire sur les ennemis.

Le jeune roi s'assit près de sa mère et se reposa. Quand le soleil commença à décliner, il prit son cheval et, accompagné par les émirs de sa cour, il se rendit à l'hippodrome, où il passa tout le temps qui le séparait du repas du soir à poursuivre et disputer la balle de bois, dans un jeu d'équipes auquel participaient son père et les grands du royaume. A la fin, il regagna le palais, précédé par la garde qui ouvrait son cortège.

Le roi Badr, Disque-Brillant-de-Lune, mena cette vie-là toute une année de temps : les exercices à l'hippodrome alternaient avec les séances dans la salle du trône, où il rendait justice à tout le monde, arbitrait équitablement les différends qui pouvaient éclater entre les émirs et les humbles.

Au bout de cette année-là, il s'adonna à la chasse et à la faveur de la poursuite du gibier, parcourut les pays et les régions des sept climats de son empire, proclamant partout la nécessité d'établir la sécurité et la confiance tranquille, comme il est du devoir ordinaire des rois, mais nul de son temps ne l'égalait en habileté dans l'art de la chevalerie, en bravoure, en équité envers le troupeau des hommes dont il avait la charge.

Un jour que le père de Badr s'était rendu au bain, il fut saisi d'un coup de froid en sortant, car le vent soufflait du nord. Il se hâta de regagner la chaleur de ses appartements, mais au malaise qui le contraignit à s'allonger, il reconnut que son dernier moment était proche et que s'annonçait l'heure où il faudrait le transporter à la maison de Longue Durée. Sa maladie allait s'aggravant : il ne douta plus qu'il allait mourir. Alors il fit appeler son fils, lui recommanda de veiller sur le royaume, sur sa mère et sur tout le personnel de l'État. Enfin, il convoqua les émirs, les chefs des notables, les lieutenants, auxquels il demanda de jurer derechef obéissance à son fils. Il veilla à la régularité des serments, puis entra dans la période incertaine de la fin, avant de s'en remettre définitivement à la miséricorde du Dieu Très-Haut.

Le roi Badr, Disque-Brillant-de-Lune, s'affligea de la disparition du vieux roi. Djoullanare, les émirs, les vizirs et tout le personnel de l'État étaient également affectés. On ensevelit le défunt au fond d'un mausolée édifié à sa mémoire, et c'est auprès de cette tombe que la famille et les grands s'installèrent, un mois durant, pour recevoir les condoléances. Le frère, la mère et les cousines de Djoullanare vinrent ainsi consoler leurs parents de la mort du Grand Roi.

— Ô Djoullanare, dirent-ils, considère que s'il est mort, il a laissé derrière lui ce garçon cher à nos cœurs, ce lion capable de mettre en déroute une armée entière, cette lune brillante.

A l'issue de ce mois de cérémonies, les Conseillers et les notables se présentèrent devant le roi Badr et lui firent cette déclaration :

— Ô roi, l'affliction continuelle n'est que le lot des femmes. Il ne convient pas que tu occupes totalement ton esprit comme le nôtre du seul regret de ton père disparu. Laisse le mort, et songe que tout être fait de chair et de sang se dirige peu à peu vers ce terme inévitable. D'ailleurs, est-il mort, celui qui a seulement terminé sa vie mais t'a laissé, toi, pour son successeur ?

Ils l'adjurèrent donc de déposer sa mélancolie et le firent entrer au bain. Quand il en sortit, Badr, Disque-Brillant-de-Lune, avait revêtu un costume somptueux en étoffe tissée de fils d'or, brochée de pierres précieuses et d'hyacinthes. Il replaça la couronne royale sur sa tête et remonta sur le trône, qu'il avait délaissé. Il se remit à régler les affaires des gens, à juger équitablement entre le fort et le faible, rendit raison à l'humble contre l'émir. L'affection que lui vouait son peuple n'en faisait que grandir, qui multipliait sur sa tête les invocations à Dieu.

Une année s'écoula dans cette forme d'exercice du pouvoir. De façon assez fréquente, leur famille du fond des mers venait rendre visite au roi et à sa mère. Le jeune roi trouvait sa vie agréable et une fraîcheur délicieuse accompagnait chacun des objets qui venait frapper sa vue : voilà quelles étaient depuis quelque temps déjà ses dispositions d'esprit.

Une nuit, Intègre, l'oncle maternel, se présenta auprès de Djoullanare et la salua. Elle se leva en son honneur, l'embrassa, puis le fit asseoir à ses côtés avant d'entamer la conversation :

— Comment se porte mon frère ? Et comment se portent ma mère et mes cousines ?

— Elles sont en bonne santé, ô ma sœur, répondit-il. Rien ne leur manque, sinon le plaisir de voir ton visage.

La nourriture arrivait : on s'interrompit pour aller manger, et la conversation reprit quand on eut débarrassé. Elle roula sur le roi Badr, Disque-Brillant-de-Lune, sur sa perfection physique, sa beauté, sa taille, les proportions harmonieuses de son corps, son habileté dans l'art de la chevalerie, son intelligence, son éducation. Le jeune homme en question était là, tout à côté, étendu dans la pièce, à dormir sur un divan. Il se réveilla en entendant parler, mais comme il distinguait son nom qui revenait sans cesse dans l'échange qu'avaient sa mère et son oncle maternel, il s'abstint de se lever, préférant feindre l'endormi, ce qui lui permettait d'écouter tranquillement.

Intègre disait à Djoullanare :

— Ô ma sœur, voilà que ton fils touche à ses dix-huit ans, et qu'il n'est point encore marié. Imagine qu'il disparaisse accidentellement sans laisser derrière lui de descendant mâle ! Je voudrais, quant à moi, le marier à l'une des filles de roi du Pays de la Mer, qui soit son répondant en perfection de formes et en beauté.

— Par Dieu, ô mon frère, tu me prends au dépourvu. Mon insouciance m'a jusque-là tenue à l'écart de préoccupations de ce genre. Mais quelle est celle des filles de la Mer qui lui convient, selon toi ? Mentionne-les-moi, je les connais toutes.

Intègre se mit à dérouler les noms, les uns après les autres, tandis qu'elle disait à propos de chacune :

— Je la récuse pour mon fils.

Puis elle conclut, quand la liste fut épuisée :

— Je ne marierai mon fils qu'avec celle qui est son égale selon tous ces critères : perfection physique, beauté, intelligence, piété, éducation, bravoure, pouvoir royal, filiation et alliances.

Le frère était perplexe :

— Par Dieu, oui, par Dieu... Mais je ne vois personne d'autre parmi les filles de la Mer. Sur les cent noms que je t'ai cités, tu n'as voulu en retenir aucun... Cependant, ma sœur, veux-tu t'assurer que ton fils est bien endormi ?

— Mais il dort, répondit Djoullanare. Pourquoi veux-tu vérifier cela ?

— C'est que, vois-tu, ma sœur, je viens de songer à l'instant à la fille d'un des rois de la Mer, qui serait exactement ce qu'il faut au roi ton fils. Mais je crains d'en parler devant lui, car il pourrait s'attacher à elle de tout son cœur et imagine alors que nous n'aboutissions pas dans notre demande, quelle déception pour nous tous, quelle peine pour lui, quel échec pour l'État ! Nous serions la proie de soucis épuisants, du moins s'il faut en croire le poète qui dit bien :

L'amour n'est, dans l'œuf,
qu'un divertissant badinage,
mais laissez-le s'épanouir,
alors le tyran vous épuise !

La sœur ne put qu'acquiescer aux paroles d'Intègre :

— Comme tu as raison, ô mon frère ! Mais dis-moi, quelle est cette jeune fille à laquelle tu penses ? De qui est-elle née ? Je connais les rois du Pays de la Mer : si je vois qu'une de leurs filles convient à mon fils, je demanderai sa main à son père, dussions-nous, pour constituer la dot à lui verser, lui remettre tout ce que nous possédons. Dis-moi son nom, tant que mon fils dort.

— J'ai peur qu'il ne soit réveillé, et rappelle-toi ce que dit l'adage du poète :

Oreille la première
se trouve éprise
et souvent n'attend pas
qu'Œil ait dit son mot.

— Enfin, mon frère, vas-tu me donner son nom, insista-t-elle, comment faut-il te dire que mon fils est plongé dans le sommeil ?

— Par Dieu, ô ma sœur, la seule épouse qui convienne à ton fils est la reine Djawhara, Pierre-Précieuse, fille du roi al-Chamandal, l'Oiseau-de-Feu. Elle a, tout comme ton fils, perfection des formes, beauté, éclat du teint. Il n'est fille plus gracieuse qu'elle au fond de la mer ou sur la surface de la terre, il n'est fille de caractère plus doux, avec ses joues roses, son front lumineux, ses dents semblables à des perles, ses yeux noir foncé, sa croupe lourde, sa taille fine et ses jolis traits. Qu'on la mette devant une troupe de gazelles, et toutes rougiraient de confusion, toutes seraient jalouses de sa démarche. Ses lèvres sécrètent une savoureuse liqueur, ses flancs sont doux au toucher.

A cette description, à cette évocation, Djoullanare donna son sentiment :

— Mais oui, mon frère ! Je l'ai vue très souvent ! Sa mère et moi, enfants, étions des compagnes. Mais voilà bien des années que nous ne nous sommes rencontrées. Par Dieu, la fille que tu dis est la seule qui soit faite pour mon fils, et mon fils ne convient qu'à elle.

Le roi Badr, bien éveillé comme on sait, n'avait pas perdu un mot de cette conversation et, notamment, tout l'échange concernant cette Djawhara, Pierre-Précieuse, fille du roi Oiseau-de-Feu, n'était pas tombé dans l'oreille d'un sourd. Le jeune homme, rien qu'à l'énoncé de ce catalogue de qualités, était tombé amoureux, et sentait naître en son cœur le feu qui ne s'éteint pas et grandir les flammes qu'on ne peut cacher.

Mais Intègre continuait de parler à sa sœur :

— On ne trouverait pas plus sot que le père de cette Djawhara parmi les rois de la Terre et de la Mer réunis : pas de plus orgueilleux, ni de plus tyrannique. Aussi faut-il ne rien dire à ton fils de cette jeune fille tant que nous n'avons pas demandé sa main à son père. De sorte que s'il nous fait la faveur de dire oui, nous n'aurons qu'à remercier la toute-puissance du Dieu Très-Haut qui aura permis qu'il accepte ; et s'il dit non en se détournant de nous, s'il refuse de donner sa fille à ton fils, eh bien il nous restera à nous reposer de ce souci et à nous mettre en quête d'une autre jeune fille pour Badr.

— J'approuve ton plan, conclut la sœur.

C'est ainsi que l'entretien fut clos. Mais le roi Badr passa une nuit difficile, le cœur embrasé de son amour pour la princesse Djawhara, Pierre-Précieuse. Cependant, il n'en souffla mot, gardant son secret, et refusant de s'en ouvrir à sa mère ou à son oncle. Il préférait rester dans cet état où il lui semblait être étendu sur de la braise ardente.

Le lendemain, au matin, le roi entra au bain avec son oncle. Après le bain, et le verre de vin qui les réconforta, on avança pour eux les tables portant la nourriture, et Djoullanare les rejoignit pour manger avec eux. Quand tout le monde fut rassasié et qu'on se fut lavé les mains, Intègre se leva et prit congé du roi et de Djoullanare :

— Je regrette de devoir vous quitter mais, avec votre

permission, j'aimerais partir retrouver ma mère : voilà plusieurs jours que je séjourne parmi vous, et l'on s'inquiète là-bas. Il faut que je rassure ma famille.

— Pour moi, déclara Badr, Disque-Brillant-de-Lune, j'ai la poitrine oppressée, et je voudrais faire en dehors de la ville une promenade à cheval.

Le cœur en proie aux flammes, il fit ses adieux à son oncle Intègre, monta en selle et chevaucha dans la campagne jusqu'à ce qu'il fût arrivé devant une rivière au cours rapide, qui arrosait une prairie complantée d'arbres aux branches entrelacées, car le terrain était loin d'être sec. Badr mit pied à terre. Il était seul, sans aucun compagnon d'armes et sans esclave. Il aurait voulu faire une sieste, mais son esprit était toujours assiégé par le catalogue des qualités de cette beauté aux formes parfaites, qu'avait déroulé son oncle. Cette pensée fit jaillir en lui un torrent de larmes.

Or, par un de ces décrets du destin, il s'était trouvé qu'au moment où le jeune roi avait fait ses adieux à son oncle Intègre avant de partir à cheval, l'oncle s'était rendu compte que le visage du neveu s'était assombri. Craignant que ce changement d'humeur ne fût quelque conséquence de la conversation avec sa mère, pour le cas où il l'aurait entendue, Intègre s'était dit : « Je vais suivre le roi Badr et voir ce qu'il va faire. »

L'oncle suivit donc le neveu et, d'un lieu où il pouvait tranquillement l'observer sans être découvert, il le vit qui descendait de son cheval, près d'une eau courante, et l'entendit réciter ces vers :

Qui me protégera, qui sera mon bouclier,
contre cette femme à la croupe généreuse
et dont le visage est si beau
qu'il fait pâlir le soleil ?

A l'amour que je lui porte
est toujours lié mon cœur
enchanté, qui attache ses vœux
sur la fille d'Oiseau-de-Feu.

Non, je ne saurais l'oublier
au long du siècle et de ses jours,
et je ne saurais déborder d'elle,
attiré par quelque autre objet.

Intègre, à cette complainte, se rendit compte de tout, et, frappant ses mains l'une contre l'autre, s'écria :

— Il n'y a de puissance et de force qu'en Dieu le Très-Haut, le Très-Grand !

Puis, sortant de sa cachette, il s'approcha du jeune homme :

— Ô mon fils, lui dit-il, tes vers sont parvenus à mes oreilles. Tu ne peux davantage me cacher que la conversation de cette nuit entre ta mère et moi, à propos de Djawhara, Pierre-Précieuse, ne t'a pas échappé, et que tu as bien retenu la description que j'ai donnée d'elle.

— Tout cela est exact, ô mon oncle, répondit le roi Badr, Disque-Brillant-de-Lune. Je me suis épris d'elle en entendant l'énumération de ses qualités. Toute votre conversation m'est parvenue. Mon cœur s'est attaché à cette fille et je ne puis renoncer à l'amour que je lui voue.

— Eh bien, reprit Intègre, dans ces conditions, il nous faut revenir sur-le-champ auprès de ta mère, à laquelle nous allons expliquer cela. Je lui dirai que je suis prêt à te reprendre chez moi et à demander en mariage en ton nom la princesse Djawhara, Pierre-Précieuse. Ensuite de quoi, nous ferons tous les deux nos adieux à ta mère et nous reviendrons ici même.

» Mais il faut faire ce détour par chez toi, car ainsi tu auras averti ta mère : si je te prenais avec moi sans son avis et sans son autorisation, elle se fâcherait, à juste titre, contre moi et blâmerait ma conduite, car je serais la cause de votre séparation, je priverais l'État d'un roi qui gouverne les gens et juge leurs différends ; du coup, naîtrait contre vous deux la sédition dans le royaume et la révolution vous dépouillerait du pouvoir.

Mais Badr exprima son désaccord à son oncle :

— Non, non, ô mon oncle, je ne reviendrai pas

auprès de ma mère, et je me passerai de son autorisation : je sais que si je la lui demande, elle me la refusera et ne me laissera pas revenir avec toi en ce lieu où nous nous trouvons.

Il avait prononcé ces mots dans les larmes, et il répétait :

— Je veux partir directement avec toi pour faire ma demande en mariage et revenir ensuite au palais, sans que ma mère se rende compte de rien.

Intègre ne savait trop quoi faire et la décision de son neveu le mettait bien dans l'embarras. Il commença par se retrancher derrière la formule :

— J'implore le secours du Dieu Très-Haut en toute circonstance !...

— Il faut absolument que j'aille avec toi, insistait le roi Badr.

L'oncle finit par retirer de son doigt un anneau, sur lequel était gravé un des Noms du Dieu Très-Haut et, le remettant au roi Badr, il lui recommanda :

— Garde-le à ton doigt : il met à l'abri du péril des flots, il préserve des agressions des chevaux de la Mer et de ses gros poissons.

Le jeune homme prit l'anneau et le glissa à son doigt. Tous deux allèrent du côté de l'eau et s'immergèrent dans la masse liquide.

Dans les profondeurs marines, ils n'eurent de repos ni de cesse qu'ils ne fussent arrivés au palais d'Intègre. Le jeune homme et le frère de sa mère y entrèrent : là, Badr vit sa grand-mère, la mère de Djoullanare, qui s'y tenait en compagnie de proches parents. Le jeune roi salua tous les présents, et baisa la main de sa grand-mère, laquelle, se levant en son honneur, déposa à son tour un baiser sur le front de son petit-fils, entre ses deux yeux. Elle ajouta :

— Que ton arrivée soit accompagnée de bénédictions, cher enfant ! Comment se trouvait Djoullanare ta mère lorsque tu l'as laissée ?

— Elle était en bonne santé, répondit Badr à sa grand-mère. Elle t'adresse, ainsi qu'à ses cousines, ses salutations.

Immédiatement, Intègre informa sa mère que Badr, Disque-Brillant-de-Lune, était tombé amoureux de Djawhara, Pierre-Précieuse, la fille d'Al-Chamandal, Oiseau-de-Feu, rien qu'à écouter ce que l'on disait d'elle. Il lui fit part de toute cette idylle dans les moindres détails, en concluant :

— ... de sorte que Badr est venu vers nous afin que je demande au père la main de cette jeune fille, et qu'il reparte son époux.

Cette idée ne plut pas du tout à la grand-mère ; on la vit se fâcher et perdre son calme avant d'adresser les plus vifs reproches à son fils :

— Ô mon fils, tu as eu grand tort de parler de cette reine Djawhara, fille du roi al-Chamandal, devant ton neveu : ne savais-tu pas que ce roi était un sot que son orgueil rend presque insensé et son extrême violence tyrannique ? Ignorais-tu que tous les rois sans exception lui avaient demandé la main de sa fille et qu'il les avait chassés les uns après les autres, en les refusant à chaque fois pour le même motif : « Vous n'êtes pas assez beaux pour ma fille, et vous n'êtes pas une puissance suffisante pour elle ? » Je crains fort que nous n'essuyions le même refus, porté par les mêmes arguments ! Non, non, nous avons nous aussi notre fierté, et nous tenons à notre nom, qui est un bien précieux. Quelle humiliation, quelle honte pour nous devant ce fat !

Intègre n'en disconvenait pas, mais il posa la question :

— Que nous reste-t-il à faire, ô ma mère, maintenant ? Le roi Badr a conçu cette tendre inclination pour cette jeune fille lorsque j'ai parlé d'elle à ma sœur Djoullanare ; il a déclaré qu'il lui fallait absolument la demander en mariage à son père, dût-il y mettre tout ce que vaut son royaume, et il a prévenu que si le père ne voulait pas entendre raison, lui mourrait de désir ardent et de passion inassouvie.

» Or, mon neveu est plus beau que la jeune fille et a plus de quartiers : son père a été roi de toute la Perse, et lui-même lui a succédé sur le trône de cet empire. Djawhara, Pierre-Précieuse, ne convient qu'à lui et lui est le seul parti pour elle. Mon plan était de présenter au père en cadeau un assortiment, préparé pour la circonstance, de pierres rares, d'hyacinthes et de joyaux, et de lui demander la main de sa fille.

» Qu'il ne s'avise pas de prétendre que nous sommes dépossédés du pouvoir royal, et que cela nous disqualifie : le roi Badr al-Dine, Lune-Brillante-de-la-Religion, étend son empire sur plus de pays que lui, des pays qui comptent plus d'habitants, où il commande à plus d'armées et où il exerce son contrôle sur plus de territoires soumis ! Je me fais un devoir d'arranger au mieux les affaires de son neveu, dussé-je à la tâche voir mon âme quitter mon corps, car c'est moi qui suis à l'origine de tout, c'est moi qui ai jeté un jeune cœur dans l'océan de la passion pour cette jeune fille : eh bien de la même façon, je mettrai toutes mes énergies à les réunir l'un à l'autre, aidé par le Dieu Très-Haut, qui me secondera dans mes efforts.

Sa mère lui répondit :

— A ta guise ! Mais fais attention avec le père de Djawhara, Pierre-Précieuse : ne va pas lui répondre par de dures paroles, s'il te rebute rudement ; n'oublie pas que c'est un sot et un brutal. Je tremble qu'il n'use même de violence physique à ton égard et qu'il ne te jette dehors, tellement il a peu de respect humain.

— Oreille attentive et bon vouloir ! répondit Intègre.

Ayant pris congé de sa mère, il alla chercher deux jarres pleines de joyaux, de pierres précieuses, d'hyacinthes, d'émeraudes oblongues, de chatons de bagues, de pierreries rares taillées dans des diamants spéciaux, et fit porter ce lot à dos d'esclaves au palais du roi al-Chamandal, marchant lui-même en tête du cortège des porteurs. Il obtint l'audience royale qu'il avait demandée en bonne et due forme, fut introduit auprès du souverain, et se livra devant lui à toutes les salutations et prosternations que lui imposait l'étiquette. En retour, le roi se leva pour faire honneur à son visiteur, et le fit asseoir. Quand tous deux eurent pris place, et après le moment requis pour le repos de tout hôte, le roi déclara :

— Que ton arrivée soit accompagnée des bénédictions divines. Voilà longtemps que nous ne t'avons vu, à notre grand regret. Dis-nous ce qui t'amène, car nous ne demandons qu'à te rendre service.

Intègre se leva de nouveau, baisa la terre devant le roi en signe de respect et commença :

— Ô roi du temps, je confie mon affaire au Dieu Très-Haut et au roi plein d'initiative, au lion vigoureux dont le renom de justice et de courage a été porté en tous lieux par les cavaliers, au héros qui fait retentir les régions des sept climats et les différentes contrées du bruit de sa générosité, de sa bienveillance, de sa libéralité, de sa clémence, de son grand cœur.

Après quoi, il renversa les deux jarres qui dégorgèrent les pierres de grande valeur, les joyaux, les chatons de bagues, les hyacinthes, les émeraudes oblongues, les diamants. Tout cela fut étalé devant le roi al-Chamandal, qui s'entendit dire aussi :

— Ô roi, peut-être me feras-tu la faveur d'accepter ce cadeau et de combler ainsi le vœu que nourrit mon cœur.

— Ce cadeau, s'étonna le roi, ne répond pas, que je sache, à quelque chose que j'aurais fait pour toi, à quelque service qui t'ait rendu mon obligé. Quel motif as-tu de me donner en présent ces richesses considérables ? Serait-ce que tu as une arrière-pensée, quelque demande à formuler ? Formule-la, et dis-moi clairement ce dont tu as besoin. Si ce service est dans ma compétence, tu es assuré d'être satisfait dans l'heure, et alors pourquoi avoir pris cette peine ? Sinon, tu me tiendras quitte, car Dieu Lui-même ne demande à une âme que ce qu'elle peut donner.

Intègre, ayant baisé la terre devant le roi, reprit alors :

— Ô roi, me rendre le service que je viens te demander, oui, tu le peux, car c'est de toi qu'il dépend, totalement et absolument. Je ne puis exiger du roi quelque chose qui ne relève pas de sa compétence : je ne suis pas fou, et je me rappelle bien qu'un des Sages a dit : « Si tu veux ne pas être écouté, demande l'impossible. » La proposition que je vais faire, le roi peut y acquiescer : elle tombe sous la juridiction du roi, le roi seul a pouvoir de la mener à bonne fin.

— Je t'écoute : présente ta demande, explique-moi ton affaire et arrives-en à ce que tu désires obtenir.

— Ô roi du temps, repartit Intègre, voici : je suis venu te demander en mariage la perle rare, le joyau magnifique, la reine inestimable Djawhara, fille de notre maître et seigneur. Puisses-tu, ô roi, ne pas renvoyer déçu dans ses espérances celui qui est venu vers toi comme vers l'interlocuteur choisi, à l'exclusion de tous les autres, et accorde ton suffrage à celui qui t'a élu entre tous.

Ces mots amusèrent tellement le roi qu'il en tomba à la renverse ; il riait de ce qu'il avait entendu, il voulut aussi se moquer de celui qu'il entendait :

— Ô Intègre, non, pas toi !... Moi qui te prenais pour un homme sérieux, pour quelqu'un de respectable, qui ne parlait que de choses graves et n'avait que de justes avis ! Où est passé ton bon sens ? Que t'es-tu donc mis dans la tête pour en arriver là ? Mais c'est que c'est grave, que dis-je, dangereux, de demander en mariage des filles de rois, qui gouvernent aux destinées de nombreux pays et d'innombrables contrées s'étendant sous les sept climats, qui dirigent des armées considérables, et qui ont des multitudes de serviteurs ! D'où te vient ce front ? Ton esprit est donc en perdition, que tu ailles me parler en face de pareilles lubies ?

— Ô roi, répondit Intègre, puisse Dieu me tirer d'embarras ! Je n'ai pas encore eu le temps de te dire que je ne demande pas la main de ta fille pour moi. Si du reste c'était de moi qu'il s'agît, mes titres à y prétendre eussent suffi, et j'ose dire même qu'ils eussent été surabondants car tu sais que mon père était comme toi un des rois du Pays de la Mer, même si aujourd'hui, notre royaume n'est plus entre nos mains depuis qu'on nous en a spoliés.

» Je demande donc la main de ta fille pour un autre : le roi Badr, Disque-Brillant-de-Lune, le maître du pays de la Perse. Sans doute est parvenu à tes oreilles le bruit de ses exploits et de son audace. Si tu penses que ton royaume est très grand, que diras-tu de celui du roi Badr ? Si tu vantes en ta fille la grâce, la beauté, la perfection physique, attends de voir le roi Badr : il a meilleure figure encore qu'elle, plus de beauté, plus de grâce et meilleur caractère. Nul aujourd'hui ne saurait le surpasser dans les arts de la chevalerie : c'est une belle âme, généreuse et équitable.

» Si tu acceptes ma proposition, si tu consens au mariage, ô roi, tu feras sagement, et tu grossiras le rang des gens avertis qui, pleins de raison et d'usage, savent distinguer ce qui vient avant et ce qui vient après. Mais si tu refuses, au motif que ton rang est plus élevé que le nôtre, tu nous feras du tort et t'écarteras de la voie du juste envers nous. Enfin, tu n'es pas sans savoir, ô roi, que cette princesse Djawhara, Pierre-Précieuse, fille de notre maître et seigneur, ne peut se passer de mari. Rappelle-toi les paroles du Sage : « Pour la fille, hors le mari ou le tombeau, point d'autre choix. » Si donc tu veux la marier, le fils de ma sœur est un parti meilleur que d'autres. Si tu t'obstines dans ton dédain, laisse-moi te dire que tu ne trouveras point de meilleur prétendant.

Ce dernier discours d'Intègre mit le roi dans une violente colère, et la crise de démence où le jetaient ces mots prenait de telles proportions que son âme manqua quitter son corps.

— Ô chien ! s'écria-t-il, un homme comme toi, oser me parler de la sorte ! Oser profaner le nom de ma fille dans les conversations qu'il a avec le premier venu ! Tu prétends que le fils de ta sœur Djoullanare a les qualités qu'il faut pour épouser ma fille ! Qui donc es-tu ? Qui donc est ton père ? Qui donc est ta sœur ? Qui donc est ton neveu ? Qui donc est son père parmi les chiens, que tu ailles tenir devant moi des discours comme tu en tiens ? Esclaves, ici, vite, prenez-moi ce tas de boue et tranchez-lui le cou.

Les esclaves s'avançaient déjà, sabre au clair, et chargeaient le malheureux, qui n'eut que le temps de s'esquiver, et de gagner de la vitesse de ses jambes la porte du palais.

Une fois dehors, Intègre vit une véritable armée formée par ses cousins, ses proches, ses compagnons, ses soldats et tous les hommes de sa suite, alignés, au total un bon millier de guerriers sanglés dans des armures de fer recouvrant des cottes de mailles, la lance à la main. On se précipita sur lui, une seule question à la bouche :

— Quelles nouvelles ?

Intègre, à ces gens que sa mère avait envoyés à son secours, fit part de tout ce qui s'était passé dans le palais. A la fin du récit, tout le monde savait que le roi était un sot et un brutal. On mit pied à terre, on dégaina et la troupe suivit Intègre auprès d'al-Chamandal.

Les hommes en armes regardèrent durant quelques instants le roi qui était resté assis sur son trône, tellement plongé dans l'irritation où l'avait mis l'entrevue avec Intègre qu'il était incapable de voir l'irruption des nouveaux arrivants. Il ne pouvait pas compter sur ses serviteurs, sa domesticité, les gens de sa cour ou ses compagnons : personne n'était prêt pour un éventuel combat. Mais les partisans d'Intègre s'avançaient, le sabre à la main. Quand le roi les aperçut, c'était bien tard. Il eut beau crier sans perdre un instant à ses gardes : « Malheur à vous ! Je veux les têtes de tous ces chiens ! », la lutte qui s'engageait tourna vite, très vite même, à la déconfiture des compagnons d'al-Chamandal.

Les partisans d'Intègre se saisirent du roi et lui lièrent les mains derrière le dos ; lorsque la fille d'al-Chamandal apprit qu'on avait fait son père prisonnier, que certains de ses compagnons et de ses hommes d'armes étaient morts sous les coups des assaillants, elle s'enfuit du palais et alla se réfugier dans une des îles voisines avec sa servante. Une fois là, avisant un arbre de haute taille, elle y monta, toujours accompagnée de sa servante, pour se cacher dans son feuillage.

Or, par un coup du destin, quelques esclaves avaient quitté le théâtre des opérations pendant l'affrontement entre les troupes d'Intègre et celles d'al-Chamandal, et ils étaient venus avertir le palais de ce qui se passait.

Badr, aux premières nouvelles, s'enfuit sans attendre de la demeure de sa grand-mère, car il craignait pour lui et se disait : « C'est à cause de moi si ce combat a lieu ; dès que l'on aura fini de se battre, on viendra me chercher pour me punir d'avoir été à l'origine de ce conflit. »

Il s'en remit au hasard de ses pas, ne sachant où se diriger ; il n'avait qu'une idée, aller le plus loin et le plus vite possible. Mais le destin voulut qu'il arrivât dans l'île où se trouvait déjà Djawhara, Pierre-Précieuse, la fille du roi al-Chamandal.

Le jeune homme, au pied de l'arbre même où s'était perchée la jeune fille, se laissa tomber sur le sol, recru de fatigue, et désireux de refaire un peu ses forces. Étendu sur le dos, il laissait errer son regard à travers les branchages, quand il aperçut tout soudain au-dessus de lui une personne du sexe féminin, qui, comme on le sait, n'était autre que Djawhara, Pierre-Précieuse. Voyant une telle perfection, une vraie lune qui se levait à l'horizon, il se dit : « Gloire à Dieu, qui créa ce merveilleux visage ! Si je ne me trompe, cette fille ne peut être que la princesse Djawhara, Pierre-Précieuse, celle-là même qui s'est enfuie en entendant parler du combat entre son père et mon oncle, et de son issue. Elle se sera cachée dans les feuilles de cet arbre. Mais si ce n'est pas la princesse Djawhara, Pierre-Précieuse en personne, alors elle la surpasse en beauté ! »

Un moment indécis sur ce qu'il fallait penser, Badr en arriva à cette conclusion :

« Et si je m'emparais de sa personne pour savoir d'elle ce qu'il en est au juste ? De la sorte, si c'est Pierre-Précieuse, je n'aurai besoin d'aucun intermédiaire pour la demander en mariage, et j'aurai ainsi atteint le but que je m'étais fixé... »

Il interpella donc la jeune fille :

— Hé, toi ! l'objet ultime de mes désirs, qui es-tu ? Et qui t'a amenée là où je te vois ?

Elle, qui le regardait, voyait à son tour un disque plein de la lune, un garçon à la taille svelte, qui souriait de manière exquise.

— Ô gracieux jouvenceau, répondit-elle, je suis la

princesse Djawhara, Pierre-Précieuse, la fille du roi al-Chamandal. C'est de moi-même que je me suis réfugiée en ce lieu, car Intègre et ses troupes ont combattu contre mon père, et après avoir tué la plupart de nos défenseurs, l'ont enchaîné et fait prisonnier. Pour moi, j'ai dû prendre la fuite, craignant pour ma vie.

Plus il entendait Djawhara, Pierre-Précieuse, raconter, plus Badr s'étonnait d'un tel concours de circonstances. Il finit par se dire, rassuré : « Le doute n'est plus possible, mon oncle Intègre l'a emporté sur le roi al-Chamandal. » Cette pensée lui fit même un grand plaisir et en amena une autre, de la même eau : « Mais alors, j'ai obtenu ce que je désirais, tout est réussi, si le père a été capturé ! » Il leva les yeux vers la jeune fille et ajouta, à haute voix cette fois :

— Ô dame mienne, descends, je te prie. Je suis celui qu'a tué l'amour pour toi, le prisonnier que tes yeux ont jeté dans les fers. Tout ce remue-ménage, tout ce tumulte n'a d'autre origine que notre histoire. Mais que je me présente : Badr, roi et maître du pays de Perse. Intègre est mon oncle, l'homme qui est allé demander ta main à ton père pour moi. J'avais laissé mon royaume, ma mère, mes proches, je m'étais exilé, j'avais quitté mes compagnons et mes amis pour partir à ta recherche, et voilà que par le plus grand des hasards, nos routes se croisent sans que nous l'ayons davantage voulu. Descends, que nous allions au palais de ton père : nous demanderons à Intègre mon oncle de libérer son royal captif, après quoi je t'épouserai selon le droit.

Ce beau discours n'eut qu'en apparence l'effet souhaité sur la princesse, qui se disait : « C'est donc cette saleté, cet intrus, ce rustre et ce vilain qui est la cause de tout : si mon père est prisonnier, c'est lui, si ses compagnons ont été passés par le fil de l'épée, c'est lui ; si ses soldats ont été défaits, c'est encore lui ; si j'ai quitté mon pays et mon palais pour vivre en captivité dans cette île, c'est toujours lui ! Eh bien il ne me reste qu'à trouver une échappatoire bien astucieuse, sans quoi je tombe aux mains de ce tas de boue, et c'en est fait de moi : il en viendra à ses fins, comme tous les amoureux passionnés, et Dieu sait qu'on passe tout, même les crimes, aux amoureux passionnés ! »

Sa stratégie consista à payer de mots le jeune homme : phrases polies, mines coquettes, œillades et sourcils éloquents, tout l'arsenal y passait. Par exemple :

— Ô mon maître, toi, lumière de mes prunelles, c'est donc toi le roi Badr, le fils de Djoullanare-de-la-Mer ?

— Oui, pour te servir, ô dame mienne.

— Dieu veuille couper la main de mon père ! Qu'Il le frustre de son royaume ! Qu'Il n'attendrisse pas envers lui un seul cœur d'homme ! Qu'Il le garde loin de son pays sans espoir de retour ! Ah ! mon père ne te trouvait pas assez bien pour me donner à toi en mariage ? Est-ce qu'il avait sous la main quelqu'un de plus gracieux, de plus svelte, de plus beau ? Franchement, par Dieu, comment peut-on être aussi sot, aussi malavisé ?

Et elle continuait :

— Ô roi, si tu m'aimes un empan, sache que je t'aime deux coudées. Les rets d'un désir enflammé pour ta personne ne sont refermés sur moi. Je viens grossir les rangs de tes victimes, ô bourreau ! Le sentiment que tu éprouves, la tendresse qui t'habite, multiplie cela par je ne sais combien et tu auras une idée de ce que j'ai en moi.

Après ce préambule, elle descendit de l'arbre et, s'approchant de Badr, l'enlaçait, le serrait contre son cœur et lui faisait des baisers. L'autre, la voyant si enflammée, sentait aussi s'accroître son amour et s'intensifier son désir. Et la croyant tout de bon amoureuse de lui, il lui rendait, en toute confiance, ses embrassades et ses baisers.

— Par Dieu, s'émerveillait-il, la description de mon oncle équivaut au quatorzième de la dixième partie de sa perfection et n'atteint pas le vingt-quatrième de sa beauté !

Cependant, toujours étroitement serré contre la poitrine de la fille, il entendit tout soudain des paroles incompréhensibles et reçut au visage un crachat :

— Espèce d'intrus, homme façonné dans un tas de

boue, quitte à l'instant cette forme humaine et métamorphose-toi en un oiseau, des plus beaux qui soient, avec un plumage blanc, un bec et des pattes rouges.

L'effet fut immédiat : le roi Badr en un éclair troqua sa forme pour celle d'un oiseau blanc de beau ramage. Tremblant de tous ses membres, il se posa sur ses pattes et regarda la princesse Djawhara, Pierre-Précieuse. On se souvient que celle-ci avait avec elle l'une de ses servantes, qui elle, était restée perchée. La princesse la prit à témoin :

— Part Dieu, tu peux dire que si je n'avais pas craint de faire du tort à la vie de mon père, qui est encore prisonnier chez l'oncle du jeune homme, capable, comme je le connais, de sanglantes représailles, en voilà un que j'aurais tué. Puisse Dieu ne le nantir d'aucun bien souhaitable ! Puisse-t-Il le priver de la santé ! Oh ! comme il nous a fait du mal en arrivant chez nous ! Oh ! le vilain fauteur de guerre ! Toi, servante, malheur à toi ! prends-le immédiatement et mène-le dans l'île au sol desséché, où tu l'abandonneras ; après quoi, reviens ici sans tarder.

La servante prit donc Badr, sous sa nouvelle figure de volatile, et se mit en posture de le mener dans l'île au sol desséché, où elle commença par l'abandonner, avant de prendre le chemin du retour. Mais elle réfléchissait : « Par Dieu, est-ce qu'un être aussi accompli que celui-ci, avec ses formes parfaites et sa beauté, mérite de mourir de soif en ce lieu ? »

Elle reprit l'oiseau, qu'elle mena cette fois dans une grande île où les eaux étaient abondantes, les fruits nombreux, l'herbe verte et les végétaux luxuriants. C'est là qu'elle le laissa avant de revenir vers sa maîtresse, Djawhara, Pierre-Précieuse, qu'elle mit au courant de ce qu'elle avait choisi de faire.

Voilà pour les deux jeunes gens.

Du côté d'Intègre, l'oncle maternel du Roi Badr, une fois qu'il eut mis la main sur le roi al-Chamandal, dont il avait d'abord tué les auxiliaires et les domestiques, il le garda en lieu sûr et s'en fut à la recherche de Djawhara, Pierre-Précieuse, la princesse royale. En vain. Retournant près de sa mère, en son palais, il lui demanda :

— Ô ma mère, où est mon neveu le roi Badr ?

— Par Dieu, ô mon fils, lui répondit-elle, je n'ai aucune nouvelle de lui. Je ne sais d'ailleurs pas où il est allé, mais il semble que dès qu'il a appris que tu livrais combat au roi al-Chamandal, et que la bataille rangée avait éclaté entre vous deux, il ait craint pour sa vie, ce qui l'a fait s'enfuir.

Intègre, à ces nouvelles, conçut un très vif chagrin :

— Par Dieu, ô ma mère, s'écria-t-il, te rends-tu compte que c'est en vain que nous avons fait ce que nous avons fait ? Comment as-tu pu abandonner à son sort le roi Badr ? J'ai bien peur pour ses jours. Imagine qu'un bataillon aux ordres du roi al-Chamandal tombe sur lui ! Ou même que la propre fille du roi vienne à le rencontrer. Alors, c'en serait fait de lui, et nous, qu'irions-nous dire à sa mère ? N'oublie pas que je me suis passé de sa permission lorsque j'ai emmené mon neveu avec moi !

On dépêcha des corps d'armées et des domestiques à la recherche de Badr, en leur faisant fouiller les contrées maritimes. On ne le trouva point, et même on n'entendit aucune nouvelle de lui. Les patrouilles s'en revinrent bredouilles : Intègre, informé de leur échec, sentit augmenter son chagrin et son désespoir ; il avait beau continuer de garder la haute main sur le roi al-Chamandal toujours captif, cela ne l'empêchait pas d'avoir ce poids sur la poitrine, cette angoisse sur le sort de son neveu.

Voilà pour les hôtes du palais.

Du côté de Djoullanare-de-la-Mer, que se passait-il ? Elle avait d'abord attendu quelques jours que revînt son fils le roi Badr parti avec Intègre son oncle. Mais il ne revenait pas, et il tardait à envoyer de ses nouvelles. Elle demeura encore quelque temps dans cette expectative, puis finit par prendre la résolution de plonger sous les flots et de se rendre au palais de sa famille.

En voyant entrer sa fille, la mère de Djoullanare lui rendit les honneurs, la serra contre sa poitrine, l'embrassa. Puis ce fut au tour de ses cousines d'accueillir la nouvelle venue avec les mêmes marques de respect et d'affection. Tout de suite, Djoullanare demanda ce que devenait son fils le roi Badr. Ce fut la mère qui répondit :

— Son oncle qui, comme tu le sais, l'avait amené avec lui, avait offert au roi al-Chamandal des hyacinthes et autres pierres précieuses en même temps qu'il lui avait fait sa demande pour ton fils. Or le roi al-Chamandal, non content d'opposer le plus net refus, a offensé ton frère en paroles. Quant à moi, j'avais pris l'initiative d'envoyer en renfort à ton frère mille chevaliers armés de pied en cap. L'affrontement a dégénéré en bataille rangée, et c'est le camp d'Intègre qui l'a emporté, après que les domestiques et les soldats de l'adversaire eurent été passés au fil de l'épée ; quant au roi, il a été fait prisonnier. Mais ton fils a seulement entendu dire qu'il y avait combat et ne savait pas encore qu'Intègre était le vainqueur, quand il a pris peur pour lui, semble-t-il, et a préféré partir sans m'en avertir. Depuis son départ, aucune nouvelle de lui ne nous est parvenue.

Djoullanare demanda alors où était son frère Intègre, et sa mère lui répondit qu'il s'était installé sur le trône du roi al-Chamandal. Elle ajouta :

— Il a envoyé chercher partout ton fils et la princesse Djawhara, Pierre-Précieuse, mais en vain.

Toutes ces nouvelles, et particulièrement la disparition de son fils, emplirent Djoullanare de chagrin. Elle se mit à pleurer, et sentit monter sa colère contre son frère, parce que c'était lui qui avait pris Badr et l'avait emmené dans les contrées sous-marines sans son congé. Elle se plaignit à sa mère :

— Ô ma mère, j'en suis même à craindre la perte du royaume qui nous appartenait. Songe un peu : je suis venue sans informer personne, au gouvernement, de mon départ ! Il suffirait que je tarde un tant soit peu pour que le pouvoir nous échappe complètement. Il me faut donc retourner là-bas m'occuper des affaires de l'État et y attendre patiemment que le Dieu Très-Haut arrange tout. N'oubliez pas mon fils Badr, et ne négligez rien pour le retrouver. S'il meurt, c'est moi qui suis perdue sans rémission : je ne vois ce bas monde que par les yeux de mon fils, et sans lui, la vie pour moi n'a plus de goût.

La mère répondit :

— Compte sur nous, sur notre amour, sur notre sens du devoir. Ô ma fille, tu peux te figurer sans mal les tourments que m'infligent à moi aussi la disparition de Badr et ma séparation d'avec lui.

Elle donna sur-le-champ mission à de nouveaux éclaireurs de partir à la recherche du fils de Djoullanare qui, les yeux emplis de larmes et le cœur broyé, regagna son royaume : le monde se resserrait autour d'elle.

Qu'en était-il maintenant du roi Badr, que nous avons laissé oiseau dans l'île, abandonné par la servante ? Eh bien, son premier soin fut de se rassasier des fruits qu'il trouva, et de l'eau qui coulait, d'étancher sa soif. Et quand la faim et la soif le reprirent, il recommença, et voilà la vie que sous sa nouvelle forme il dut mener pendant quelque temps : car il ne savait où aller, ni même comment prendre son vol. Un jour qu'il se trouvait perché sur une branche, un chasseur passa dans l'île, à l'affût de quelque gibier pour se nourrir. L'homme s'approcha du roi Badr, lequel était toujours sous sa forme d'oiseau blanc aux pattes et au bec rouges, et ce spectacle était si captivant qu'il attirait immédiatement le regard et se l'attachait pour longtemps. Le volatile fit sur le chasseur qui l'avait aperçu un effet tel que l'homme se dit :

« Ma foi, voilà un oiseau remarquable. Pour moi, je n'en ai jamais vu de pareil, ni pour le plumage ni pour la perfection des formes ! »

Et, jetant son filet, il prit l'oiseau qu'il emporta à la ville, se promettant de l'y vendre.

Une fois au marché, notre homme le proposa aux uns et aux autres. Un chaland lui demanda son prix :

— Ô chasseur, à combien cet oiseau ?

— Cela dépend. Que veux-tu en faire ?

— Pardi ! le tuer et le manger !

— Qui peut avoir le cœur assez dur pour tuer et manger un oiseau pareil ?

— Mais que veux-tu donc en faire d'autre, ô fou que tu es ?

— Je veux l'offrir en présent au roi, conclut le chasseur. Il me donnera bien plus, en cadeau, plus que je n'en pourrai jamais obtenir si je le vends sur ce marché. Je suis sûr qu'il prendra du plaisir à le regarder, et il ne se lassera pas du spectacle de cette perfection. C'est que, de ma vie de chasseur, je ne me souviens pas qu'un semblable oiseau ait été pris. Tu ne m'en offrirais pas plus qu'une pièce d'argent, mais moi, par Dieu, même pour une pièce d'or, je ne m'en déferais pas !

Là-dessus, il se rendit au palais. Pendant une heure il se tint sous les fenêtres du roi, l'oiseau perché sur sa main. Le roi vint à jeter un coup d'œil dehors, vit l'homme qui avait cet oiseau magnifique avec son plumage blanc et son bec et ses pattes rouges. Il se dit : « S'il est vendeur, je suis acheteur. »

Il dépêcha un domestique auprès du chasseur :

— Vends-tu cet oiseau ? demanda le domestique.

— C'est un cadeau pour le roi, répondit l'autre.

Le domestique remonta, avec l'oiseau et le message. Le souverain lui ordonna alors d'apporter au chasseur dix pièces d'or.

Quand le chasseur eut pris l'argent, il baisa la terre en signe de respect et quitta la place. On installa l'oiseau, dans une belle cage suspendue, au beau milieu des appartements royaux. Dans la cage, on n'avait pas omis de disposer tout ce qu'il fallait pour l'oiseau en fait de nourriture et d'eau. De retour de sa promenade à cheval, le roi demanda :

— Où est l'oiseau ? Je veux le voir ; qu'on me l'apporte, car par Dieu, il est beau !

Quelqu'un apporta la cage avec l'oiseau et on la plaça devant le roi. C'est alors qu'on s'aperçut que l'animal était resté sans toucher à la nourriture qu'on avait prévue pour lui.

— Seigneur, dit le domestique chargé du soin de l'oiseau, je lui avais mis tout cela, et il n'a rien voulu prendre. De quoi peut-il bien avoir envie, que j'aille le lui chercher ?

Le roi, cependant, considérait l'oiseau et continuait de s'émerveiller de sa beauté. Il se fit apporter de quoi manger pour lui et quand les tables furent avancées avec les mets prévus, l'oiseau, voyant cette nourriture pour humains, et des plats d'où n'était point absente la viande, s'échappa de sa cage et s'abattit sur la table, où il se mit à prendre sa part du pain, de la viande, des différents plats, ainsi que des gâteaux et des fruits. Non seulement il goûta à tout, mais il mangea proprement tout. Quel n'était pas l'étonnement du roi, mais aussi de toute la cour, devant l'appétit et l'étrange façon de se nourrir de ce volatile ! Prenant à témoin son entourage, le roi s'exclama :

— De ma vie, je n'ai vu oiseau manger ce que mange cet oiseau !

Il tint même à faire venir son épouse : elle devait prendre sa part de plaisir à regarder le curieux volatile. Aussi le domestique alla-t-il l'inviter, en lui disant :

— Ô dame mienne, le roi t'appelle auprès de lui pour que tu réjouisses ta vue de l'oiseau qu'on a acheté, et qui s'est précipité hors de sa cage pour s'abattre sur la table, à peine celle-ci servie, et y manger de tout. Viens, ô dame mienne, le spectacle vaut que tu te déranges, car cet oiseau d'un aspect splendide pourrait être compté dans les merveilles du monde.

L'épouse du roi s'empressa d'obtempérer ; mais lorsque ses yeux rencontrèrent l'oiseau qu'elle était venue voir, elle se voila le visage et revint hâtivement sur ses pas. Le roi, qui ne comprenait pas, se leva alors et la suivit, la questionnant :

— Que se passe-t-il ? Tu t'es voilé le visage, tu as rebroussé chemin, et pourtant, il n'y a pas d'homme étranger ici : je ne vois que tes domestiques et tes servantes !

Mais elle repondit :

— Ô roi, il ne s'agit pas d'un véritable oiseau. Ce que tu as pris pour un oiseau est un homme !

— Tu veux rire ! riposta le roi. A-t-on vu un nomme

qui devienne oiseau ? Non, tu dépasses les limites de la plaisanterie !

— Je suis sérieuse, par Dieu, reprit la reine, et ne te dis que la stricte vérité. Il s'agit du roi Badr, maître du royaume de la Perse et fils de Djoullanare-de-la-Mer. Son oncle est Intègre, le frère de sa mère, fils de la reine Papillon. C'est la princesse Djawhara, Pierre-Précieuse, fille du roi al-Chamandal, qui lui a jeté un sort.

Elle raconta au roi toute l'histoire de Badr, du commencement jusqu'à la fin : comment le jeune homme avait demandé la main de Djawhara, Pierre-Précieuse, comment il s'était vu opposer un catégorique refus par le roi son père, comment avait éclaté la guerre entre al-Chamandal et Intègre, l'oncle, en faveur de qui les armes avaient penché, et qui avait fait prisonnier son adversaire. Tous ces épisodes racontés par sa femme, qui justement se trouvait être la plus habile de son époque dans l'art de la magie, menaient le roi d'étonnement en étonnement. A la fin, il la supplia :

— Par le prix de ma vie auprès de toi, délie ce jeune homme de ce charme où il est tenu et libère-le de ce tourment où l'abîme sa métamorphose. Puisse Dieu mutiler de sa droite cette ribaude de Pierre-Précieuse, cette femme de peu de foi et de perfide venin !

— Ô roi, acquiesça la femme, il te suffit de dire à cet oiseau d'entrer dans ce cellier.

Ainsi fut fait. La femme se drapa dans son vêtement de dessus, rajusta le voile sur son visage, et, prenant dans sa main une coupe pleine d'eau, elle pénétra dans le refuge de l'animal. Tout en prononçant sur l'eau des formules absconses, elle aspergeait l'oiseau, auquel pour finir elle fit cet exorcisme :

— Par le pouvoir de ces Noms illustres, par les conjurations de haut prix et de haut rang que j'ai prononcées, au nom du Très-Haut, Créateur du Ciel et de la Terre, qui donne la vie aux morts, qui distribue à chacun de quoi subsister et assigne son terme au séjour ici-bas, quitte cette figure dans laquelle tu te trouves à présent, abandonne cette apparence d'oiseau et reprends à l'instant ta forme première, celle où Dieu t'a fait naître !

Son discours n'était pas terminé que l'oiseau, secoué d'un intense tremblement, se retrouva sous les espèces de l'homme qu'il avait été. Le roi porta ses regards sur lui : personne décidément n'avait, sur la surface de la terre, un corps aussi parfait.

Mais Badr, dès qu'il se vit revenu à sa forme primitive, s'écria :

— Gloire à Dieu, le Créateur des êtres, le Moteur de toutes choses et de toutes circonstances !

Il se jetait vers le roi, dont il baisait les mains et les pieds, en le bénissant :

— Que Dieu te récompense et fasse pleuvoir sur toi tous les biens souhaitables !

Le roi à son tour embrassa la tête de Badr et répondit :

— Ô Badr, je voudrais entendre ton histoire du début jusqu'à la fin.

Le jeune homme s'exécuta, lui racontant tout avec la plus grande exactitude. Le roi, à l'entendre, s'émerveillait à un point qu'on ne peut pas dire : il put néanmoins demander à Badr quelles étaient désormais ses intentions et comment il envisageait la suite des événements.

— Ô roi du temps, répondit le jeune homme, serait-ce trop demander de ta bonté que de solliciter de toi un navire, avec quelques-uns de tes serviteurs que tu mettrais à ma disposition, et quelques provisions pour le voyage : je pourrais alors regagner mon pays et assurer de nouveau mon gouvernement. Voilà longtemps que j'ai quitté ma mère, mes parents, mon trône, et je crains, si mon absence venait à se prolonger, de voir m'échapper complètement le pouvoir. Ma mère ! Mais ce serait miracle qu'elle soit encore en vie depuis le temps que nous sommes séparés ! Le chagrin que je lui ai causé en m'éloignant d'elle pourrait bien l'avoir tuée, et si elle n'en est pas morte, elle est sans nouvelles de moi, ignorante du lieu où je me trouve, incapable de dire si moi-même je suis encore vivant ou non, et naturellement elle ne sait rien de ce que je dois à sa Majesté et à son épouse la reine. C'est précisément au nom du service que vous venez de me rendre tous deux que je vous demande de porter à son comble votre bienfait et de m'accorder tout ce qui m'est nécessaire pour entreprendre le voyage qui me permettra de regagner mon pays.

Tout plaidait pour Badr : le roi ne pouvait qu'acquiescer, à entendre l'élégance de ce discours, à contempler la grâce et la beauté de l'orateur. Mû par la grande affection qu'il sentait grandir en lui, il dit simplement :

— Oreille attentive et bon vouloir !

Il prépara donc un navire pour son hôte, et l'équipa, non seulement de ce qu'il fallait pour la route, mais d'hommes, qu'il choisit à sa cour. Badr prit congé, appareilla et fut poussé par un bon vent dès le début de son voyage. Dix jours durant, il eut ainsi la faveur du temps. Le onzième, s'éleva une violente tempête, avec des tourmentes qui contraignaient le navire à grimper sur la crête des vagues puis à glisser au fond des creux. Ingouvernable au matelot, l'embarcation devint rapidement une coquille de noix que les masses d'eau s'amusaient à ballotter. Et puis, ce furent les récifs qui eurent raison du bâtiment : drossée sur l'un des affleurements rocheux qui barraient la mer, la coque s'ouvrit, livrant les voyageurs à un destin pathétique, les uns coulant à pic, les autres échappant de justesse à la noyade.

Badr, au prix de mille difficultés, dut son salut à une des planches du navire éventré. Jouet des vagues, qui tantôt le soulevaient, tantôt l'abaissaient, il n'avait nulle idée de la direction que l'élément liquide voulait lui faire prendre, et se contentait de subir sa poussée. Pendant trois jours et trois nuits, il resta ainsi passif en face de l'eau et du vent conjugués, sans moyen de leur résister.

Le quatrième jour, les vagues le jetèrent sur le rivage d'une contrée inconnue. Une ville s'étendait, proche de lui, blanche comme une perle. Construite dans un site favorable, elle était de plus protégée par de hautes murailles, si bien que la mer déferlait continûment au pied de ses remparts. Le spectacle d'une cité, et d'une cité aussi belle, réjouit Badr : il était sur le point de mourir de faim et de soif.

Ayant quitté son radeau de fortune, il gagnait la ville, quand il vit venir au-devant de lui des animaux domestiques de toutes sortes, vaches, ânes, chevaux, chameaux, mulets. C'étaient d'innombrables troupeaux, aussi serrés que les grains de sable de la grève, et qui ruaient, comme pour empêcher le jeune homme de quitter la plage et d'entrer dans la ville. Mais Badr leur échappa de l'autre côté de la cité, dans laquelle il put enfin débarquer.

Mais il parcourait des rues désertes, ce qui ne manqua pas de l'étonner : « A qui, se disait-il, peut bien appartenir cette ville ? Et quelle raison fait qu'elle est déserte ? Aucun roi ne dirige ses habitants, donc, et malgré cela, des quantités de chevaux, d'ânes, de vaches, de chameaux et de mulets étaient là qui m'empêchaient d'entrer ? Quel est ce maître mystérieux ? »

Badr roulait toutes ces questions dans son esprit, tandis qu'il allait à l'aventure par les rues. A un moment donné, il tomba sur un vieux marchand, assis près de ses légumes, dans sa boutique. Il s'approcha et le salua ; comme il levait la tête vers Badr pour lui rendre son salut, l'homme fut frappé par la beauté de ses traits :

— Jeune homme, lui demanda-t-il, d'où viens-tu ? Qui t'a fait parvenir jusqu'en notre ville ?

Badr lui raconta tout, et dans tous les détails. Le vieillard, à l'entendre, s'émerveillait à un point qu'on ne peut pas dire.

— Ô mon enfant, reprit-il, tu n'as vu personne sur ton chemin ?

— Non, par Dieu, ô mon père, répondit Badr. D'ailleurs, je me suis beaucoup étonné de voir cette ville vide d'habitants.

— Ô mon enfant, continua le vieux, monte ces quelques marches, et entre, cela vaut mieux pour ta vie.

Le roi Badr obtempéra, et gagna le fond du magasin. Le vieillard, se levant de son siège, alla lui préparer de quoi manger. En même temps, il lui conseillait :

— Ô mon enfant, enfonce-toi dans l'arrière-boutique, c'est là que je te servirai. Gloire à Celui qui t'a sauvé des mains de ce Satan femelle !

Le roi Badr sentit les craintes les plus vives l'envahir. A peine eut-il fait honneur à la nourriture que le vieillard avait préparée pour lui, que, s'estimant rassasié, il s'empressa de se laver les mains et de demander à son hôte :

— Ô mon maître, tu as prononcé des paroles, à l'instant, qui m'ont empli de panique, et ne laissent pas de m'inquiéter sur cette ville et ses habitants. Mais pourrais-tu t'expliquer un peu plus ?

— Ô mon enfant, tu sauras que cette ville, commença le vieillard, a pour nom « la Cité des Mages ». Elle appartient à une reine, une femme jeune et aussi resplendissante que l'astre des nuits. Elle-même est magicienne ; quant aux animaux que tu as vus, eh bien ce sont des fils d'Adam, comme toi et moi. Seulement, ils ont reçu un sort : quiconque pénètre dans cette ville, et pour peu qu'il ait, comme toi, la jeunesse en partage, tombe dans les rets de cette païenne, de cette sorcière qui pendant quarante jours va l'utiliser comme jouet de sa lubricité, après quoi, par un charme qu'elle lui jettera, elle en fera à sa guise un âne, un mulet, ou je ne sais quelle bête, dans le genre de celles que tu as vues en arrivant.

» Ce n'est pas tout : les sujets, dans cette ville, sont tous des Mages de la même espèce que leur reine ; dès que l'un d'entre eux se propose de s'éloigner de la ville pour aller vers où ses affaires l'appellent, il n'a qu'à emprunter, en guise de monture, l'une de ces bêtes qui hantent la grève. Rappelle-toi : ces animaux t'ont détourné, par leurs ruades, de ton dessein de gravir la colline où est juchée la ville. C'est qu'ils avaient pitié de toi ! Ils faisaient tout pour t'épargner le traitement qu'ils ont eu à subir de cette fille... oui, de cette malédiction de femme qui sert de reine à notre ville ! Oh ! pour être belle, elle l'est, et même, sous cet aspect, personne ne peut lui être comparé. Juges-en un peu : son nom est La'âb, « Montée-du-Soleil ».

Plus ce discours se déroulait, plus Badr sentait grandir

sa peur, tant et si bien qu'à la fin, on eût pu le nommer « Roseau Fébrile ». Il accusait sa chance : « C'est à peine si j'ai cru être délivré du sortilège de ma métamorphose. Fallait-il que, de suite, le destin me livrât à une population entière de Mages plus funestes encore que Djawhara, Pierre-Précieuse ? »

Cette pensée le retint silencieux quelque temps : le vieillard le voyait rongé d'inquiétude et, du coup, bien incapable d'arrêter une conduite. Il lui conseilla :

— Ô mon enfant, il est temps que tu ailles te mettre à la porte de la boutique. Regarde passer les gens, cela te distraira : c'est l'heure où il y a foule, car tout le monde revient de son travail au-dehors. N'aie aucune crainte : je suis respecté aussi bien de la reine que de la population, et chacun me révère. Personne ne consentira à me voir souffrir, et c'est ce qui arriverait si l'on venait à te faire du mal.

Le roi Badr obtempéra. En effet, quelle innombrable foule il voyait passer ! Il plaisait, par la merveilleuse perfection de ses formes, à telle enseigne qu'il y en eut plus d'un pour interpeller le vieux :

— Dis-nous, vieillard, as-tu fait l'acquisition de ce captif ? Ou bien l'as-tu pris à la chasse ces jours-ci ?

— Mais non, par Dieu, répondait-il. C'est mon neveu, le fils de mon frère défunt. Il habitait loin d'ici : quand j'ai su que mon frère était mort, j'ai fait venir son fils chez moi, afin d'étancher un peu la soif de tendresse d'un vieil homme solitaire.

— Comme il a bel aspect ! reprenaient-ils, unanimes. Mais nous sommes inquiets pour lui, à cause de la reine La'âb, qui pourrait bien venir te le ravir, portée comme elle l'est sur le jouvenceau de bon acabit.

— La reine, qui a beaucoup d'égards pour moi et me révère, ne me refuse rien... Il suffira que je lui dise que c'est mon neveu, et alors elle s'abstiendra de lui parler, de faire la coquette devant lui et de le séduire.

C'est ainsi que le roi Badr, un mois durant, demeura chez ce vieillard, n'ayant d'autre souci que de manger et boire, tandis que le vieux sentait grandir pour lui une grande affection. Au bout de ce temps, un beau jour que Badr était assis, à son habitude, devant la boutique, une troupe de mille serviteurs, le sabre dégainé, passa : tous avaient des costumes plus riches et plus ornés les uns que les autres ; leur taille était sanglée dans des ceintures brochées de pierres précieuses, et les chevaux arabes qu'ils montaient portaient des selles rehaussées de plaques d'or.

La troupe salua le vieillard au passage, et le vieillard répondit au salut. Mille esclaves venaient derrière, aussi resplendissants que des lunes. Leur livrée était celle de domestiques, mais ils portaient eux aussi des sabres dégainés, dont la poignée était incrustée d'or. En passant, eux aussi s'inclinaient devant le vieillard. Ils étaient suivis de mille servantes, aussi rayonnantes que des lunes. Leurs vêtements étaient de soie de toutes les couleurs et de mousseline, brodée de fils d'or. A la main, elles tendaient la lance, et leur ceinture portait le cimeterre à large lame.

Au milieu de ce dernier cortège chevauchait une jeune fille, montée sur un cheval arabe, dont la selle était en or incrusté de différentes pierres précieuses et d'hyacinthes. L'escorte de servantes s'arrêta à hauteur du vieillard pour le saluer ; le vieillard rendit le salut, et c'est à ce moment-là que s'approcha la reine, qui le salua à son tour.

Le vieux quitta alors son siège, baisa la terre devant sa souveraine en signe de respect, et resta un moment immobile tandis qu'elle le considérait. A la fin, il s'entendit demander :

— Ô Abou-Abdallah, que voilà un beau jeune homme, avec son maintien plein de grâce et son visage d'aurore ! Est-ce ton captif ? Depuis quand l'as-tu ?

— Tu fais fausse route, ô reine, par Dieu ! répondit le vieillard. Il ne s'agit que de mon neveu : j'ai ressenti un vif désir de le voir et l'ai fait venir chez moi afin d'étancher un peu la soif de tendresse d'un vieil homme solitaire. J'éprouve pour lui un sentiment très vif ; me voilà vieux, et lui est orphelin : quand je mourrai, il sera près de moi pour recueillir ce que je laisserai en héritage, et ce sera sa récompense pour m'avoir aidé de mon vivant.

— Ô mon père, reprit la reine, refuserais-tu de me le donner en cadeau ? Je me suis éprise de lui, et je le jure par le Feu et la Lumière (1), par l'ombre épaisse et l'ardeur du soleil, je ferai de lui mon seul lot de bonheur dans le monde d'ici-bas. Aussi n'as-tu rien à craindre pour lui : on dit qu'aucun homme habitant la surface de la terre ne trouve grâce à mes yeux, admettons-le ; mais lui, non ! Il sera l'exception. Au reste, tu sais en quelle estime je te tiens, et comment tu me la rends.

— Ô reine, rétorqua le vieillard, ne me demande pas cela. Je ne te le confierai pas. Non, pas à toi !

— Par le droit du Feu et de la Lumière, jura-t-elle, par celui de l'ombre et de l'ardeur du soleil, par le droit de ma religion, je ne partirai d'ici qu'avec lui. Crois-moi, je ne le trahirai point, je ne l'envoûterai point, et de moi il ne connaîtra que des manières amies, dont il n'aura qu'à se féliciter.

Le vieillard dut céder. Après tout, elle était reine, et pouvait disposer de sa vie comme de celle du roi Badr. Néanmoins, il fit derechef promettre à la femme, mais par un serment en bonne et due forme cette fois, que non seulement elle ne ferait aucun mal au jeune homme, mais qu'elle le lui rendrait exactement dans l'état où elle le prenait. Enfin, il conclut :

— Demain, à ton retour de l'hippodrome, tu pourras le recevoir de ma main.

La reine le remercia et regagna son palais. Cependant qu'elle s'éloignait, le vieux dit à Badr :

— Et voilà, mon fils, ce que je craignais est arrivé ! Quel brouillamini ! Dans sa religion, celle des Mages, elle m'a juré sur ce qu'elle avait de plus sacré de ne te nuire en aucune manière et de ne pas t'envoûter. De plus, elle n'a pour moi qu'amitié et révérence : c'est d'ailleurs ce qui t'a valu des formes et t'a évité d'être arraché par force de ma boutique, de subir ce que

(1) La reine professe, à l'évidence, la religion des Mages zoroastriens, adorateurs du Feu sacré.

subissent d'elle les étrangers d'ordinaire. Il n'empêche. Que Dieu la maudisse ! Qu'Il la défigure ! Qu'Il fasse d'elle le dépôt de tous les maux ! Ah, la débauchée, la sans-cœur !

Ces mots étaient loin de rassurer Badr :

— Ô mon maître, s'écria-t-il, elle me fait peur. Un mois durant, j'ai bu la coupe amère du sortilège : la reine Djawhara, Pierre-Précieuse, fille du roi al-Chamandal, m'avait jeté le sort que tu sais, et précipité dans une situation fort instructive pour quiconque aime à se pencher sur son expérience passée. Si j'ai été désenvoûté, c'est qu'il m'a fallu rencontrer la bonne personne, et cette personne était la femme d'un certain roi. Je ne tiens pas à boire de nouveau à ce calice qui verse une boisson aussi amère que peut l'être le supplice des clous.

Il pleurait en disant cela, et le vieillard eut pitié :

— N'aie pas peur, essaya-t-il de le consoler. Cette femme nuirait plutôt à son père et à sa mère qu'à moi. N'as-tu pas remarqué la façon dont ses soldats et ses gens se sont arrêtés à ma porte pour me saluer ? Par Dieu, mon fils, l'Infidèle qu'elle est, qui ne daignerait pas saluer les rois, ne peut pas passer dans ma rue sans me saluer et me tenir les propos que tu l'as entendue tenir.

La nuit tombait, et c'était le moment de se retirer pour aller dormir. Le lendemain matin, quand la reine La'âb arriva, avec son cortège de servantes, d'esclaves, de domestiques portant les sabres et les lances, elle se rendit devant la porte du vieillard et le salua. Lui la salua à son tour, se levant devant elle et baisant la terre à ses pieds en signe de respect. Puis cette conversation s'engagea :

— Ô mon père, tu m'as fait une promesse. Tiens-la et donne-moi vite ce que tu t'es engagé à me donner.

— Jure-moi de nouveau que tu ne feras pas de mal à ce garçon, que tu ne lui jetteras pas de sort, que tu ne lui causeras aucun dommage, répondit le vieillard.

La reine jura de nouveau, sur ce qu'elle considérait comme sacré. Après quoi, elle ôta le voile qui masquait son visage ; quand celui-ci apparut, on le vit resplendir comme une lune.

— Ô mon père, dit-elle alors au vieillard, à qui donnes-tu la prime de beauté, à ton neveu ou à moi ? Ne suis-je pas plus belle que lui ?

Le roi Badr considérait la beauté de cette femme. Ébloui par tant de splendeur, il se disait : « Par Dieu, elle l'emporte en beauté sur la princesse Djawhara, Pierre-Précieuse ; si elle accepte de m'épouser, j'abandonnerai mon royaume et je m'établirai pour la vie auprès d'elle, sans songer à revenir chez ma mère. Pourvu que je jouisse d'elle pendant quarante jours et quarante nuits et que nous partagions la même couche tout ce temps-là, peu m'importe ce que l'avenir me réserve ! Je consens qu'elle tue, qu'elle jette des sorts, à ce prix : chaque nuit passée avec elle vaut une vie ! »

Mais le vieillard lui prenait déjà la main et disait à la reine :

— Reçois-le comme un dépôt que je te confie. Voici mon neveu : il s'appelle Badr, Disque-Brillant-de-Lune. Tu auras à me le rendre dans l'état où tu l'as reçu. Ne lui fais pas de mal et ne le détourne pas de moi.

La reine lui jura une troisième fois de ne lui causer aucun dommage et de ne point l'envoûter. Ensuite, elle donna l'ordre d'amener un cheval pour le garçon, un bon, dont la selle fût couverte de plaques d'or. Enfin, elle remit une gratification de mille pièces d'or au vieillard et elle l'accompagna de ces mots :

— Voilà pour toi. Emploie cette somme à ta guise.

Là-dessus, elle prit possession du roi Badr et s'éloigna avec lui ; mais le jeune homme était si resplendissant à ses côtés, il était si conforme à son nom, ce Disque-Brillant-de-Lune, que les gens qui croisaient cet équipage, voyant un jeune homme d'une beauté si accomplie, ne pouvaient s'empêcher de compatir à ce malheur :

— Par Dieu ! Dire que toute cette grâce concentrée en un seul homme servira de proie aux charmes de cette misérable !

Le roi Badr entendait bien toute cette sympathie

déversée sur son passage, mais il ne pipait mot, préférant remettre son sort entre les mains du Dieu Très-Haut.

On parvint enfin au palais, après une longue marche à travers la ville. A la porte, émirs, notables et serviteurs, tous mirent pied à terre pour assurer le service de la reine, qui à son tour descendit de sa monture, imitée par le roi Badr. Tous deux gagnèrent la salle du trône, sur lequel ils prirent place côte à côte.

La reine congédia tout le monde, émirs, chambellans et courtisans. On se retira, après avoir baisé la terre en signe de respect. Après quoi, la reine, tenant Badr par la main, gagna ses appartements privés où l'accompagnaient seulement ses femmes de chambre et ses domestiques.

L'intérieur du palais évoquait ceux qui sont bâtis au paradis : il avait des murs ornés d'or et en son centre s'étendait une pièce d'eau, elle-même entourée d'un splendide jardin, refuge aux oiseaux qui y conversaient en toutes sortes de langues et y gazouillaient leurs airs et leurs chansons. Les armoires regorgeaient de vêtements et de vaisselle. Badr ne pouvait s'empêcher de songer à ce que cette fortune laissait deviner des ressources du royaume : « Gloire à Dieu, se disait-il en lui-même, qui, dans Sa générosité et Sa clémence, accorde des biens à qui adore un autre que Lui ! »

La reine La'âb s'assit près d'une fenêtre qui donnait sur le jardin, prenant place sur une banquette d'ivoire que recouvrait un épais coussin. Badr la rejoignit et dès qu'il fut à ses côtés, la reine se mit à l'embrasser et à le serrer contre elle. Très vite, les esclaves apportèrent, sur son ordre, une table en or incrusté de pierres précieuses et qui portait des assiettes du même métal débordant de mets de toutes sortes, salés et sucrés. On mangea à satiété, on se lava les mains ; la boisson fut ensuite avancée, dans des vases d'or, d'argent et de cristal ; certains d'entre eux contenaient des fleurs et des substances aromatiques. Enfin, sur des compotiers étaient offerts des fruits secs.

Parmi les esclaves, dix, aussi belles que des lunes,

avaient avec elles leurs instruments de musique, tous différents. La reine se servit du vin, puis elle remplit un verre pour Badr, qui le but. L'un et l'autre ne cessèrent de boire, jusqu'au moment où ils sentirent que l'ivresse les empêchait de se tenir droits. C'est là que la reine dit aux servantes de chanter, et celles-ci s'exécutèrent, utilisant tous les modes qu'elles connaissaient.

A les entendre, le roi Badr se sentait comme soulevé par le sol d'un palais qui eût lui-même tressailli de joie en marquant les rythmes. Cette sensation le surprit, mais l'étonnement laissa bientôt la place à la délivrance : il flottait, oubliant qu'il était dans un pays étranger, loin des siens. « Par Dieu, se disait-il, je suis chez une reine, une femme pleine de grâce, et je ne veux pas partir d'ici : nul doute que son royaume ne soit plus vaste que le mien ! Et puis, elle est plus belle que Djawhara, Pierre Précieuse, elle-même ! »

Et Badr but jusqu'à la nuit tombée. La reine fit alors allumer des cierges et brûler de l'encens. La soirée se déroulait sur le mode qu'évoque le poète :

Pendant toutes les heures du jour,
le bonheur nous a envahis : la vie,
généreuse, n'a dénoué ses plaisirs
que pour en tresser de tout neufs.

La mer en gazouillante fontaine
s'est métamorphosée, et le ciel
en rameau de myrte, en narcisse
l'étoile, les soleils en roses.

Nous avons eu l'éclair du vin
zébrant le nuage de la coupe ;
et dans les brumes de l'ambre gris
on entendait tonner le rebec.

Les chants des servantes accompagnaient les libations et la fête dura jusqu'à la fin de la nuit. Vaincue par l'ivresse, la reine, à la place même où elle était assise, tomba et s'endormit, non sans avoir ordonné à la domesticité de se retirer et de la laisser seule avec Badr, qui devait dormir près d'elle. On prit le temps de dépouiller le jeune homme de toutes les étoffes précieuses qu'il portait, et il resta nu sous une simple chemise de fils d'or. On fit de même pour la reine La'âb. L'un et l'autre dormirent ensemble, savourant la joie de vivre.

Au matin, la reine, s'éveillant, conduisit Badr au bain, qui se trouvait à l'intérieur du palais. Une fois lavés et sortis, ils se firent envelopper d'étoffes précieuses, demandèrent des verres de vin, qu'ils burent, après quoi la reine, prenant Badr par la main, le mena aux salons d'apparat. Les servantes les précédaient, qui les installèrent pour un repos d'une heure : elles leur apportèrent de quoi manger, leur présentèrent le bassin et l'aiguière après le repas, ôtèrent les tables, offrirent pour finir le vin, les fruits frais et les fruits secs, en disposant des bouquets de fleurs devant eux. Ce ne furent pour la reine et le roi Badr que libations accompagnées jusqu'au soir des mélodies variées des servantes qui ne cessaient de moduler leurs harmonies.

Pour eux deux, ce genre de vie dura quarante jours : on ne pensait qu'à manger, à boire, à se laisser bercer par une musique dont les accents vous mettaient l'âme en joie, bref à savourer le temps qui passait, délicieux, rythmé par les enlacements et les baisers, et par les allées et venues du bain au salon. Aussi la reine demanda-t-elle à son compagnon :

— Ô roi Badr, où te trouves-tu mieux, ici ou là-bas, chez ton oncle le marchand de légumes ?

— Ô reine, s'écria Badr, il n'y a pas de comparaison ! Quel bonheur est ici le mien ! J'étais en fait chez un vilain, qui se trouvait vendre des légumes...

Cette réponse amusa la reine, et tous deux s'endormirent là-dessus ; la nuit qu'ils passèrent leur faisait une fois de plus savourer le bonheur de vivre. Cependant, quand au matin Badr se réveilla, il ne trouva point la reine à son côté. Il se demandait où elle était partie mais surtout, il ressentait la solitude avec amertume. Il se résolut à l'attendre, mais, comme elle ne revenait pas, il préféra s'habiller et partir à sa recherche en inspectant tous les appartements du palais. Ses efforts en demeuraient vains.

« Peut-être est-elle dans le jardin », se dit-il.

Il s'y rendit, et se retrouva bientôt devant un petit ruisseau dont l'eau vive courait, et auprès duquel se tenait un oiseau noir. La femelle était là aussi, tout auprès, mais elle était blanche. Dans l'arbre qui poussait au bord du ruisselet se trouvait également toute une colonie d'oiseaux de toutes les couleurs, et Badr put les considérer à loisir, car ils ne savaient pas qu'ils étaient regardés.

Tout à coup, il vit l'oiseau noir sauter sur la femelle blanche et par trois fois la monter. Dès que cette triple rencontre fut achevée, l'oiseau blanc, troquant sa forme contre celle d'une créature humaine, redevint, aux yeux de Badr étonné, la reine La'âb en personne.

Alors, Badr comprit : l'oiseau noir était un homme ! Il avait été envoûté et la reine l'aimait toujours. Pour s'unir à lui, elle prenait l'apparence d'une oiselle, seule forme sous laquelle le mâle pût lui adresser son hommage.

A reconstituer l'histoire, Badr sentait naître en lui la jalousie, et l'oiseau mâle le mettait hors de lui, lui faisant maudire la femme. Il regagna les appartements et s'affala sur son lit, où une heure plus tard le rejoignait la reine, toute caressante et pleine de bonne humeur, Badr n'en boudait que davantage et son irritation l'empêchait de répondre. La reine comprit qu'il avait vu comment l'oiseau noir s'était à l'instant comporté avec elle et bien qu'elle sût au fond ce que ressentait son compagnon, elle feignit de ne se rendre compte de rien, et préféra n'en pas parler.

Lorsque le soleil fut assez haut dans le ciel, Badr fit à la reine cette requête :

— Ô reine, s'il te plaît, je souhaiterais me rendre à la boutique de mon oncle, le frère de mon père. Depuis quarante jours que je ne l'ai vu, je me languis de lui.

— Certainement, ô Badr. Vas-y, mais n'y reste pas longtemps. Tu sais que je n'aime pas à être séparée de toi, et que je n'ai pas la patience de t'attendre, ne serait-ce qu'une heure.

Badr prit sa monture et s'en alla retrouver le vieillard qui vendait des légumes. Le vieux lui souhaita la bienvenue et le prit dans ses bras.

— Comment te sens-tu avec cette païenne ? lui demanda-t-il tout de suite.

— Tout va bien pour moi et j'ai ce qu'il faut, les richesses et la santé. Mais alors que nous nous étions endormis ensemble cette nuit, je ne l'ai pas retrouvée à côté de moi au réveil. Je me suis habillé et je l'ai cherchée partout dans le palais ; puis arrivé dans le jardin, je l'ai aperçue, ou plutôt je l'ai reconnue sous la forme d'une oiselle qui paradait près de son mâle. Celui-ci a sauté sur elle et l'a servie.

A ces mots, le vieux ne se contenait plus :

— Et voilà ! Cette maudite femme recommence avec ses façons de truie lubrique ! Méfie-toi, et apprends que les oiseaux dans l'arbre sont tous des étrangers qu'elle a un jour désirés avec passion et qu'elle a métamorphosés après en avoir joui. Le noir, c'était un de ses esclaves, pour lequel elle avait un penchant, alors que lui soupirait pour l'une de ses servantes. Il n'en a pas fallu davantage pour voir le sortilège de la reine le transformer en un oiseau. Chaque fois qu'elle a envie de lui, elle-même sait par sa magie prendre la forme d'une femelle et se donner à lui pour qu'ils s'accouplent. Elle a toujours de l'amour pour lui, et maintenant qu'elle sait que tu as découvert le fond des choses, elle jouera avec toi l'hypocrite. Mais ne crains rien, du moment que je suis à tes côtés pour te soutenir : j'ai, en matière de magie, une insurpassable compétence, dont je n'use à vrai dire jamais, sauf si le cas l'exige absolument. C'est ainsi que j'ai sauvé la plupart de ceux qui sont tombés victimes de cette chienne : tu comprends, elle n'a aucun pouvoir sur moi, et elle me craint. Tous les habitants de cette ville partagent avec elle ce trait : ils adorent le Feu. Aussi, n'as-tu qu'à venir demain m'informer des plans qu'elle ourdit contre toi, car c'est cette nuit qu'elle va préparer ta perte. Tu dois la ménager pour gagner du temps jusqu'à la nuit suivante, mais n'oublie pas de venir demain afin que je te dise comment tu dois t'y prendre.

Là-dessus, le roi Badr prit congé du vieux et regagna le palais.

Il y trouva la reine qui l'attendait et qui sauta sur ses pieds pour l'accueillir et lui souhaiter la bienvenue. Les mets arrivèrent et tous deux mangèrent, se lavèrent les mains, puis se mirent à boire jusqu'au milieu de la nuit, coupe sur coupe, car la reine ne cessait d'inciter l'homme à se laisser aller. Quand elle vit qu'il était fin saoul et qu'il perdait la notion des choses, elle prit ainsi la parole :

— Par Dieu au-dessus de toi, par le droit de Celui que tu adores, fais une réponse sincère à la question que je vais te poser.

— Promis ! bredouilla Badr dans l'inconscience où l'état d'ivresse l'avait plongé.

— Voilà, ô mon maître, toi la lumière de mes yeux : lorsque tu m'as cherchée après t'être rendu compte que je n'étais plus auprès de toi, tu as parcouru le palais, tu es arrivé au jardin, tu m'as bien aperçue sous la forme d'une blanche femelle d'oiseau que poursuivait son mâle noir, tu as bien observé notre accouplement et ensuite, tu m'as bien revue prendre ma forme première, n'est-ce pas ?

— C'est vrai, admit Badr.

— Eh bien il faut que je te dise : cet oiseau noir, c'était l'un de mes esclaves, que j'aimais, et qui convoitait l'une de mes servantes. J'étais jalouse, je lui ai jeté un sort et je l'ai transformé en oiseau. Pour ce qui est de la servante, je l'ai tuée. Mais l'homme en question, je ne peux supporter d'être longtemps séparée de lui : chaque fois que j'éprouve le désir ardent de m'unir à lui, je me transforme en sa femelle et je le laisse me servir, comme tu l'as vu. Et toi, tu es malheureux, tu te rends jaloux. Mais, par le droit du Feu et de la Lumière, je peux te dire que ton affection pour moi s'en trouve réchauffée ainsi que la certitude d'être aimée de toi : c'est alors que je te considère comme le lot de bonheur qui m'a été imparti en ce bas monde.

— Tout ce que tu as dit est conforme à ce que je ressens au plus profond de moi, acquiesçait Badr, toujours sous l'empire du vin.

Alors la reine le serra contre elle, l'embrassant et le caressant avec amour, puis elle s'endormit. Le jeune homme ne tarda pas à la rejoindre dans le sommeil.

Lorsque arriva la minuit, la reine se leva. Le roi Badr, quoique éveillé, faisait semblant de dormir et, du coin de l'œil, surveillait son manège. Elle était en train de répandre au milieu de la salle de la terre rouge qu'elle avait sortie d'un sac. La terre devint alors un petit cours d'eau. Prenant une poignée d'orge, la reine en sema les graines sur la berge du ruisseau, où elle puisa de l'eau pour les arroser. L'orge forma tout de suite des épis, que la femme moissonna puis moulut en une fine farine qu'elle recueillit. Après quoi, elle revint s'étendre auprès du roi et dormit jusqu'au matin.

A l'aube, le jeune homme se leva et, après s'être lavé le visage, demanda à la reine la permission d'aller rendre visite au vieillard. La permission lui ayant été accordée, Badr rejoignit le vieux, auquel il raconta tout ce qu'il avait vu de la magie de la nuit. Ce récit amusa le vieillard, qui assura Badr :

— Par Dieu, cette femme t'a trompé ; mais ne te fais aucun souci, elle ne te fera pas de mal.

Il alla chercher pour un ratl (1) de pains de fine farine, qu'il remit au jeune homme en lui recommandant :

— N'oublie pas de les prendre en partant d'ici. Si elle te voit avec ces pains dans la main, et qu'elle te demande ce que tu comptes en faire, réponds-lui : « Richesse sur richesse ne peut nuire », et tu mangeras de ces pains devant elle. Si elle te dit : « Mange plutôt des miens », fais semblant d'obéir, mais ne prends ton pain que dans ceux-ci, à l'exclusion des siens, ne serait-ce qu'une miette, ne serait-ce que pour la valeur d'un

(1) Unité de poids équivalant à peu près à une livre.

grain d'orge, car c'en serait fait de toi et tu tomberais en son pouvoir.

» Quand elle croira que tu auras mangé de ses pains à elle, elle te jettera un sort pour te métamorphoser dans la forme qu'elle dira. Et si tu avais mangé de ses pains, le sort s'accomplirait. Mais comme tu n'y auras pas goûté, tu n'as aucun souci à te faire, car sa magie sera nulle et non avenue. Toute confuse, la reine dira alors : « C'était une plaisanterie, rien d'autre ! » puis elle te sautera au cour et te fera mille caresses, l'hypocrite. Mais toi, profites-en pour lui dire : « O dame mienne, ô lumière de mes prunelles, mange de mes pains », pendant que tu lui feras aussi tes cajoleries. Si elle mange de ceux que je te donne là, ne serait-ce que la valeur d'un grain d'orge, prends vite un peu d'eau dans la paume de ta main et jette-la-lui au visage en lui disant de quitter sa forme pour prendre celle qu'il te plaira de lui donner. Ensuite, reviens me trouver, et nous aviserons, afin de te sortir élégamment d'embarras.

Badr prit donc congé et rejoignit la reine au palais.

Quand celle-ci le vit, elle s'écria :

— Sois le bienvenu ! Que ma demeure soit vaste pour te recevoir !

Elle sauta sur ses pieds pour aller à sa rencontre et le serrer dans ses bras :

— Ô mon maître, comme tu as tardé à revenir !

— C'est que j'étais chez mon oncle, qui m'a préparé des pains de farine, s'excusa-t-il.

— Mais, répliqua la reine, nous en avons, nous, des pains de farine, et de la plus fine !

Aussitôt elle alla chercher ses pains, qu'elle mit dans une assiette. C'étaient ceux qu'elle avait faits avec la farine de la nuit. Dans un autre plat, elle mit ceux que Badr avait apportés.

— Mange des miens, lui dit-elle. Ils sont meilleurs que les tiens.

Badr fit semblant. Dès que la reine crut qu'il en avait absorbé une bouchée, elle prit de l'eau dans la paume de sa main, la lui jeta au visage et prononça la formule :

— Quitte cette forme, vil tas de boue, étranger

parasite, et transforme-toi en un mulet méchant, boiteux, laid et stérile !

Badr, invulnérable au sortilège, restait comme il était. La reine s'approcha alors de lui et sourit :

— Ô mon bien-aimé, ce n'était qu'un jeu, je voulais savoir comment tu réagirais...

— Ô dame mienne, lui répondit Badr, par Dieu, rien n'altérera mes sentiments pour toi, puisque tu m'aimes toujours. Mon amour est encore plus intense que le tien. Allons, mange à ton tour de ces pains que j'ai apportés.

La reine en prit une bouchée, la mâcha et l'avala. A peine le fragment était-il dans son ventre qu'elle en ressentit un grand trouble ; c'est alors que Badr prit de l'eau dans la paume de sa main, et la lui jetant au visage, prononça :

— Quitte cette forme et prends celle d'une mule stérile !

La reine se changea sur-le-champ en une mule stérile. Se voyant dans cet état, elle ne pouvait s'empêcher de laisser les pleurs rouler sur ses joues et elle allait frotter sa tête aux pieds du jeune homme, à la manière d'un suppliant. Comme il voulait la brider et qu'elle ne se laissait pas faire, il renonça et l'animal resta libre, tandis qu'il courait avertir le vieillard des dernières péripéties de l'aventure.

Le vieux alla chercher immédiatement une bride spéciale :

— Mets-lui celle-ci, lui recommanda-t-il. Dès que ta bête la verra, elle se laissera faire, soumise.

Badr retourna à la mule, qui s'avança à sa rencontre dès qu'elle le vit ; il lui mit le mors entre les dents et la bête fut bridée ; puis il la monta et sortit du palais dans cet équipage. Quand il arriva chez le vieillard, celui-ci interpella la mule :

— Que Dieu te confonde, maudite que tu es ! Vois-tu quel traitement cruel Dieu t'a infligé ?

Et se tournant vers Badr :

— Ô mon enfant, lui conseilla-t-il, tu ne peux davantage rester dans cette ville. Enfourche ta mule et rends-toi dans le pays de ton choix. Mais surtout, garde-toi de confier la bride de cette mule à qui que ce soit.

Le jeune homme remercia le vieillard et prit congé, puis se mit en posture de quitter le pays.

Trois jours après, il arrivait à une ville, devant laquelle il tombait sur un vieillard dont les beaux cheveux blancs inspiraient confiance et qui lui demanda d'où il venait :

— De la Cité des Mages, répondit Badr.

— Tu es mon hôte !

Ils en étaient à ces préliminaires, quand une vieille femme survint, qui se mit à regarder la mule et à verser des larmes, en se plaignant ainsi :

— Cette mule me rappelle celle de mon fils. Elle est morte, et il a le cœur oppressé depuis qu'il a perdu sa bête. Par Dieu, ô jeune homme, vends-moi la tienne.

— Par Dieu, ô ma mère, répondit Badr, la chose ne se peut.

— Au nom de Dieu au-dessus de toi, reprit l'autre, ne repousse pas ma supplication. Veux-tu que mon fils meure de chagrin ? C'est pourtant ce qui arrivera, si je ne lui remplace pas sa mule perdue par la tienne.

Elle insistait et Badr en était excédé. Il avait beau résister, vint le moment où il s'exclama :

— Je ne la vendrai que pour mille pièces d'or !

Immédiatement, la femme en profita :

— Déclare donc solennellement : « Je te vends cette mule au prix de mille pièces d'or. »

Le roi Badr se disait en lui-même : « Où cette femme pourrait-elle bien se procurer mille pièces d'or ? J'ai bien envie de prononcer l'engagement, rien que pour voir comment elle ira chercher une pareille somme. » Il déclara donc à haute voix :

— Je te vends cette mule au prix de mille pièces d'or.

A peine avait-il fini de prononcer l'engagement, que la vieille sortit de sa ceinture mille pièces d'or sonnantes et trébuchantes. Badr les vit et tenta de se reprendre :

— Ô ma mère, je ne faisais que plaisanter. Je ne puis vendre la mule.

Le vieillard intervint :

— Mon enfant, il faut que tu saches que dans cette ville, personne ne ment, car quiconque manque à sa parole y est puni de mort.

Le roi Badr mit pied à terre et prit les pièces d'or contre la mule qu'il remit à la vieille. Celle-ci eut pour premier soin de lui ôter le mors de la boucne avec la bride qui le prolongeait, après quoi elle prit de l'eau dans la paume de sa main et la jeta à la bête en disant :

— Ô ma fille, quitte cette forme animale pour reprendre l'apparence humaine que tu avais auparavant.

La mule redevint femme. Et lorsque cette femme vit la vieille qui l'avait sauvée, elle se jeta dans ses bras, et ce furent de chaleureuses effusions entre elles deux. Badr comprit alors que cette vieille était la mère de la reine, et qu'il avait été victime d'une machination convenue contre lui. Il voulut s'enfuir, mais comment ? La vieille venait en effet d'émettre un long sifflement et un ifrite (1) arrivait, qui était prêt à la servir. Aussi massif qu'un mont, il chargea d'abord la mère puis prit la fille en croupe, et finit par Badr, qu'il installa sur son épaule. Les trois personnes volaient, portées par cet engin céleste qui, en moins d'une heure, les mit au palais de la reine La'âb. Celle-ci prit possession de son trône, regarda le roi Badr droit dans les yeux et le morigéna :

— Toi, vil individu, limon de la terre, qui t'a rendu assez hardi pour agir envers moi comme tu l'as fait ? Tu as eu ce que tu as voulu. Eh bien maintenant, tu vas voir ce que je vous réserve à tous deux, toi et ce vieillard de malheur, ce marchand de légumes ! Ah ! oui, il aurait mieux fait de ne pas me déclarer la guerre, je te le dis. Cela t'aurait épargné le malheur qui t'attend et qui deviendra ta part de destin échue en cette vie.

Elle prit de l'eau et l'en aspergea, en formulant ce sort :

— Quitte cette forme et deviens le plus laid des oiseaux !

Badr se changea sur-le-champ en un oiseau hideux à

(1) Esprit malin : voir vol. I (« Dames insignes et serviteurs galants »), note 1, page 49.

voir, que la reine enferma dans une cage et qu'elle priva tant de nourriture que d'eau. Cependant, une des servantes eut pitié et, sans que la reine en sût rien, elle lui donna à manger et à boire et, de plus, envoya quelqu'un avertir le marchand de légumes de ce qui arrivait à Badr comme dernière mésaventure, ajoutant pour finir qu'il entrait dans les intentions de la reine de mettre fin aux jours de l'oiseau, nouvel avatar de l'infortuné roi.

Le vieux marchand réfléchit : comment pouvait-il l'emporter sur elle, quels moyens pouvait-il mettre en action ? Il ne voyait que cette voie : la détrôner et prendre à sa place le pouvoir sur la ville.

Il émit donc un long sifflement : un ifrite à quatre ailes apparut devant lui.

— Éclair, lui intima le vieillard, prends cette servante qui s'est émue du sort du roi Badr et qui a refusé de le laisser mourir de faim et de soif. Transporte-la dans la ville de Djoullanare-de-la-Mer, puis auprès de la mère de Djoullanare, la reine Papillon. Ce sont parmi les magiciens les deux magiciennes les plus habiles qui soient dans le monde aujourd'hui. Laisse chez elles cette servante le temps de les informer que leur fils et petit-fils, le roi Badr, est prisonnier de la reine La'âb.

L'ifrite, prenant la servante sur son dos, s'envola dans les hauteurs et au bout d'une petite heure, il était arrivé au palais de la reine Djoullanare, où il déposa son fardeau. La servante prit pied sur la terrasse plate du bâtiment central, et de là gagna la salle du Conseil, où siégeait la mère de Badr. Baisant devant elle la terre en signe de respect, elle lui raconta toute l'histoire de son fils depuis le commencement jusqu'à la fin.

Djoullanare se dressa sur ses pieds pour remercier la messagère, qu'elle prit dans ses bras. Elle fit battre les tambours par toute la ville et les hérauts annoncèrent à la population qu'on avait retrouvé le roi Badr. Après quoi, Djoullanare, sa mère Papillon et son frère Intègre convoquèrent toutes les tribus des djinns et toutes les troupes de la Mer, car les rois des djinns leur avaient fait allégeance depuis la capture du roi al-Chamandal ; les soldats de l'expédition armée volèrent dans les airs, à une telle hauteur que l'œil ne pouvait plus les suivre, puis fondirent sur la Cité des Mages.

Arrivés là, ils entrèrent par surprise dans le palais, en eurent bientôt tué tous les occupants, puis finirent par les habitants de la ville. Alors Djoullanare s'enquit auprès de la servante :

— Où est mon fils ?

La servante alla chercher la cage, qu'elle plaça devant la reine Djoullanare qui en fit sortir l'oiseau, le posa en face d'elle, puis, prenant de l'eau dans la psaume de sa main, l'en aspergea en disant la formule :

— Quitte cette forme et retrouve, par la puissance du Seigneur de toute créature, ta forme humaine !

Elle n'avait pas terminé sa phrase que l'oiseau changeait sa forme contre celle d'un être humain semblable aux autres. En le voyant ainsi, tel qu'il avait toujours été pour elle, elle se précipita sur lui, en pleurant et en l'embrassant. L'oncle Intègre, la grand-mère Papillon, les fidèles cousines agirent de même et lui baisaient les mains et les pieds. On fit venir alors le marchand de légumes, le vieil Abou-Abdallah. Lorsqu'il fut là, Djoullanare le remercia de ce qu'il avait fait pour son fils et le maria à la servante qui avait servi de messagère.

Badr dit alors :

— Ô ma mère, il ne me reste plus qu'à me marier à mon tour. Ainsi, nous serons tous réunis en un même lieu.

— Voilà qui est bien parlé, lui répondit sa mère. Mais auparavant, laisse-nous le temps de prendre nos renseignements sur les filles de rois, de manière à trouver celle qui te convient le mieux.

La grand-mère, l'oncle, les cousines, firent chorus :

— Ô roi Badr, nous sommes prêts à partir à l'instant même et à nous livrer à toutes les enquêtes, en tout lieu, pour trouver ce que tu désires.

Tous partirent donc pour les différents pays et se mirent en quête d'une fille pour Badr. Djoullanare-de-la-Mer, de son côté, avait envoyé ses servantes avec la même mission, mais perchées au cou des ifrites :

— Ne laissez pas, leur recommanda-t-elle, une seule ville, une seule contrée des sept climats, un seul palais d'entre ceux des rois, que vous n'ayez fouillés pour y voir ce qu'ils recèlent de filles aux formes parfaites.

Le roi Badr remarquait cette effervescence, mais il déclara :

— Ô ma mère, veux-tu faire cesser immédiatement tout ce remue-ménage, je te prie, car il n'y a qu'une seule fille qui me plaise, et c'est Djawhara, Pierre-Précieuse, la fille du roi al-Chamandal. Je peux te dire qu'elle mérite bien son nom.

— Mon fils, répondit la mère, tu vas recevoir tout de suite ce que ton cœur désire.

Elle envoya chercher aussitôt al-Chamandal qui baisa devant elle la terre en signe de respect. Son fils, Badr, avisé de cette arrivée, vint à son tour souhaiter la bienvenue au roi, ajoutant qu'il lui demandait la main de sa fille Djawhara, Pierre-Précieuse.

— Ma fille est ta servante, répondit le roi al-Chamandal, et elle se mettra à ton service avec respect.

Il fit partir l'un de ses compagnons, un djinn, pour le pays qu'il avait gouverné, et lui intima de ramener Djawhara, Pierre-Précieuse, à laquelle on devait faire savoir que son père était chez le roi Badr. Le messager s'envola et au bout d'une heure seulement, il ramenait la princesse Djawhara, Pierre-Précieuse.

En apercevant son père, elle se précipita sur lui, l'embrassant et versant des larmes. Mais le roi al-Chamandal lui disait :

— Apprends, ma fille, que je t'ai donnée en mariage à ce roi plein d'initiatives, à ce lion valeureux qui a nom Badr, l'homme qui n'a pas d'égal aujourd'hui, le plus beau et le plus glorieux. Il ne convient qu'à toi, et il n'est que lui à qui tu conviennes.

— Ô mon père, à ta guise, approuva-t-elle. Et puis, n'est-ce pas toi qui décides ?

On convoqua les témoins, on rédigea le contrat de mariage. Le tambour annonça dans toute la ville la bonne nouvelle. Les prisons furent ouvertes, les veuves et les orphelins reçurent des vêtements. Les hauts fonctionnaires, les émirs furent tous gratifiés d'une tenue d'apparat. Enfin, l'on célébra les noces au milieu des festins.

Les réjouissances publiques durèrent dix jours, de la tombée du jour jusqu'à l'aube, et du matin jusqu'au soir. La parade fut organisée, et l'on montra la mariée au roi Badr. Sept fois, elle changea de costume, puis Badr s'unit à elle : il la trouva vierge. Il prit donc sa fleur, ce qui le réjouit ; il sentait une délicieuse fraîcheur à regarder son épouse, éprouvant pour elle un amour intense, qu'elle lui rendait. Le lendemain des noces, il octroya à son beau-père, le roi al-Chamandal, une tenue d'apparat et le renvoya dans son pays en le gratifiant de richesses considérables, apportant ainsi la paix à son cœur meurtri par les discordes.

Le roi Badr s'installa dans son palais et y demeura avec son épouse, sa mère, sa famille et ses proches, mangeant à sa faim, buvant à sa soif, jusqu'au moment où vint les rejoindre Celle qui ruine l'édifice des plaisirs et disperse les assemblées.

3

VISAGES DE L'AMOUR

Histoire du prince Qamar al-Zamâne, « Lune-du-Temps », et de la princesse Boudoûr, « Clair-de-Lune »

IL était une fois (1), dans un pays lointain, un roi de grand pouvoir, auquel obéissaient aussi bien les puissants que le commun du peuple. Il étendait son autorité sur toutes les régions des sept climats, de la plus proche à la plus éloignée ; innombrable était l'armée de cavaliers qu'il avait sous ses ordres.

Par la faveur du Dieu Très-Haut, ce roi avait obtenu, sur le déclin de son âge, un enfant qu'il nomma Qamar al-Zamâne, « Lune-du-Temps », tant sa beauté était grande et ses formes parfaites : il suffisait de regarder ce corps magnifique pour en avoir les sens ravis et l'esprit en otage, comme abandonnés en butin à cette grâce innée. De plus, le Dieu Très-Haut avait joint à ces dons physiques une intelligence accomplie, de sorte que cet être parfait réunissait en lui le lot des qualités que d'autres n'ont que par parcelles, et voilà pourquoi il pouvait prétendre au premier rang parmi les créatures douées de beauté. Ses yeux, par exemple, remplissaient de confusion la gazelle qui vit au désert ou habite le vaste lit caillouteux du torrent. Bref, il était fidèle, ce portrait de lui que le poète avait tracé :

(1) Ms A, t. III, fol. 72, Nuits 272 et suiv. (inachevé) ; Ms B, fol. 223, Nuits 245 (inachevé) ; Ms C, t. II, fol. 310 à 369, Nuits 279 à 337 a ; Ms D (B. N., n° 3616), fol. 1 à 53, Nuits 282 à 329 (suite) ; éd. Boûlâq, Nuits 170 à 249 *a*. Dans la traduction de Galland, ce conte correspond aux Nuits 211 à 234 ; dans celle de Mardrus, aux Nuits 170 à 236.

Des flots d'azur, que verse l'aurore
dans la coupe du ciel, voilà son regard ;
sur ses pommettes se moissonnent les roses,
refleurissant à l'envi, sitôt cueillies.

Si sa chevelure est noire,
semblable à l'épaisse nuit,
sur son front au contraire
éclate la lumière de l'aurore.

De toutes les créatures qu'orne la beauté,
sans conteste il est le prince ; si jamais
ses sujets venaient à entrer en rébellion
contre lui, ils connaîtraient sa vindicte.

Sur sa vie, il est cher à mon cœur,
et mes yeux le prisent par-dessus tout ;
sur sa vie, je peux jurer que sa vie
n'est que secrets partagés avec chacun.

Toutes les créatures qu'orne la beauté
sont ennoblies par son modèle, lui l'étalon
de toutes les grâces, car elles l'habitent
et l'accompagnent sans le quitter d'un pas.

C'est le faon de la gazelle au pas hésitant !
Il n'a qu'à prendre en sa main un miroir :
celui-ci réfléchira, fidèle et flatteur,
l'absolu de beauté que son rêve y projette.

Dès sa tendre enfance, le prince Lune-du-Temps avait vite appris à lire, si bien que son intelligence n'avait pas tardé à s'éveiller, à embrasser et assimiler toutes les productions de l'esprit, des chroniques aux biographies des rois, en passant par la poésie arabe. Expert en calligraphie, il composait lui-même des vers ; bref, il possédait toutes les connaissances.

Parvenu à l'antichambre de l'âge d'homme, il avait sur la joue le myrte d'un duvet qui poussait déjà dru, et ses joues étaient comme des pommes mûrissantes, d'un rouge pastel que rehaussait à leur sommet un grain de beauté posé là comme une pastille d'ambre. Mais écoutez plutôt le poète en parler :

Il avait un grain de beauté
posé sur le sommet de la joue
comme une pastille d'ambre
sur une assiette de marbre.

Il avait des regards
tels des sabres appelant à la mêlée
contre les enfants de l'Amour éperdu :
« Dieu est le plus grand ! »

Écoutez encore ceci :

Sa taille, comme elle est mince !
et voyez de son front se lever
une aube de lumière, et inonder
de son aurore les cheveux de nuit !

Admirez, au centre de sa joue,
comme rayonne le grain de beauté :
n'est-ce pas, cette joue, l'anémone
en corolle autour du noir pistil ?

Lune-du-Temps avait donc un père qui lui vouait un tel amour qu'il ne pouvait se séparer de lui, ni la nuit ni le jour, et ne supportait nullement son absence, ne fût-ce qu'une heure. On entendit un jour le roi regretter à haute voix devant l'un de ses ministres de se sentir ainsi enchaîné à son enfant à cause de son extrême beauté :

— Je crains que Lune-du-Temps, avec sa beauté, avec toute cette perfection physique qui le caractérise, ne s'expose à quelque malheur que lui réserveraient les vicissitudes du siècle et les hasards de la fortune. Aussi mon vœu serait-il de l'installer de mon vivant sur le trône et de lui déléguer l'autorité suprême sur mon empire.

A cela, le vizir répondit :

— Ô sultan béni du sort, toi qui as le jugement sain, permets-moi de te donner mon avis : il convient, avant de l'installer comme sultan, de marier ton fils.

— Tu as raison, approuva le roi. Fais venir ici mon fils Lune-du-Temps.

Aussitôt le prince se présenta : il baissait la tête, debout devant son père, respectueusement incliné.

— Ô mon fils, lui fit immédiatement savoir le roi, mon intention est de te marier, et de me réjouir de ta joie.

Le prince rongeait son frein, mais il avait beau ressentir de la honte, seul son visage s'empourpra, et c'est toujours la tête baissée vers le sol qu'il répondit :

— Ô roi du temps, quant à moi, ce n'est pas mon intention. Je ne me sens aucun penchant pour les femmes, sur lesquelles j'ai entendu dire beaucoup de choses. Et notamment sous la plume du poète, dont on n'a plus à dire ni la sagesse ni la clairvoyance :

Que faut-il penser d'elles ?
me demandez-vous : eh bien !
je sais quel mal elles font,
car je suis médecin...

Que l'homme aimé blanchisse,
ou que ses fonds baissent,
c'en est fait du malheureux
banni de leur affection !

» Le mariage, voilà à quoi je ne consentirai jamais, dussé-je payer mon refus du prix de ma vie.

Ce discours affligea énormément le roi, qui ressentait ce refus d'obéissance comme une sorte de rébellion. Mais il ne poussa pas plus avant l'entretien et préféra pour lors donner congé à Lune-du-Temps. Or ce dernier embellissait de jour en jour, chaque jour lui apportant une grâce supplémentaire : vint le moment où séduits par toutes ses admirables qualités sans exception, tous ceux qui l'approchaient étaient contraints de se plier à son bon vouloir.

Son père en était là, ne voulant ni ne pouvant contrarier les caprices du garçon. Un an se passa donc, que le jeune homme mit à profit pour approfondir les sciences et l'éloquence et pour affiner encore davantage sa beauté physique, à telle enseigne que les femmes nées libres se dévoilaient devant lui, que tout ce que le pays comptait de personnes en âge d'aimer le prenait pour objet d'amour, et que ceux qui n'étaient plus en âge de le faire se contentaient d'y rêver comme à un jardin d'agrément. C'est que, à côté de lui, rougissait de honte le disque plein de la lune, en voyant son doux sourire et sa taille harmonieuse, en entendant sa séduisante parole. Par une coquetterie spontanée, il avait la démarche gracieuse et souple, comme se balancent la branche du saule ou la tige du bambou. Roses et anémones avaient élu ses joues pour les représenter dans leur empire absolu. S'il avait immobile la beauté, la grâce dès qu'il bougeait l'habitait. Mais laissons plutôt parler le poète :

Semblable à une apparition,
qui forçait d'admirer :
« Gloire à Dieu, Louange à Dieu,
Qui l'a ainsi façonné et formé ! »

C'est le roi de toutes les créatures
qui vivent en ce bas monde,
et sur toutes il a assis
un pouvoir souverain.

En sa bouche a été versée
une boisson enivrante,
et des perles se sont formées
aux deux coins de ses lèvres.

Il lui est échu, pour lui tout seul,
la totalité des dons de Beauté,

et dépitée, toute la création
soupire et crie vers Dieu.

Beauté a écrit sur le sommet
de sa joue : « Moi, j'atteste
et certifie qu'il n'est de beau
véritablement que lui ! »

Le père de Lune-du-Temps passait donc, comme il a été dit, cette année-là à attendre patiemment. Mais quand l'an se fut écoulé, il convoqua son fils et lui répéta :

— Ô mon fils Lune-du-Temps, écoute-moi, fais comme je dis : laisse-moi te marier et me réjouir de ta joie...

Lune-du-Temps se jeta sur le sol aux pieds du roi, baisa la terre devant lui et s'écria :

— Ô roi du temps, tu n'as qu'à en tout commander, et en tout je t'obéirai, moi qui suis soumis à chacun de tes ordres. J'exécuterai en tout point tes volontés, sauf en ce qui concerne le mariage. Par Dieu, jamais je ne me marierai, et je ne peux que te redire ce que je te disais l'an dernier : j'ai su, par les livres, que d'autres, et non des moindres parmi nos héros du passé, ont eu à pâtir des femmes, de leur imposture et de leurs manœuvres. On ne compte plus les épreuves et les tourments que les femmes ont pu leur infliger ; écoute seulement ce témoignage, écrit par l'une de leurs victimes :

Le bout des doigts peinturluré,
la couleur de cheveu dénaturée,
elles vous font mettre le turban
de travers, et ronger votre frein.

Tenez, c'est comme si vous vouliez
garder enfermé dans un filet l'éclair
qui zèbre le ciel, ou aller à la fontaine
avec pour toute cruche une cage à claire-voie !

Le roi se le tint pour dit. Il décerna à son fils des honneurs plus grands et leva la séance du Conseil, pour rester seul avec son vizir auquel il demanda :

— Que faire avec mon fils ? C'est toi qui m'as conseillé de le marier ; tu vois, il ne m'obéit pas du tout en ce domaine. Réfléchis à ce que tu crois de plus efficace pour résoudre mes difficultés avec le prince, fais-moi part de tes suggestions et j'essaierai...

— Ô roi, conseilla le vizir, prends patience encore un an, donne-toi avec lui une année de répit. Au bout de cette année, convoque-le et parle-lui sans témoins. S'il obéit et accepte le mariage, parfait. S'il refuse, fais venir alors tous les vizirs et les hauts fonctionnaires, afin d'aborder le même sujet, mais devant eux cette fois. Ton fils aura honte, en public, et il se verra obligé de mettre ton ordre à exécution, sans opposer d'obstacle au projet, si bien que tu auras ce que tu désires et que tu le marieras.

Le sultan se félicita de ce plan que le vizir venait de lui proposer et qui lui paraissait tout à fait propre à tirer de son fils le consentement qu'il voulait ; il se voyait déjà en train de marier Lune-du-Temps et de se réjouir de sa joie... Il approuvait tout et, pour remercier son vizir, il lui accorda une tenue d'honneur.

Il laissa donc une année à Lune-du-Temps pour agir comme il l'entendait. Naturellement, pendant ce temps, le prince ne faisait qu'embellir et, déjà fort gracieux, il toucha à sa vingtième année avec des grâces supplémentaires. Le poète l'a fort bien décrit à cette époque :

Écoutez mon serment, que je fais
sur l'ivresse où me met le cil qui bat,
sur la courbe des hanches et les flèches
qu'il me décoche, ô le magicien !

Écoutez mon serment, que je fais
sur la douceur du flanc, sur l'œil cruel
comme le sabre affilé, sur la noire mèche
tranchant sur le blanc du front !

Sur le sourcil qui causa mon insomnie,
sur le sourcil qui a fait mon siège
et qui, toutes mes murailles enfoncées,
m'a réduit à ses quatre volontés !

Sur les bouches-scorpions de ses tempes,
qui le gardent contre les téméraires :
qui vient trop près s'expose à leur arrêt
et, c'est selon, mort ou bannissement !

Sur les roses de ses joues, sur ce duvet,
panacée chue des pommettes, sur la bouche
de corail rouge qu'entrouvre le sourire
de perles d'un bel orient sous la lèvre !

Sur le parfum de l'haleine aimée,
sur l'eau délicieuse que je bois,
mêlée au miel, vin qui m'enivre
et que distille son palais !

On en arrivait au terme que le roi s'était fixé, la troisième année : il convoqua le prince et lui parla, en tête à tête, de son projet de lui donner femme. Lune-du-Temps signifia un refus très net, et persista dans l'opposition au projet paternel. Le sultan en conçut un grand chagrin et réunit, immédiatement et sans délai, un Conseil où siégeaient les vizirs, les émirs, les commis de l'État, les consultants privés, les chambellans et les représentants dûment mandatés. Lorsque l'assemblée fut au complet, il fit également venir son fils, avec l'intention de lui parler publiquement, en toute solennité, de sa proposition, selon le plan du ministre.

Lune-du-Temps se présenta, et baisa la terre devant le sultan son père en signe de respect. Et son père lui déclara :

— Ô Lune-du-Temps, mon fils, j'ai attendu ce temps pour te convoquer, car je voulais te faire entendre devant ce Conseil que tu vois ici réuni l'affaire que je te propose et à laquelle je souhaite que tu ne fasses aucune opposition. Voici : je veux te marier, ô mon fils, et, avant de mourir, me réjouir de ta joie...

Le jeune homme entendait cela, tête baissée, et sentait croître son irritation : la folie de la jeunesse faisait bouillir son sang et le mettait hors de lui. Il leva la tête vers son père :

— Non ! cria-t-il, je ne me marierai pas, je ne me marierai pas, je ne me marierai pas ! A l'âge avancé où tu te trouves, tu peux dire que le nombre de tes ans a augmenté, mais non point ton intelligence. Car voilà au moins trois fois que tu abordes avec moi le même sujet de conversation... et autant de fois que tu m'entends t'opposer la même réponse, à savoir non, non et non !

Il dit, et, ivre de colère, il prit le chemin de la porte, non sans adresser à son père quelques outrages supplémentaires, qui allaient jusqu'à l'insulte, le tout devant les nobles, les notables et les hauts fonctionnaires présents, qui assistaient à la scène. Cette scène, le sultan la ressentit avec beaucoup d'amertume d'abord, puis avec des réactions diverses, qui allaient du courroux à la perplexité. Finalement, la honte d'avoir été ainsi traité en public l'emporta, et il éclata en imprécations contre son fils.

Il donna l'ordre aux esclaves et aux domestiques qui l'entouraient, prêts à le servir, de se saisir de Lune-du-Temps et de lui lier les bras derrière le dos. Ce qui fut fait à l'instant même, et le jeune homme fut vite ramené devant le sultan son père. Le révolté gardait la tête penchée vers le sol, et son front était maintenant couvert de sueur, car son visage avait changé d'expression. Son père mêlait le blâme à l'invective :

— Malheur à toi ! criait-il. Crois-tu qu'un homme tel que toi ait fait la bonne réponse à un homme tel que moi, en présence de ce que mon royaume compte de grands et de dignitaires ? Où as-tu appris les bonnes manières ? Il aurait suffi qu'un de mes sujets vînt à prononcer les paroles que tu as prononcées pour qu'il en fût discrédité et que l'opprobre le couvrît à jamais. Et toi, qui es de haut lignage, qui as la caution de ton origine royale, toi qu'ornent l'intelligence et la bonne éducation, toi, tu te permets cela ?

Il conclut sa diatribe en ordonnant aux esclaves de

délier les bras de son fils et de l'emprisonner dans l'une des tours de la citadelle. Les esclaves firent comme on leur avait dit, et le prince se retrouva dans la plus ancienne des tours de la place forte, une tour qui comportait une grande salle en ruine et aussi un vieux puits, vestige romain. Les préposés au service des salles du palais nettoyèrent les lieux et ôtèrent les toiles d'araignées, lavant les dalles et les essuyant avant d'y placer une estrade surmontée d'un lit de repos ayant sa couverture et son coussin. On apporta aussi une lampe avec une bougie, car il y faisait noir, même en plein jour. Quand Lune-du-Temps fut installé sur son divan, les préposés se retirèrent, laissant derrière eux un seul domestique pour surveiller et servir à la fois le jeune prince. Et tandis que l'un se tenait à la porte de la cellule, l'autre demeurait allongé sur sa couche, remâchant son humiliation, le cœur brisé, envahi par le découragement.

Bientôt le remords saisit le jeune homme qui, revenant sur sa conduite, ne se pardonnait pas d'avoir ainsi traité son père. Il ruminait d'amères pensées : « Dieu maudisse le mariage ! Ah ! que n'ai-je écouté les conseils de mon père ! »

Pendant ce temps, le sultan tenait un conseil qui siégea jusqu'à la tombée de la nuit, et, quand il eut levé la séance, ayant pris congé des ministres, des vizirs, des hauts fonctionnaires et des aides de camp, il regagna ses appartements. Il convoqua alors le vizir, auquel il fit ce reproche dès qu'il le vit :

— Écoute-moi bien : c'est à cause de toi si nous en sommes là, mon fils et moi...

— Ô roi, répondit le vizir, n'aie aucune crainte à propos de ton fils : tu n'as qu'à le laisser enfermé une quinzaine de jours, après quoi tu le feras comparaître devant toi et tu lui ordonneras de se marier. Tu verras qu'il t'obéira et que jamais plus il ne s'opposera à tes volontés.

Là-dessus, le vizir prit congé du roi et regagna ses appartements. Quant au sultan, il se retira aussi chez lui, car il était soucieux de dormir, après cette journée-là. Mais cela lui fut impossible : en effet, il était trop angoissé, trop préoccupé par le sort d'un fils qu'il aimait par-dessus tout, au point qu'il avait l'habitude de dormir avec lui dans le même lit et de ne trouver le sommeil qu'en le serrant dans ses bras où il le gardait toute la nuit. Aussi, étendu sur sa couche, il ne faisait que se tourner et se retourner, incapable de fermer l'œil : le sommeil ne voulait pas venir.

La nuit parut longue au roi, qui songeait à son fils Lune-du-Temps, pleurait, soupirait, gémissait, et se récitait ces vers :

Nuit, tu es longue, mais mes espions, eux,
unis dans la médisance, dorment légèrement ;
oh ! comme il est dur de porter en son âme
la crainte d'être séparé d'un être chéri.

Nuit, tu te traînes paresseusement ;
moi, pendant ce temps j'interpelle
la lumière de l'aube qui tarde tant :
« Es-tu partie pour ne plus revenir ? »

Cependant que cette veille tenaillait le sultan, Lune-du-Temps reçut, apportées par son serviteur, une chandelle supplémentaire qui lui donna un peu plus de lumière quand il l'eut fixée à un chandelier, et une table avec de la nourriture. Le prisonnier s'assit et mangea un peu. Il était toujours dans les mêmes dispositions, humilié et triste, préoccupé jusqu'à l'angoisse, bourrelé du remords d'avoir manqué de respect à son père : « Mon âme, se disait-il, pourquoi avoir oublié que le fils d'Adam s'hypothèque par ce que dit sa langue, et que c'est elle qui le met au bord du précipice ? »

Il revoyait en pensée sa conduite et s'affligeait, entrecoupant ses pleurs de ces vers qu'il se récitait :

L'homme doit sa mort à un faux pas :
mais n'allez pas croire à la faute
du pied ! Non, ce n'est pas lui,
c'est sa langue qui a trébuché.

Le pied qui a glissé, lui,
prend du temps, mais guérit ;
mais combien ont vu voler leur tête
pour avoir laissé aller leur bouche !

Lune-du-Temps mangea à sa faim et demanda à se faire laver les mains. L'esclave avança l'aiguière et le bassin, puis, l'opération terminée, le jeune homme fit ses ablutions rituelles et dit son office de la fin du jour et de l'entrée de la nuit. Alors, assis sur son lit, il récita quelques passages du Qoran, adressa quelques invocations au Dieu Très-Haut, s'étendit, se couvrit du manteau de soie et s'endormit. La bougie, dans sa lampe, était restée allumée du côté de ses pieds et à sa tête brûlait encore le cierge posé sur le chandelier. Le sommeil le tint pendant le premier tiers de la nuit : il faut dire qu'il restait parfaitement ignorant de ce que l'avenir lui réservait.

Or, le destin avait voulu que la salle qui avait été affectée à son incarcération ne servît, comme on l'a vu, à personne. Le puits, ce vestige d'une construction romaine qui en occupait le milieu, un djinn femelle en avait, du coup, fait son habitation. Issue de la lignée du diable, la démone avait pour nom Maymoûna et son père était Damriyate, l'un des rois des djinns. Le premier tiers de la nuit touchait à sa fin, et Lune-du-Temps était toujours à dormir dans son lit, lorsque l'ifrite femelle Maymoûna sortit soudain du puits pour aller faire un tour très haut dans le ciel. Elle avait envie de donner à son âme une tendre émotion, et comptait sur la musique des sphères célestes.

Elle avait à peine quitté le puits que la lumière de deux sources installées dans la tour, une bougie et un cierge, frappa sa vue. C'était pour elle, depuis le temps qu'elle habitait là, quelque chose d'insolite. L'étonnement et la curiosité la guidèrent vers ces sources de lumière, et elle put se rendre compte qu'effectivement, c'était bien là, dans la grande salle, qu'on avait éclairé. Faisant quelques pas de plus, elle aperçut l'esclave endormi près de la porte, puis, sur le divan, plus loin, une forme humaine allongée. Pas de doute, c'était un homme que ce dormeur, avec aux deux bouts de son corps un chandelier et une bougie.

L'ifrite s'approcha sans faire de bruit et, arrivée au-dessus du lit, elle releva le bord du manteau qui dissimulait le visage de Lune-du-Temps. Son regard scruta les traits qu'elle découvrait. Elle était tout interdite et comme pétrifiée devant ce qu'elle voyait : ah ! quelle perfection, quelle beauté !

Soudain, la bougie se mit à luire d'une lueur plus vive, jetant sur la face que regardait Maymoûna un éclat plus grand, qui en soulignait la beauté et la grâce accomplies. Le front rayonna, un parfum de musc se répandit avec le souffle qu'exhalait la poitrine du jeune dormeur. Le tableau évoquait tout à fait celui que nous présente le poète, qui écrit :

Son souffle, c'est du musc ;
sa joue, ce sont des roses ;
ses dents, des perles, et l'eau
de sa bouche, une boisson qui enivre.

Sa taille, celle d'un rameau ;
sa croupe, dune de sable arquée ;
cheveux de nuit et visage
tel un disque brillant de lune.

Maymoûna l'ifrite ne pouvait, devant un tel spectacle, que louer et glorifier le Créateur : « Béni soit Dieu, se disait-elle en son cœur, Lui le meilleur des Créateurs ! » Ensuite de quoi elle resta une bonne heure à contempler les traits du jeune homme, à admirer la grâce de son corps, à s'émerveiller de la beauté dont son front était empreint, et à se répéter : « Par Dieu, une telle perfection est rare. Cependant, je me demande comment les parents d'un adolescent si merveilleux ont pu se laisser convaincre de le laisser dormir en un lieu désert, dans une cellule en ruine comme celle-ci. Il y a quelque mystère là-dessous. Et j'y pense : si quelque rebelle à Dieu — il n'en manque pas parmi nous ! — venait à monter des profondeurs de la terre et à lui faire un mauvais sort ? »

Se rapprochant un peu plus du lit, l'ifrite femelle se pencha pour embrasser le jeune homme au front, après quoi elle le borda en rabattant comme il faut le manteau de soie, ouvrit en grand ses ailes, prit son envol et gagna les hauteurs.

Son ascension dura, dura : elle était presque arrivée au faîte du monde, là où commence la voûte céleste. C'est alors qu'elle entendit bruire les ailes d'un autre être volant. Elle se rapprocha de ce qui faisait ce bruit et scruta avec la plus grande attention l'individu qui partageait avec elle ce lieu : elle reconnut un ifrite mâle, du groupe des djinns, et qui avait pour nom Dannhache, fils de Chamhoûrache. A peine l'eut-elle identifié avec certitude, qu'elle bondit sur lui, aussi rapide qu'un coup porté par le destin. Et l'autre, à la voir, n'eut à son tour aucun doute sur ce qui lui arrivait là, et comme il s'agissait de la fille d'un roi des djinns, il se mit à éprouver de la crainte en face d'elle, préférant l'implorer et demander sa protection :

— Je t'adjure, par le Nom le plus Grand, d'avoir pitié de moi et de ne me faire aucun mal. J'ai toujours été pour toi un ami, qui ne t'a jamais nui.

Il ne cessait de la supplier ainsi, si bien que Maymoûna, en le voyant manifester cette terreur, le prit en pitié et se retint de lui causer le moindre dommage. Mais elle en profita pour lui demander :

— Soit, puisque tu m'as implorée par un Nom redoutable, mais dis-moi où tu étais cette nuit. D'où viens-tu comme cela ?

— Ô dame mienne, répondit le djinn, je viens de Chine, et plus précisément de la région des airs qui est au-dessus de Kachgâr, ce pays du continent qui avoisine les îles lointaines. D'ailleurs, je vais te décrire la merveille que j'y ai vue cette nuit. Dis, si je te raconte et que l'histoire te plaise — parce qu'elle est vraiment extraordinaire, tu seras obligée d'en convenir —, tu me laisseras partir d'ici en toute liberté ? Tu me donneras un laissez-passer de ta main glorieuse, disant que je ne pourrai être arrêté sur ma route par personne au service des rois des djinns, qu'ils soient de l'empire d'en haut ou de celui d'en bas ?

— Tu auras ton papier, promit-elle. Mais gare à toi si tu as menti et que tu aies rusé seulement pour échapper à mes mains ! Dans ce cas, je jure, par le prix des mots gravés sur le chaton de la bague de notre maître Salomon fils de David, de te le faire payer : je te volerai dans les plumes, te déchirerai la peau et, t'ayant brisé les os, je disperserai ton corps en mille morceaux.

— Ô dame mienne, ô Maymoûna, consentit Dannhache, je t'autorise à le faire, si je mens. Mais écoute-moi plutôt.

» Je suis passé cette nuit par l'intérieur du continent, et j'ai traversé le pays du roi des maisons de cristal, maître des îles et des mers qui les entourent. Il a une fille qui, à mon avis, est la plus parfaite qu'ait créée le Dieu Très-Haut. Je ne puis me lancer dans la description de cette magnifique beauté, car les mots me manquent, et personne, parmi ceux qui parlent ma langue, ne les a non plus à sa disposition. Sache qu'elle a des cheveux comme la queue nattée des pur-sang et que, quand elle déploie sa chevelure, on dirait des grappes de raisin qui tombent les unes après les autres. En dessous, on voit un front comme un miroir d'un poli parfait, qui resplendit plus encore que le soleil. Encore plus bas, on voit deux yeux, auprès desquels Hâroûte (1) doit avoir appris les rudiments de sa science en sorcellerie : quand les paupières ont fini de les recouvrir avec langueur et mollesse, elles les dévoilent l'instant d'après. Ces yeux, leur blanc, c'est celui de l'atmosphère au crépuscule, et leur noir, celui du creux de la nuit, quand l'obscurité est au plus épais. Entre eux deux, un nez, ni trop long ni trop court, un nez sans reproche, qui est fourbi comme une lame de sabre. De part et d'autre, deux joues, comme une étoffe de pourpre semée de taches blanches.

(1) Un des anges qui enseignaient la magie aux démons (Qoran, II, 96).

La bouche, elle, ressemble à un anneau, non, à une couronne de grenade, avec des dents qui se disposent à ses bords en rangées de perles. Dans la bouche, une langue, une langue, ah ! comme elle est douce, et comme elle s'exprime avec éloquence et précision : c'est la langue de quelqu'un de supérieurement intelligent, de sagace au plus haut point. La lèvre jumelle est comme le rouge coquillage, et fraîche encore plus que de la crème, avec ce miel qu'elle distille.

» Je passe au cou : il a la vigueur d'un jeune tronc qu'irrigue une sève nouvelle, et sa peau est d'un grain si fin qu'on dirait un lingot d'argent fondu, ou une tige aux teintes de pastel. Après la gorge limpide comme le cristal, on voit une poitrine faite pour séduire les amants, à laquelle s'attachent deux bras faits au tour, blancs comme la perle et roses comme le corail. La poitrine, justement : y poussent deux coffrets ronds façonnés dans l'ivoire, dont les rayons pourraient sans mal illuminer la nuit la plus épaisse. En dessous, le ventre s'étale, fin tissu de lin que sillonnent des plis, comme dans le beau papyrus où l'on a pris soin de multiplier les bandes. Ce ventre est soutenu par deux hanches graciles qui ne demandent qu'à voler de leurs ailes pour emporter leur fardeau dans les hauteurs. Puis, c'est la croupe, une sphère assez lourde pour empêcher celle qui la porte de se lever et assez légère pour l'élever au-dessus de la couche quand elle est dans son lit, sphère montée sur deux cuisses bien charpentées, que prolongent deux jambes taillées et tournées comme il faut. Et tout cet édifice repose, comble de miracle pour un corps entier, sur deux pieds pleins de grâce, aux extrémités aussi nettes qu'un fer de lance.

» Je crois t'avoir tout dit, dame mienne, et pourtant, je serais intarissable sur les formes achevées de cette jeune fille. Mais il faut que tu saches aussi que son père est un roi puissant, un chevalier habile à donner et redonner l'assaut contre ses ennemis, un preux qui méprise la mort et ne redoute aucun de ces malheurs que réserve la vie, qu'on s'y attende ou pas. Mais c'est un cruel tyran, la violence en personne, entretenant sur le pied de guerre force armées et corps de troupes qu'il lève sur de nombreuses contrées dans les régions des sept climats, depuis les îles jusqu'aux bourgades en passant par les villages. Lui-même s'est donné pour nom « Jaloux ». Par amour pour sa fille, et pour lui manifester l'intensité de cet amour, il lui a fait bâtir sept palais, tous d'une couleur différente, puis il en a orné l'intérieur d'étoffes de soie de toutes les variétés et de vases d'or et d'argent. La fille a pris l'habitude de séjourner dans chaque palais trente jours, et d'en changer ensuite pour faire d'un autre sa résidence.

» Tous les pays, jusqu'aux plus lointains, ont entendu parler de sa beauté et de son charme physique. De toute part ont afflué vers le roi son père des ambassades qui venaient demander sa main pour les souverains. A chaque fois, le père prenait l'avis de sa fille, mais elle, qui déteste les hommes, lui répondait toujours la même chose : « Je n'ai aucune intention de me marier : je suis une dame, une reine, la fille d'un roi, et je ne tiens pas à me faire commander par un homme. » Alors les rois des îles, ceux des contrées qui s'étendent sous les sept climats, ont amassé des trésors qu'ils ont envoyés en cadeaux pour son père, avec des sommes d'argent inimaginables, et des lettres où ils réitéraient leur demande en mariage. Le roi a encore à chaque fois convoqué sa fille, et lui a enjoint de choisir un époux. Peine perdue : elle lui a opposé le plus net des refus, et sa rébellion a été jusqu'aux insultes. Ainsi a-t-elle été jusqu'à lui dire : « Si tu me parles encore une seule fois de mariage, si tu me redemandes encore une seule fois ce que j'en pense, c'est bien simple, je prendrai un sabre et, l'enfonçant dans mon cœur, je le ferai ressortir de l'autre côté. Ce sera la meilleure façon de ne plus entendre parler de ce que tu me rabâches, et tant pis si je t'inflige un regret qui t'accablera à jamais. »

» Son père a été si chagriné de cette réponse que son cœur en ressentit une douloureuse brûlure. ne sachant trop que dire aux rois les prétendants, il a imaginé une autre issue : « Je n'ai point d'autre moyen de me tirer d'embarras que de l'emprisonner en un lieu d'où elle ne pourra sortir ; comme cela, elle ne verra plus personne. »

» Aussitôt dit, aussitôt fait : l'ordre tomba de la faire enfermer, avec dix vieilles pour la garder. Il n'était plus question de se rendre dans les sept palais, ce serait sa punition. Enfin, il répondit aux rois qui la demandaient en mariage qu'il regrettait, mais que sa fille présentant quelques symptômes de folie, il s'occupait pour l'instant de soigner son esprit quelque peu dérangé. Au bas de ses lettres, il rajouta ces mots : « Une fois guérie, elle épousera celui qui aura la chance de l'obtenir. »

» Voilà un an bien passé que la fille vit recluse du monde. Pour moi, ô dame mienne, je vais chaque nuit la regarder, et réjouir ma vue de la perfection de ses formes et de sa beauté. Après quoi, je la quitte sur un baiser.

» Je t'adjure, ô dame mienne, de m'accompagner pour vérifier si je n'ai pas raison, et pour voir par toi-même à quel point elle est de formes parfaites et belle, cette jeune fille à nulle autre pareille. Si tu te rends compte que je n'ai pas menti, tout ira bien pour moi. Dans le cas contraire, je remets mon sort entre tes mains et tu n'auras qu'à me pardonner ou me tuer, selon ton bon vouloir.

Ayant ainsi parlé, Dannhache baissa la tête et replia ses ailes, cependant que Maymoûna éclatait de rire et se moquait de lui. Elle finit par lui dire pourquoi :

— Ô maudit que tu es, tu t'es donné tout l'embarras de faire cette description, mais en pure perte ! Car, dis-moi, qu'est-ce qu'elle représente, cette jeune fille ? Je la méprise, tu m'entends, et toi avec elle ! Je ne fais aucun cas de sa beauté, et le portrait que tu m'as tracé m'est indifférent. Pour Dieu, je croyais que tu allais vraiment évoquer une merveille devant mes yeux éblouis. Mais si tu avais vu, malheureux, celui que mon cœur désire, l'objet de ma convoitise, le jeune homme que j'ai eu tout le loisir de regarder cette nuit, alors là, oui, tu peux dire que tu en serais tombé raide et que la bave t'en aurait coulé de la bouche, rien qu'au premier regard.

— Ô dame mienne, ô Maymoûna, reprit Dannhache,

parle-moi donc de celui que ton cœur désire, raconte-moi ce qu'il en est de l'objet de ta convoitise...

— Apprends, ô Dannhache, que celui que mon cœur désire et la jeune fille que tu aimes connaissent tous deux un sort identique. Lui, son extrême beauté et la perfection de son corps ont fait craindre le pire au roi son père, et tu sais que le siècle est fécond en catastrophes pour les mortels. Désireux d'abdiquer en sa faveur, le roi a pris conseil de son vizir, qui lui a suggéré de le marier. Il a donc évoqué avec son fils la question du mariage, à maintes reprises, mais voilà ! le fils n'a pas voulu en entendre parler, et a si bien manifesté son opposition à son père que celui-ci s'en est courroucé et a pris contre lui une sanction : la réclusion dans la vieille tour où j'habite. Je viens de sortir à l'instant du puits dont j'ai fait ma demeure, j'ai vu le jeune homme, et à la faveur d'une longue contemplation, j'ai pu me rendre compte qu'il s'agit d'un de ceux qui sont capables de vous ravir l'esprit tellement ils sont beaux et de vous consumer d'amour tellement leur grâce est innée.

— Par Dieu au-dessus de toi, ô dame mienne, s'écria Dannhache, donne-moi l'occasion de voir une telle réussite : ainsi je pourrai faire la comparaison entre ce garçon et celle que mon cœur désire. Si la balance penche en sa faveur, je me rendrai, sans arrière-pensée. Mais franchement, je ne pense pas que cela puisse exister, une créature aussi belle que celle que je convoite.

— Je t'y prends, à mentir, ô maudit ! répliqua Maymoûna. Reviens à la réalité : il est impossible qu'il y ait au monde qui que ce soit qui approche en beauté celui que je désire, et même qui lui soit comparable. D'ailleurs, tu jugeras sur pièces, puisque tu as mon accord pour mener ta folle comparaison...

— Ô dame mienne, faisons ainsi : tu viendras d'abord avec moi pour examiner celle que je convoite, et ensuite tu m'emmèneras voir celui que tu convoites, toi.

— Tu as intérêt à faire comme tu dis, dit à l'ifrite mâle l'ifrite femelle.

— Et c'est ton intérêt aussi de m'accompagner pour constater que je gagnerai mon pari, fit l'autre.

— Soit, nous ferons cet aller et retour, mais à une condition, intéresser le jeu. S'il s'avère que celle que tu aimes est mieux faite que celui que j'aime, j'aurai perdu et je paierai la mise. Dans le cas contraire, c'est toi qui me serviras la somme convenue.

— Marché conclu, dit Dannhache. Viens sans plus tarder dans les hautes sphères au-dessus des Îles, et tu verras que je n'ai pas menti.

— Pas d'accord : il n'est pas bon que nous partions ensemble en premier vers ta bien-aimée, car le mien, de bien-aimé, est plus proche d'ici que le pays des Îles. Donc, il vaut mieux que tu examines — et contemples ! — celui que je désire, après quoi, nous irons jeter un coup d'œil sur l'objet de ta convoitise à toi.

— Oreille attentive et bon vouloir, ô dame mienne ! conclut Dannhache.

Les deux défenseurs ailés quittèrent les hauteurs où les avait tenus leur conversation et accomplirent en une seule étape le voyage qui les mena à la tour du prince.

Une fois entrés dans la salle, ils s'approchèrent du lit de Lune-du-Temps, l'ifrite femelle pressant le mâle de regarder mieux et de plus près : aussi dévoila-t-elle le dormeur de son manteau de soie, et c'est ainsi qu'apparut le visage du jeune homme, tout rayonnant. L'ayant longuement considéré, elle continuait de provoquer Dannhache :

— Regarde, ô insensé que tu es, et prends garde d'être la dupe de ta sottise.

Une pleine heure, l'autre observa, examina et scruta cette face. Puis, hochant la tête, il fit tomber ce verdict :

— Béni soit Dieu, Lui le meilleur des Créateurs ! Ô dame mienne, ô Maymoûna, évidemment, tu as quelque excuse pour avoir soutenu ce que tu as soutenu… Cela dit, ô dame mienne, je te rappelle que l'aspect des femmes belles est plus beau que celui des hommes beaux. Maintenant, par Celui que j'adore, je dois convenir que ce jeune homme est la créature qui s'approche le plus de la jeune fille que je désire et, pour dire le fond de ma pensée, il me semble même que c'est comme si tous les deux s'étaient partagé en deux lots complémentaires l'absolu de la Beauté.

Maymoûna, l'ifrite femelle, tolérait mal une telle condescendance chez son compagnon, qui en reçut d'abord un soufflet, ensuite un ordre :

— Écoute mon serment : je jure, par la lumière de la Beauté suprême, que si tu ne vas pas immédiatement chercher cette fille de rien qui fait battre ton cœur d'ifrite mâle, pour l'amener ici et la placer auprès de mon bien-aimé, de manière que nous les allongions côte à côte et puissions juger, des deux, quelle est la belle personne et quelle est la brute, je jure donc que si tu n'agis pas comme je te le dis, je te brûlerai de mon feu et tu sentiras l'effet de mes étincelles.

— C'est bon ! Je ferai comme tu dis, ô dame mienne, acquiesça Dannhache. N'empêche, par Dieu, que ma bien-aimée est plus belle et mieux faite, voilà !

L'un et l'autre prirent leur essor, Maymoûna surveillant Dannhache de près, car elle le savait capable de s'échapper et de se mettre hors de sa portée. Ils volèrent donc de compagnie jusqu'au moment où ils arrivèrent à l'endroit où était endormie la fameuse princesse, que Dannhache chargea alors sur son dos, et c'est dans cette formation qu'on s'en revint à la tour d'où l'on était parti.

La princesse portait une longue chemise de soie fine, de couleur noisette, rehaussée de deux broderies en or, d'un point occidental, et d'une bande à l'égyptienne aux épaules, à l'ourlet du bas, à l'encolure et aux poignets. On pouvait y lire cette inscription en vers :

L'amant avec l'aimé ne connaît
en son cœur ni trêve ni repos
et la passion qu'il entretient
met son corps en cent morceaux.

A ceux qui m'interrogent : « Ami,
quelle saveur l'amour a-t-il ? »
je réponds : « Vrai, quel délice !
et quel tourment aussi à endurer ! »

Dannhache le mâle et Maymoûna la femelle déposèrent la princesse, toujours endormie, à côté de Lune-du-Temps, puis ils dévoilèrent son visage et celui du jeune homme : alors on put voir deux astres nocturnes, ou plutôt, tant les traits étaient identiques, un seul disque brillant de lune en deux jumeaux. On ne pouvait s'empêcher de penser à ce poème :

Enlacés côte à côte, de mes yeux
je les ai vus ; j'aurais préféré,
moi, les voir dormir ensemble
sur mes paupières elles-mêmes.

Ils étaient deux gazelles du désert,
ou deux astres brillant dans la nuit,
deux soleils tôt levés, purs rameaux,
ou deux avatars de la déesse Beauté.

Dannhache, qui les contemplait tous les deux, fit cette confidence à Maymoûna :

— Par Dieu, tu diras ce que tu voudras, c'est la mienne qui l'emporte en perfection, cette merveille du monde !

Cette réflexion eut pour effet d'irriter Maymoûna, qui répliqua :

— Et toi, par Dieu, tu triches ! C'est le mien, c'est celui que mon cœur désire qui gagne dans ce concours de perfection. Malheur à toi, espèce d'aveugle, qui ne vois même pas la différence, qui es incapable de te rendre compte comme il est accompli, le mien, comme il est beau, grand et de proportions harmonieuses. Mais écoute-moi, maudit que tu es : si vraiment l'amour te bande les yeux et que tu sois plus épris que de mauvaise foi, compose un peu quelques vers pour la tienne, qui vaudront ceux que je vais dire en l'honneur du mien.

Et elle s'exécuta immédiatement, non sans s'être penchée sur le front de Lune-du-Temps, qu'elle embrassa :

Ne va pas grossir la troupe des censeurs
déjà nombreux à m'accabler de reproches :
est-ce ma faute si je ne t'oublie point,
ô rameau mince et flexible de mes rêves ?

C'est qu'il guérit spontanément, le mal
d'amour contracté par le froid libertin
qui t'aura aimé sans lendemain, et même
eût-il bu au philtre fatal de tes yeux.

Moi non : tout autre, dès la pointe du jour,
entreprendrait de payer de haine ton refus,
et moi, je ne connais point d'autre refuge,
hélas, contre ta dureté même, que toi-même.

Tes yeux d'un noir profond me sont un charme ;
alors je voudrais savoir où peut bien aboutir
un amour qui fut conçu chez Oudhr (1) *où, dit-on,*
il suffit pour mourir de connaître la passion.

Tes yeux sont d'une Turque
et remuent les entrailles ;
avec leur fil bien repassé
ils sont un vrai cimeterre.

Toi qui ne sais pas remplir la promesse
dont tu as leurré l'amant concupiscent,
regarde l'arbre : vois qu'à ses branches
le fruit a passé la promesse des fleurs.

Tu m'as imposé le faix de la passion :
sais-tu combien ce fardeau est lourd
à quelqu'un qui ne pouvait supporter,
au plus, que le poids de sa tunique ?

(1) Tribu bédouine dont les membres passaient pour cultiver tous les excès du pur Amour.

La marque indélébile que m'ont faite
et ma passion et mon désir, tu sais,
m'empêche désormais d'aller ailleurs
et de patienter d'un amour d'attente.

Que n'ai-je un cœur dur comme le tien ?
Au moins je ne me consumerais pas : vois
mon corps dépérir, et de mince, devenir
tout entier comme le tour de ta taille !

Ô Dieu, quel astre de la nuit
est venu enluminer les hommes
et de quelle qualité au monde
ce luminaire n'est-il nanti ?

Le censeur m'a donné ce blâme :
« Pour qui ainsi te chagriner ? »
il ne sait pas et je l'informe
que mon mal est sans rémission.

Ô cœur de marbre, vois le mien
comme il est tendre, et amical :
amitié et tendresse, à le voir,
peut-être de force te gagneront.

Pourquoi, prince de mon âme,
as-tu le regard si cinglant ?
Et convient-il à ton sourcil
de contrefaire l'inique juge ?

Incline-toi vers moi, au contraire,
car à te tenir si droit et si haut,
tu parais être un magistrat altier :
malheureux qui frappe à ton cœur !

Malgré tout, je garde en moi l'espoir
de pouvoir un jour contempler ta joue
et de voir se déchirer le voile épais
qui me dissimule à ton propre regard.

Il a menti, celui qui a mis en Joseph (1)
le parangon de l'absolue beauté : non,
si Joseph était beau, combien de fois
contiens-tu, toi, la beauté de Joseph !

Je n'ai qu'à contempler ta splendeur,
les djinns aussitôt me craignent ;
pourtant, rien qu'à promener l'œil sur ton corps,
mon cœur s'agite, saisi de tremblement.

Tes cheveux noirs tranchent sur le front
qui resplendit : on dirait un iris
d'ébène posé sur un fond blanc de neige ;
cette taille, oh ! comme elle est élancée !

Maymoûna avait fini de réciter ses vers, que Dannhache apprécia d'un grand transport de joie ; remuant la tête, l'ifrite mâle donnait son sentiment :

— Par Dieu, ô dame mienne, avec quelle fougue tu as célébré dans ton poème celui dont tu es si éprise et que ton cœur convoite ! Pour moi, par Dieu, j'ai bien peur de composer en vers... de mirliton, car j'ai bien trop de passion envers... ma belle. Ce n'est pas tout, montrons un peu ce que nous savons faire.

Il commença par se pencher vers le front de sa bien-aimée, y déposa un baiser et récita :

On m'a dit de toute part que j'avais tort
d'aimer ; or, moi j'aimais ce qui a la grâce
et du coup ils n'ont cessé de me critiquer,
multipliant les paroles dures à mon encontre.

Pourtant, ô Dieu, quelle gracieuse gazelle :
sa taille est frêle et souple ;
et, quand elle se penche, vous diriez
le rameau d'un arbre à épines.

(1) Il s'agit du personnage de la Bible, vendu par ses frères aux marchands égyptiens. La femme de Putiphar, son maître, en tomba éperdument amoureuse (Genèse, XXXVII et suiv.).

Rapproche-toi de celui qui t'aime,
cela lui fera du bien, au lieu de prolonger
l'absence, cette cruauté que tu lui infliges :
ne vois-tu pas qu'il en mourra ?

Comment mes larmes n'ont-elles pu
parvenir, intarissables, à te fléchir ?
Crois-tu que mes paupières battent
quand tu es si loin de moi ?

J'ai tant versé de pleurs
que même mon censeur a dit :
« Ce jeune homme a des yeux
qui laissent couler le sang. »

Je m'étonne d'abord : comment est-ce possible,
une telle beauté ? Mais non, car c'est toi !
Mais de moi... ce qui m'étonne sans cesse,
c'est qu'on puisse me reconnaître encore !

Tu n'es plus là, et ton corps me manque !
Octroie à ton amant un seul regard de pitié,
et alors, ce n'est pas en vain
que l'amour m'aura mis hors de moi.

Maymoûna félicita Dannhache :

— Tu as fort bien déclamé, et tu t'es montré tout à fait à la hauteur de la tâche que tu t'étais fixée. Mais maintenant, il te reste encore à me dire la vérité : de ces deux-là, qui l'emporte en beauté, qui a le corps le plus achevé ?

— La mienne, répondit Dannhache, incontestablement.

— Tu mens, ô maudit, s'irrita Maymoûna. C'est le mien qui l'emporte en beauté et qui a le corps le plus achevé.

Le ton montait, et dans la dispute on s'échauffait. A la fin, Maymoûna, que la colère faisait crier, voulut mettre à mal son contradicteur. Celui-ci choisit, pour exprimer de nouveau son avis, une voie de compromis :

— Ô dame mienne, commença-t-il, je ne pense pas te fâcher en disant simplement la vérité. Faisons table rase de nos arguments antérieurs, de part et d'autre, car il va de soi que tout le monde voit midi à sa porte : nous n'avons mis aucune objectivité dans nos propos, que nos inclinations nous ont seules dictés, chacun se faisant le champion de la personne qu'il convoite et affirmant que c'est elle qui est la mieux faite. Il nous faut, au point où nous en sommes, l'arbitrage d'un tiers, qui présente toutes les garanties de sagesse et de justice, et réglera notre différend.

— Soit, acquiesça Maymoûna.

Et frappant du pied le sol, elle en fit sortir un djinn. C'était un être bossu, borgne de surcroît, et dont l'œil unique s'ouvrait en fente verticale, doté outre cela de six cornes et de quatre touffes de cheveux qui lui tombaient sur les épaules, dont les mains rappelaient les pattes d'un griffon aux ongles de lion, et les pieds, pour finir, ceux d'un goûl (1) qui aurait eu des sabots d'âne. Quand ce monstre eut surgi, il baisa la terre en signe de respect devant l'ifrite femelle Maymoûna et lui demanda :

— Ô dame mienne, ô princesse, que veux-tu ?

Celle-ci le lui fit savoir :

— Hé ! Peau-d'Écaille ! Je veux ton arbitrage entre moi et ce maudit Dannhache.

Elle lui déroula alors l'histoire de bout en bout, et conclut par ces mots :

— Approche, Peau-d'Écaille, et regarde ces deux personnes. Tu n'as qu'à dire la vérité : de ces deux-là, qui l'emporte en beauté, qui a le corps le plus achevé ?

Peau-d'Écaille regardait Lune-du-Temps et la jeune fille. Il les voyait enlacés, tous deux plongés dans les flots du sommeil ; le poignet de l'une était sous le cou du second, et la main de l'un sous l'aisselle de la première. Le cas n'était pas simple : une grande ressemblance, des qualités égales, une perfection aussi achevée, une grâce

(1) Variété de djinn malfaisant.

toute pareille dans la pose, rien ne les départageait. Il pouvait seulement s'émerveiller de la beauté jumelle qu'il contemplait. Aussi, se tournant vers Maymoûna et Dannhache, se mit-il à réciter ces vers :

Joignez vos deux corps ensemble, ô vous
qui vous aimez ; et laissez parler l'envieux
car celui dont les propos sont dictés par Envie
jamais n'aida Amour.

Le Maître de Miséricorde, qui fit les choses
créées, n'a pas créé de plus belle chose
et plus réjouissante à voir qu'un amant
à l'amante enlacé,

partageant la même couche ; voyez-les :
tous deux portent les parures de l'agrément
mutuel ; n'ont-ils pas tous les deux
poignet et avant-bras ?

Une fois que les cœurs se sont faits
l'un à l'autre, et que l'amour les a
l'un à l'autre asservis, laisse les gens frapper :
c'est du fer refroidi.

Si dans ta longue vie, tu as pu rencontrer
un seul cœur amoureux au point d'être fidèle,
prends ce cœur seulement, et n'en recherche plus
car ton but est atteint.

As-tu raison de blâmer ceux qui s'aiment
et d'aller leur reprocher cet amour ?
Comment t'y prendrais-tu pour redonner santé
à un cœur corrompu ?

Après quoi, Peau-d'Écaille fit cette sentence :

— Par Dieu, attendu qu'il n'y a ni chez l'un ni chez l'autre une qualité qui ferait défaut à l'autre, et qu'inversement, on ne trouve chez aucun des deux l'absence de quelque chose que l'autre aurait, considérant par ailleurs que l'un et l'autre l'emportent sur le reste des humains par la perfection des formes et de la beauté, il est dit et jugé qu'ils ont l'un et l'autre atteint le sommet en ce domaine. Considérant d'autre part qu'il est impossible de dire à l'expertise qui des deux l'emporte sur l'autre, il est proposé aux contestants un autre moyen de juger, par lequel, de ces deux créatures, éveillant l'une et laissant l'autre dans le sommeil, il sera possible de dire que celle des deux qui brûlera de plus d'amour et s'enflammera le plus pour l'autre aura prouvé et manifesté qu'elle est à un degré inférieur de beauté et de perfection physique par rapport à l'autre.

— Excellent jugement, et très bon plan, approuva Maymoûna.

— Parfait, renchérit Dannhache.

— Toi, réveille la première ton bien-aimé, intima Peau-d'Écaille à Maymoûna.

Celle-ci se transforma en puce et se glissa sous le corps de Lune-du-Temps, qu'elle piqua. En étendant la main pour se gratter à l'endroit où le démangeait la piqûre, le jeune homme se retourna et ouvrit les yeux. Il y avait quelqu'un à côté de lui, qu'il palpa : pas de doute, le corps de cette personne était plus onctueux au toucher que de la crème battue. Il apporta plus d'attention à détailler le tableau : il se rendit compte que c'était quelqu'un qui dormait, à ses côtés. Maintenant, il était complètement réveillé et c'est assis, en fixant les yeux sur le corps, qu'il découvrit qu'il s'agissait d'une femme. Elle avait tout de la jeune mariée qui revient de la parade en toilette de noces : perle magnifique, soleil resplendissant, coupole à l'arrondi irréprochable...

Lune-du-Temps scruta la fille, enthousiasmé de voir toute cette beauté réunie en une seule personne, à ce point accomplie. La dormeuse n'avait point de pantalons bouffants et portait en tout et pour tout une simple chemise de soie : le désir naquit dans le cœur du jeune homme, un désir qui était l'effet de la divine Volonté et qui poussa immédiatement le jeune homme à soupirer : « Ô ma bien-aimée ! Ô ! par Dieu, je suis pris ! » puis à se rapprocher, à déposer un baiser sur la joue de la jeune fille, et pour finir, à lui dégrafer son col de chemise.

Quand il vit la gorge, les deux seins, le buste qui évoquait le camphre, Lune-du-Temps sentit grandir encore son amour. Il se mit en posture de réveiller sa compagne de lit. Mais Dannhache veillait, qui, demeurant invisible à tous, maintenait par ses manipulations la jeune fille dans le sommeil, si bien que son compagnon avait beau la secouer et l'interpeller : « Ô dame mienne, c'est moi, c'est Lune-du-Temps », elle ne bougeait pas, ne levant même pas la tête vers celui qui pourtant lui parlait aux oreilles.

Le prince était perplexe devant cette inconnue et il se demanda quelques instants ce que pouvait bien signifier tout cela ; pourquoi cette femme dans son lit ? il finit par se donner cette explication : « Ce sera sans doute l'épouse que mon père me destine ! Voilà pourquoi depuis trois ans il me convoque et me demande mon accord ! Vous m'en direz tant : c'est pour elle ! Eh bien ! par Dieu, ma décision est prise : dès demain matin, je fais dire à mon père le sultan qu'il me la donne, et le soir même, juste le temps qu'on ait célébré le mariage, je serai dans sa chambre... et alors je n'aurai plus qu'à me repaître d'une perfection physique et d'une beauté qui n'ont pas leurs pareilles ! »

Se penchant vers la jeune fille, il lui donna un nouveau baiser : Maymoûna voyait d'un mauvais œil se multiplier ces marques d'affection, et tremblait de perdre son pari, tandis que Dannhache s'en félicitait. On crut même que Lune-du-Temps, qui s'inclinait vers la jeune fille, allait l'embrasser sur la bouche, mais on le vit se raviser :

« Tout compte fait, se disait-il, il vaut mieux réfléchir. Car il se peut que le sultan mon père, qui a été assez fâché contre moi après ma rébellion pour m'incarcérer ici, ait profité de mon sommeil pour m'envoyer un agent à lui : il met cette fille dans mon lit avec mission de ne pas se réveiller, quoi que je fasse, et elle, elle lui dresse un rapport sur mon comportement avec elle. Ou tiens, mieux encore : il est là lui-même, dans un coin, à m'observer dans chacun de mes gestes et demain matin, il vient me couvrir de honte : “ Oui, bravo ! On n'est pas intéressé par le mariage ! Mais on embrasse les jeunes filles et l'on dépose même des baisers sur leur bouche !... ” Et tout le monde de savoir tous les détails. Merci ! Non, je ne l'embrasserai pas sur la bouche, voilà tout, et je ne jetterai pas un seul regard sur son corps. Mais qu'est-ce qui m'empêche, en revanche, de prendre sur elle une sorte de gage en guise de signe et symbole de mon amour pour elle ? »

C'est ce qu'il fit : saisissant la main de la fille, Lune-du-Temps lui retira du petit doigt son anneau d'or surmonté d'une pierre, le glissa à son propre petit doigt, et passa à la fille, à la place, la chevalière qu'il portait. Après quoi, il se retourna et se rendormit, sans davantage se préoccuper de sa compagne.

Maymoûna prenait ses compagnons Peau-d'Écaille et Dannhache à témoin :

— Qu'en dites-vous ? Que pensez-vous de mon bien-aimé ? Il n'a pas même pensé à la jeune fille, il n'a pas déposé le moindre baiser sur sa bouche, mais vous avez vu : il lui a tourné le dos et il s'est rendormi sans faire plus cas d'elle que cela !

— C'est vrai, furent bien obligés de convenir les deux autres.

Alors, ce fut au tour de Dannhache de se changer en puce et de se glisser sous le vêtement de sa bien-aimée. Remontant le long de la jambe, il passa sur la cuisse sans s'arrêter et choisit d'élire domicile juste sous le nombril, où il fit à la jeune fille une piqûre si cruelle qu'elle en sentit la tête lui brûler. Ouvrant les yeux, elle s'assit sur le lit, et vit près d'elle, plongé dans le sommeil, un jeune homme qui avait tout pour lui, la beauté en personne ! Autant ses cils que ses sourcils auraient pu inspirer de la jalousie à n'importe quelle femme, ses lèvres minces faisaient comme un rouge coquillage, il avait le menton souple et la bouche petite, enfin ses joues étaient couleur de pomme ou d'anémone. C'était une absolue merveille, tant par ses traits que par la grâce de son attitude. Bref, les mots étaient si impuissants à le décrire comme il faut, que le poète avait dû recourir à cette allégorie :

Si Beauté était venue
prendre les mesures de son corps,
devant lui Beauté se serait tenue
immobile et confuse, tête baissée.

« — *Beauté, as-tu bien considéré*
comment est ce corps parfait ? »
« — *Un corps parfait comme celui-là,*
je n'en ai jamais vu de semblable. »

La fille n'en revenait pas, et après avoir cédé à son émerveillement, elle se fit des reproches :

— Comment ? C'est toi, là devant moi, ô mon bien-aimé, toi dont le père m'a si souvent réclamée pour bru ? Et moi, folle, qui ne voulais pas ! Aussi, pouvais-je savoir que tu étais fait de la sorte, ô lumière de mes prunelles, quand mon père me proposait un fiancé ? C'est toi que j'ai été assez sotte pour refuser, quand mon père me parlait mariage et me laissait donner mon avis ? Ô toi que mon cœur convoite, tu t'es présenté pour être mon époux, et je n'ai pas voulu ? Ô fille infortunée ! Fallait-il que le destin me desservît au point de me refuser la chance de te connaître d'abord, ô mon âme ! Par Dieu, quel chagrin était déjà le mien ! Et comme je connais maintenant que j'avais doublement raison de m'affliger, ô feu de mes prunelles, puisque je n'avais pas eu le bonheur de te voir et de jouir de l'absolue beauté de tes formes ! Non, tu n'avais pas tout ton sens, et quel égarement te prenait de dire non à un père qui ne voulait que te marier à un tel homme ? Ô l'insensée, qui voulait se tuer de ses propres mains et qui envoyait son père à tous les diables quand il quémandait un avis sur le prétendant !

» Ah ! que ne t'ai-je aperçu avant cette nuit, qui vient si tard ? Quelle n'aurait point alors été mon impatience de t'épouser, et l'heure qui m'eût séparée de notre union m'eût alors semblé impossible à passer ! Qu'ai-je fait, en désobéissant à mon père, qu'ai-je fait en rejetant l'idée de ce mariage ? Tu serais mon époux, et la douceur de vivre à tes côtés en jouissant de ta beauté m'eût versé le bonheur à longs traits !

» Mais à quoi sert de se lamenter ? Ce qui est derrière nous ne revient pas, et ruminer n'a jamais permis de rappeler ce qui est bel et bien enfui. Nous sommes enfants du temps présent. Lève-toi, maintenant, ô mon bien-aimé, car le moment est favorable ; debout, ô lumière de mes yeux ! Nous n'avons que trop perdu d'occasions de bonheur par le passé. Debout, réveille-toi, ô mon âme ! As-tu déjà vu un nouveau marié ainsi assoupi quand commence sa nuit de noces ? Mais réveille-toi, tu me fais brûler d'impatience ! Aie pitié, debout ! Ne vois-tu pas dans quel état me met le désir ? Pourquoi me maltraiter comme tu le fais ? Ah ! je sais : le cruel se venge et veut tourmenter mon cœur pour me faire payer ce qu'il a enduré jusqu'à présent à cause de mon refus. Mais, ô mon âme, c'est que je ne te connaissais pas, j'avais des excuses, je ne t'avais pas seulement aperçu...

Au milieu de ses objurgations et des mille encouragements du même style qu'elle ne cessait de lui prodiguer, la jeune fille secouait la tête de Lune-du-Temps et la remuait dans tous les sens pour éveiller le dormeur : mais rien n'y faisait, car Maymoûna s'était placée sur son crâne pour lui rendre le sommeil plus lourd encore. Aussi resta-t-il endormi, quels que fussent les efforts de la belle, ses supplications, ses gestes et ses manœuvres.

Celle-ci finit par se lasser et ses bras, découragés, retombèrent. Elle se contenta de cette dernière hypothèse, devant la profondeur de ce sommeil :

— Ô sang de mon cœur ! serait-ce qu'un jaloux a recouru à quelque sortilège maléfique afin de faire déferler sur toi les flots continuels de la léthargie et de nous empêcher ainsi d'échanger les coupes d'un plaisir savouré ensemble ? Sans cela, je ne vois pas ce qu'il a pu t'advenir...

Sur ces mots, elle se saisit de la main de Lune-du-Temps afin d'y déposer un baiser. Ce faisant, elle reconnut son propre anneau, au petit doigt de son compagnon. Elle regarda à sa main : à son petit doigt à elle était enfilée une chevalière gravée au nom de Lune-du-Temps. Incapable de se rappeler quand avait bien pu se faire cette substitution, elle était à court d'explication sur le phénomène, qui ne laissait pas de la surprendre. Après un moment de réflexion, elle conclut qu'ils étaient époux et que c'était cette nuit que devait avoir lieu le congrès des corps. Une dernière tentative pour tirer de sa torpeur le jeune homme resta aussi vaine que les précédentes : la jeune fille renonça, car visiblement les efforts en ce sens la fatiguaient inutilement, et elle ne voyait pas le moyen d'aboutir. Aussi se consola-t-elle avec cette pensée :

« De toute façon, il est à moi, et moi à lui. Quel danger qu'il s'éloigne de moi ? Ô mon bien-aimé, maintenant que je t'ai trouvé, je jouirai bien à un moment ou à un autre de ta beauté : continue de dormir, je ne te dérangerai plus davantage. »

Sur ce, elle enlaça son compagnon, le serra contre sa poitrine, déposa un baiser sur chacune de ses joues, l'installa sur le coussin de ses cuisses, et finit par s'endormir. L'ifrite Dannhache avait fait son œuvre et avait renversé sur elle les flots du sommeil. Quand on vit que la fille s'y était plongée et même noyée, Maymoûna triompha :

— Alors, maudit, les choses se sont-elles passées autrement que je ne l'avais prédit ? Tu as vu de tes propres yeux comme elle a été vaincue par l'amour et te voilà informé : ta dévergondée ne vaut pas une pelure d'oignon, pas une graine de lupin nain, en comparaison de celui que mon cœur convoite et qui est l'unique objet de mes désirs. Décampe, maudit ! Et je ne veux plus vous voir dans les parages, ni ta sale figure, ni celle de ta dévergondée, que tu vas me faire le plaisir d'emmener loin d'ici. En prime, garde l'argent du pari. Mais une autre fois, quand je te dirai quelque chose, tu me croiras, et tu ne m'accuseras pas de tricher...

A l'intention de Peau-d'Écaille, elle ajouta :

— Quant à toi, Peau-d'Écaille, que Dieu augmente

les bienfaits qu'Il t'accordera. Merci pour t'être dérangé. Pars maintenant avec Dannhache, et aide-le à remettre cette jeune fille à la place où il l'a prise.

— Oreille attentive et bon vouloir ! répondirent ensemble les deux.

Dannhache chargea donc la jeune fille, et avec l'aide de Peau-d'Écaille, la transporta là où il l'avait trouvée, tandis que Maymoûna, elle, regagnait son puits romain.

Lune-du-Temps dormit jusqu'au matin d'une seule traite. Quand il se réveilla, il regarda tout autour de lui, mais ne trouva personne. Il eut beau se tourner à droite, à gauche, chercher partout une trace de la belle dormeuse, il ne rencontra âme qui vive, et se dit alors :

« Bah ! Elle se sera levée avant moi. Elle ne tardera pas à revenir. »

Vaine espérance : il n'y avait rien, pas la moindre belle à l'horizon. Lune-du-Temps réfléchissait :

« Voilà la preuve que je ne me trompais point cette nuit : c'est bel et bien un piège que mon père m'a tendu en m'envoyant cette fille. J'ai bien failli m'y laisser prendre, mais j'ai été fort bien inspiré de ne pas la réveiller, ni de commettre sur elle l'irréparable... Dieu en soit loué, car je vois d'ici l'opprobre, si jamais quelque chose s'était produit, avec un père dans l'état où je l'ai mis à force d'insultes et de professions réitérées de célibat. Merci au Dieu Très-Haut qui m'a aidé à retenir mon âme charnelle devant cette jeune fille ! Mais ce n'est pas le tout : j'ai l'intention, aujourd'hui même, de me soumettre à la volonté de mon père, d'aller lui demander qu'il me ramène cette adolescente et de l'épouser sur-le-champ. »

Le prince appela son serviteur Mas'oud, auquel il demanda de l'aider à s'habiller. Mais quand Mas'oud lui eut apporté ses habits de tous les jours, Lune-du-Temps protesta :

— Ô Mas'oud, je veux un costume somptueux !

L'esclave alla donc chercher une tenue magnifique, une tenue royale, qu'il lui fit endosser. Puis il lui présenta l'aiguière et le bassin (c'étaient une aiguière et un bassin en or) : le prince se lava le visage et les mains, fit ses ablutions rituelles et récita son office de prières. Après quoi, il plaça le Qoran devant lui et il en psalmodia deux ou trois chapitres. A la fin, il cria à Mas'oud :

— Esclave, malheur à toi si tu ne viens pas immédiatement ici.

Le serviteur ne tarda pas à être à son côté pour s'entendre poser cette question :

— Attention, je veux une réponse nette et franche à ce que je vais te demander, une réponse sans arrière-pensée, sans quoi je te ferai périr : quelle est cette jeune fille qui a dormi près de moi cette nuit dans mon lit ? Qui l'a amenée ici ?

Cette interrogatoire jeta l'esclave dans des tremblements convulsifs. C'était en effet la première fois qu'il entendait parler de cela, et il n'avait pas la moindre idée de ce qu'il fallait répondre. Il put finalement articuler ces mots :

— Seigneur, je ne suis pas au courant. De quelle jeune fille parles-tu ? Personne n'est entré chez nous, dans ce lieu.

— Esclave, reprit le prince, dis la vérité. Avoue ce qui s'est passé dans les faits, sans mentir. Cette nouvelle mariée dormait près de moi ! Où est-elle partie ? Et d'abord, qui l'a fait entrer ici, chez moi ?

— Ô seigneur, répondait toujours l'esclave, aucune créature humaine n'est entrée ici ! Ne dormais-je pas, moi, là sur le seuil ? Comment des gens auraient-ils pu pénétrer à mon insu ? Non, mon maître, non, cela n'est pas possible !

— Ô le maudit ! Ainsi toi aussi tu es du complot et tu fardes la vérité ! Attends !

Lune-du-Temps se mit à tomber à bras raccourcis sur l'esclave, après l'avoir proprement envoyé à dame. Et tout en le corrigeant, il ne cessait de l'encourager, de la voix autant que du geste, à lui dire la vérité :

— Qui a introduit ici la jeune fille ? Qui l'a mise à dormir dans mon lit ? Par où est-elle partie ?

On ne fait pas boire un âne qui n'a pas soif... et l'autre n'avait rien à dire, même sous la tempête de horions qu'il essuyait. Aussi le jeune homme ne s'arrêta-t-il que quand il sentit de la douleur dans les bras ; à ce moment-là, il essaya une autre manière et, ligotant son serviteur, il l'attacha bien comme il faut, puis le descendit au bout d'une corde, pieds et poings liés, dans le puits. Quelques plongeons successifs dans l'eau froide étaient censés rafraîchir la mémoire de l'oublieux esclave, qu'il continuait de secouer :

— Funeste esclave, race maudite ! je te noierai, tu m'entends, je le jure sur ma tête vivante, je te noierai si tu ne me dis pas ce qui s'est vraiment passé, sans rien me cacher.

L'esclave prenait la chose au mot, et poussé aussi bien par la peur que par le simple instinct de conservation, il réfléchissait à un moyen de se tirer de ce mauvais pas : « Forcément, en se voyant incarcéré en un lieu pareil et traité comme il l'est, ce fils de roi a perdu la raison. D'un côté, il est fou ; de l'autre, c'est moi qui suis en danger. Voyons, comment faire ? Si je tâtais de la ruse ? Car le plus urgent est d'échapper à la noyade et, déjà, de me sortir de ses mains, sans quoi, je crains fort que ce puits ne recueille mon dernier soupir. »

Pris de l'inspiration de la dernière chance, il cria d'en bas :

— Maître, maître ! Seigneur ! Si tu me promets la vie sauve, que tu me sortes de ce puits et que tu me libères de mes entraves, je te ferai le récit de ce qui s'est passé en réalité, et te dirai comment tout s'est agencé.

Immédiatement, Lune-du-Temps tira l'esclave du puits :

— Parle, et plus vite que cela ! Révèle-moi tout, sans cela tu sais ce que je t'ai promis. Allons, je t'écoute. Vite !

L'homme avait déjà gagné quelque chose : sa sortie à l'air libre. Il rusa :

— Ô mon maître, vois dans quel état je sors de l'eau du puits. Est-il convenable que je me tienne devant mon maître avec des vêtements tout mouillés ?

Il tremblait et grelottait, pour faire bonne mesure.

— Ô mon maître, continuait-il, laisse-moi aller chez

moi afin de me changer de vêtements. Je n'y fais qu'un saut et je reviens aussitôt pour tout te raconter.

Lune-du-Temps eut pitié de l'homme, et il donna la permission.

— Mais fais vite, ajouta-t-il. N'oublie pas de faire la liste exacte et complète de toutes les informations que tu as, que tu puisses me parler à ton retour, sans mentir ou me cacher quoi que ce soit ! Sinon, gare !

— Oreille attentive et bon vouloir ! acquiesça l'esclave.

Celui-ci gagna la porte de la tour, encore tout étourdi de l'heureuse tournure qu'avaient prise pour lui les événements. Puis il prit ses jambes à son cou, afin de gagner au plus vite le palais où siégeait le sultan. Là, il se fit introduire et, l'audience une fois obtenue auprès du souverain, il se livra aux invocations d'usage. Comme il demandait au sultan la vie sauve, quelle que fût la nature des révélations qu'il allait entendre, celui-ci promit :

— Parle et présente ton affaire : qu'est-il arrivé ?

Mas'oud le serviteur informa le sultan de tous les détails de l'affaire et comment il avait été traité par le prince Lune-du-Temps, devenu, à n'en pas douter, fou, à preuve le supplice qu'il lui avait infligé, en le balançant au bout d'une corde dans un puits qui était là et qui ne demandait qu'à ce qu'on s'y noyât.

Le conseiller du sultan, ce même ministre qui lui avait fait former le plan de mariage, puis d'incarcération pour son fils, était justement là, dans la salle du Conseil, et l'arrivée du messager avait interrompu sa conférence avec le sultan, qui portait précisément sur Lune-du-Temps. Voir son fils en prison ne réjouissait guère le roi, et le vizir tâchait de le consoler :

— Ô sultan, ne te mets pas dans tous tes états pour Lune-du-Temps : la prison ne peut faire de mal à ton fils et, en le laissant enfermé une petite quinzaine de jours, on a de bonnes chances de lui faire entrer dans la tête le respect qu'il doit à son père, son maître le sultan.

Il rabâchait toujours la même leçon devant son maître, et la déroulait une fois de plus quand Mas'oud était entré avec les nouvelles qu'on sait, notamment en lui présentant son fils comme atteint de folie. Le sultan, furieux, interpella le vizir :

— Voilà : tu vois et tu entends ! Tu diras encore que la prison est bonne pour mon fils ? Comment peux-tu me conseiller de l'y laisser une quinzaine de jours pour le faire revenir sur sa décision et le ramener au sens du devoir filial ? Que faut-il de plus que de le voir perdre l'esprit ?

Le vizir reprit son antienne, en commençant par traiter de mensongères les nouvelles apportées par l'esclave, qu'au passage, il injuria :

— Barbare incapable de comprendre notre langue ! maudit qui viens porter de fausses nouvelles au sultan ! Tiens, je repars avec toi sur-le-champ pour te convaincre de fausseté et de mensonge, ô maudit !

Son premier soin fut de le faire jeter au cachot, non sans l'avoir lui-même battu d'importance, puis il se mit en posture de se rendre personnellement auprès de Lune-du-Temps pour bien enquêter sur les faits.

Une fois devant le prince, il lui présenta ses salutations d'usage, avec les invocations en sa faveur qui convenaient. Lune-du-Temps le reçut aussi avec honneur et respect, lui répondant sur le même ton, selon l'étiquette et le protocole requis. En voyant ce début, le vizir fut rassuré :

« Il faut absolument que je fasse pendre ce maudit esclave qui a inquiété le sultan avec de fausses nouvelles, qui le troublent et le chagrinent. Ce sera ma première tâche, à peine rentré, de m'occuper de ce méchant serviteur comme il le mérite. »

Lune-du-Temps fit asseoir le vizir à ses côtés. Le visiteur, qui ne s'attendait pas à cette politesse et à cette bienveillance de la part de son hôte, si du moins il avait dû se fier au rapport mensonger qu'il avait entendu, était bien forcé de constater que rien n'avait changé dans l'attitude ou le comportement du jeune homme. Jusqu'à ce Qoran ouvert devant lui, où il avait dû lire les versets sacrés et les psalmodier ! Aussi, ayant à peine pris place devant son hôte, il entama la conversation :

— Ô Lune-du-Temps mon maître, ton esclave Mas'oud mérite la pendaison.

— Tiens, et pourquoi cela, ô vizir? demanda le prince.

— Parce qu'il est venu trouver ton père et qu'il lui a annoncé une nouvelle pénible comme tout, qui n'a pas manqué de le troubler, et qu'il l'a laissé dans un état pitoyable de tristesse. Mais rassure-toi : j'ai traité l'homme de menteur et j'ai consolé mon maître, le sultan ton père. Je lui ai promis de me rendre compte par moi-même de ce qu'il en était pour de bon de son fils Lune-du-Temps, car ce serviteur n'est pas digne de foi et ne sait pas ce qu'il dit. Voilà la raison de ma visite auprès de ta Félicité, qui n'a d'autre but que de me renseigner auprès de ton Excellence même de ce qu'il en est au juste... que je puisse retourner vers ton père le sultan avec des nouvelles capables de le rassurer. Je n'ai pas besoin de te dire avec quelle impatience il attend mon retour, et il est comme sur un gril, tant l'a abattu le message de ton serviteur. Louanges à Dieu grâce à qui j'ai pu te voir en bonne santé et constater que ce Mas'oud a menti à ton père le sultan!

— Ô vizir, demanda alors Lune-du-Temps, quelle est donc cette nouvelle qui a plongé ainsi mon père dans le souci pour moi, et que le serviteur a rapportée sans le ménager, au point qu'il mérite à tes yeux d'être pendu? Je ne crois pas, moi, que cette faute-là soit plus grave que celle qu'il a commise ici, sous mes yeux mêmes, et pour me nuire.

— Ô mon maître Lune-du-Temps, répondit le vizir, puisse Dieu ne permettre qu'elle soit aucunement fondée, cette nouvelle du messager inexact, et même, s'Il le veut, en ferons-nous éclater au grand jour l'inanité. Puisse ton esprit rester à l'abri de tout mal! Puisse le Seigneur nôtre allonger ta vie et te conserver en bonne santé pour la plus grande joie de ton père, notre maître le sultan!

— Il faut pourtant que tu me dises de quoi il s'agit, car peut-être Mas'oud ne vous aura pas tout raconté comme il faut. Toutefois, qu'il ait fait un bon rapport ou non, cela est somme toute de peu d'importance, puisque te voici : je ne te cacherai pas que ce que je souhaitais par-dessus tout, c'était d'avoir en face de moi quelqu'un de sage à qui parler, quelqu'un de compétent et d'expérimenté, qui pût fournir à mes questions les réponses qui conviennent. Or, par chance, c'est toi qui te présentes, et j'en augure le meilleur pour les renseignements dont j'ai besoin.

» En deux mots, ô vizir, ce que je voudrais savoir, c'est qui était la belle de cette nuit, je parle de celle qui dormait dans mon lit. Qui l'a introduite dans cette salle ? Lorsque je l'ai vue, par Dieu, avec sa beauté, sa perfection physique sans pareilles, j'ai ouvert mon cœur tout grand à l'amour pour elle. Je l'ai embrassée, je l'ai serrée contre ma poitrine, mais il m'a été impossible de la mettre en état de se réveiller. Son sommeil était de plomb, et quand j'ai vu qu'il n'y avait rien à faire pour la lever ou lui faire simplement ouvrir les yeux, je l'ai laissée après lui avoir donné un dernier baiser. Ce matin, en revanche, au réveil, personne ! Dis-moi tout, ô vizir, et ne me cache rien.

Ce discours précipita à son tour le vizir dans les tremblements et les convulsions. Il ne pouvait articuler un mot, et d'ailleurs, il ne savait que répondre.

— Pourquoi restes-tu silencieux ? reprit Lune-du-Temps. Quel est ce soudain mutisme ?

Et en effet, le vizir laissa ainsi passer un long moment. A la fin, il put faire cette réponse :

— Ô mon maître, que ce mutisme ne t'étonne pas. C'est ta question qui m'a rempli de stupéfaction : ce que tu racontes est impossible ! Personne ne peut entrer chez toi sans l'autorisation du roi ton père. Et même à supposer que quelqu'un se soit infiltré jusqu'ici par fraude, la porte doit lui être nécessairement barrée par le serviteur, qui ne manquerait pas de dire qui il a vu. Donc, ô mon maître, personne n'est entré chez toi...

— Dis-moi la vérité, informe-moi de ce qui s'est passé et sois franc, repartit Lune-du-Temps. On ne peut ajouter foi à ce que tu viens de dire et les propos que tu as tenus sont nuls et non avenus, sans pour autant t'aider, toi. Alors, s'il te plaît, je te redemande où est passée la jeune fille qui dormait cette nuit près de moi, qui l'a introduite pour l'amener jusqu'à moi. J'ajoute que je veux bien d'elle pour épouse, et me plier en cela à la volonté de mon père le sultan qui veut que je renonce au célibat. Pour elle, il a mon accord, car j'ai été séduit par sa beauté et la perfection de son corps.

Le vizir entendait des propos d'un Lune-du-Temps qui croyait à la réalité de son sujet : son embarras, sa stupéfaction ne cessaient de grandir, au point que non seulement il ne savait comment alimenter cette conversation, mais encore, il ne voyait pas le moyen d'y mettre un terme, même au prix d'une ruse. Ce qui lui vint furent des paroles conventionnelles, sans grande portée, comme :

— Ô mon maître Lune-du-Temps, tu as donc aperçu cette fille de tes propres yeux ?

— Es-tu sourd, ou quoi ? répliqua le prince. Je l'ai embrassée et serrée contre ma poitrine ! Malgré cela, et en dépit de mes efforts, elle ne se réveillait pas ! Et toi, avec ces détails, tu viens me demander si je l'ai vue de mes propres yeux ! Ma version, par Dieu, c'est que c'est toi qui l'as introduite ici, qui l'as fait dormir à mes côtés, qui lui as recommandé enfin de résister à tout ce que je ferais pour la réveiller et de feindre le profond sommeil, voilà.

— Ô mon maître, rassemble tes esprits : il se peut que tu aies vu tout cela en songe. Rends-toi compte que ce que tu décris échappe au simple bon sens : comment veux-tu que quelqu'un entre auprès de toi à notre insu ?

Cette réponse, loin de calmer le prince, le fit soudain éclater et le feu du courroux se saisit entièrement de lui :

— Je t'ai demandé, cria-t-il, de m'informer sans farder la vérité, car tu es au courant de tout ! Alors, suffit, et cesse de me traiter comme un sot !

Le vizir se contentait de sourire :

— Par le Dieu Très-Grand, ô mon maître, cela est totalement dénué de fondement, je te le dis. Moi, je ne suis au courant de rien. Si, de ceci : ton Excellence était sous l'empire de songes sans cohérence et au réveil, elle a cru à la réalité de ce qu'elle a vu en rêve. Et de fait, tu n'as aperçu cette fille que durant ton sommeil.

Ces réflexions exaspéraient Lune-du-Temps qui, en un instant, fut au faîte de la colère et de l'irritation :

— Ô vizir funeste, fulmina-t-il, ô maudit ! si tu es venu en ces lieux, c'est pour te moquer de moi. Tu me traites en face de menteur, et tu prétends que mon récit concernant cette jeune fille ne repose sur rien de réel, mais sur des fantasmagories suscitées par le sommeil. Ah ! je mens ! maudit que tu es !...

Sur quoi, bondissant sur ses pieds, il attrapa le vizir par la barbe et se mit à le frapper au visage jusqu'à le faire saigner. Sous cette violence exacerbée, sous ces coups, le vizir perdit connaissance et, quand il revint à lui, ce fut pour essayer, par-delà la souffrance, de réfléchir sur ses torts : « Quel juste retour des choses ! se disait-il. Avais-je besoin, aussi, d'accuser Mas'oud le serviteur de mensonge, de le frapper et de le faire jeter en prison ? J'ai agi au mépris de la justice envers lui, et maintenant, je vois bien quelle chance il a eue de sortir vivant des mains de Lune-du-Temps. Pour moi, quel malheur en revanche d'être tombé en son pouvoir ! Si je veux à mon tour sauver ma vie, il faut que je recoure au stratagème, que je mente comme l'esclave pour me délivrer de la fureur de ce criminel... »

Il se tourna donc vers Lune-du-Temps et lui annonça :

— Ô mon maître, si tu me garantis la vie sauve et que tu me donnes un petit délai, je te raconterai toute l'affaire et son fond.

Le prince, en réponse, garantit la vie sauve au vizir, et lui accorda son pardon.

— C'est bon, mais parle, lui intima-t-il, et raconte-moi ce qui s'est passé. D'où venait cette fille ?

— Ô maître, répondit le vizir, tout ce que tu as vu cette nuit était réel, et non le produit de ton imagination. Cependant, je ne suis qu'un vizir, comme tu sais, et ma fonction m'oblige à ne m'opposer en rien aux désirs de ton père le sultan. Mon devoir consiste à faire tout ce qu'il me commande, du moment que je tiens à sa place les rênes du pouvoir. Aussi, avec la permission de ton Excellence, j'irai voir le souverain et l'informerai de toute l'affaire sans rien lui cacher. Je lui ferai connaître que son fils s'est épris de la jeune fille qui dormait chez lui cette nuit et j'ajouterai : « Le prince demande que tu lui donnes la permission de l'épouser et d'entrer chez elle dans la nuit qui vient. »

Lune-du-Temps donna sans rechigner au vizir la permission de faire comme il disait, mais il ajouta cette recommandation :

— Fais bien savoir à mon père que mon désir le plus cher est d'entrer, dans la nuit qui vient, chez la jeune fille qui dormait chez moi cette nuit.

Le vieillard, qui avait perdu tout espoir de sortir vivant de cette entrevue, trouvait ces mots providentiels : il ne se les fit pas répéter et se hâta de quitter la place, tout à la jubilation que lui procurait sa délivrance.

Quand il sortit, il n'en croyait pas encore ses oreilles et il portait sa barbe dans sa main à la façon d'un agonisant quand il se présenta au palais devant le sultan. Après les invocations d'usage pour lui souhaiter la puissance, tous les biens terrestres et les autres, il s'entendit demander par son maître :

— Comment va mon fils Lune-du-Temps ? Parle.

L'interpellé raconta tout ce qui était arrivé au jeune homme la nuit précédente. Puis il ajouta et ce qu'il avait souffert et le traitement à lui infligé par un prince en mal d'assassinat, auquel il n'avait pu échapper que par un stratagème et un mensonge.

Le roi, à ces nouvelles de son fils, sombra dans le plus profond des chagrins, et son affliction était si forte qu'il perdit conscience du monde qui l'entourait. Mais le vizir continuait :

— Je croyais que le rapport du serviteur était mensonger, mais je me trompais : il ne méritait pas le châtiment que je lui ai infligé, et je me reproche ma dureté, car ton fils a vraiment perdu le sens. Le voilà fou à lier.

Ces paroles ne réussissaient qu'à redoubler la douleur

du sultan, d'un sultan désolé du malheur qui avait frappé son fils, son unique héritier, et qui décida qu'il lui fallait constater par lui-même la nature des dégâts. Il partit donc pour la tour geôlière en compagnie du vizir. Il ne tarda pas à entrer dans la cellule où était Lune-du-Temps, qui, se levant, alla au-devant de son père avec toute la courtoisie et le respect dus au rang de son royal visiteur, s'appliquant à suivre les façons qui s'imposent en pareille circonstance. Le sultan prit place et fit asseoir son fils à ses côtés.

D'abord, la conversation fut aimable et familière, roulant sur des sujets divers et anodins ; le jeune homme écoutait attentivement son père le sultan, et répondait à ses questions avec toute la grâce, toute l'amabilité, toute la déférence souhaitables. Alors le sultan comprit qu'il avait affaire à un garçon sain d'esprit, et que le vizir avait menti en prétendant le contraire : quelle ne fut pas sa joie de noter que la conduite de son fils ne pouvait que le rassurer ! Il se tourna vers le vizir et, à voix basse, le morigéna :

— Ce n'est pas mon fils qui a perdu le sens, c'est toi qui n'as plus la tête. Ô maudit, comment viens-tu m'annoncer une nouvelle si bien assortie à ta hideuse figure, une nouvelle laide comme toi ?

Sa colère montait contre son ministre, qu'il commençait à menacer. Mais il eut envie de le confondre ouvertement, et demanda à son fils Lune-du-Temps :

— Mon fils, ce que m'a rapporté le vizir à ton sujet est-il vrai ? Il me dit que cette nuit une jeune fille était endormie dans ton lit même : peux-tu me dire qui était cette personne, ô mon fils ?

— Mon père, lui répondit Lune-du-Temps, veuille ne pas augmenter mon chagrin par tes questions incongrues, qui ne servent qu'à raviver mes souffrances. C'est une affaire que ta Majesté connaît bien, et dont elle a été informée. Je te prie instamment de ne pas rajouter de tourment supplémentaire à celui que je subis déjà : aie pitié de ton fils. Donne-moi cette jeune fille, que je puisse entrer chez elle dans la nuit qui vient. Il est inutile de prolonger le délai, puisque je sais que c'est toi qui l'as envoyée.

» C'est vrai, voilà des années que je m'oppose à toi et que je me rebelle contre ton ordre à propos du mariage. Mais par la perfection de son corps, cette jeune fille m'a ravi l'esprit et arraché le cœur. Ô mon père, je t'en supplie, donne-la-moi en mariage et permets que j'entre chez elle dans la nuit qui vient. Et moi, dans les jours qui me restent à vivre, je promets que jamais je ne m'opposerai à un ordre venant de toi, quel qu'il soit.

Le sultan, en entendant ces propos, changea de couleur. Plus sombre encore qu'avant, il retomba dans la pitoyable affliction qu'il avait connue. Il se disait : « Je me suis irrité contre le vizir, j'ai tenu pour mensongères ses déclarations, j'ai cru que mon fils avait gardé toute sa tête, mais il faut que je me rende à l'évidence, ce n'est pas le cas. » Puis il demanda à Lune-du-Temps :

— Mon fils, que signifient les paroles que tu viens de prononcer ? On ne m'a rien fait savoir de tel. Je te le jure sur la couronne royale que j'ai en ce moment sur ma tête et qui sera un jour sur la tienne, je n'ai jamais entendu parler de cette jeune fille, je ne connais nullement cette personne dont tu prétends qu'elle a dormi cette nuit chez toi. Cependant, ô mon fils, considère les choses en leur appliquant ton entendement : se peut-il qu'une jeune fille puisse entrer chez toi à mon insu ou sans que le domestique qui garde la porte et te surveille s'en aperçoive ?

» Le vizir t'a dit que le fait était réel, mais, ô mon fils, c'était une ruse de sa part pour se délivrer d'entre tes mains : il te voyait si fâché contre lui que tu pouvais le tuer comme un rien. Nous n'avons, en ce qui nous concerne, aucun élément pour tirer cette affaire au clair ; il est certain, par conséquent, ô mon fils, que tu as rêvé tout cela. Réfléchis-y, sois raisonnable, et fais preuve de perspicacité.

Lune-du-Temps, à ce discours, répondit :

— Ô mon maître et mon père, puisse ton courroux contre moi ne jamais s'apaiser, puissé-je perdre la couronne royale quand elle viendra à m'échoir, si ce que j'ai vu se passait dans un songe ou si j'évoque une vision dénuée de fondement dans la réalité. Écoute-moi, ô mon père, je vais t'informer de tous les détails de ce que j'ai vécu. Ce n'est qu'après m'avoir prêté toute l'attention souhaitable que tu pourras décider et porter ton jugement sur mon témoignage, en y démêlant le vrai du faux. Mais je suis sûr qu'alors ta Majesté conviendra qu'il ne s'agissait pas d'une vision de rêve et que c'était bel et bien une scène de la réalité.

Le prince raconta donc au roi toute son histoire de la nuit avec la belle endormie. Il lui dit comment il l'avait aperçue à ses côtés et comment un amour plus qu'intense pour elle était né dans son cœur, comment il l'avait embrassée, comment il avait voulu la réveiller en la secouant de toutes les manières, mais sans résultat, comment enfin il lui avait passé son anneau et pris le sien en échange. Il termina par cette remarque :

— D'ailleurs, ô roi, si tu ne me crois pas, voici son anneau que je tiens là, et qui porte son nom gravé.

Il présentait l'anneau à son père le sultan, et insistait :

— Regarde-le ! Il faut me croire : ne va pas me soupçonner de folie, ni te fier à ceux qui prétendent que je m'accroche à une vision engendrée par un vain songe !

Le sultan prit donc en main l'anneau, l'examina avec attention, et lut ce qu'il déchiffrait de gravé dans un espace délimité par sept cercles : « Dame Clair-de-Lune ». La stupéfaction l'empêchait de dire quoi que ce fût. Plus il réfléchissait, plus il était obligé d'admettre la version de son fils, quoiqu'il fût incapable de l'expliquer.

Lune-du-Temps regardait son père le sultan et se rendait compte qu'il ajoutait foi, preuve en mains, à la réalité de son récit : au moins, il ne pouvait plus le traiter de menteur désormais. Le prince profita de ce revirement :

— Ô mon père, insista-t-il, l'amour que je voue à cette jeune fille si accomplie règne avec un pouvoir tyrannique en mon cœur, et je ne crois pas pouvoir supporter son absence, ne serait-ce qu'une heure. Je sens ma passion grandir à chaque instant et le monde perdre son intérêt pour moi si elle n'est pas là. Il n'y a qu'avec elle que je puisse trouver le goût de vivre. Je te supplie, ô mon père, de me montrer ta générosité en me donnant cette fille : organise aujourd'hui même mon mariage avec elle, car je ne souffre pas d'être éloigné d'elle plus longtemps.

Pour le sultan, sa religion était faite : il ajoutait foi à tous les dires de son fils. L'anneau l'empêchait, désormais qu'il en avait déchiffré l'inscription, de le prendre pour un menteur. Il le rassura :

— Mon fils, j'ai maintenant une connaissance certaine de tout. Je sais que l'amour pour cette belle est entré en ton cœur, où il commande en maître, et que tu ne peux supporter d'être séparé d'elle ne serait-ce qu'une heure, parce que sa beauté t'a subjugué. Par le Dieu Très-Grand, j'affirme que je ne connais pas cette personne. Je prie le Dieu Très-Grand, par la gloire de Ses prophètes, de Ses serviteurs familiers et de Ses justes parmi Ses créatures de me conduire sur la voie qui mène au lieu où se trouve cette jeune fille. Si je la reconnais aujourd'hui dans les personnes de mon entourage, je m'engage à te la donner immédiatement et sans délai en mariage et, la nuit même qui suivra, à t'introduire chez elle. Là-dessus, tu peux avoir toute certitude et me faire confiance. Quel bonheur ce serait pour moi de la connaître, ô mon fils ! Je n'ai pas de projet qui me tienne plus à cœur que de te la donner en mariage et me réjouir de ta joie.

» Si je trouve la personne en question, ce sera un signe de ma chance, mais comment faire pour arriver jusqu'à elle ? Je suis surpris qu'elle ait pu entrer chez moi à ton insu. Par où a-t-elle bien pu passer ? Comment a-t-elle pu venir dormir chez toi une nuit en tout et pour tout, histoire de te rendre captif de sa beauté et de la perfection de ses formes, puis repartir sans laisser de trace aucune ? Que de questions, ô mon fils ! Et si le Dieu Très-Haut ne nous aide pas à résoudre cette énigme, si les prophètes et les justes parmi Ses créatures ne viennent pas à notre secours pour trouver cette jeune fille et obtenir tous les renseignements dont nous avons besoin sur elle, alors, ô mon fils, il nous faudra traîner notre chagrin jusqu'à la tombe.

Le sultan en avait fini. Il voulut mettre un terme à cette conversation avec son fils, se leva et lui prit la main :

— Quittons ces lieux, mon fils, conclut-il. Peut-être le Dieu Très-Haut nous délivrera-t-il de ce chagrin qui nous accable tous les deux.

Ils quittèrent donc la tour, le père demeurant dans un état pitoyable de tristesse et d'affliction du fait de son fils, et le fils incapable d'appliquer son esprit à quoi que ce fût, si vif était son amour pour sa belle Dame Clair-de-Lune, si profond son désespoir de l'avoir perdue sans que personne eût le moyen de dire en quel lieu, ou au moins en quelle contrée, elle avait porté ses pas.

Ce chagrin et cette inquiétude passaient si bien les limites que Lune-du-Temps en perdit le boire et le manger, et le sommeil aussi. Il gardait le lit, malade, au grand désespoir du sultan qui, déjà défait devant un tel abattement, sentit redoubler son découragement lorsque revinrent bredouilles les messagers qu'il avait envoyés partout, jusque dans les limites les plus reculées du royaume, avec mission de lui amener la jeune fille. Pendant un certain temps, arrivé à l'extrême de la désolation, abîmé dans les profondeurs de la dépression engendrée par le malaise de son fils, il laissa le gouvernement de ses sujets et l'administration de son royaume pour s'aller confiner dans ses appartements, y pleurer des heures entières, et s'abstenir de toute audience ou de tout Conseil.

Un jour que le vizir était près de lui, à tenter de le consoler, la conversation prit ce tour :

— Le peuple de tes sujets, faisait observer le ministre, critique ta conduite. On veut te voir juger les différends, selon ton habitude et selon la coutume des rois. Je propose une solution à mon maître le sultan, qui en décidera comme il lui plaira : puisque tu ne peux te séparer de ton cher Lune-du-Temps, tu n'as qu'à le prendre avec toi et aller t'établir dans le palais qui est hors de la ville, le long du rivage de la mer. Le port y distraira ton fils, qui verra arriver des gens, en partir d'autres ; il y laissera peu à peu le chagrin et l'affliction devant le spectacle de la mer, de la verdure, des arbres et des fleurs qui rendent par là-bas la nature luxuriante.

Le sultan se mit en posture de partir, et se fit accompagner de son fils Lune-du-Temps ainsi que du vizir. Il gagna le palais du rivage de la mer, où il s'établit. Chaque semaine, le lundi et le jeudi, il se rendait de là à la capitale et, dans la salle du Conseil, il présidait la réunion des émirs, des vizirs, des notables, des délégués, puis il disait la justice entre ses sujets. Les autres jours, il restait dans sa villégiature auprès de son fils.

L'état de ce dernier empirait de jour en jour, à mesure que son amour angoissé envahissait davantage son âme. Sa passion le dominait, chaque jour plus tyrannique. Son père tantôt s'efforçait de le consoler, tantôt partageait son abattement et pleurait à le voir en si piteux état. Gloire à Celui qui administre le monde avec sagesse et met en regard de chaque malheur le recours qui convient !

Voilà donc ce qu'il advenait de Lune-du-Temps...

Du côté de Dame Clair-de-Lune, on se souvient que les ifrites Dannhache et Peau-d'Écaille l'avaient transportée dans le palais qu'elle habitait avant la fameuse nuit. Le lendemain matin, elle non plus, en se réveillant, ne trouvait personne à son côté. Elle chercha de toute part afin de retrouver celui qui avait dormi cette nuit-là avec elle, mais en vain : il n'y avait personne dans les parages de sa couche. Il restait à la jeune fille à appeler les servantes : le destin voulut que ce fût précisément sa nourrice qui se présentât, celle qui l'avait allaitée autrefois. Dame Clair-de-Lune lui posa tout de suite la question :

— Le jeune homme de cette nuit, tu sais, celui qui était si beau, celui dont le corps était parfait, où est-il maintenant ? Je dois te dire qu'une si extraordinaire splendeur, je n'en ai point vu de semblable parmi les créatures, et l'amour que je lui voue est entré au plus profond de mon cœur, dans l'intime de mon âme !

— Ô dame mienne, répondit la nourrice, nous ne voyons pas de qui tu veux parler, et n'entendons un traître mot à ton discours. Que t'est-il arrivé, dame mienne, durant la nuit ? Puisse le Nom de Dieu retentir au-dessus de toi !

— Il m'est arrivé ceci : un jeune homme dormait à mes côtés dans mon lit ! C'est mon époux, que dis-je, c'est le sang de mon cœur ! Il n'a pas son pareil sous le rapport de la beauté et des traits et du corps. Tiens, pour le décrire, on ne peut mieux dire que le poète :

Des flots d'azur, que verse l'aurore
dans la coupe du ciel, voilà son regard :
sur ses pommettes se moissonnent les roses,
refleurissant à l'envi, sitôt cueillies.

Si sa chevelure est noire,
semblable à l'épaisse nuit,
sur son front au contraire
éclate la lumière de l'aube.

De toutes les créatures qu'orne la beauté
sans conteste il est le prince ; si jamais
ses sujets venaient à entrer en rébellion
contre lui, ils connaîtraient sa vindicte.

Sur sa vie, il est cher à mon cœur,
et mes yeux le prisent par-dessus tout ;
sur sa vie, je peux jurer que sa vie
n'est que secrets partagés avec chacun.

Toutes les créatures qu'orne la beauté
sont ennoblies par son modèle, lui l'étalon
de toutes les grâces, car elles l'habitent
et l'accompagnent sans le quitter d'un pas.

C'est le faon de la gazelle au pas hésitant.
Il n'a qu'à prendre en sa main un miroir :

celui-ci réfléchira, fidèle et flatteur,
l'absolu de beauté que son rêve y projette.

» Tu m'entends, nourrice ? Voilà quel genre de bien-aimé j'avais cette nuit, qui dormait à mes côtés.

— Par Dieu au-dessus de toi, ô dame mienne, répondit la nourrice, implore la protection du Maître de miséricorde ! Il semble que tu aies vu un songe, ou alors c'est que tu te moques de moi. Que t'est-il arrivé cette nuit ? Que le Nom de Dieu retentisse au-dessus de toi ! Qui serait venu te trouver en ce lieu, quand tu as rempli ton père d'un courroux que justifient et ta rébellion contre lui et ton refus acharné de prendre mari ? Comment peux-tu tenir de pareils propos ? Fais attention si cela arrive à l'oreille des gens, leur opinion sera faite, et ils te tiendront pour une égarée...

Dame Clair-de-Lune ne voulait pas en entendre davantage : rendue furieuse par de telles mises en garde, elle attrapa violemment sa nourrice par les cheveux et cria :

— Ô maudite, je te pose une question ! Je veux savoir ce qu'est devenu le jeune homme qui a dormi dans mon lit avec moi, et tu me traites de menteuse ?

A ce préalable succédèrent les coups : il en plut jusqu'à ce que la jeune fille sentît ses bras s'engourdir de fatigue. La servante se réfugia alors auprès de la sultane, la mère de Dame Clair-de-Lune, pour l'informer de ce qu'elle venait de subir comme mauvais traitements de la part de sa maîtresse : quels tourments la princesse lui avait infligés ! La sultane regardait la domestique : en effet, ces balafres sur son visage causées par des ongles, ces entailles sanguinolentes aux joues, ces cheveux en bataille et qui s'en allaient par touffes inquiétaient la mère, qui ne manqua pas de se convaincre que sa fille était devenue folle ; c'était l'état où se complaisait la jeune fille qui lui avait ôté la raison, la chose était sûre.

Tristesse et stupéfaction se partageaient l'âme de la mère. De son côté, la servante ajoutait :

— Tu n'as qu'à regarder mes blessures, ô dame

mienne, et si tu ne me crois pas, viens avec moi pour constater par toi-même le malheur qui s'est abattu sur ta fille.

La sultane se leva et se laissa emmener par sa servante jusqu'auprès de sa fille, impatiente de voir dans quel état la malheureuse se trouvait et ce qui avait bien pu causer une telle catastrophe. La princesse, à peine vit-elle sa mère arriver, qu'elle se leva en son honneur et se porta à sa rencontre avec toute la courtoisie et le respect dus au rang de sa visiteuse. Celle-ci entama la conversation avec bienveillance, s'enquérant d'abord de la santé de la jeune fille. Clair-de-Lune répondait aux questions de sa mère avec une parfaite politesse, avec amabilité, avec déférence. Alors, elle s'entendit demander :

— Qu'est-ce qui t'est arrivé, ô ma fille ? Pourquoi as-tu battu la servante ? Pourquoi avoir infligé pareils tourments à quelqu'un qui t'a élevée et nourrie, ô mon enfant, et qui n'a pas ménagé sa peine à ton service ? Crois-tu convenable que des fils et des filles de rois se comportent de la sorte ?

— Ô ma mère, répondit la princesse, je sais que tu es venue pour te moquer de moi. Mais j'implore de ta bienveillance, ô ma mère, de m'accorder ce jeune homme qui dormait avec moi cette nuit, et qui a nom Lune-du-Temps. Sans lui, je ne puis trouver le repos, je ne peux ni boire ni manger, je ne peux m'abandonner au sommeil réparateur. Mariez-moi avec lui ! Tu sais, toi, de qui il s'agit : permets-moi, ô ma mère, de pouvoir jeter un regard sur lui...

La sultane répondit à sa fille :

— Tes paroles me plongent dans le désarroi. Crois-moi, je ne sais rien de celui dont tu as prononcé le nom.

— Ma mère, repartit Clair-de-Lune, mon père le sultan et toi, vous le connaissez ! C'est vous-mêmes qui l'avez fait entrer ici : vous vouliez me mettre à l'épreuve, et me voir revenir sur mon refus de me marier. A présent, je consens à prendre un époux, ce jeune homme à qui je voue un amour qui m'est entré au plus profond du cœur. Oui, je veux un époux : lui ! Et si je n'ai pas accepté plus tôt l'idée de me marier, c'est que je ne l'avais pas encore vu. D'ailleurs, si vous ne me le donnez pas, je me tuerai.

En voyant sa fille dans cet état, la sultane préféra aller trouver son mari et l'informer de tout. Le souverain décida alors de se rendre compte personnellement de ce qui arrivait à sa fille Dame Clair-de-Lune, et comment il se faisait qu'elle en était rendue là. Il se présenta donc chez elle et la questionna sur les circonstances qui la conduisaient à parler et à se comporter de la sorte. La princesse répondit :

— Ô mon père, toi que chérit mon cœur, par Dieu au-dessus de toi, pourquoi me poser d'aussi vaines questions, sinon pour me chagriner davantage ? Si tu éprouves de l'affection pour moi, fais la preuve de ta tendresse en me donnant simplement mon accordé, le jeune homme qui a dormi cette nuit dans ma couche.

Ces mots firent sursauter le sultan :

— Que signifient ces paroles ? Qu'entends-je de la bouche de ma propre fille ? Quelqu'un a dormi avec toi ? Qui ? Quel effronté peut te surprendre dans ta propre chambre ?

— A mon tour de m'étonner de ta question... Comme si ton Excellence ne le connaissait pas ! Comme si ce n'était pas toi qui l'avais envoyé, ce jeune homme qui a tout de l'émir, qui est beau et gracieux ! De ma vie, je n'avais vu quelqu'un d'accompli à ce point, quelqu'un qui l'emporte sur lui pour la beauté des traits et du corps, pour la prestance de la stature, pour la grâce innée. Oui, ce ne peut être que lui qui a inspiré ces vers au poète :

Semblable à une apparition,
qui forçait d'admirer :
« Gloire à Dieu, Louange à Dieu,
qui l'a ainsi façonné et formé ! »

Roi de toutes les splendeurs
qui vivent en ce bas monde,
sur toutes il a assis
un pouvoir souverain.

En sa bouche a été versée
une boisson enivrante,
et des perles se sont formées
aux deux coins de ses lèvres.

Il lui est échu, pour lui tout seul,
la totalité des dons de Beauté,
et dépitée, toute la création
soupire et crie vers Dieu.

Beauté a écrit sur le sommet
de sa joue : « Moi, j'atteste
et certifie qu'il n'est de beau
véritablement que lui ! »

Dame Clair-de-Lune se tut un moment, puis reprit :

— Pour moi, ô mon père, je t'adjure, au nom de Dieu, de me permettre de le voir, car je veux l'épouser, et ne veux pas entendre parler d'un autre mari. Si tout ce que je t'ai dit de lui ne suffit pas à te convaincre, sache encore que je n'ai cessé de le remuer, et de le retourner en tout sens pour l'éveiller et lui parler : rien n'y a fait, il est resté endormi. Je lui ai alors baisé les mains et c'est à ce moment-là que j'ai vu mon anneau à son petit doigt. Portant les yeux sur ma propre main, je me suis rendu compte que c'était son anneau que j'avais à mon doigt. Le voici : prends-le, et lis ce qu'il y a de gravé dessus. Peut-être que comme cela, tu n'accuseras plus ta fille de raconter des histoires !

Le père prit l'anneau. En effet, dessus étaient gravés ces mots : « Lune-du-Temps ». Tout indiquait suffisamment que c'était là le bijou d'un homme, mais cela ne chassa pas totalement ses soupçons sur la déraison de sa fille, car il se fiait davantage aux rapports qu'on lui avait faits. De plus, il craignait pour son honneur, et il ne voyait pas d'un bon œil une aliénée en liberté. Aussi prit-il congé, et, à peine revenu dans la salle du Divan, d'où il gouvernait le royaume, donna-t-il l'ordre d'enchaîner sa fille et de lui entraver les pieds. La nourrice qui l'avait allaitée et gardée enfant devait la servir et la surveiller.

Cette décision toutefois n'enchantait pas le roi : sa fille frappée du plus grand malheur, la perte de son bon sens, voilà qui le plongeait dans une affliction telle qu'il ne put bientôt ni manger, ni boire, ni dormir. Malgré son abattement, il concentrait son esprit sur les moyens de la guérir : il eut alors l'idée de réunir ses vizirs, ses hauts fonctionnaires, les notables du royaume, tous les Sages et les lettrés, sans compter ce que le pays comptait de médecins disséminés sur tout le territoire. A ce conseil, il raconta le cas de sa fille, exposant comment elle avait perdu la raison, et promettant à celui qui la guérirait de la lui donner en mariage, et de le prendre officiellement pour son gendre et son successeur sur le trône du royaume. Mais il ajouta cette clause :

— Bien entendu, si quelqu'un vient la trouver mais s'avère incapable de la guérir, il aura la tête immédiatement tranchée.

Il y eut dans l'assemblée un émir qui se leva : il brûlait de convoitise pour le pouvoir suprême et aussi pour la fille du roi, Dame Clair-de-Lune. Versé en sciences et en philosophie, il avait des connaissances approfondies dans les arts de la magie, et ne doutait pas qu'il eût les moyens de rendre la santé à la jeune princesse. Il se présenta donc, proposa ses services au roi et accepta la condition posée : il voulait bien, s'il était admis auprès de la malade pour lui appliquer sa médication et qu'il n'obtînt pas le résultat escompté, avoir la tête tranchée. Le sultan lui confirma en retour que s'il guérissait sa fille, il la lui donnerait en mariage et le ferait l'héritier de son sceptre.

Il l'accompagna lui-même auprès d'elle. Quand les deux hommes entrèrent, ils purent observer qu'elle se voilait le visage en voyant que quelqu'un était avec son père. Elle s'expliqua :

— Je m'étonne, ô mon père, de constater que tu amènes chez moi un homme, un étranger à la maison, quelqu'un qui ne m'est nullement connu. Il n'est pas séant que je lui montre mon visage.

— Ma fille, ne crains rien de cet homme, répondit le sultan. C'est un de mes émirs, il veut obtenir ta main et convoler en justes noces avec toi.

— Mon père, insista la jeune fille, cet étranger n'est pas celui que tu m'as envoyé et qui a dormi près de moi. Vois encore l'anneau dont je t'ai parlé et qui appartient à celui que tu sais. Ne t'irrite pas contre moi, mon père, si je refuse d'épouser l'émir qui est là à tes côtés : je n'ai en vue que l'autre, le beau jeune homme dont je t'ai parlé.

Quand le savant émir, l'expert ès-sciences magiques, entendit ce discours, il ne lui fallut pas longtemps pour comprendre, le premier étonnement passé, qu'elle ne souffrait point d'une autre maladie que la passion pour celui auquel elle venait de faire allusion. Du coup, il se contenta de sortir de la chambre, sans un mot, et sans se livrer à aucune magie sur la jeune fille, ce qui ne fut pas du goût du sultan. Mais à celui-ci, il expliqua :

— Ô sultan, mon maître, c'est là une maladie sur laquelle je n'ai point prise. Et comme ma vie est entre tes mains, tu n'as qu'à faire de moi selon ton bon plaisir.

Le sultan lui fit trancher la tête : il avait dit qu'il lui ferait trancher la tête, on la lui trancha.

Mais cela ne le consolait pas de l'état de sa fille, qui était son unique enfant et qu'il aimait par-dessus tout. Il se plaignait amèrement d'un sort qui ravissait en pure perte toute cette beauté et toute cette grâce, et aurait bien voulu savoir la cause d'un si grand malheur. Aussi redoublait-il d'efforts pour tenter de la guérir : les crieurs publics devaient maintenant annoncer par tout le royaume, dans les contrées les plus éloignées et les pays des sept climats qui étaient sous son autorité et même aux confins de l'empire, que s'il se trouvait des Sages, des magiciens, des lettrés qui eussent le pouvoir de guérir sa fille Dame Clair-de-Lune, ils n'avaient qu'à se présenter devant lui ; que celui d'entre eux qui amènerait sur elle la guérison que le Dieu Très-Haut lui enverrait, premièrement la recevrait en mariage, et puis deviendrait l'héritier du sultan sur le trône ; qu'il ne fallait pas toutefois qu'il entrât auprès d'elle pour exercer en vain son art, sans quoi il aurait la tête tranchée.

C'est ainsi qu'un jour un Persan, magicien et astrologue de son état, vint depuis son pays se présenter au sultan auquel il déclara :

— J'accepte la clause de sa Majesté, dont je vais guérir la fille.

Le sultan l'accompagna lui-même auprès de Dame Clair-de-Lune. Une fois introduit dans la chambre, le magicien commença à sortir son attirail d'astrologue et sa panoplie de magicien ; en même temps, il demandait qu'on lui fît du feu. Dame Clair-de-Lune s'enquit alors :

— Que se passe-t-il ? Que signifie ce laboratoire ? Qui est celui-là ? Que me veut-il ?

On lui répondit que c'était un astrologue et un magicien, qui était venu là à seule fin de chasser le Maudit qui se trouvait dans son cœur. Dame Clair-de-Lune se tourna alors vers le Persan et s'écria :

— C'est toi le maudit ! C'est toi que je chasse d'ici ! Sors de cette chambre où tu n'as rien à faire ! Je ne suis pas folle, c'est toi qui l'es ! Un homme véritablement compétent dans ton art, un homme habile, qui s'y entende et qui aurait voulu me guérir, m'aurait amené le bien-aimé de mon cœur : hors cela, n'espère point de salut pour moi.

— Ô dame mienne, répondit l'astrologue, puisque telle est la cause de ton mal, alors c'est l'affaire de ton père le sultan : crois-moi, personne d'autre ne peut trouver le remède qu'il te faut.

Ayant dit, le Persan ramassa son arsenal et sortit de la pièce ; il portait sur le visage tous les signes de l'angoisse devant une mort imminente, et quand il se présenta devant le sultan, il s'entendit interpeller :

— Alors, as-tu guéri ma fille de sa maladie ? Le bien nous est-il parvenu par ton truchement ?

Il fut bien obligé de répondre :

— Ô toi à qui sont soumis les adorateurs de la Puissance suprême, tu as fait savoir par les crieurs publics et dans tout le royaume que ta fille n'avait plus sa raison. Je peux te dire que cette fille est plus sensée que moi. J'ai cru qu'elle était folle, et voilà pourquoi j'ai voulu la traiter et la guérir : j'ai ce pouvoir, que m'a accordé le Dieu Très-Haut, de réparer ce genre de dommages; encore faut-il que mes patients soient vraiment atteints de démence. Mais, ô sultan, ce n'est pas le cas de ta fille : sa maladie, ce n'est point la folie, mais l'amour, et personne d'autre que toi ne peut la guérir de cette atteinte-là. Fais-la épouser celui qu'elle aime avec une passion qui la tourmente, et tu la verras instantanément guérie.

A ce discours du magicien de la Perse, le sultan sentit en lui monter la colère et, plein de courroux, donna l'ordre de trancher la tête du charlatan. Après cet épisode, d'autres suivirent, semblables : chaque jour se présentait devant lui un homme, poussé par la convoitise, qui s'offrait pour guérir la jeune fille, l'épouser et postuler à la succession du roi. A peine le téméraire était-il introduit auprès de la princesse que, la voyant dans l'état où elle était, il s'abstenait de tout traitement et quittait la pièce. Du coup, sa tête tombait sur l'ordre du sultan.

On ne comptait plus les têtes coupées dans la population des astrologues et des magiciens aussi bien que dans celle des maîtres lettrés. On les exposait à la porte de la ville, si bien qu'on sut assez vite que personne n'était capable d'apporter la guérison à la princesse.

Cependant, la nourrice qui avait allaité et élevé Dame Clair-de-Lune avait un fils, du nom d'Aladin, « Gloire de la Religion ». C'était le frère de lait de la princesse, et il avait grandi en compagnie de la fille du roi dont on s'était occupé en même temps que lui. Entre ces deux compagnons, dont l'intimité remontait à la plus tendre enfance, existaient des liens très forts d'affection. Mais à l'âge de quatorze ans, le garçon était parti ; épris de sciences, il étudia et apprit toutes celles qui étaient enseignées dans son pays. Quand il en eut fini, il chercha à approfondir son savoir dans des disciplines que ne professaient pas de maîtres attitrés dans le royaume, comme la connaissance de la sphère céleste et des étoiles, l'arithmétique, l'algèbre, la géomancie. Il partit donc pour l'étranger, voyagea dans des pays lointains, qu'il parcourut les uns après les autres, et finalement, il eut bientôt fait le tour du monde, n'évitant aucun pays où s'enseignait quelque chose dont il pût faire son profit.

Aladin ne regagna son pays que beaucoup plus tard, après avoir tourné partout, augmenté son savoir, et obtenu toute la science qu'il souhaitait. Il arrivait dans la ville de son enfance quand il porta les yeux sur cette poterne où étaient exhibées des têtes de fils d'Adam. La chose l'étonna énormément. Avisant un vieillard tout auprès, il lui demanda le pourquoi d'une telle exposition. Pour toute réponse, le vieillard prononça ces mots :

— Mon enfant, dans notre pays, l'okke (1) de viande se vend à cinq pièces d'argent et la fine farine à deux.

Visiblement, l'homme ne voulait rien dire concernant la fille du sultan, la fameuse Dame Clair-de-Lune, car il pensait : « C'est un étranger ; il suffirait que je l'informe pour qu'il convoite la récompense promise à qui guérira la fille du sultan et sa tête volera, elle aussi. » Il préféra donc passer sous silence ce qu'il savait, à seule fin d'épargner au nouveau venu le sort des malheureux prétendants.

Laissant le vieillard, Aladin poursuivit son chemin. Il se promit de demander à sa mère de l'informer et ajouta pour lui-même : « Elle le fera certainement. » Chemin faisant, il était arrivé au palais qui était la résidence officielle du sultan. Il envoya immédiatement quelqu'un avertir sa mère de son arrivée : le messager devait aller trouver la nourrice de la princesse Dame Clair-de-Lune et lui transmettre le désir de son fils de la voir.

La nourrice fut bientôt là : elle salua son fils et le serra dans ses bras. Au bout d'un moment, Aladin voulut savoir pour quelle raison l'on avait accroché tant de têtes à la porte de la ville. Alors la mère raconta toute l'histoire de Dame Clair-de-Lune.

— J'aimerais tant, demanda le fils, que tu m'intro-

(1) Unité de poids : environ une demi-livre.

duises auprès de ma sœur ! J'ai tellement envie de la voir ! Voilà si longtemps que je voyage au loin ! Mais, je te prie, peux-tu faire en sorte que personne ne soupçonne ma visite ?

La nourrice s'en retourna aussitôt informer Dame Clair-de-Lune du projet de son fils :

— Il y a là ton frère Aladin, qui éprouve l'intense désir de te rencontrer après sa longue absence, et qui demande à te voir.

La princesse se réjouit de la nouvelle du retour de son frère de lait, et recommanda à la mère :

— Va le chercher sans tarder ! Moi aussi, j'ai tellement hâte de retrouver mon frère !

Pour aller chercher son fils, la nourrice prit la précaution d'emporter avec elle des vêtements de femme. Elle déguisa le jeune homme et c'est seulement quand il fut méconnaissable qu'elle l'introduisit dans les appartements de Dame Clair-de-Lune. La jeune fille éprouva une immense joie à le revoir, et elle lui dit :

— Enlève ce voile, ô mon frère ! ce voile qui cache ton visage, car le Dieu Très-Haut n'a pas voulu que fût illicite le regard d'un frère sur les traits de sa sœur. Ne suis-je pas ta sœur, et n'es-tu pas mon frère ?

Aladin ôta le voile qui le masquait aux regards et s'assit pour converser avec sa sœur de lait. Dame Clair-de-Lune lui demandait des renseignements sur son voyage, sur les pays qu'il avait vus...

— Ô ma sœur, lui répondit-il, ces sujets-là peuvent attendre. Donne-moi plutôt de tes nouvelles, car j'en ai manqué : je n'ai pu m'occuper, durant tout ce séjour à l'étranger, que d'approfondir mes savoirs et d'acquérir le plus possible de connaissances nouvelles.

Il sortait de ses poches un livre et quelques instruments qu'il voulait lui montrer, mais Dame Clair-de-Lune se mit à rire et à se moquer :

— Ne fais pas le sot comme les autres, ô mon frère Aladin ; si tu crois qu'on m'a jeté un sort ou que j'ai perdu l'esprit, comme on te l'a raconté, sache qu'il n'en est rien. Et puisque j'ai confiance en ton intelligence et ton savoir, je vais te mettre au courant de ce qui m'est arrivé.

Elle lui raconta tout. Aladin écoutait les explications de sa sœur de lait ; il regarda bien l'anneau, avec toute l'attention possible, en lut l'inscription qui y était gravée, le tourna et le retourna, puis il rassura Dame Clair-de-Lune :

— Ma sœur, j'ai maintenant la conviction que tes propos sont conformes à ce qui s'est passé dans les faits. J'ai dans l'idée que celui à qui appartient cet anneau ne tardera pas à venir dans ce pays. Découvrir le mot de cette énigme afin de te délivrer de ce mal que tu ressens est la tâche du Dieu Très-Haut, désormais, et je m'emploierai à Le seconder. N'aie aucun souci, ma sœur, prends ton mal en patience sans t'affliger : je ne te demande que le temps nécessaire pour accomplir un voyage dans les différents pays où je pourrais rencontrer ce jeune homme.

» J'espère que Dieu Très-Grand, Ses prophètes, Ses serviteurs et Ses justes parmi Ses créatures m'aideront à le trouver. Je connais tous les royaumes, sauf un où jusqu'à présent je n'ai pas été (1) : c'est là, à mon avis, que le bien-aimé de ton cœur réside. Avec la permission du Dieu Très-Haut, je te le ramènerai sous peu. Mais ce que je voudrais d'abord de toi, c'est que tu prennes patience, que tu déposes ce chagrin, cet abattement, cette affliction qui se sont emparés de toi : il y va de ta vie. Ne prends en considération que ceci : ton bien-aimé est dans le même état que toi, sinon pire. Il se peut même que le chagrin qui l'abat et le rend malade représente pour lui une torture plus grande encore. Il faut que tu ne craignes rien, et alors j'espère qu'avec l'appui du Dieu Très-Haut, je ne reviendrai ici qu'accompagné du jeune homme que ton cœur convoite.

Là-dessus, Aladin fit ses adieux à la princesse et partit pour son voyage, parcourant les lieues et les contrées comme s'il enroulait une toile de lin sur un bâton. Il

(1) Aladin, en bon psychologue, dit cela pour rassurer la jeune fille. Il faut d'abord qu'elle reprenne espoir.

allait, la main du Maître de miséricorde étendue sur lui, les jours succédant aux nuits, et les nuits succédant aux jours. Que de royaumes il vit, que de contrées il traversa sous les sept climats, que de pays il arpenta ! Nulle part, il n'entendait autre chose que l'histoire de Dame Clair-de-Lune.

Il ne cessait de se rendre d'un lieu à l'autre, d'une région des sept climats à l'autre, d'un royaume à l'autre, tant et si bien qu'à la fin il entra dans la ville où il avait appris les diverses sciences qu'il possédait. Là, il rendit visite à son maître, qu'il mit au courant des raisons de son voyage. C'était un dénommé al-Qounbousse, à l'esprit savant, un érudit. Aladin se reposa quelque temps chez lui de ses fatigues, après quoi, sur le point de se remettre en route pour d'autres contrées encore plus éloignées, il prit congé de lui, soucieux de continuer dans sa quête ; mais auparavant il tenait à savoir ce que son maître pensait de tout cela. La réponse ne se fit point attendre :

— Ô Aladin, apprends qu'il y a peu, un derviche qui passait par notre ville descendit chez moi et demeura environ un mois sous mon toit. Il était originaire de la région de l'Irâq. Il me parla du fils du sultan de ce pays, un certain Lune-du-Temps, qui passait pour fou, un jeune homme qui pourtant était le mieux fait parmi toutes les créatures, un garçon distingué, qui avait tout pour plaire. Et si on le tenait pour fou, c'était parce qu'il prétendait que chez lui avait passé la nuit une jeune fille de toute beauté, jamais surpassée sous ce rapport, et insurpassable aussi. Donc, la jeune fille avait dormi chez lui, mais voilà qu'au matin, toujours selon le jeune homme, il ne l'avait pas trouvée à ses côtés. Cette histoire l'avait rendu malade ; enfin il affirmait qu'il avait procédé avec elle à un échange d'anneaux, lui remettant le sien contre celui qu'elle portait.

» Il y a justement au port un navire qui se prépare à appareiller pour la capitale du sultan de l'Irâq. C'est à cet endroit et à cet endroit seulement que tu pourras trouver la solution de ton affaire. Va donc trouver le capitaine de ce navire et fais-toi embarquer afin de te rendre là-bas avec l'équipage.

A ce récit qu'il entendait de la bouche de son maître, Aladin ne se sentait plus de joie. Pour sûr, ses recherches allaient aboutir ! Il se hâta de faire ses préparatifs pour un voyage en mer, s'entendit avec le capitaine du navire et se fit embarquer.

Le second jour, le vent étant favorable, toutes voiles déployées, on voguait vers les îles qui jalonnent la route de l'Irâq. Le vent souffla sans relâche, et le navire gardait sans lutter le bon cap, fendant si vite les flots qu'on ne pouvait que penser à ce qu'en dit le poète :

Vois, pour le plaisir de tes yeux,
ce navire qui fend l'onde la nuit :
ne dirait-on pas le rapide éclair
quand il déchire un ciel d'orage ?

Il est comme une frégate altérée,
fondant du plus haut de l'éther,
pour venir à la surface des ondes
prendre de quoi étancher sa soif.

La route fut bonne jusqu'à l'arrivée dans les parages du port de destination. Mais là, une tornade prit le bâtiment dans son tourbillon, et la tempête le jeta sur une roche où il se brisa en éclats. Parmi les passagers, il y en eut pour avoir la vie sauve, et d'autres qui périrent noyés, car l'âge autorisé à chacun pour durer en ce monde est assigné d'avance.

Or, le sultan de la contrée avait assisté au naufrage du haut de la fenêtre de son palais. Apercevant Aladin qui se débattait dans les flots et luttait avec acharnement contre l'engloutissement, il le suivit du regard et assista à sa délivrance, que permit le Dieu Très-Haut. Il demanda alors à son vizir de faire venir l'étranger ; sur quoi le ministre s'en alla prendre des vêtements secs, courut à la plage et ordonna à Aladin :

— Jeune homme, prends ces habits et les revêts dans

l'instant, car le sultan te les envoie : il t'a vu sortir de l'eau et ainsi échapper à la noyade ; il s'est apitoyé sur ton sort et te demande de t'habiller pour aller te présenter devant lui.

Aladin fit comme on lui disait et il accompagna le vizir auprès du sultan.

Lorsqu'il se vit en face du souverain, le jeune homme fit les compliments d'usage, prononça ses invocations à Dieu en faveur de sa Majesté, lui souhaitant puissance, richesses permanentes et longue vie. Le roi répondit aux salutations d'Aladin, lui souhaita la bienvenue et le félicita de son éloquence nette et concise. En conversant avec lui, il se rendit compte qu'il avait affaire à un homme d'éducation et d'esprit, qui de surcroît avait de l'érudition : il ne lui échappa point qu'Aladin s'était adonné à l'étude de nombreuses sciences, sans compter l'expérience qu'il avait acquise pour le reste. Il lui fit alors cette remarque :

— Jeune homme, à t'écouter, je ne peux que me confirmer dans l'opinion que tu es issu d'un milieu de haut parage, que ton instruction est grande, et qu'il y a peu de disciplines que n'embrasse point ton esprit curieux. Je me demande si, dans les études que tu as faites, tu n'aurais point appris comment guérir un homme atteint d'un mal mystérieux et caché. Tous les sujets de ce royaume, à commencer par celui qui préside à leur gouvernement, se font un grand souci pour lui.

— Ô sultan notre maître, où est cet homme ? demanda Aladin. Et qu'est-ce qui le fait ainsi souffrir ?

Le sultan raconta toute l'histoire de son fils Lune-du-Temps en présentant les événements dans leur déroulement rigoureux. Ce récit remplissait Aladin d'une grande joie, qui lui fit annoncer au sultan :

— Ô mon maître, que ta bienveillance aille jusqu'à me permettre de voir ce malade. Et peut-être alors Dieu par mon entremise le guérira-t-il, qui sait ?

Aladin n'avait point d'autre désir, en effet. Mais le sultan lui demanda d'abord :

— Qui es-tu ? Et d'où viens-tu ?

Le jeune homme lui cita le nom de la ville où il était

né, l'informa des longs séjours qu'il avait faits à l'étranger pour apprendre les différentes sciences et y acquérir la maîtrise de la sagesse. Le sultan se réjouit d'entendre les détails de cette carrière : il en augurait les meilleurs auspices pour la guérison de son fils Lune-du-Temps.

Quittant son siège, il prit Aladin par la main et l'introduisit auprès du malade. En voyant le prince Lune-du-Temps ainsi étendu sur sa couche de souffrance, le voyageur ressentit de la pitié et, lui prenant la main, il lui déclara tout de go :

— En vérité, ô mon maître Lune-du-Temps, il m'apparaît que tu ressembles fort à Dame Clair-de-Lune…

Ces mots firent réagir le malade, qui ouvrit les yeux et sentit sa poitrine se gonfler. Puis le jeune Aladin put l'entendre dire :

— Viens ici plus près, ô médecin.

Mais Aladin savait comment il faut en user avec de royaux personnages : il fit au prince les souhaits d'usage, et invoqua les faveurs de Dieu sur lui en ayant recours aux expressions les plus adaptées. Alors Lune-du-Temps, se retournant vers son père, lui fit cette confidence :

— Si ma guérison n'est pas obtenue par l'entremise de cet homme, c'est qu'elle ne se produira jamais et que je dois mourir de mon mal. Personne en effet ne s'entendra après lui à me soigner.

Aladin demanda alors au roi la permission de parler sans témoin à son fils Lune-du-Temps. Le sultan obtempéra sur-le-champ, emmenant avec lui hors de la chambre tous ceux qui s'y trouvaient. Il se réjouissait déjà, tout content d'avoir aperçu les signes avant-coureurs de la guérison illuminer, dès l'entrée du voyageur à son chevet, les traits du prince malade. Aussi ne se fit-il pas prier outre mesure pour quitter la pièce en y laissant les deux jeunes gens : il en profita pour aller s'asseoir avec son vizir à la fenêtre de la galerie qui ouvrait sur la mer.

Demeuré seul avec Aladin, Lune-du-Temps lui prit la main et le fit asseoir près de lui, lui demandant :

— Qui es-tu ? Quel est ton pays ?

Aladin lui déclina son nom et lui indiqua de quel royaume il était originaire. Puis il ajouta :

— Je ne suis pas venu ici pour répondre à de telles questions. Au reste, tu n'as pas besoin de ruminer le passé et de livrer ton âme à l'angoisse : songe que je suis à ta recherche depuis je ne sais combien de temps, à parcourir les pays, les régions des sept climats et les autres royaumes. Sache que celle qui te cause du souci et qui est à l'origine de ton mal souffre d'un mal plus grave encore que le tien : son nom est Dame Clair-de-Lune, fille du roi Jaloux, maître de la Chine, des Îles et des sept Mers.

A ces mots d'Aladin, Lune-du-Temps ne put que le serrer dans ses bras et le tenir longuement contre lui :

— A présent, me voilà guéri ! déclara-t-il.

Mais Aladin continua de lui donner des détails sur la maladie de Dame Clair-de-Lune et lui raconta également l'histoire des astrologues, des magiciens, des maîtres ès-sciences, tous décapités, sans compter les émirs et autres de la même farine, dont aucun n'avait pu obtenir la guérison de la princesse.

— Maintenant, ajouta-t-il, une page est tournée pour toi : tu dois agir, en sachant que le succès de l'affaire dépend de toi. Lève-toi, rassemble ton courage, abandonne tes idées noires. Au travail !

— Que faut-il faire, présentement ? demanda Lune-du-Temps.

— En premier lieu, déposer cette langueur et ces sentiments qui l'accompagnent, de mélancolie et d'angoisse. Pendant quinze jours, il te faudra sortir, pour te fortifier, et, quand ta santé sera revenue, te préparer à entreprendre un voyage.

— Comment partir ? Par quels moyens quitter le pays ? Tu sais que mon père ne me donnera jamais l'autorisation d'entreprendre un voyage : il n'a pas d'autre enfant que moi, et il ne peut rester un seul moment sans me voir, avec toute l'affection qu'il me voue.

— Ne te soucie pas de cela. Rien n'est plus facile à

surmonter, et pour moi j'en fais mon affaire. Non, la seule chose qui compte, c'est ce que je t'ai dit : lève-toi, prends ton courage à deux mains, mange et bois, donne-toi de l'exercice, chasse l'inquiétude et la morosité, détends-toi, ne pense à rien. Quand ton père te verra sur cette voie, il ne pourra que se réjouir de ce mieux, et savourera son bonheur de te voir guéri et plein d'allant. Tu lui demanderas alors la permission d'aller à la chasse, de faire des randonnées à la campagne afin de changer d'air ; mais cela ne se fera qu'après quelques jours, comme je te l'ai dit, lorsque tu auras suffisamment d'initiative, de courage, de force et de santé. Ton père ne pourra pas te refuser la permission demandée, tellement il sera content de te voir rétabli.

» C'est alors que tous les deux, nous sortirons, en tête à tête, sans compagnons, montés chacun sur un cheval de race. Nantis de l'autorisation royale de nous absenter trois jours, nous nous mettrons en route pour entreprendre notre voyage. Cette ruse et les dispositions que nous aurons prises à l'avance nous faciliteront, je te le répète, notre départ.

Lune-du-Temps se réjouit d'entendre ce plan, qu'il suivit aussitôt à la lettre en ce qui le concernait : il quitta le lit, reprit le goût de la nourriture et de la boisson, et on le vit abandonner ses dispositions mélancoliques au profit d'un entrain dû à un nouveau courage. C'était le père qui était content ! Il faillit s'envoler de joie en constatant que son fils Lune-du-Temps allait mieux, et qu'il était pour ainsi dire délivré de la maladie qui l'avait tenu si longtemps sous sa coupe.

Au bout de quelques jours, Lune-du-Temps demanda à son père le sultan l'autorisation d'aller à la chasse. Son absence devait durer trois jours, disait-il. Le sultan, de son côté, tout entier à sa joie de voir les résultats d'une telle cure, et son fils sur ses pieds, en bonne santé, avait organisé de grandes réjouissances dans son royaume à cette occasion, sans oublier Aladin qu'il avait comblé de bienfaits et auquel il manifestait les plus vives marques d'amitié. En entendant son fils parler d'aller chasser, il ordonna sur-le-champ de tout préparer pour la partie de chasse de Lune-du-Temps.

— Mon père, ajouta alors le prince, je ne souhaite personne pour m'accompagner. Je serais content de rester seul avec Aladin pour respirer le bon air. Je sais que tu as confiance en cet homme, par l'entremise de qui le Dieu Très-Haut m'a guéri, et que tu le trouves prudent et avisé comme personne de nos contemporains.

— Mon fils, à ta guise, acquiesça le sultan.

Aladin fut convoqué :

— La seule recommandation que j'aie à te faire, lui dit le sultan, est que tu veilles avec le plus grand soin sur mon fils Lune-du-Temps. Je t'ai élevé au rang de frère pour ce prince, et je t'ai fait confiance. Vous partirez seuls tous les deux à la chasse.

Aladin répondit au souverain par toutes les formules habituelles, exprima les souhaits qu'il fallait, et sortit du palais pour rejoindre Lune-du-Temps. Les deux jeunes gens se mirent en posture de prendre la route : ils avaient rassemblé tout le nécessaire pour le voyage, et il ne leur restait plus qu'à se procurer deux chevaux chacun, l'une des deux bêtes devant servir à porter les bagages. Ils quittèrent la ville, escortés par deux domestiques.

Traversant déserts et plaines incultes, nos voyageurs n'arrêtèrent leur course que lorsque l'obscurité les enveloppa. Ils entrèrent alors dans une auberge de muletiers pour y passer la nuit, et s'y reposèrent un peu. Mais à la minuit, Aladin se releva, fit signe à Lune-du-Temps qu'il emmena à l'écart des domestiques de leur escorte : là, il prit le costume du prince qu'il donna à l'un des muletiers ; en échange, il habilla le prince des vêtements du muletier. Cependant la chemise de Lune-du-Temps, il la garda avec lui. Puis tous deux repartirent et, au bout d'une nouvelle course, arrivèrent dans une prairie couverte d'arbres et où coulaient des eaux vives. C'était un carrefour d'où partaient des chemins conduisant à différentes contrées. Ils attendirent le jour à cet endroit ; au matin, Aladin dit à Lune-du-Temps :

— Reste ici quelques instants sans bouger. Je reviens tout de suite.

La chemise du prince à la main, il entra sous la futaie, tenant en bride un des deux chevaux. Là, il tua l'animal d'un seul coup de sabre, l'équarrit en deux tronçons prit la chemise qu'il aspergea du sang de la bête puis abandonna le vêtement sur le bord du chemin. Lune-du-Temps demanda à son compagnon ce qu'il faisait là.

— C'est simple, lui répondit Aladin : le sultan ton père, ne te voyant pas revenir au bout de trois jours, enverra des chevaliers à ta recherche. Pendant ce temps, les domestiques qui étaient partis avec nous mais que nous avons laissés à l'auberge s'empresseront, sitôt notre absence constatée, d'aller informer ton père de ta disparition et lui indiqueront la route que tu as prise. Il les enverra à notre recherche en compagnie d'une patrouille montée et de chevaliers. Arrivés ici, tous déduiront, de ta chemise tachée de sang, qu'une bête féroce t'aura dévoré. Ils ramasseront la pièce à conviction et repartiront par le même chemin. C'est alors que nous, tranquillement, nous pourrons continuer notre route, sûrs de ne pas être poursuivis et rejoints par les soldats de ton père, qui sans cela nous ramèneraient de force au palais.

» Je sais bien, ô mon maître Lune-du-Temps, que cette perte plongera ton père le sultan et tous ses sujets dans le plus profond chagrin, mais c'est là notre seule échappatoire. Après quelque temps, en apprenant que tu es encore en vie et en bonne santé, ils verront leur tristesse se changer en une grande joie.

Lune-du-Temps, à l'annonce d'une ruse si bien ourdie, pesa un moment le pour et le contre, mais conclut :

— Quelle astuce est la tienne, ô Aladin ! Quel prodige d'habileté tu fais ! Vrai, personne ne t'égale quand il s'agit de dénouer un écheveau d'embarras !

Ils continuèrent leur voyage à travers monts, steppes et déserts, jusqu'au moment où ils arrivèrent dans la capitale du royaume de Chine, où le sultan siégeait avec son gouvernement. Là, ils descendirent au caravansérail des étrangers et se reposèrent trois jours. Aladin en profita pour préparer un déguisement d'astrologue, qu'il assortit de tous les instruments nécessaires à l'étude de la voûte céleste et des astres qui l'habitent.

Au bout des trois jours, les deux jeunes gens se rendirent ensemble au bain public, où l'eau chaude les débarrassa de leurs impuretés, après quoi Aladin revêtit son compagnon du costume d'astrologue qu'il s'était procuré. Ensemble, ils prirent le chemin du palais du sultan. Comme ils approchaient, Aladin s'éclipsa un instant : il souhaitait d'abord revoir sa mère, et lui apprendre qu'il était revenu de voyage. Celle-ci vint à sa rencontre, le salua et le serra longuement dans ses bras. Après ces retrouvailles, Aladin écrivit un billet à Dame Clair-de-Lune, lui faisant savoir que les difficultés où elle s'était débattue jusqu'ici avaient trouvé leur solution, et remit le mot à sa mère pour qu'elle le fît parvenir à la princesse.

La nourrice s'acquitta immédiatement de la commission qu'elle avait pour la princesse. En même temps, elle lui annonçait le retour de son fils : Dame Clair-de-Lune, en déchiffrant le contenu du billet et en comprenant que le bien-aimé de son cœur était dans la ville, manqua s'évanouir de joie, tant son cœur bondissait.

De son côté, Lune-du-Temps, qui avait reçu d'Aladin les instructions nécessaires pour contrefaire les astrologues, avait appris à mimer son rôle en comportement et en paroles, sans oublier la réclame qu'il devait faire, comme eux, en déambulant par les rues. Comme il arrivait devant le palais, il fit le tour du bâtiment et, enflant sa voix autant qu'il pouvait, se mit à crier :

— Je suis l'astrologue des astrologues ! C'est moi qui sais le mieux observer la voûte céleste ! Je suis le Sage ! C'est moi qui traite toutes les maladies ! Je suis le médecin des médecins ! Et aujourd'hui me voici dans votre ville ! J'y suis venu pour m'occuper de la fille du sultan et la guérir de sa maladie ! Et si je ne la guéris pas, je veux bien que le sultan verse mon sang !

En l'entendant proférer publiquement son éloge crié, les gens se demandaient :

— Mais quel est ce fou, qui n'a pas entendu parler de ce qui est arrivé aux autres ?

Et ils s'attroupaient autour de lui, en bons badauds, depuis longtemps sevrés de volontaires dévoués à la cause de la fille du sultan, et frustrés aussi bien de sages que d'astrologues. Mais l'aspect physique de Lune-du-Temps, avec la beauté de son corps et de ses traits, les influença : pleins de pitié pour un homme si accompli, ils lui conseillaient déjà de renoncer à son projet. Lune-du-Temps y restait cependant indifférent et continuait de plus belle :

— Je suis le sage des sages ! Je suis l'astrologue des astrologues ! C'est moi qui sait le mieux observer la voûte céleste ! Et aujourd'hui me voici dans votre ville ! J'y suis venu pour guérir de sa maladie Dame Clair-de-Lune, la fille du sultan !...

Le sultan entendit ; il le fit comparaître, lui posant la condition habituelle : si sa fille guérissait par son entremise, puisqu'il se présentait pour la soigner, il l'aurait en mariage ; si au contraire son art et son habileté étaient déployés en vain, il aurait la tête tranchée. Lune-du-Temps accepta cette clause, et le sultan le fit introduire auprès de sa fille.

Tandis que le faux mage suivait le domestique jusqu'à la chambre de Dame Clair-de-Lune, le sultan se désola de voir l'homme qui sortait de chez lui, si jeune, si accompli en grâce et en beauté, courir à une mort certaine. Le cœur du souverain avait été conquis par l'astrologue, et, pour la première fois, il s'attendrissait sur un destin funeste, alors qu'il avait ressenti jusque-là d'une âme tout à fait égale d'avoir mis à mort les précédents. De son côté, le jeune homme se pressait d'arriver dans les appartements de Dame Clair-de-Lune, et l'esclave qui lui ouvrait le chemin en fut fort surpris :

— Qu'as-tu donc, malheureux, à hâter le pas ? Ne sais-tu pas que tu te diriges vers ton rendez-vous avec la mort ? Prends ton temps, fais moins vite...

Enfin Lune-du-Temps était arrivé, ce qu'il avait peine à croire, mais en tout cas Dame Clair-de-Lune était à sa portée. Il interpella le domestique :

— Crois-tu que je sois de la même trempe que ceux dont la tête a volé ? Eux, oui, les malheureux, ils pouvaient bien arriver devant les appartements de la princesse dans cet état indécis où la mort le dispute à la vie, incertains qu'ils étaient de pouvoir la guérir : ils tremblaient, et l'angoisse de mourir les avait saisis. Mais moi, qui sais ce que je vaux, aussi bien par l'étendue de mon savoir que par la force de mon raisonnement ou l'habileté de ma pratique, je n'ai pas fait tout ce chemin pour rien. Je n'éprouve d'autre sentiment qu'une absolue confiance en moi ; oui, je sais bien qu'avec la permission du Dieu Très-Haut, je guérirai la princesse Clair-de-Lune ! Voilà pourquoi j'ai hâte d'arriver chez elle !

Comme ils s'approchaient de la retraite de la princesse, Lune-du-Temps lança encore, à l'adresse de celui qui l'escortait :

— Tiens, je vais te donner une preuve du point de perfection de mon art, du degré d'étendue de mes connaissances, et de la solidité de mon raisonnement. C'est juste pour que tu constates la différence entre moi et ceux qu'on a mis à mort... Choisis : veux-tu que je guérisse la princesse à distance, sans que nous nous voyions l'un l'autre, ou préfères-tu que je me tienne près d'elle, pour la soigner face à face ?

— Ô mon maître, répondit le domestique, contente-toi de la guérir sans ménager tes efforts, que ce soit à distance ou en face à face. Cela suffirait, indépendamment de la manière, à t'assurer du renom, et même à suffisance, non seulement dans ce pays, mais dans maintes contrées étrangères.

— Dans ces conditions, reprit Lune-du-Temps, je ne m'occuperai d'elle qu'à distance et je la soignerai de loin, à l'aveugle. Ainsi tu te feras une petite idée de ce que c'est qu'un sage digne de ce nom, doublé d'un astrologue dont on parle quelque peu !

Joignant le geste à la parole, Lune-du-Temps prit une plume et de l'encre, puis jeta ces mots sur une feuille de papier :

« Ô Dame Clair-de-Lune, ma bien-aimée, pourquoi es-tu partie, abandonnant ton amant Lune-du-Temps ? Depuis que tu l'as quitté, la nourriture pour lui n'a plus de goût, non plus que la boisson, et le sommeil ne lui apporte pas le repos : voilà le tableau de sa séparation d'avec toi. Quelle nuit glorieuse, quelle nuit de bonheur ce sera, celle où nous nous retrouverons unis, sang de mon cœur ! Tu trouveras ici ton anneau, celui-là même que j'ai pris à ton doigt au cours de la nuit qu'en tout bien tout honneur tu passas à mon côté. Ce n'est pas que je me sois privé alors de tout mettre en œuvre pour te tirer du sommeil où ton âme était plongée ! Mais de guerre lasse, j'ai renoncé à te déranger davantage ; je me suis contenté de prendre à ton doigt l'anneau que tu portais, et de le remplacer par le mien ; ainsi je laissais au moins un signe de ce pacte que l'amour avait fait naître entre nous. Tiens compte de ces lieues et de ces lieues que j'ai parcourues, de ces dangers et de ces dangers que j'ai affrontés, au risque de ma vie, pour contempler tes beaux yeux. Je ne le regrette pas : ma vie est entre tes mains et ma mort aussi. Reprends maintenant ton anneau et renvoie-moi le mien ! »

Après quoi, Lune-du-Temps plaça l'anneau de Dame Clair-de-Lune à l'intérieur de la feuille qu'il replia et remit au domestique. Celui-ci s'acquitta de la mission qui lui avait été confiée : dès que la princesse vit le billet et sa signature, « Lune-du-Temps », dès qu'elle trouva l'anneau, elle bondit sur ses pieds, fit sauter les liens qui l'entravaient et courut se jeter dans les bras du jeune homme. Lui la serra un long moment sur son cœur, et dans cette posture, on pouvait croire qu'ils étaient tous deux en pâmoison, tant leur joie était intense. Au bout d'un moment, les domestiques vinrent reprendre la princesse ; ils devaient la reconduire dans sa chambre. De là, la jeune fille fit parvenir sa bague à Lune-du-Temps ; puis elle revêtit une élégante robe et fit venir une camériste qui lui arrangea les cheveux : je laisse à penser la joie qui accompagnait tous ces préparatifs.

Le domestique qui avait escorté le pseudo-astrologue n'attendit pas la suite des événements pour aller annoncer séance tenante la bonne nouvelle au sultan. Il lui tint ces propros :

— Il faut que je te dise, ô mon maître, que tous les astrologues que nous avons reçus jusqu'à présent étaient des charlatans, des incapables, qui ont bien mérité le sort qui leur a été réservé. Mais le dernier, ce jeune homme qui est encore ici, ça, c'est un sage qui s'y entend et un astrologue digne de ce nom ! Rends-toi compte : sans voir ta fille, sans lui faire quoi que ce soit, figure-toi qu'il l'a soignée, et qu'elle va bien !

Puis il passa aux détails de l'histoire. Il raconta tout : comment l'astrologue avait écrit un billet pour la princesse, comment la princesse avait reçu le billet, comment elle s'était alors levée de sa couche pour aller enlacer le mage, comment elle avait marché bien comme il faut ; enfin, bref, elle était guérie...

A cette nouvelle, le sultan, que la joie faisait voler, se précipita auprès de sa fille Dame Clair-de-Lune. Il la trouva assise à sa toilette, l'air ravi, en train de se parer et de veiller aux derniers détails de sa tenue. En apercevant son père, elle se leva pour marcher à sa rencontre et aller lui baiser la main. Alors le sultan la prit sur ses genoux et se mit à l'embrasser et à la caresser.

A Lune-du-Temps, il décerna les plus chaudes accolades, puis il prit la main de sa fille, qu'il mit dans celle du prince, en faisant cette déclaration :

— Jeune homme, tu as mérité de garder pour toi Dame Clair-de-Lune. Du reste, je te soupçonne, ô mon fils, de n'être point celui que tu veux qu'on croie, et je me demande si ton déguisement ne te sert pas surtout à dissimuler ton véritable état...

En entendant cette dernière remarque, Lune-du-Temps fit les invocations d'usage pour le sultan, le remercia, puis ajouta :

— En effet, ô roi, je ne suis ni mage ni astrologue, et je n'ai rien à voir avec cet art. La ruse seule m'a inspiré l'idée de revêtir ce déguisement : je voulais, par ce moyen, bénéficier de l'honneur de servir ton Excellence, guérir ta fille, devenir le gendre et l'alliée de ta Hautesse. Mais, en réalité, je suis le fils du sultan de l'Irâq...

Après ce préambule, il informa le sultan des détails de son histoire avec Dame Clair-de-Lune : comment elle avait dormi chez lui, comme il avait pris l'anneau de la visiteuse qu'il avait échangé contre le sien, comment en se levant le lendemain matin, il n'avait plus trouvé la jeune fille à son côté. Il lui dit aussi ce qu'il avait souffert depuis sa séparation d'avec elle. Le récit impressionna fortement le sultan, qui serra le jeune homme contre lui et l'embrassa.

— Par Dieu, voilà un cas peu banal ! s'écria-t-il. Il mérite d'être écrit avec de l'or liquide dans les Annales de mon règne, après quoi on l'archivera dans les coffres du trésor royal. Je veux que nos descendants s'émerveillent encore à lire le récit de ces événements !

Le souverain ordonna par là-dessus de faire venir juges et hommes de loi qui auraient à rédiger le contrat de mariage entre Lune-du-Temps et Dame Clair-de-Lune. Le nouvel époux fut amené en cortège jusqu'aux appartements de la nouvelle mariée. Les réjouissances publiques qu'on organisa durèrent quarante jours et quarante nuits, et des fêtes furent données dans tout le royaume.

Le sultan accorda des dons considérables à Aladin, parce que c'était lui qui était à l'origine de l'heureux dénouement qu'avaient connu les embarras de sa fille, lui qui avait agencé la rencontre entre les deux futurs époux : il le nomma vizir de sa droite, c'est-à-dire qu'il était le premier dignitaire de la cour, le premier parmi les conseillers privés du roi, et le premier de ses ministres au Divan.

De leur côté, les nouveaux mariés comblèrent de bienfaits Aladin, sans oublier sa mère. Pour le fils, ils avaient trouvé un parti, la propre fille du Grand Vizir, l'avaient installé dans des appartements du palais, et avaient veillé à ce que son mariage fût célébré le même jour que le leur.

Après la période de festivités qui avait ainsi marqué les doubles épousailles, Lune-du-Temps connut le bonheur de vivre aux côtés de sa femme, Dame Clair-de-Lune. Il était tout entier livré à cette félicité lorsqu'une nuit, comme il se trouvait plongé dans le sommeil, il entendit la voix triste d'un homme éploré, dont les gémissements disaient : « Ô mon fils Lune-du-Temps, est-il possible que tu m'aies été ainsi ravi, toi, le sang de mon cœur, toi mon unique enfant ? Comme mon chagrin est profond, et immense ma peine, depuis que tu m'as été ôté ! Oh, comme il me serait plus doux mille fois de mourir que de vivre une vie comme celle-ci, où mes yeux ne peuvent te voir ! »

Ce que disait ce cauchemar réveilla un Lune-du-Temps tremblant de frayeur, et qui se rappela avec des sentiments terrifiés la figure de son père le sultan. Il bondit hors de sa couche, éveillant sa compagne, inquiète de savoir quel malheur lui était soudain arrivé. Lune-du-Temps lui répondit :

— Ô ma bien-aimée, j'ai le pressentiment que mon père le sultan n'en a plus que pour peu d'instants à vivre.

Il lui raconta ce qu'il avait vu et entendu dans son sommeil, avec une netteté bien étonnante pour un songe. Dame Clair-de-Lune vit l'abattement de son époux, et comme il éprouvait de peine à être loin de son père, elle essaya de le réconforter :

— Ô mon bien-aimé, tu verras bientôt ton père, avec la permission de Dieu. Ne te frappe pas davantage, tout cela s'arrangera.

Elle se rendormit, mais elle avait compris que pour son bien-aimé, la joie désormais n'aurait plus cette douce saveur, s'il ne pouvait rendre visite à son père. Au matin, elle s'habilla et rendit visite à son propre père, le sultan, qui la reçut dans son lit, bien qu'il fût déjà éveillé. Quand elle lui adressa ses salutations du matin, il lui répondit :

— Que Dieu nous garde du mal, ô ma fille.

Puis il lui demanda ce qui l'amenait si tôt.

— Que du bon, ô mon père ! D'abord, mes souhaits de bonne journée, et en second lieu une requête.

— Parle, ma fille, l'encouragea le sultan. Il n'est rien en ma possession qui ne soit de trop de prix pour t'en faire don, même si ce que tu me demandais correspondait à la valeur de tout mon royaume !

Dame Clair-de-Lune lui raconta ce qui était arrivé à Lune-du-Temps. Elle lui fit valoir que son époux n'avait point d'autre désir ni d'autre souhait que de partir en voyage afin de rendre une visite à son père, et qu'elle-même avait l'intention de l'accompagner pour aller voir son maître le sultan de l'Irâq.

— Ma fille, répondit le père, quelque pénible que je trouve de me séparer de vous deux, je respecte ton désir et celui de ton époux. Aussi ne vous empêcherai-je point de partir pour ce voyage, ô mes enfants : que la route vous soit sûre, et que Dieu vous permette de voir mon cousin le sultan d'Irâq en bonne santé ! Voyez, n'ayez point de souci, puisque je vous permets de partir, mais je vous demande de ne rester absents qu'une année, après quoi vous reviendrez ici par le plus court chemin.

Tout cela réjouit fort Dame Clair-de-Lune : elle baisa la main de son père le généreux sultan, et courut annoncer la nouvelle à Lune-du-Temps. Les deux époux appréciaient la permission accordée, qu'ils attendaient pour faire leurs préparatifs, après quoi ils prirent congé du couple royal, et se mirent en route. Ils parcoururent les distances comme si le sol de la terre avait été une pièce de toile fine qui, s'enroulant sur son support, leur eût déployé au fur et à mesure de nouvelles étendues de terrain à couvrir. La main du Maître de miséricorde restait tout ce temps-là sur leurs personnes, à les protéger.

Un mois entier, ils ne cessèrent de parcourir les monts, les steppes et les déserts. Au bout de ce temps, ils se retrouvèrent dans une vaste prairie, oasis au milieu des terres incultes, toute verdoyante d'arbres et regorgeant de cours d'eau, qui serpentaient pour les irriguer.

— Ô mon maître, suggéra Dame Clair-de-Lune à son époux Lune-du-Temps, je trouve cet endroit bon pour s'y reposer et s'y détendre. Aurais-tu la bienveillance de nous permettre ici un arrêt de deux ou trois jours, qui referait nos forces ?

L'émir Lune-du-Temps se rendit immédiatement au désir de son épouse. Il fit mettre pied à terre l'escorte d'hommes en armes qui les accompagnaient et à qui il ordonna de dresser les tentes. Les soldats, aidés des domestiques, commencèrent par décharger les bagages, puis bientôt on vit se dresser le campement.

Dame Clair-de-Lune se hâta de gagner sa tente, tellement elle était rompue de fatigue. Elle eut à peine le temps de se défaire un peu, qu'elle s'était endormie, entourée de ses dames de compagnie et de ses servantes. De son côté, Lune-du-Temps se livra à une dernière inspection de l'installation et pénétra à son tour sous la tente où était son épouse, maintenant seule, car sa compagnie, la voyant plongée dans le sommeil, avait décidé de se retirer. Il aperçut à côté de sa femme la ceinture qu'elle avait ôtée et tout près, un paquet cousu. La curiosité l'amena à prendre le paquet et à l'ouvrir.

A l'intérieur se trouvait un billet, soigneusement plié, qui contenait quelques mots d'écrits. Lune-du-Temps, pour les déchiffrer, se rapprocha de la lumière et il était à la porte de la tente, n'ayant point encore commencé à lire le billet, qu'un oiseau prit le papier dans son bec, le lui arrachant des mains, lequel oiseau alla se percher sur un arbre tout proche ..

Il faut savoir que ce billet était un talisman contre les périls du voyage et qu'on l'avait donné à Dame Clair-de-Lune avant qu'elle ne se mît en route. Mais Lune-du-Temps était déjà à la poursuite de l'oiseau, car il n'avait rien encore pu lire ; le volatile ne se laissait point attraper, mais s'envolait pour aller se percher sur l'arbre voisin, suivi par le prince, qui, le voyant s'échapper sans cesse, s'éloignait encore, tant et si bien que ce petit jeu dura toute la journée et qu'on s'aperçut, quand le soir fut tombé, qu'on avait parcouru de longues distances et que le campement n'était désormais plus très proche.

Pour la nuit, l'oiseau choisit un arbre très élevé. Le prince était dessous, ne sachant trop quel parti prendre. Il pensait surtout à Dame Clair-de-Lune, et, se désolant de faire de la peine à son épouse et d'être à l'origine de la perte de son billet, il réfléchissait : « Je ne peux revenir auprès d'elle sans le billet, sinon son chagrin sera immense ; décidément, je ne peux abandonner la poursuite de cet oiseau ! Il me faut ce billet, que je dois rendre à sa propriétaire ! »

Le lendemain matin, quand le prince se releva, son premier soin fut de chercher par terre le billet : il regardait partout, dans l'espoir qu'il eût échappé dans le courant de la nuit au bec de l'oiseau. Mais il n'y avait rien sur le sol, car l'oiseau avait pris la précaution de le poser sur une branche et de le reprendre dans son bec au matin, avant de s'envoler. C'est au moment où il reprenait son vol que Lune-du-Temps l'aperçut : il le suivit, pensant pouvoir l'atteindre d'une pierre ou l'abattre par tout autre moyen. Il le pourchassa jusqu'au soir, et ce fut comme la veille : l'oiseau se percha sur un arbre, laissant une fois de plus le prince passer la nuit dessous. Et la course reprit : elle dura toute la journée qui suivit, et même onze jours encore, pendant lesquels le jeune homme se nourrit de plantes qu'il trouvait sur son chemin.

Au terme de cette période, le prince se retrouva près d'une ville bâtie sur le rivage de la mer. C'est à ce moment-là que l'oiseau disparut à sa vue pour toujours. Le jeune homme était affligé et perdu : quelle direction prendre ? Il sentit que le monde s'était rétréci à ses yeux.

Il vit pourtant un jardin près de la ville, et décida d'y entrer pour se reposer de sa course fatigante. En l'apercevant, l'homme qui gardait les lieux, un vieillard, se leva immédiatement, alla fermer à clef la porte du jardin puis revint vers lui le saluer et lui souhaiter la bienvenue. Après quoi il l'introduisit dans sa loge : il avait reconnu dans Lune-du-Temps un musulman sunnite orthodoxe (1).

— Ô vieillard, lui demanda Lune-du-Temps, pourquoi as-tu refermé derrière moi la porte du jardin, et t'es-tu comporté, selon les apparences, comme un homme qui a peur ?

— Ô mon enfant, répondit le gardien, il faut que je te dise que tous les habitants de cette ville sont des idolâtres, à l'exception de quelques-uns. Ces païens traitent les musulmans avec beaucoup de dureté. Ils les battent, les insultent, et leur font subir d'infinies vexations. Je me suis même demandé comment tu avais pu échapper à leurs mains, ô mon enfant : sans doute le Dieu Très-Haut t'a-t-Il manifesté Sa bienveillance. Remercie-Le, glorifie-Le, pour t'avoir inspiré l'idée d'entrer dans un lieu où tu as pu rencontrer un ami.

A ce tableau que lui brossait le vieillard, Lune-du-Temps s'empressa de glorifier Dieu et de remercier le vieux gardien de sa bonté et de son accueil bienveillant.

— Ô mon enfant, reprit le vieux, tu dois être fatigué de ton voyage, et peut-être même as-tu faim.

Il n'attendit pas la réponse pour proposer à son hôte nourriture et boisson. L'autre y fit honneur et ayant mangé et bu, il se reposa. Alors le vieux gardien lui posa des questions :

— Informe-moi du motif de ton voyage, ô mon enfant, et raconte-moi comment tu es arrivé jusqu'ici. De quel pays es-tu ?

Lune-du-Temps l'informa de tout ce qui lui était arrivé, sans rien lui cacher. Il lui détailla comment il avait poursuivi l'oiseau, ajoutant que cela faisait onze jours qu'il était séparé de sa nouvelle épouse Dame Clair-de-Lune. Tandis qu'il racontait, d'abondantes larmes roulaient sur ses joues. Le vieillard apitoyé tâchait de le consoler. Enfin le jeune homme demanda s'il y avait un chemin qui menait de là au pays de son père.

(1) N'oublions pas que toutes ces aventures se déroulent en Extrême-Orient, c'est-à-dire dans des contrées où les musulmans sont minoritaires.

— Certes, ô mon enfant, il en existe un. Mais il vaudrait mieux que tu prennes la route par mer : chaque année part de notre port un navire qui se rend à la presqu'île d'Abnoûs (1). C'est un royaume limitrophe de celui de ton père. Mais voilà, le bateau a appareillé il y a quelques jours seulement. Ce n'est pas de chance, car tu aurais pu y embarquer. Il ne te reste qu'à te munir de patience, ô mon enfant. Je te propose en effet d'attendre chez moi le prochain départ, en restant ici dans ce jardin jusqu'à l'an prochain : alors tu pourras à nouveau t'embarquer.

— Ton conseil est bon, acquiesça Lune-du-Temps.

Il remercia le Dieu Très-Haut de lui avoir fait la grâce de mettre sur son chemin ce vieillard qui le recueillait en sa demeure, lui l'étranger démuni de tout ce qu'il faut pour survivre. Il aida son hôte dans le travail du jardin pour s'acquitter en partie de cet hébergement que lui offrait le vieux gardien, mais ses pensées étaient obsédées jour et nuit par sa nouvelle épouse Dame Clair-de-Lune, sur laquelle il ne cessait de pleurer, tant son affliction était profonde : pourquoi le Dieu Très-Haut lui avait-Il infligé cette épreuve, pourquoi avait-Il permis qu'il fût ainsi séparé de sa bien-aimée ?

Et voilà pour Lune-du-Temps...

Pour en revenir à Dame Clair-de-Lune, que nous avons laissée endormie sous sa tente, on saura qu'une fois réveillée, elle demanda à ses servantes où était passé son époux Lune-du-Temps. Celles-ci lui répondirent :

— Depuis que nous l'avons vu entrer chez toi, sous cette tente, nous ne l'avons pas revu.

L'épouse, désireuse de ceindre sa ceinture afin de sortir, se rendit compte, en allant la prendre, que le paquet qu'elle avait posé à côté était maintenant ouvert et que le phylactère avait disparu. Elle commença par se dire que son époux était allé l'examiner et qu'il ne tarderait pas à le lui rapporter : c'était l'affaire d'une heure ou deux. Mais le soleil se couchait, qu'il n'était

(1) La presqu'île du Bois-d'Ébène — vraisemblablement en Inde.

pas de retour. Et ce jour-là, il ne vint pas du tout, à son grand désespoir : elle se mit à maudire, dans les larmes et les gémissements, et le billet, et le texte de l'amulette, et l'heure où elle avait reçu ce don, puisqu'ils étaient la cause de sa séparation d'avec son bien-aimé. A la fin, rassemblant son courage, Dame Clair-de-Lune se leva, revêtit un costume de son époux Lune-du-Temps et dit à ses servantes, du moins celles qui savaient que son mari avait disparu :

— Faites attention ! Pas un mot au-dehors, car la nouvelle pourrait parvenir aux oreilles des soldats et qui sait, une fois sans chef, de quoi ils seraient capables ?

Elle sortit dès le lendemain matin, ainsi déguisée, pour faire croire à tout le monde que Lune-du-Temps était encore au campement. Comme les silhouettes étaient assez semblables pour qu'on les confondît, personne parmi les soldats ne conçut le moindre doute. Alors, elle ordonna à l'escorte d'hommes en armes et aux serviteurs de remettre les bâts et de remonter les bagages sur les bêtes : on allait reprendre la route. Elle avait eu la précaution d'installer à sa place, dans la litière fermée qui lui était réservée, l'une de ses servantes, et le convoi s'ébranla, commençant un nouveau voyage qui devait durer des jours et des nuits. Partout, on essayait d'avoir des informations en interrogeant ceux qu'on croisait ; enfin, la caravane arriva devant une grande ville, qui était la capitale du roi de la presqu'île d'Abnoûs.

Dès que les habitants virent arriver ce train d'étrangers, ils allèrent annoncer au roi que Lune-du-Temps, le fils du sultan de l'Irâq, était sur le point d'entrer dans la ville afin d'y prendre quelque repos. En apprenant la nouvelle, le roi, l'un des amis les plus sincères du père de Lune-du-Temps, ordonna d'abord d'orner le palais et de l'aménager avec goût, après quoi il envoya des vizirs, des émirs et des notables à la rencontre du prince.

Le sultan d'Abnoûs était un dénommé Armânoûs. Le détachement qu'il envoyait sortit de la ville pour aller saluer la troupe, que commandait désormais Dame Clair-de-Lune. Quand la rencontre se fit, les grands du royaume mirent pied à terre et, faisant demi-tour, ils marchèrent en tête des nouveaux arrivants jusqu'au pied des murs de la cité. Il y avait là pour les accueillir le sultan Armânoûs en personne, qui s'approcha du chef, le serra sur sa poitrine et l'embrassa longuement, ne doutant pas qu'il s'agît de Lune-du-Temps, le fils du sultan de l'Irâq. Il savait du reste que le jeune homme avait disparu du royaume de son père, et il amena celle qu'il prenait pour le prince en son palais, lui offrant des réjouissances qui durèrent trois jours entiers. Au bout de ce temps, Dame Clair-de-Lune, jouant toujours le rôle de son époux, remercia le sultan Armânoûs de son accueil chaleureux et des honneurs dont il l'avait assorti, et lui signifia qu'il lui fallait continuer sa route.

— Tu sais, ô roi, ajouta-t-elle, que je n'ai pas vu mon père depuis longtemps.

— Écoute ce que je vais te dire, mon enfant, répondit le sultan Armânoûs : je suis devenu un vieillard d'âge fort avancé, et n'ai point de garçon qui recevra mon royaume en héritage après moi. Dieu ne m'a fait la faveur que d'une fille. Elle est jeune et te correspond en beauté et en grâce. Elle ne convient qu'à toi, parce que tu es fils de roi et que je considère ton père comme un frère, plus que comme l'ami qu'il est. J'ai l'intention de te donner ma fille en mariage et de te mettre sur le trône, car les forces me manquent maintenant pour m'occuper de mes sujets et les administrer. Laisse-moi jouir de la joie que ma fille aura d'être avec toi, ô mon enfant, et permets que je remercie le Dieu Très-Haut de m'avoir procuré la chance de te recevoir ici.

Ces paroles rendaient Dame Clair-de-Lune perplexe. A la fois affligée et préoccupée, elle ne savait trop quelle contenance prendre ni quelle réponse faire. D'abord, elle était femme, et il ne s'agissait pas pour elle de contracter un mariage comme un homme peut le faire. Mais fallait-il révéler son véritable état au sultan Armânoûs ? Cela pouvait lui ménager quelques inimitiés, et ce n'était guère le moment. Toutes ces pensées l'assaillaient. Mais elle était bien obligée, au total, d'acquiescer au projet du sultan et de s'incliner devant son désir de lui donner sa fille en mariage.

Le sultan Armânoûs entendit cette réponse avec une joie intense. Il lui fallait, à l'instant même, témoins et hommes de loi, pour rédiger sur-le-champ le contrat. Des réjouissances furent organisées. Dame Clair-de-Lune avait bien recommandé aux soldats de dire que l'épouse de Lune-du-Temps était restée chez son père. A la fin des fêtes, le sultan Armânoûs convoqua son Divan au grand complet, vizirs, émirs, hauts fonctionnaires et notables, qui se rendirent en séance plénière chez le roi. Ce dernier prit place sur son trône, et, ayant fait asseoir Dame Clair-de-Lune tout à son côté, il fit connaître à l'assemblée ses volontés :

— Voici Lune-du-Temps, le fils de mon frère et ami le sultan de l'Irâq. Je lui ai donné ma fille en mariage, et je veux à présent le mettre sur mon trône. Que vous en semble ?

Tous lui répondirent, unanimes :

— Oreille attentive et bon vouloir !

Alors, dès que cette consultation eut rendu son suffrage, et sans attendre davantage, le sultan se leva de son trône, pour y faire asseoir Dame Clair-de-Lune. Il prit la couronne royale sur sa tête et la déposa sur la tête du nouveau sultan, devant qui les vizirs vinrent jurer obéissance et prononcer les félicitations d'usage. Après quoi, de nouvelles réjouissances vinrent fêter cette intronisation.

Le soir venu, on fit entrer en cérémonie Dame Clair-de-Lune dans la chambre de Dame Vie-des-Ames, la fille du sultan Armânoûs, maître de la presqu'île d'Abnoûs. Dame Clair-de-Lune s'endormit aussitôt dans le lit de noces, à côté de Dame Vie-des-Ames. Tous les courtisans, tous les citoyens, le sultan lui-même, tout ce monde pour l'heure croyait sans l'ombre d'un doute que Dame Clair-de-Lune était en réalité Lune-du-Temps, le fils du sultan de l'Irâq.

Au matin, Dame Clair-de-Lune se leva du lit, afin de se rendre, selon la coutume des rois, dans la salle du Divan. Émirs, vizirs, notables du royaume défilèrent tous devant le souverain pour lui souhaiter, à l'occasion de son nouvel état, la bénédiction divine. Le sultan Armânoûs, de son côté, entrait dans la chambre de dame Vie-des-Ames sa fille, accompagné de sa mère la sultane : tous deux venaient lui souhaiter, à l'occasion de son nouvel état, la bénédiction divine. Une fois les formules prononcées, ils s'aperçurent que la jeune femme était toute renfrognée, et n'articulait pas le moindre mot pour leur répondre. Le sultan comprit aussitôt la raison de ce comportement.

— Ne sois pas soucieuse, mon enfant, la consola-t-il, si ton époux n'a pas accompli son devoir envers toi. Je le tiens pour excusé, car il était sur la route qui le conduit chez son père, qu'il n'a pas vu depuis des temps et des temps. Maintenant, il s'aperçoit qu'il ne peut plus partir, n'ayant personne d'autre que toi à regarder. Il faut que tu prennes patience : un jour, il oubliera ce qui obsède sa pensée, et alors, il te connaîtra à la manière des hommes, et vous serez conjoints, savourant calmement vos instants de plaisir.

Dame Clair-de-Lune, pendant ce temps, demeurait dans la salle du Divan, rendant les sentences qui réglaient les différends, et elle dit la justice jusqu'au soir. Ensuite, elle se rendit dans la chambre de Dame Vie-des-Ames et, quand elle la salua, elle aperçut tout son chagrin. Elle aussi comprenait : la nuit précédente avait été une déception. Elle se mit alors à la consoler, soutenant avec elle une conversation qui dura de longues heures, jusqu'au moment où il lui fallut réciter son office de prières de la nuit. Dame Vie-des-Ames mit à profit ce moment pour s'endormir, et le « jeune marié » s'étendit alors à côté d'elle, y restant jusqu'au matin.

Au jour venu, Dame Clair-de-Lune se leva et, comme la veille, se rendit au Conseil, mais son humeur était triste et chagrine, car elle continuait de se poser des questions et puis elle risquait, à force de ne pas se comporter en homme, de laisser découvrir qu'elle était femme. Il lui parut néanmoins préférable de s'en ouvrir en premier à la jeune fille elle-même, et de tout lui dire en la priant de ne rien révéler qui la déshonorât aux yeux du sultan Armânoûs.

Pendant ce temps, le père, qui entrait dans la chambre de la jeune fille, et qui la voyait en train de pleurer, savait la cause de son mécontentement.

— Ne pleure pas, ma fille, lui disait-il, patiente seulement jusqu'à la fin de la nuit prochaine. Si Lune-du-Temps ne s'approche pas de toi le moins du monde, je saurai considérer, moi, ce que vaut mon honneur. Car il vient un moment où cette offense me concerne. Alors je verrai quel châtiment mérite une telle conduite et quelle ignominie réserver à cet aventurier, qu'il me faudra bannir du trône de mon royaume.

Ces paroles ne faisaient que redoubler la peine de Dame Vie-des-Ames, qui commençait déjà à aimer son nouvel « époux », celui qu'elle prenait pour Lune-du-Temps. Et quand, au soir venu, celui-ci regagna la chambre conjugale, selon l'habitude, le spectacle était le même : une jeune femme dans l'abattement le plus profond l'attendait. Dame Clair-de-Lune commença par la consoler, puis ce fut l'heure de l'office de prières ; mais alors Dame Vie-des-Ames la retint et lui dit :

— Où vas-tu ? Ne bouge pas. Tu veux me traiter comme cette nuit et la nuit d'avant ? Pour quelle raison n'éprouves-tu aucun amour pour moi ? Pourquoi me délaisses-tu ainsi, alors que de mon côté je t'aime vivement et que le désir de toi est entré dans mon cœur ? Il faut que je te dise une chose, ô mon bien-aimé : mon père le sultan n'a guère apprécié ta façon d'en user avec moi et m'a dit : « Nous attendrons encore cette nuit. Si ton époux ne t'approche pas, je saurai dès demain matin quel châtiment lui infliger. » C'est mon profond amour qui m'a retenue jusqu'à présent de me retirer de ta vue. Mais j'ai peur que demain tu ne sois traité de manière ignominieuse. Explique-moi, mon bien-aimé, mon âme... Si demain tu as à subir la moindre offense de la part de mon père, sache que je mourrai pour toi !

Dame Clair-de-Lune, à ce discours, se rendant

compte que Dame Vie-des-Ames l'aimait et la désirait passionnément, en fut touchée, et, bondissant à son côté, elle la serra fort dans ses bras, en lui confiant :

— Ô ma sœur, mon aimée, je ne suis pas ton époux... Je suis une sœur pour toi, vraiment. Je suis une créature faite sur le même moule que toi.

Pour preuve, elle lui dévoila sa poitrine, et ajouta :

— Ma sœur, je suis une fille de roi, comme toi mais, ô Dame Vie-des-Ames, je t'ai fait confiance : en contrepartie, ne me trahis pas. Si tu m'aimes vraiment, jure-moi de garder mon secret, de le défendre jalousement, de ne le dévoiler à personne au monde...

Dame Vie-des-Ames lui promit, sous la foi du serment, d'être discrète sur ce qu'elle avait entendu ; Dame Clair-de-Lune lui raconta alors toute son histoire, et lui apprit qu'elle était la nouvelle épouse de Lune-du-Temps.

Elle lui détailla toute son histoire avec son époux, énumérant les fatigues et les peines qu'elle avait dû affronter, expliquant comment elle et Lune-du-Temps s'étaient séparés, et pourquoi elle avait revêtu les habits de son mari, qu'il lui avait fallu garder jusqu'à son arrivée dans cette ville. La fille du sultan Armânoûs allait d'étonnement en étonnement ; pour se convaincre, elle regardait de temps à autre la poitrine de sa compagne et vérifiait qu'elle était bien femme. La pitié la gagnait, et elle ne tarda pas à la plaindre d'avoir perdu son époux, qui l'avait ainsi laissée, seule, en ce triste état.

— Ma sœur, Dame Clair-de-Lune, lui jura-t-elle, par le Dieu Très-Grand, par le Dieu Généreux, je fais serment de ne pas trahir notre pacte et de ne jamais livrer ton secret. Mais il faut que tu me promettes, en contrepartie, que lorsque ton époux arrivera, tu le laisseras entrer chez moi, comme il est entré chez toi. Avec lui nous vivrons toutes les deux en bonne intelligence, comme des sœurs. Puisse le Dieu Très-Haut nous réunir dans un proche avenir !

Dame Clair-de-Lune souscrivit à ce pacte et continua :

— Ô ma sœur, Dame Vie-des-Ames, il faut absolument que nous trouvions une ruse pour arranger cette affaire aux yeux du sultan ton père.

Elles allèrent chercher dans leur cage, qui se balançait dans l'une des salles du palais, deux ou trois oiseaux, qu'elles sacrifièrent et, du sang qu'elles recueillirent, elles barbouillèrent le drap. Après ce stratagème, elles s'endormirent comme des sœurs, qu'une bonne espièglerie aurait égayées.

Au matin, comme d'habitude, Dame Clair-de-Lune se leva pour se rendre au Divan ; pendant ce temps, Dame Vie-des-Ames appela une servante à qui elle remit le drap taché, comme on s'en souvient, du sang des oiseaux sacrifiés, avec cette commission :

— Porte cela à mon père le sultan.

La servante s'acquitta de sa tâche. Quand le père vit l'objet, il en ressentit de la joie, bondit sur ses pieds, prit la sultane avec lui et tous deux gagnèrent la chambre de Dame Vie-des-Ames. Ils trouvèrent leur fille fort enjouée, quand elle vint à leur rencontre leur baiser les mains. Eux la serrèrent contre eux, l'embrassant et la félicitant.

Voilà ce qui se passait du côté de Dame Clair-de-Lune....

Quant à Lune-du-Temps, que nous avions laissé dans le jardin avec le gardien, en pays idolâtre, il continuait d'aider son hôte dans son travail. Un beau jour que le gardien en question s'était absenté pour régler quelque affaire en ville, non sans avoir recommandé à son hôte Lune-du-Temps de ne pas bouger de place, de ne se livrer à aucune besogne et surtout de bien fermer à clef derrière lui (il avait peur des païens : l'un d'eux aurait pu s'introduire et faire un mauvais sort au musulman qu'il aurait reconnu), Lune-du-Temps, qui avait scrupuleusement respecté ces conseils, restait songeur, assis sous un arbre. Que d'événements déplorables il avait vécus ! Il ruminait ainsi ses souvenirs, lorsque deux oiseaux, tout soudain, se perchèrent au-dessus de sa tête, à une branche qui pendait. Les deux volatiles se prirent à se menacer du bec et la dispute devint vite sanglante : l'un d'eux périt et tomba aux pieds de l'homme. Mais bientôt se présentait un autre couple d'oiseaux qui, s'occupant du cadavre, creusèrent pour lui un trou dans le sol, où ils l'ensevelirent. Leur besogne achevée, ces deux-là disparurent à tire-d'aile, et quand ils revinrent, ils encadraient en le menaçant l'oiseau meurtrier, qu'ils forcèrent à se poser à l'endroit où sa victime était enterrée : et là, à force de coups de bec, ils le tuèrent, et attendirent pour s'envoler de l'avoir déchiqueté sur la place même du forfait.

Lune-du-Temps observait l'oiseau massacré sur la tombe de sa victime. C'est un fil rouge qui lui sortait du ventre qui attira son attention ; vite, il prit un couteau pour fendre les viscères de l'animal et il trouva... le billet qui lui avait été arraché des mains. Il reprit ce papier avec une joie non dissimulée : c'était bien cela, l'écriture, la pliure... Ô le maudit oiseau, qui avait été la cause de tels tourments, qui l'avait séparé de son épouse ! Regardant le billet, il s'écria :

— Louanges à Dieu qui a permis que je le retrouve ! Puisse Sa générosité m'accorder de revoir la bien-aimée de mon cœur, Dame Clair-de-Lune, comme Elle m'a accordé de rentrer en possession du billet qu'elle portait sur elle !

La joie qu'il avait ressentie lui apporta un sommeil satisfaisant. Le lendemain, à peine levé, il bondit sur sa cognée et se dirigea vers un arbre du jardin qu'il devait abattre. Comme il portait de grands coups sur le bas du tronc et coupait les fragments visibles des racines l'un après l'autre, il vit soudain dans le sol un anneau de cuivre qui surmontait quelque chose d'enterré. En dégageant la terre, il mit au jour une plaque de marbre, dans laquelle était maintenu l'anneau, qu'il lui suffit alors de tirer à lui pour soulever la plaque et dévoiler du même coup un escalier de pierre. Il entreprit de descendre : cinquante jarres étaient alignées là, pleines de poudre d'or pur ! Il remercia le Dieu Très-Haut de cette découverte : sans aucun doute, il troquait une tenace malchance contre les promesses d'un revirement de la fortune. Il n'avait plus qu'à sortir de la grotte souterraine pour retrouver son arbre et sa cognée, ce qu'il fit, maniant ensuite l'outil jusqu'à la tombée de la nuit, moment où le vieux gardien revenait de la ville. Du plus loin qu'il le vit, celui-ci lui cria :

— Mon fils, je te rapporte une excellente nouvelle : dans trois jours, tu seras en mesure de quitter cette ville pour entreprendre le voyage qui te ramènera chez toi, car le bateau qui part chaque année pour la presqu'île d'Abnoûs est à quai, où on le charge de fret. Le départ est imminent. D'ailleurs, j'ai vu le capitaine, et nous nous sommes mis d'accord : il te prendra sur le bâtiment.

La nouvelle enchantait le jeune homme, en effet. Il remercia le vieillard :

— Que Dieu t'accorde la récompense que tu mérites, ô vieillard que je chéris comme un père ! Mais moi aussi, j'ai quelque chose à t'annoncer, et qui te fera plaisir. Une belle et bonne nouvelle en échange de la tienne... Viens un peu voir avec moi un spectacle qui charmera tes yeux.

Lune-du-Temps amena le vieux près de l'arbre, lui fit descendre l'escalier souterrain et lui montra les cinquante jarres pleines de poudre d'or.

— Ceci est ton bien, ô mon père, lui déclara-t-il. Le Dieu Très-Haut t'en fait un don gracieux, et t'accorde ces richesses par simple effet de Sa générosité.

— Non, mon fils, répondit le vieillard. Ces richesses-là ne reviennent pas à un homme tel que moi : j'ai déjà un pied dans la tombe. Vois mon âge, et comprends ce que c'est que d'être à finir son temps. Ce n'est pas à moi que Dieu a envoyé ce trésor, car voilà quatre-vingts années que je creuse cette terre en ce jardin sans avoir rien trouvé de tel. Non, le Dieu Très-Haut te l'a destiné, à toi ; et c'est à toi que ce trésor appartient.

Lune-du-Temps refusa malgré cela de prendre le trésor en sa totalité. Il en fit deux parts égales et en attribua une au vieillard, gardant seulement l'autre moitié pour lui.

— Mon enfant, observa alors le vieux gardien, pour toi le temps presse, et j'ai peur que ces richesses ne te fassent courir un danger qui te retarde inutilement : imagine que les matelots, voyant tout ce chargement en ta possession, le convoitent et aillent jusqu'à te préparer un mauvais coup pour mettre la main dessus...

— Certes, mais comment faire ? demanda Lune-du-Temps.

— Voici, lui répondit le vieux : procure-toi cinquante caisses. Nous produisons ici des olives qui sont très appréciées dans la presqu'île d'Abnoûs. Toi, tu rempliras ces caisses de ton or et tu mettras par-dessus, avant de les refermer, des olives en une couche suffisamment épaisse pour qu'elles puissent dissimuler ce que les emballages contiennent véritablement.

Lune-du-Temps alla faire l'acquisition de cinquante caisses, qu'on lui livra dans le jardin, et qu'il emplit de l'or du souterrain, en le recouvrant d'olives, exactement comme lui avait dit de procéder le vieux gardien. Après quoi, il raconta à son hôte l'histoire de l'oiseau et du billet, qui lui avaient causé ses dernières mésaventures. Le vieux s'étonnait : comme la face des événements peut vite changer ! Puis Lune-du-Temps décida de mieux protéger le billet qu'il avait récupéré et alla le serrer dans une des caisses, sur laquelle il grava une marque de reconnaissance.

Pendant qu'il était en ville, le vieux, de son côté, avait dîné chez son maître, le propriétaire du jardin. On avait servi du blé bouilli avec un ragoût de viandes et comme le vieux raffolait de ce plat, il s'en était abondamment servi. Or son âge ne lui permettait plus ce genre d'excès, et il s'en était ressenti : non seulement il avait dû s'assoupir sur le chemin du retour, mais encore, maintenant, l'estomac le faisait souffrir et il gémissait de douleur. A un moment même, il perdit carrément connaissance, et c'est ce moment que quelqu'un choisit pour frapper à la porte du jardin. Lune-du-Temps alla ouvrir : c'était le capitaine du navire avec ses matelots.

— Quel est celui qui doit partir en voyage avec nous ? demanda le capitaine.

— C'est moi, répondit Lune-du-Temps, et voici la

marchandise qui m'accompagnera. Vous n'avez qu'à faire charger, je vous rejoindrai plus tard.

Les matelots prirent les caisses dans le jardin et les amenèrent jusqu'au navire. En prenant congé, le capitaine recommanda bien à Lune-du-Temps de ne pas lanterner.

— Je viens immédiatement, répondit celui-ci, juste le temps de faire mes adieux à mon vieil hôte.

Laissant le capitaine, il revint vers le vieillard, et lui qui voulait lui faire ses adieux, il le trouva à l'agonie, sur le point de rendre le dernier soupir. Il fut obligé de rester près de lui, soucieux de recueillir sa dernière profession de foi dans l'islam. Quelques instants plus tard, le vieillard avait rendu l'âme et s'était mis sous la miséricorde de son Seigneur.

Lune-du-Temps dut laver le corps et lui donner l'enveloppe d'un linceul : il ne pouvait faire moins envers un bienfaiteur. Lui ayant ainsi rendu les derniers devoirs, il pria sur lui, creusa une fosse où il l'ensevelit, et c'est seulement cette tâche accomplie qu'il s'empressa d'aller rejoindre le navire.

Le bâtiment, on s'en doute, était loin du rivage : il avait pris la mer depuis un bon moment. Les matelots avaient d'abord attendu une heure ; puis, ne pouvant que constater le retard au rendez-vous, ils jugèrent le vent propice et appareillèrent sans plus tarder.

A se voir ainsi laissé à terre, Lune-du-Temps fut saisi d'un amer chagrin et son abattement, déjà grand, ne put que redoubler : c'était une traverse supplémentaire à affronter que ces espoirs qui prenaient le large en même temps que le navire. Quoi ! une année à attendre, toute cette sueur dépensée à travailler dans le jardin, tout cet investissement d'espérance sur un navire qui devait le rapprocher de son père et le transborder dans son pays, et puis cette joie à retrouver le billet, à découvrir un trésor, même ce revirement pour rien ! Fallait-il qu'à l'instant sa vie redevînt misérable pour un triple enchaînement de circonstances, le gardien mort, le navire parti sans lui, l'or enfui à jamais avec le bateau !

Quand Lune-du-Temps eut bien pleuré et gémi sur

son infortune, quand il eut bien remâché sa déconvenue, il revint au jardin prendre la place du gardien. Mais, comme il ne pouvait suffire à la tâche, il loua un journalier pour l'aider à bêcher et ensemencer. Comme il avait fait naguère pour le sien, il s'occupa de l'or qui avait formé la part du trésor du défunt, mit cette poudre en caisses et la masqua par des olives disposées dans la partie supérieure de chaque emballage. Ainsi préparait-il le nécessaire pour un prochain voyage en attendant le navire de l'année suivante, se prémunissant de la sorte contre tout événement imprévu qui aurait pu le surprendre comme la dernière fois.

Voilà ce qui se passait du côté de Lune-du-Temps...

Le navire, de son côté, secondé par tous les décrets favorables du destin, avait fait une route rapide jusqu'à la presqu'île d'Abnoûs. Déjà il entrait dans le port, et les mariniers carguaient les voiles, quand Dame Clair-de-Lune vint se placer à l'une des fenêtres du palais qui donnaient directement sur la mer. Elle regardait avec un grand plaisir la manœuvre qui rapprochait le bâtiment du rivage. A ce moment, elle pensa à son bien-aimé, à son époux Lune-du-Temps, et se fit cette réflexion : « Qui sait ? Dieu aura peut-être permis que nous nous retrouvions, mon bien-aimé Lune-du-Temps et moi, à la faveur de ce bateau qu'il aura pris dans quelque pays lointain... »

Cette pensée lui fit dire aux chambellans et aux valets qui entouraient sa personne que le roi souhaitait voir les vizirs, et quand ses ministres se présentèrent :

— D'où vient ce navire ? leur demanda la royale personne.

— Ô notre maître le sultan, de la ville des Idolâtres : c'est son voyage annuel, comme d'ordinaire.

Dame Clair-de-Lune chercha encore à savoir quel genre de marchandises il transportait habituellement.

— Toujours de précieuses denrées, lui fut-il répondu.

Alors elle fit immédiatement amener les chevaux royaux. Une fois en selle, escortée des ministres et des grands commis de l'État, elle se dirigea vers l'entrepôt de la douane portuaire. Là, elle fit convoquer le capitaine du navire récemment arrivé. En le recevant, elle lui posa la question :

— D'où viens-tu ? Quels passagers as-tu avec toi ?

Le capitaine lui confirma qu'il venait de la ville des Idolâtres, et lui apprit qu'il avait à son bord un marchand qui faisait chaque année avec lui le voyage, apportant avec lui des produits de luxe, étoffes de l'Inde, divers tissus imprégnés de parfums, épices, bois d'aloès, musc et ambre. Il ajouta à sa déclaration :

— Nous avons aussi dans notre fret cinquante caisses d'olives appartenant à un autre marchand.

Le sultan, c'est-à-dire Dame Clair-de-Lune, demanda à voir le premier marchand dont il avait été question, celui qui était si riche. Il lui fut amené et elle le questionna :

— Où est celui à qui appartiennent les caisses d'olives ?

Mais ce fut le capitaine qui répondit en lui contant le contretemps du passager qu'ils n'avaient pu embarquer :

— C'est un jardinier, lui expliqua-t-il. Juste avant de prendre la mer, nous sommes allés le chercher. Il nous a seulement donné sa marchandise à transporter — il s'agissait des caisses d'olives dont je t'ai parlé — et, pour lui, il nous a dit : « Je ne tarderai pas à vous rejoindre, mais mon maître étant trop faible pour m'accompagner, je vais lui faire ici même mes adieux ; ensuite je vous retrouverai au port. » Nous l'avons attendu plus de trois heures, mais nous ne pouvions faire davantage, alors nous avons pris la mer.

— Parle-moi un peu de ce jardinier. A quoi ressemble-t-il ? demanda Dame Clair-de-Lune.

A la description du capitaine, fort exacte, on ne pouvait se tromper : il s'agissait bien de Lune-du-Temps, et Dame Clair-de-Lune reconnut d'emblée son époux. Alors elle ordonna le déchargement des caisses d'olives et leur transport au palais.

— Fais mettre tout cela à quai rapidement, ajouta-t-elle à l'intention du capitaine, et donne-nous donc une estimation de la marchandise, afin que je te la paie.

— Ô sultan notre maître, répondit l'homme, le paysan de chez qui viennent ces olives est un homme de peu de fortune : ce que ta générosité lui accordera sera imputé à ta charité envers un pauvre.

Le sultan revint au palais et le soir, ordonna qu'on ouvrît une des caisses d'olives : « il » voulait en goûter, et il lui en fallait un échantillon, si minime fût-il. Quand le personnel de maison eut ouvert la première caisse et prélevé quelques olives, on se rendit compte que de la poudre d'or, qu'on avait d'abord prise pour du sable mélangé aux fruits, y adhérait. Mais Dame Clair-de-Lune, avertie de la chose, et reconnaissant la véritable nature de cette poudre, fit vider toutes les caisses : alors, non seuleent on les trouva toutes pleines de la précieuse poudre, mais encore... il y en avait une où était caché le fameux billet portant le talisman écrit.

Dame Clair-de-Lune identifia l'objet ; elle n'avait pas eu besoin de l'examiner longuement : elle tomba évanouie, certaine d'avoir reconnu le propriétaire de ces caisses d'olives. Il ne pouvait être que Lune-du-Temps son tant aimé. On s'agita autour du sultan avec des sels, on lui aspergea le visage avec de l'eau de rose additionnée de musc, et les sens lui revinrent : il bondit alors sur le billet et, l'agitant à la main, entra dans la chambre de sa compagne pour lui faire part de la bonne nouvelle :

— Regarde, ma sœur, regarde ! peu de temps nous sépare des retrouvailles avec Lune-du-Temps notre bien-aimé.

Elle raconta à Dame Vie-des-Âmes l'histoire du capitaine du navire, des caisses d'olives achetées, de la poudre d'or dissimulée sous les fruits, du billet serré dans une caisse, de ce billet qui n'était autre que la cause de sa séparation d'avec Lune-du-Temps... On imagine dans quelle joie les deux amies passèrent ensemble cette nuit-là.

Au matin, Dame Clair-de-Lune convoqua le capitaine du navire et le très riche marchand qui l'accompagnait. Il fallait cette fois décharger la totalité de la cargaison, partir sur-le-champ et aller chercher sans tarder le propriétaire des caisses d'olives :

— Tout le fret est confisqué jusqu'au retour du navire. Si l'homme en question m'est ramené, non seulement vous rentrerez en possession de tous vos biens marchands, mais je vous comblerai de bienfaits. Sinon, les marchandises deviendront ma légitime propriété, et ce n'est pas tout : il ne sera point pour vous d'endroit où vous enfuir, il ne sera point d'endroit où vous puissiez seulement imaginer d'échapper à ma poursuite et au mal que je pourrai vous faire !

Le capitaine du navire se le tint pour dit :

— Ô sultan notre maître, répondit-il, personne d'autre que moi ne te ramènera l'homme aux caisses d'olives.

A peine hors du palais, il courut à son bateau, qu'il fit vider de sa cargaison, puis donna l'ordre de lever l'ancre. Les matelots appareillèrent et l'on gagna vite le large : il ne manquait rien à bord pour ce voyage de retour, car Dame Clair-de-Lune avait bien pris la précaution de faire fournir par des fonctionnaires de la cour les vivres et autres nécessités, de manière à permettre un départ immédiat.

Le Dieu Très-Haut voulut que la traversée fût rapide, et le navire ne tarda pas à être en vue de la cité des Idolâtres. Comme c'était le soir, le débarquement ne se pratiqua pas du côté des jetées habituelles, mais à une installation de secours, qui était, celle-ci, plus proche du jardin.

Lune-du-Temps veillait encore : il roulait trop de pensées pénibles en lui, qui venaient, comme une houle, déferler pour se retirer et revenir ensuite plus forte l'assaillir. A force d'essuyer tant de malheurs et de si divers, il était aigre et morose. Mais on frappait à la porte...

Il s'y rendit :

— Qui est-ce ? demanda-t-il tout en ouvrant.

Sans répondre, le capitaine du navire — car c'était lui — attira le jeune homme à lui, au lieu d'entrer et d'attendre que la porte fût refermée derrière lui.

— Mais quelles sont ces façons ? protesta Lune-du-Temps. Et qu'est-ce qui te ramène ici ?

— N'as-tu pas un compte à régler avec le sultan de la presqu'île d'Abnoûs ?

(Le capitaine ne faisait que reprendre là une formule du sultan, qui lui avait dit, pour le convaincre : « Cet homme aux olives est en dette envers moi. ») Mais Lune-du-Temps n'y comprenait rien :

— Que veux-tu dire par là ? Je ne connais même pas ce sultan, de la presqu'île d'Abnoûs, dis-tu ? Jamais de ma vie je n'ai mis les pieds dans ce royaume.

— C'est bon, attendons d'être là-bas, et tu te défendras toi-même.

Le temps de ramasser et de charger les cinquante autres caisses d'olives, le jeune homme se retrouvait sur le bateau, et celui-ci quittait le port. Comme le vent soufflait en poupe, on ne tarda pas à rejoindre la presqu'île d'Abnoûs, surtout avec un bâtiment aussi rapide... Tenez, c'était comme dans le poème :

Vois, pour le plaisir de tes yeux,
ce navire qui fend l'onde la nuit :
ne dirait-on pas le rapide éclair
quand il déchire un ciel d'orage ?

Il est comme une frégate altérée,
fondant du plus haut de l'éther,
pour venir à la surface des ondes
prendre de quoi étancher sa soif.

Dès que le navire fut à quai, le capitaine dépêcha quelqu'un au palais : le sultan devait être immédiatement averti de son retour. Dame Clair-de-Lune, à la nouvelle, ordonna aux serviteurs d'amener le seul marchand d'olives ; ce qui fut fait. Quand l'homme fut au palais, elle le reconnut au premier coup d'œil : « C'est lui, c'est l'homme, se dit-elle en elle-même, pour qui j'ai versé des larmes de sang ! » Mais il n'en allait pas de même pour Lune-du-Temps qui, sous son déguisement, ne la reconnaissait pas ; et puis, il y avait aussi la crainte : il tremblait que le roi ne le prît pour un autre, et il s'en expliqua auprès de

Dame Clair-de-Lune :

— Ô sultan notre maître, il me semble que ta Félicité se trompe à mon sujet, et me prenne pour un autre, car, en ce qui me concerne, je n'ai de dettes envers personne. Et comment en aurais-je avec le roi d'une presqu'île où je n'ai jamais mis les pieds de ma vie ?

— Je ne te prends pas pour un autre, répondit Dame Clair-de-Lune. Tu as des dettes envers moi : je pensais à toi la nuit et le jour, et je ne cessais de me demander où tu pouvais bien être. Mais tu verras, et pas plus tard que demain, comment se solderont ces comptes...

Lune-du-Temps se prit à gémir et à pleurer : il ne doutait pas que le sultan n'en eût après sa vie. Méprisant ces démonstrations, Dame Clair-de-Lune donna l'ordre de le faire entrer dans les appartements royaux, à l'intérieur du palais ; le jeune homme redoublait de larmes et de grincements de dents et, au milieu de ses pleurs, ne laissait pas d'être étonné par la bizarrerie du fait : « Comment ? se disait-il, voilà un sultan qui veut me punir avec la dernière sévérité et qui me fait entrer dans ses appartements privés, au cœur de son palais ? Quoi qu'il en soit, Dieu prenne mon sort en Sa garde ! »

Pendant ce temps, Dame Clair-de-Lune allait informer Dame Vie-des-Âmes, en toute hâte, de la présence parmi elles de Lune-du-Temps :

— Louanges à Dieu, s'écria-t-elle, qui nous a permis de retrouver ce garçon après une si longue attente !

L'autre se rendit en un point d'où elle pouvait observer discrètement l'époux de Dame Clair-de-Lune et, au premier regard qu'elle jeta sur lui, elle exprima une surprise dégoûtée :

— Pouah ! un paysan !

— Attends seulement un peu, ma sœur ! Tu n'as pas fini de t'étonner, répondit l'épouse de Lune-du-Temps.

Celui-ci passa toute la nuit à se laisser assiéger par des pensées affreuses. Sa tristesse ne connaissait point de bornes, et il était inquiet de savoir ce que lui réservait le lendemain. A la pointe du jour pourtant, Dame Clair-de-Lune le fit conduire à l'établissement de bains. Quand il y fut, elle lui fit tenir un costume royal avec l'ordre de l'en revêtir pour l'amener ensuite au Divan. Tout cela fut ponctuellement exécuté et, son bain pris, sa tenue enfilée, Lune-du-Temps, introduit dans la salle du Conseil, prit place sur un des sièges en attendant l'arrivée du roi. Celui-ci — ou plutôt toujours Dame Clair-de-Lune en sultan — arriva et gagna le trône royal.

Tout cela n'était point fait pour lever la perplexité de Lune-du-Temps, qui continuait de s'interroger : comment un homme qui avait commencé sa nuit comme condamné à mort pouvait bien se lever en étant conduit au bain, vêtu de luxe, et convoqué avec les honneurs aux délibérations du Conseil ? Dame Clair-de-Lune n'en avait pas fini : elle le faisait asseoir à sa droite et entamait devant l'assemblée des vizirs, des émirs et des grands du royaume le panégyrique du nouveau venu...

— Cet homme, leur disait-elle, se signale par une perspicacité inégalée et par une intelligence à toute épreuve : ces deux titres seuls suffiraient à le désigner pour être le meilleur gouvernant. Ajoutez son lignage, qui est de sang noble et généreux, et vous saurez tout, comme moi qui le connais depuis le temps où, me rendant de pays en pays, je parcourais routes et chemins : c'est alors que je pus rencontrer ce héros valeureux, dont j'ai mesuré les talents.

Lune-du-Temps était gêné de ce qu'il entendait ; il avait beau rassembler ses souvenirs, il n'en arrivait qu'à une conclusion : « Je n'ai jamais, non, jamais été le compagnon de voyage d'un sultan ! Qu'est-ce qu'il raconte ? Quand cela se serait-il passé ? » Et même l'embarras commençait à l'emporter : se pouvait-il qu'un sultan le reconnût et que lui-même eût oublié où et dans quelles circonstances il l'avait vu ? Et puis, quelles que fussent les dernières vicissitudes d'une fortune qui le portait au plus haut après l'avoir jeté au plus bas, il y avait toujours en lui la pensée de Dame Clair-de-Lune, le sang de son cœur et son épouse...

Aussi, après cette séance du Divan, la tristesse et l'affliction de Lune-du-Temps ne s'apaisèrent-elles point, et il préféra s'adresser à tous les voyageurs, à tous les étrangers qui arrivaient dans la capitale pour essayer de glaner quelques renseignements au sujet de sa bien-aimée. Le pauvre ! Il ne savait pas que le sultan qui avait prononcé son éloge n'était autre, précisément, que Dame Clair-de-Lune son épouse !...

Un jour qu'il était resté jusqu'à une heure fort avancée dans la salle du Conseil, il s'entendit demander par le sultan qui, de son côté, regagnait ses appartements :

— J'ai là une affaire à laquelle je dois apporter une solution cette nuit même, et je souhaiterais que tu m'accompagnes chez moi afin que nous puissions y travailler tous les deux.

— Oreille attentive et bon vouloir, ô sultan notre maître ! répondit Lune-du-Temps.

Dame Clair-de-Lune regagna ses appartements privés du palais, et elle donna l'ordre de les faire arranger et orner avec le plus grand luxe possible. Quand ce fut fait, elle demanda qu'on introduisît Lune-du-Temps. Lorsqu'il fut devant elle, elle lui déclara :

— Ô Lune-du-Temps, un astrologue m'a donné en cadeau ce billet.

Elle sortit le talisman avec la formule écrite, et le remit au prince, ajoutant :

— Je te sais intelligent et sage. C'est pourquoi il me serait agréable que tu lises ce billet et que tu l'examines bien. Je saurai alors à qui il appartient. Voilà ce que j'avais à te demander.

Lune-du-Temps se rapprocha de la lampe pour examiner le billet. Au premier coup d'œil qu'il y jeta, il le reconnut et ne put retenir ses larmes.

— Pourquoi pleures-tu ? Est-ce à cause du billet ? Il te dit quelque chose ? demanda Dame Clair-de-Lune.

— Ô sultan notre maître, répondit le prince, ce billet hâtera l'heure de ma mort : il est déjà la raison de l'affliction où tu me vois, et si je ne trouve pas son propriétaire, c'en est fait de moi. Il faut que tu saches que cette personne et moi étions unis, et que nous nous aimions d'un amour dont tu peux voir encore les ravages aujourd'hui sur mon âme, aujourd'hui que nous sommes séparés par la faute de ce billet !...

L'émotion l'empêcha quelques instants de continuer, puis il reprit :

— Ô sultan notre maître, si tu veux entendre mon histoire, accorde-moi ta généreuse attention, afin que je te raconte tout ce qui m'est arrivé.

— En effet : je sais peu de chose de toi, répondit Dame Clair-de-Lune, et c'est de ta propre bouche que je voudrais entendre ton récit. Mais ne bouge pas quelques instants : j'ai d'abord quelque chose à faire, et quand je reviendrai, tu auras tout le loisir de m'informer en détail de ton histoire.

Ce « quelque chose à faire », c'était gagner sa chambre pour y passer ses habits de femme, et quand Dame Clair-de-Lune revint, débarrassée de son apparence de sultan, c'est alors que Lune-du-Temps, au premier regard, bondit sur elle et l'enlaça, la serrant longuement sur sa poitrine.

— De quels bienfaits, de quels admirables bienfaits ce généreux sultan m'a-t-il comblé, s'écriait-il, en m'envoyant chercher et en nous joignant tous deux ensemble ! ô mon âme !...

Il pleurait de joie, tout en l'embrassant. Mais Dame Clair-de-Lune le coupa :

— Sultan ? De quel sultan parles-tu ? C'est moi, le sultan. Assieds-toi et écoute, je vais te raconter ce qui s'est passé pour moi depuis ton départ.

Elle l'informa donc de toutes ses aventures : comment elle avait revêtu ses vêtements dès qu'il fut parti, comment elle s'était fait passer pour lui, jusqu'à prendre son nom, Lune-du-Temps, pendant tout le voyage qui l'avait conduite en cette ville, comment le sultan Armânoûs l'avait reçue avec toutes les marques de respect et l'avait comblée d'honneur. Ce n'était pas tout : il lui avait aussi demandé d'épouser sa fille et, elle, dans l'embarras, avait dû accepter cette proposition du sultan, pénétrer chez la jeune fille, Dame Vie-des-Ames, s'entendre avec elle par un pacte d'alliance conclu entre femmes. Depuis, un navire était arrivé dans le port, avec une cargaison de caisses d'olives qu'elle avait acquise, et le capitaine était retourné chercher le marchand de la cité des Idolâtres, qui était son époux qu'elle avait pu enfin retrouver...

De son côté, Lune-du-Temps lui fit le récit circonstancié de son histoire, depuis le début jusqu'à la fin. Cet échange de procédés occupa une bonne moitié de la nuit ; alors Dame Clair-de-Lune prit son bien-aimé avec elle dans son lit et dormit à ses côtés : tous deux ressentaient la même joie à se retrouver et elle était si forte que chacun croyait s'élever dans les airs.

Le lendemain matin, Lune-du-Temps se leva, mit ses véritables vêtements, tandis que son épouse s'habillait en femme. Dame Clair-de-Lune envoya chercher le sultan Armânoûs par un esclave qu'elle avait là, et quand l'ancien souverain entra dans les appartements royaux, il aperçut, près de sa fille, une dame étrangère. Il se demandait bien ce qui se passait, quand, tournant ses regards de l'autre côté de la chambre, il tomba sur une pyramide de caisses d'où l'on pouvait voir s'écouler comme une dune d'or en poudre et d'olives. De sa vie, Armânoûs n'avait jamais contemplé tant d'or et de si pur. S'approchant de sa fille, il lui demanda où était le sultan en exercice.

C'est Dame Clair-de-Lune qui prit la parole pour lui répondre :

— Ô sultan notre maître, hier, j'étais le sultan en charge. Aujourd'hui, je suis la fille du sultan de la Chine, Dame Clair-de-Lune, la nouvelle épouse de Lune-du-Temps, le fils du sultan de l'Irâq. Que cette histoire ne te plonge pas dans l'étonnement, ô sultan, et ne me tiens pas rigueur d'avoir usurpé l'identité de Lune-du-Temps, de m'être fait passer pour un homme et d'avoir accepté d'épouser ta fille ; rien de cela n'était fait pour te tromper et quand tu connaîtras la cause de cet enchaînement qui a conduit à pareille substitution de personnes, tu accepteras mes excuses pour ma conduite, et ne me garderas rancune de rien.

Après ce préambule, elle entra dans les détails de l'histoire, pour le sultan Armânoûs cette fois, et ne lui cacha rien de ce qui lui était arrivé. Plus il en entendait, plus l'émerveillait un tel imbroglio d'épisodes plus inattendus les uns que les autres. Mais Dame Clair-de-Lune en était à sa conclusion :

— Ce jeune homme est l'époux qui m'avait récemment été donné. Oui, je sais, la jalousie des femmes dépasse la mesure et souvent elles ne veulent pas qu'un homme prenne deux femmes en même temps ; mais moi, j'ai scellé un pacte avec ta fille, qui a été si bonne envers moi : nous avons décidé qu'elle serait aussi l'épouse de Lune-du-Temps, car elle ne m'a pas trahie, elle a gardé mon secret, et m'a aidée dans toutes mes entreprises. Si elle épouse mon mari Lune-du-Temps, elle sera une sœur pour moi et nous passerons nos jours ensemble.

Chez Armânoûs maintenant, la stupeur était à son comble. Après quelques mots sur l'homme-jouet des circonstances, il s'adressa au prince :

— Mon fils, du moment que les choses sont ce qu'elles sont, et puisque ton épouse Dame Clair-de-Lune m'a trompé, mais que j'accepte ses excuses, et qu'elle consent à te voir prendre ma fille comme seconde épouse, du moment enfin qu'elles sont prêtes toutes deux à vivre entre elles comme des sœurs à tes côtés, je n'ai rien à dire : marie-toi donc avec ma fille et monte sur le trône du royaume.

— Ô sultan mon maître, répondit Lune-du-Temps, tu sais que j'ai quitté mon père depuis des années, que j'éprouve un très vif désir de le revoir, et surtout la crainte de lui porter un coup fatal en restant plus longtemps loin de lui. Mais puisque tu as commencé par me combler de bienfaits sans attendre que je te demande quoi que ce soit, je te dois obéissance en tout point, et je tiendrai compte aussi de l'alliance qui a été conclue entre mon épouse Dame Clair-de-Lune et ta fille Dame Vie-des-Ames.

Aussitôt on célébra les noces, les réjouissances furent organisées et Lune-du-Temps pénétra dans la chambre de Dame Vie-des-Ames. Puis le sultan Armânoûs fit solennellement ce qu'il fallait pour l'introniser dans sa succession.

Les deux épouses vivaient ensemble comme des sœurs : par une décision du Donateur Généreux, elles conçurent le même jour et chacune enfanta le même jour un garçon. Le fils de Dame Clair-de-Lune reçut le nom de Glorieux et l'on appela celui de Dame Vie-des-Ames Chanceux.

Dame Clair-de-Lune se mit à aimer l'enfant de Dame Vie-des-Ames plus que le sien, tellement elle était attachée à la mère du bambin et, pour la même raison, Dame Vie-des-Ames vouait à l'enfant de Dame Clair-de-Lune une affection qui ne le cédait en rien à celle de son amie.

Vif, trop vif était cet attachement qui, d'innocent, se mit, comme on verra, à dépasser les limites du permis. En effet, les enfants grandissaient et ils devenaient physiquement des adultes ; quant à leur formation, le père désigna un lettré pour s'en occuper. Ce précepteur commença son enseignement par les savoirs ordinaires puis il passa à l'éducation requise pour des fils de rois. Le père voulut à un moment séparer les jeunes gens, et les installer chacun dans un palais particulier. Ils refusèrent, suppliant le roi de les laisser vivre côte à côte.

Leur formation s'élargit, quand ils furent devenus assez forts pour régler leur propre conduite et assez sages pour être appelés des hommes, Lune-du-Temps leur demanda alors de venir chaque jour assister aux délibérations du Conseil royal. Puis ils y furent nommés conseillers extraordinaires et durent siéger, chacun à son tour, dans cette assemblée. On ne vit jamais frères plus unis entre eux que Glorieux et Chanceux, ni fils plus aimés de leur père et princes de leurs sujets. Ils avaient gagné cette affection par toutes ces qualités poussées chez eux au plus haut point : leur physique, leurs traits, leur intelligence, leur savoir-faire et enfin leur générosité envers toute créature.

Dame Clair-de-Lune et Dame Vie-des-Ames, comme il a été dit, les aimaient également, mais à leur façon : chacune se consumait de désir pour le fils de l'autre et n'avait qu'une envie, dormir avec lui. Cependant il leur fallait garder caché cet amour inavouable.

Dame Clair-de-Lune put tenir un certain temps son secret, mais un jour que c'était au tour de Chanceux de prendre part au Conseil, elle écrivit au fils de Dame Vie-des-Ames un billet où elle se déclarait et lui faisait clairement entendre son désir de dormir avec lui. Elle avait fait transmettre le billet par son domestique, qui attendit la fin des délibérations et c'est ainsi que lorsque Chanceux sortit de la salle, il eut connaissance du message. Il l'eut à peine déplié et lu qu'il se fâcha tout rouge :

— Maudit sois-tu, tonna-t-il contre le messager, est-ce ainsi que tu es fidèle et dévoué à ton maître le sultan ?

Tirant son sabre, il lui trancha la tête d'un seul coup. Puis, les yeux pleins de colère, il se rendit auprès de sa mère, Dame Vie-des-Ames, à qui il raconta tout, et demanda à la fin :

— Qui a donné ce billet au domestique ? De qui est cette écriture ?

— Je n'en sais rien du tout, confessa la mère.

Et jetant sur le jeune homme un regard de courroux, elle ajouta :

— Je suis sûre que c'est un piège monté contre ma sœur Dame Clair-de-Lune. Elle est sage et a en propre toutes les qualités : elle ne saurait avoir poussé l'audace jusqu'à commettre un tel forfait !

Sa colère montait contre son fils, sur le compte duquel elle se mit à vitupérer. Mais le jeune homme répondait déjà :

— Ce que je soupçonne, oui, c'est que chacune de vous deux cherche à surpasser l'autre en turpitude !

Il quitta sa mère sur ces mots :

— Par Dieu, sans le respect que je dois au sultan, j'abreuverais bien le fil de cette lame au sang de cette Dame Clair-de-Lune !

Le jour suivant, Dame Vie-des-Ames, profitant du tour de séance de Glorieux, lui écrivit à son tour un billet. L'exemple de Dame Clair-de-Lune lui avait frayé la voie et elle se sentait tout à fait à l'aise. Dans le mot étaient signifiées au jeune prince la violence du désir qu'elle nourrissait pour lui, la nature de sa passion, et son intention concupiscente. Une vieille femme avait été choisie comme messagère, qui attendit le jeune homme à la sortie du Conseil. Quand le destinataire eut pris connaissance du contenu du billet, la fureur le brûla, il dégaina son poignard et en tua la vieille. Après quoi, le papier à la main, il se rendit chez sa mère Dame Clair-de-Lune, qui sut tout de suite ce qui l'amenait :

— Je sais pourquoi tu viens me trouver, fulmina-t-elle. Dehors ! Ne me laisse pas même le temps de regarder ton visage. Ton frère et toi, vous vous imaginez que tout le monde est aussi ignoble que vous deux.

A ces mots de sa mère, Glorieux, d'abord interdit, comprit immédiatement la collusion des deux femmes, qui rivalisaient en impureté et en plans pernicieux. Sans un mot de réponse, de crainte d'être à son tour éclaboussé par l'opprobre, le jeune homme se rendit auprès de son frère Chanceux et lui raconta l'affaire. L'autre lui fit savoir qu'il en avait été de même pour lui. Du coup, tous deux s'affligèrent, désolés de constater, chacun pour son compte, la félonie de sa propre mère.

Quant aux deux femmes, en s'apercevant de la vanité de leur démarche, qui laissait intact leur désir, elles se mirent à détester les princes et l'amour qu'elles vouaient jusque-là à leurs fils se changea en haine, une haine qui allait plus loin que l'amour n'avait pu le faire. En effet, comme elles craignaient de voir leurs instincts bénéficier d'une publicité inopportune, elles songèrent à une ruse visant à tuer leurs enfants. Voici laquelle.

Elles commencèrent par décider ensemble qu'elles garderaient le lit, comme si elles étaient malades. Elles pleuraient d'abondance et disaient à leurs servantes que leurs fils avaient eu l'audace de les agresser, sabre dégainé ; puis elles expliquaient :

— Chacun des deux a déclaré à chacune de nous qu'il voulait dormir avec elle. Voyez dans quel état la peur nous a mises !

Sur quoi, elles recommençaient à pleurer, les débauchées. Le soir, le sultan Lune-du-Temps, qui revenait de la chasse, vit ses deux femmes couchées dans le même lit à verser des larmes. Il s'écria :

— Que Dieu nous préserve du malheur ! Qu'avez-vous, toutes les deux ?

Les pleurs redoublaient, les lamentations fusaient, mais elles ne répondaient point.

— Je vous demande pourquoi ces larmes, insistait Lune-du-Temps.

Elles refusèrent encore, mais cédèrent devant l'obstination de Lune-du-Temps à répéter sa question. C'est Dame Clair-de-Lune qui, au milieu de ses larmes, lui raconta :

— Nous ne pouvons plus continuer à vivre, depuis l'affront que nous avons subi de Chanceux et de Glorieux... Quelle audace ! Personne au monde n'admettrait d'être traité ainsi ! Écoute : ils ont profité de ton absence pour pénétrer dans notre chambre, le sabre dégainé, et ils voulaient dormir avec nous, chacun avec l'autre épouse de son père !

C'était trop pour Lune-du-Temps, qui vit le monde s'obscurcir, et sentit s'amonceler sur son front, entre les deux yeux, la nuée de la colère. Il voulait, sans perdre un instant, et dans l'intérieur même du palais, occire ses deux fils de sa propre main : il les avait déjà fait venir et tenait le sabre qui les immolerait, mais justement entra Armânoûs qui, voyant ce tableau, bondit sur lui et lui arracha le sabre des mains.

— Mon enfant, lui conseilla-t-il après l'avoir désarmé, ne va pas tremper tes mains dans le sang de tes fils. Un cas comme celui-là ne se traite pas à la légère, mais demande un examen attentif des faits. Aussi, ne te hâte pas, tu serais sans tarder la proie du repentir.

Lune-du-Temps, provisoirement calmé, appela l'un de ses émirs, un dénommé La Culbute, et lui intima :

— Ô La Culbute, prends ces deux-là, pars avec eux pour la zone désertique que tu sais, et ne reviens qu'après les avoir tués, avec une preuve de leur mort : je parle de leurs habits imprégnés de leur sang. Et prends bien garde d'épargner ces deux traîtres qui ont souillé la couche de leur père, sans quoi c'est toi qui seras immolé à leur place.

La Culbute prit Chanceux et Glorieux avec lui et les

emmena là où avait dit le sultan Lune-du-Temps. Quand la population de la ville sut la nouvelle, tout le monde en fut affligé.

Mais quand La Culbute fut arrivé à l'endroit où il devait accomplir son geste, la pitié envers ces malheureux l'envahissait déjà, et c'est au milieu des pleurs qu'il leur demanda secours :

— Ô mes seigneurs, je vous prie de me pardonner. Je sais que votre père s'est montré cruel envers vous, et que vous êtes innocents du crime qu'il vous impute. Mais que faire ? Je ne puis lui désobéir... A moins que vous n'ayez une solution en tête, quelque ruse à me suggérer. Alors dites-la-moi et indiquez-moi quelle conduite tenir : je ferai comme vous me direz de faire.

— Nous n'avons nulle ruse à te proposer, répondirent Chanceux et Glorieux. Nous sommes comme toi : il nous faut obéir au sultan.

Chanceux s'approcha de son frère Glorieux et commença de déchirants adieux : chez l'un comme chez l'autre, les larmes se mêlaient aux embrassades. A la fin, ils s'avancèrent vers le bourreau, lui demandant d'accomplir son œuvre. Mais La Culbute sentait une telle affection mutuelle entre ces deux frères, une telle délicatesse de sentiments à l'instant de mourir qu'il n'avait plus la moindre force pour se mettre en posture de faire son funeste office. C'est alors que les deux frères réactivèrent son courage : il devait exécuter l'ordre du sultan ; simplement, pouvait-il les attacher ensemble de telle sorte qu'un seul coup de sabre emportât leurs deux têtes et qu'aucun des deux n'eût la douleur de voir mourir l'autre ?

La Culbute fit selon leur vœu et les lia, puis leur fit cette déclaration :

— Ô mes seigneurs, voici qu'est arrivé le dernier moment de votre vie. Si vous avez quelque ultime recommandation à me faire, si vous voulez me confier quelque tâche que ce soit, je vous écoute.

La réponse des condamnés fut nette :

— La seule recommandation que nous ayons sera que tu dises bien au sultan que notre mort n'est pas méritée, mais que nous lui pardonnons parce qu'il a été joué. Puisse Dieu — qu'Il soit exalté et glorifié ! — punir la personne qui est cause de notre mort ! Puisse Dieu, dans Sa générosité, faire miséricorde à notre père !

Le bourreau levait déjà le sabre pour appliquer son coup, quand le cheval de race qui l'avait amené et qui était à un piquet tout auprès, se mit à se cabrer jusqu'à rompre ses liens et finalement s'enfuit. Son maître laissa tout pour tenter de rattraper l'animal qui se sauvait, tandis que les deux jeunes gens restaient dans la posture où il les avait mis, à genoux, membres liés. Mais la bête ne se laissait pas rattraper : La Culbute, dans une poursuite qui ne s'arrêtait pas, fut amené par la course effrénée du cheval jusqu'au cœur d'une épaisse futaie. Un lion affamé sortit de dessous les arbres devant un La Culbute tremblant de panique, et que le fauve, négligeant alors le cheval, se mit à convoiter.

Du côté des deux frères, ils trouvaient que leur bourreau tardait à revenir. Voilà une heure qu'ils attendaient patiemment, et toujours pas de La Culbute en vue. La soif commençait à les incommoder, si bien que Glorieux dit à son frère Chanceux :

— N'est-ce point là une source, à laquelle nous pourrions nous abreuver ?

— Mon frère, répondit Chanceux, est-ce bien le moment de boire, si près du terme de notre vie ? Dans un instant, c'en sera fait de nous, et si La Culbute était là, nous aurions passé ce cap, nous prendrions un repos mérité après les fatigues de cette vie.

Cette remarque ne changea pas les dispositions de Glorieux, qui avait toujours soif et donc se défit de ses liens, puis délia son frère : tous deux s'allèrent abreuver à la source voisine, et c'est là qu'ils entendirent rugir un lion.

Les deux frères, se guidant sur le cri du fauve, arrivèrent à la forêt et saisirent d'un coup d'œil la scène du lion, du cheval et de La Culbute. Glorieux, se saisissant du sabre qu'il avait trouvé par terre, courut au lion qui, changeant alors sa course, le chargea, désireux d'en faire sa proie. Mais en preux parmi les preux,

Glorieux lui fendit le crâne en deux de son arme. La Culbute, se voyant sauvé par cette intervention des deux jeunes gens, se jeta à leurs pieds pour leur manifester de la reconnaissance :

— Ô mes seigneurs, le Dieu Très-Haut a bien voulu me détourner de la faute que j'aurais commise en versant votre sang. Moi qui étais venu ravir votre vie, vous avez fait en sorte de sauver la mienne ! Comment pourrais-je maintenant porter seulement la main sur vous et verser votre sang ? Comment ma droite oserait-elle obéir à un ordre inique ? Non, non, je n'aurai pas le front de vous faire du mal.

— Le bien que nous t'avons fait, répondirent-ils, le service que nous t'avons rendu est une chose, désobéir à ton maître en est une autre. Prends ton cheval, ramène-le à l'endroit où nous étions, et là, tu feras ce que t'a dit de faire notre père le sultan.

Le cheval était paralysé de peur depuis l'attaque du lion. Il fallut que La Culbute le prît gentiment avant de revenir avec les deux garçons à l'endroit où il les avait d'abord attachés. Eux-mêmes lui demandèrent de refaire leurs liens comme auparavant et de les tuer, ainsi qu'il en avait reçu l'ordre de la part du sultan leur père. La Culbute refusa en ces termes :

— Croyez-vous que je puisse, après le service que vous m'avez rendu ?

Et, après un instant de réflexion, il ajouta :

— Non, croyez-moi, jamais je ne vous ferai de mal... Mais donnez-moi plutôt une partie de vos effets, après quoi vous pourrez aller le chemin que le Dieu Très-Haut vous fera prendre sous Sa garde et Sa protection.

Quand les princes se furent dépouillés de quelques pièces de vêtements, il leur en donna quelques-unes des siennes en échange, ajouta tout l'or et tout l'argent qu'il avait avec lui, ainsi que des vivres. Il fit ses adieux aux deux frères, les embrassant et les remerciant encore pour le service qu'ils lui avaient rendu, et les quitta en pleurant sur leur sort, certain qu'il était de leur innocence : ils n'avaient pu commettre le forfait dont on les accusait et le sultan les avait condamnés injustement et à la légère. Enfin, il revint auprès du cadavre du lion et, du sang de la tête, il macula les vêtements des jeunes gens avant de reprendre le chemin du retour vers la ville.

Arrivé chez le sultan Lune-du-Temps, il s'entendit demander des comptes sur sa mission :

— Ô sultan notre maître, répondit-il, j'ai tué les deux frères ; d'ailleurs voici leurs vêtements tachés de leur sang, comme preuve de leur exécution.

— Comment cela s'est-il passé pour eux ? Ne t'auraient-ils pas laissé quelque message ?

— Ô mon maître, ah ! si tu avais été là au moment où ils ont été exécutés, tu aurais vu, ô mon maître, comment chacun d'eux voulait mourir avant son frère, tellement vive était l'affection mutuelle qu'ils se portaient. Chacun disait à l'autre : « Ô mon frère, c'est ce que Dieu a décidé pour nous. Ne jugeons pas le sultan notre père en cette affaire. » Ils ont prononcé l'un devant l'autre leur profession de foi dans l'islam, se sont jetés dans les bras l'un de l'autre et sont morts ainsi, avec ces derniers mots : « Notre père le sultan n'a pas examiné notre cas avec toute l'attention qui eût convenu, mais ne le blâmons pas, et pardonnons-lui notre sang versé sur son ordre. Voilà notre destinée, et maintenant est arrivé le terme de notre vie, tel que les décrets l'ont fixé. »

A ces mots, le sultan Lune-du-Temps ne put retenir ses larmes, et l'affliction le disputait au remords dans son âme éplorée. La Culbute ajouta :

— Par Dieu, mon maître, j'atteste que ces deux-là étaient innocents des accusations portées contre eux.

Le sultan prit leurs vêtements : c'est alors que dans la poche intérieure de Glorieux, le fils de Dame Clair-de-Lune, il vit un billet. En l'ouvrant, et comme il reconnaissait l'écriture de Dame Vie-des-Âmes, il en lut le contenu, dont il comprit, hélas, tous les termes. Mettant alors la main dans la poche intérieure de Chanceux, il y trouva le billet que lui avait adressé Dame Clair-de-Lune. Il relut les deux billets, les com para, et comprit alors comment tout s'était passé. Ce furent des pleurs abondants qu'il versa, et son affliction était telle qu'il en resta pendant une heure sans connaissance. Les esclaves, les domestiques lui firent respirer des sels et lui aspergèrent le visage d'eau de rose additionnée de musc, jusqu'à lui faire reprendre ses esprits. Mais il continuait de gémir et de pleurer sur le sort de ses enfants, et de s'accuser de son crime : « Quel père indigne tu es, se disait-il, ô criminel qui as plongé tes mains dans le sang de tes propres enfants, l'essence de toi-même, les deux portions de ton cœur ! Tu n'as pas reculé devant ce meurtre, fruit d'une accusation imaginaire, et tu n'as pas daigné examiner les pièces du dossier ! Ah, que n'ai-je pris le temps de chercher à voir les faits véritables, de prendre en considération que des enfants bien élevés, obéissants, si déférents aux ordres de leur père qu'il ne fallait pas les leur répéter, si prévenants, se refusent à se disculper ? Sultan injuste, père cruel, fauve assoifé de sang ! Si au moins j'avais voulu écouter mes sujets accablés de chagrin intercédant pour eux ! non, il valait mieux traiter tout le monde de menteur et s'en remettre aveuglément à deux débauchées qui voulaient voir un père assassiner ses fils ! »

Il pleurait, se lamentait, regrettait sa conduite... Soudain, il prit la décision d'aller trouver Dame Clair-de-Lune et Dame Vie-des-Âmes, qui étaient, lui semblait-il, parfaitement réjouies d'avoir atteint leur but, depuis qu'elles savaient que La Culbute avait tué leurs enfants et rapporté des vêtements tout maculés de sang.

— Maîtresses de ruse et de perfidie, quelle désolation vous pouvez semer, maudite gent de femelles à qui l'on doit déjà que le père de votre race ait quitté le paradis où il se trouvait ! Par Dieu, vous mériteriez que je fasse couler votre sang, comme vous avez fait verser celui de mes enfants. Mais je ne saurais souiller ma main au contact de votre venin. Tu m'as trompé dans ton amour, ô Clair-de-Lune, et tu n'as eu de cesse que je prenne la décision de tuer mes enfants pour toi. Jeune, je ne voulais pas voir d'autre visage que le tien : est-ce ainsi que tu me paies de cet amour pour toi ? Dorénavant, vous deux, Vie-des-Âmes et toi, vous ne vous verrez plus.

Il ordonna immédiatement leur incarcération : elles n'auraient droit chaque jour qu'à un peu de pain et d'eau.

Voilà ce qui se passait du côté de Lune-du-Temps, de Dame Clair-de-Lune et de Dame Vie-des-Âmes.

Pendant ce temps, Chanceux et Glorieux, nos deux émirs, parcouraient, depuis le départ de La Culbute, steppes et déserts, incapables de savoir vers où diriger leurs pas, n'ayant aucune idée d'un pays de destination. Pour toute nourriture, ils ramassaient ce que le sol leur offrait comme pousses et pour tout gîte, ils devaient se contenter de la cime des arbres, qui leur offrait au moins un abri sûr contre les attaques des bêtes sauvages qui auraient pu descendre des montagnes proches. Leur marche errante dura ainsi jusqu'aux abords de la montagne de Qâf, sans qu'ils aient rencontré âme qui vive, sans avoir traversé le moindre hameau.

Ils entreprirent l'ascension d'un col fort malaisé, se donnant de temps à autre les pauses nécessaires à leur marche pénible, mais quand ils furent au sommet, ils purent découvrir un haut plateau couvert de jardins, de ruisseaux, abondant en sources et en arbres chargés de fruits appétissants, dont ils goûtèrent en affirmant que jamais rois n'en avaient mordu de semblables. Ils décidèrent de s'attarder dix jours en cet endroit, le temps de se remettre de leurs fatigues et de refaire un peu leurs forces.

Au bout de ce temps, ils redescendirent par la pente opposée, qui aboutissait au littoral, où se trouvait un grand port. Ils formèrent aussitôt le plan d'y entrer pour acheter quelques vivres :

— Je m'y rendrai seul, proposa Glorieux à son frère : je vais seulement m'enquérir du nom de cette ville, de la région à laquelle elle appartient, et de la langue qu'on y parle. Toi, tu vas m'attendre sans bouger, de manière que s'il m'arrivait quelque chose, toi au moins tu puisses réchapper à tout péril.

— Pas question ! répliqua Chanceux. Tu as bien raison de dire qu'il n'en faut qu'un pour aller aux informations et aux provisions tandis que l'autre l'attendra. Mais voilà : celui qui va y aller, c'est moi, et celui qui va attendre les vivres et les renseignements, c'est toi.

La discussion dura un moment : chacun voulait y aller et laisser l'autre sur place. Enfin, un accord se fit : Chanceux demeurerait sur les lieux, et Glorieux irait en ville. Quand celui-ci eut passé la porte, il croisa un vieillard qui passait : nanti d'une respectable barbe, à la main un bâton crochu, il était suivi de deux serviteurs, et son regard tomba sur ce garçon qu'il sut tout de suite étranger. Aussi s'arrêta-t-il pour lui poser quelques questions :

— Jeune homme, de quel pays es-tu ? Que cherches-tu ici ? Es-tu de passage ?

Glorieux lui répondit :

— Oui, maître, je suis un étranger. J'ai mon frère avec moi, qui est resté là-bas au pied du mont, pour se reposer un peu. Voilà trois mois que nous voyageons.

Alors le vieillard commença par lui réciter ces vers en souhaits de bienvenue :

Si ces murs savaient qui daigne les visiter,
ils l'accueilleraient, transportés d'émotion,
comme un qui baise la trace des pas de l'hôte,
et déborderaient de joie à la bonne nouvelle.

A leur manière ils chanteraient, exultants,
ce chant que l'on chante à qui vous honore :
Que soient les bienvenues ces personnes
parées de bienveillance et de générosité !

Puis il remarqua :

— Mon enfant, d'après ce que je vois, tu as toutes les apparences d'une noble origine.

— Ô mon maître, ne demande pas à l'affamé où sont ses provisions ni à l'homme qui va nu ce qu'il a fait de ses habits.

— Mon enfant, continua le vieillard, que cherches-tu dans cette ville ?

— Je ne fais que passer y acheter des vivres, après quoi je me dépêcherai de rejoindre mon frère.

— S'il te plaît, reçois l'hospitalité de mon toit, et je recevrai la bénédiction de Dieu sur moi. Ensuite, j'achèterai pour toi tout ce que tu voudras et tu pourras retourner vers ton frère. Mais je t'aurai auparavant informé de tout ce qui se passe dans notre cité, habitée de méchants qui sont hostiles au voyageur. Tu peux remercier le Dieu Très-Haut, ô mon enfant, de la chance que tu as eue de me rencontrer, car si tu avais été vu en premier par un autre que moi... Mais moi, je suis un fidèle ami de Dieu : je Le loue et Il fait pleuvoir sur moi les richesses ; je donne toujours l'hospitalité aux voyageurs, et tu verras, une fois chez moi, s'il n'y a pas lieu de se féliciter de la générosité avec laquelle je traite ceux qui comme toi sont des étrangers.

Mais les deux serviteurs qui suivaient le vieux à quelques pas ne se réjouissaient point du tout de voir Glorieux, un jeune homme si beau, si accompli à tous égards, promis à un malheur certain : ils savaient mieux que quiconque où leur maître allait l'amener et ce qu'il allait faire de sa belle jeunesse. Mais ils étaient bien forcés de faire taire leur inquiétude : pouvaient-ils détourner Glorieux de suivre leur maître, pouvaient-ils l'avertir du danger qu'il courait, en présence d'un maître dont ils avaient peur ? Ils multipliaient bien les signes muets mais le jeune homme ne voyait pas où voulaient en venir ces mouvements d'yeux et de sourcils.

Glorieux, donc, se répandit en louanges sur le mérite du vieillard et chemina en sa compagnie jusqu'à une très grande maison. A la voir, le jeune homme ne douta point qu'il eût rencontré en son hôte un des représentants de la noblesse du cru. C'était en effet un palais de pierres bien taillées et de marbres, entouré de jardins, où l'on avait aménagé piscines et fontaines. Comme le vieillard entrait le premier et précédait Glorieux à la porte, un des domestiques attira l'attention du jeune homme en lui frappant l'épaule et lui fit discrètement signe de ne pas aller plus avant. Mais le jeune homme ne comprenait toujours rien à ce langage, car il n'avait pas le sentiment de courir un danger et il n'eut pas le temps non plus de demander à l'esclave, dans le dos du vieillard, de s'expliquer. De toute façon, celui-ci le prenait déjà par la main et le menait dans le vestibule.

Glorieux comprit d'un seul coup ce que voulaient dire les serviteurs avec leurs signes bizarres, et pourquoi ils l'engageaient à s'arrêter là au lieu d'accompagner leur maître dans la maison : quarante adorateurs du Feu étaient occupés à adresser, devant un autel immense, leurs prières à leur idole. Regrettant déjà de s'être fourvoyé, le jeune homme cherchait une façon de s'échapper. Mais le vieillard était sur lui, le frappant et le renversant à terre ; en un tournemain, il lui eut lié les bras derrière le dos et l'eut confié à ses deux filles.

L'une avait pour nom Piscine et l'autre Jardin. Piscine et Jardin avaient pour mission de torturer Glorieux et de lui donner juste de quoi ne pas mourir d'inanition, un peu d'eau, un morceau de pain, le but étant de le conserver en vie jusqu'au départ du navire qui appareillait une fois l'an et emmenait les fidèles à la Montagne du Feu, où ils adoraient leurs divinités : Glorieux devait faire partie du voyage, au titre de la prochaine victime à leur être offerte en holocauste. Le vieillard encourageait ses filles :

— Faites montre de la meilleure piété : vous avez là un musulman orthodoxe, sunnite, et tout à fait comme il faut. Il est à vous, appliquez-lui le supplice en bonnes fidèles.

Les deux tortionnaires descendirent le garçon dans un cul de basse-fosse très obscur, et, après l'avoir entravé, le déshabillèrent et le supplicièrent jusqu'à ce que le sang coulât partout sur lui. Elles ne le quittèrent que quand il eut perdu connaissance, laissant devant lui une galette de pain et lui ayant remis ses vêtements : alors elles refermèrent à clé la porte de la cellule et allèrent où les appelaient leurs affaires.

La victime resta un bonne heure évanouie. En revenant à lui, Glorieux se mit à pleurer et à gémir. Dans sa tête, il s'en prenait ainsi à sa mère :

— Ô mère indigne, sans-cœur, qui n'éprouves ni amour ni pitié pour le fruit de ton ventre, viens, et contemple l'état où ton fils est plongé !

Mais en même temps, il remerciait le Dieu Très-Haut de n'avoir pas permis que son frère Chanceux tombât dans le même abîme : Piscine et sa sœur Jardin avaient en effet pris l'habitude de descendre chaque jour appliquer leur torture à Glorieux jusqu'à l'évanouissement. Après quoi, elles plaçaient devant lui la galette et la cruche, refermaient et repartaient Voilà pour Glorieux...

Du côté de Chanceux, qui avait attendu en vain le retour de son frère jusqu'à l'entrée de la nuit, où en étaient les choses ? Eh bien, ne voyant pas l'autre revenir, l'inquiétude et le chagrin s'étaient emparés de lui : il monta sur un arbre, de peur de se voir attaqué par les fauves ou par d'autres espèces hostiles, et là, il passa toute sa nuit à pleurer et à gémir sur le sort de son frère Glorieux, se disant que si le frère en question était encore en vie, nul doute qu'il ne l'eût point laissé seul, sans revenir au rendez-vous.

Jusqu'au matin, il se tourmenta de la sorte, sans avoir pu fermer l'œil de la nuit. A la fin, il descendit de l'arbre et décida de se rendre à la ville.

La première personne qu'il y vit était un homme habillé d'une façon qui laissait à penser qu'il s'agissait d'un étranger. Il lui demanda :

— Comment s'appelle cette ville ?

— La Cité des Mages, répondit l'homme.

— Sommes-nous loin de la presqu'île d'Abnoûs ? continua Chanceux.

— A une année entière, par voie terrestre ; mais par mer, à quatre mois seulement.

Chanceux n'en revenait pas : « Comment sommes-nous arrivés ici en si peu de temps ? se demandait-il. Ce doit être ce mont que nous avons gravi : un charme opère sur lui et il nous a rapprochés de la ville. »

Il parcourait la Cité des Mages quand, dans une rue, il tomba sur un tailleur qu'à l'examen il jugea musulman. Il l'aborda et lui adressa le salut dans les termes requis par l'islam. Le tailleur regarda d'abord à droite, à gauche, devant lui, derrière lui, et après ces précautions seulement, répondit au salut de Chanceux, qui lui demandait naturellement pourquoi il avait agi ainsi avant de répondre.

— Tu sauras, ô mon enfant, que tous les habitants de cette ville sont des Mages, qui adorent le Feu.

Et après un instant de silence, il continua :

— Dis-moi, mon enfant, d'où tu es, et ce que tu cherches ici.

— Je suis un étranger, répondit Chanceux. Mon frère est entré ici hier et n'est pas ressorti de la ville.

Le tailleur comprit tout...

— Ne cherche plus à revoir ton frère, ô mon enfant, lui conseilla-t-il, car il est certainement tombé entre les mains de tous ces païens qui adorent le Feu, et qui éprouvent pour les musulmans une haine plus qu'intense. Maintenant pense à toi et prends garde : tu pourrais sans cela perdre la vie et subir le sort de ton frère. Aussi, viens avec moi, je te prendrai dans ma maison, car les habitants de cette ville adorent le Feu, comme je te l'ai dit, et quand ils peuvent s'emparer d'un étranger, qui de surcroît est musulman, ils ont coutume de l'offrir en sacrifice à leurs divinités, que ces barbares adorent sous les espèces du Feu.

Chanceux, à ce discours, répandit des larmes et proféra des gémissements sur le sort de son malheureux frère ; il alla pour sa part habiter chez le tailleur, dont il se faisait toujours accompagner pour ses sorties en ville.

Toujours, non : il était sorti seul de chez le tailleur, ce jour-là, où il se rendait au bain. Après s'y être lavé, il reprenait le chemin du retour, lorsqu'une jeune fille l'aperçut ; à peine ses regards étaient-ils tombés sur Chanceux que les flammes de l'amour eurent embrasé son cœur et que, ôtant le voile qui lui dissimulait le visage, elle l'aborda en ces termes :

— Beau jeune homme, où vas-tu de ce pas ?

Elle ajoutait, lui prenant la main, des mots comme : « Toi, le sang de mon cœur, toi, mon âme, toi, mes pensées... » ; elle l'embrassait, se pressait contre lui. Maix Chanceux hâtait le pas, sans répondre à cette poursuite, qu'elle pourtant continuait, demandant :

— Ô mon bien-aimé, où demeures-tu ?

Chanceux restait silencieux, et marchait devant elle, ce qui l'obligea, elle, à régler son pas sur le sien ; mais lui réfléchissait au moyen de se débarrasser de l'importune : par manque de chance, il ne voyait pas de rue transversale sur le parcours qu'ils empruntaient, mais au contraire, leur chemin conduisait à un gros édifice qui le barrait en impasse. La jeune fille crut que c'était là la demeure de Chanceux, qui, de son côté, se disait : « Peut-être trouverai-je le moyen d'entrer là-dedans, et là… » Mais il repoussa bien vite cette idée : que diraient les gens en le voyant entrer, et s'ils l'interpellaient, que répondrait-il ?

Il s'arrêta devant la porte, sans savoir quelle décision prendre. La femme s'était arrêtée aussi, attendant la suite. Lui, par honte de lui avouer que cette maison n'était pas la sienne, préféra frapper à la porte, ce qui lui donnait le temps de penser à ce qu'il pourrait dire au portier si par hasard celui-ci venait leur ouvrir en leur demandant à qui il avait affaire. Toujours incapable de savoir quelles paroles prononcer, il se contenta de la formule qui vient à la bouche de tout bon musulman : « Il n'y a de puissance et de force qu'en Dieu le Très-Haut, le Très-Grand ! »

Mais cela ne l'avançait guère, et comme il continuait de frapper à la porte, la femme lui dit soudain :

— Mais où donc est ta clef ?

— Ô dame mienne, répondit-il, avec le serviteur. Oui, vois-tu, je l'ai envoyé au marché faire les provisions pour le repas de midi. Je croyais tarder, alors je lui ai donné la clef, car je ne pensais pas rentrer le premier, tu comprends ?

La femme se contenta de cette explication et éclata en imprécations contre la sottise de l'esclave ; elle se mit à malmener la serrure pour la faire sauter, tandis que Chanceux, coquille de noix sur l'océan de ses pensées, perplexe, se réfugiait dans des vers adaptés à la situation :

Oui, par le Maître de Miséricorde,
Indécis je suis, indécis je reste :

indécis, et, pour de bon, malheureux ;
d'où fond sur moi ce lot d'épreuves ?

Eh bien, patientons : que Patience elle-même
s'étonne de voir qu'elle a trouvé son maître
et ainsi j'attendrai que tombent les décrets
que Dieu, ayant délibéré, a préparés pour moi.

Puis il se tourna vers la femme :

— Ô dame mienne, que sont ces façons ? Crois-tu de bon ton de faire sauter une serrure ?

— Mais ce n'est rien, répondit-elle. N'importe quel menuisier t'arrangera cela, l'essentiel est que nous entrions ; nous n'allons pas rester une heure à faire le piquet devant cette porte, à attendre que revienne ton maudit serviteur. Au passage, je te dirai que tu ne l'as pas bien dressé.

Bref, la serrure fut brisée, la porte ouverte et la femme entra la première. Chanceux, qui la suivait, ressemblait plutôt à un mouton que l'on mène à l'abattoir, un tantinet préoccupé par la sévérité du châtiment que ne manqueraient pas d'entraîner l'effraction et le bris de serrure. Il s'arrêta, en proie à ses inquiétudes.

— Pourquoi n'entres-tu pas ? lui demanda l'autre.

— C'est que, comprends-tu, tant que le serviteur n'est pas revenu du marché, je n'ai rien à t'offrir à manger pour m'acquitter de mes obligations à ton égard. Attendons ici que les provisions arrivent.

— Pas question, répondit-elle. Chez toi, nous pourrons nous asseoir, et nous installer comme il faut, tout à notre aise, jusqu'à ce que ton maudit serviteur vienne te rejoindre.

Chanceux entra donc. Une grande salle accueillit les visiteurs, avec ses quatre bassins et ses fontaines. Des fruits étaient disposés là à rafraîchir, en bon ordre dans des plateaux, près de l'eau. Ce signe renforça le jeune homme dans la conviction que le châtiment ne pourrait être que la mort : « Chanceux, se disait-il, tu vis tes derniers instants ; le terme de ta vie est arrivé ! »

Mais la femme applaudissait des deux mains :

— Hypocrite, va ! Tu disais que ton serviteur n'avait rien préparé : et cette table toute prête qui attend les hôtes, c'est quoi ? Mais j'y pense, elle était peut-être destinée à une autre femme que tu attendais, et Dieu seul sait qui ! Mais par le Dieu Très-Grand, par l'amour que tu portes à tes prunelles, avise-toi d'en recevoir une autre, et elle verra de quel bois je me chauffe ! N'oublie pas le proverbe : « Honore les yeux d'un seul, et c'est à une légion que tu feras du bien. »

Ces remarques arrachèrent un sourire au jeune homme, et pourtant il n'avait pas le cœur à cela, tant la crainte l'assaillait de toutes parts. La femme se mettait à table, et commençait son repas ; cependant elle demanda à Chanceux pourquoi il ne s'installait pas à côté d'elle. Et comme il restait debout, tout à son inquiétude de voir arriver les propriétaires du lieu, c'est elle qui alla le chercher, le prit par la main et le força à s'asseoir à ses côtés :

— Mange avec moi, tu viens de sortir du bain. Quel régal de te voir, quand tu sors de ce lieu, et quelle grâce la toilette a répandue sur toi ! Vraiment, c'est pour toi le moment le plus indiqué pour prendre une femme dans tes bras, plaisanter avec elle et poser la tête sur son sein !

— Par ta vie, ô dame mienne, répliqua Chanceux, je n'attends personne…

— Crois-tu que je ne sois pas assez belle pour toi ? continuait-elle. En tout cas, ce moment est délicieux : je suis avec toi, et toi, tu es avec moi, encore tout entier sous l'effet de ce bain…

Elle accompagna ces grâces de deux baisers qu'elle lui appliqua sur les joues, tout en le serrant contre sa poitrine. Chanceux se trouva donc contraint de partager le repas avec elle. Tout en mangeant, elle formait des bouchées qu'elle lui mettait dans la bouche, et remplissait des verres qu'elle lui passait. Le jeune homme éprouvait quelque difficulté à déglutir, et chaque gorgée lui restait en travers quand il pensait que pouvait entrer quelque occupant ordinaire de la maison… Comment d'ailleurs, dans une maison comme celle-là, la nourriture et la boisson pouvaient-elles être disposées pour attendre des invités fantômes ? Toutes ces réflexions le faisaient adresser au ciel cette prière : « Je supplie le Dieu Très-Haut de me préserver du mal que pourrait me causer cette maison ! »

Le couple en était au dessert, quand s'ouvrit la porte : c'était le propriétaire, l'émir affecté aux écuries royales, un certain al-Adlami. Cet al-Adlami avait bien une autre maison, mais il la réservait à sa vie de famille, tandis que celle-là lui servait de pavillon de rendez-vous pour y mener quelque conquête. Justement, ce jour-là, il y avait organisé le matin une partie fine en galante compagnie — compagnie qu'il avait remmenée avec lui après avoir festoyé. Et tout ce petit monde venait juste de quitter la demeure au moment où Chanceux y entrait avec sa belle inconnue, y avait avec elle la conversation qui a été rapportée, et voyait la table mise, les coupes disposées, la boisson préparée...

Notre émir s'en revint et dès la porte, qu'il vit forcée, serrure arrachée, la colère le prit ; cependant, il préféra la faire taire et s'approcher en tapinois, en se guidant sur les propos débridés, sur le cliquetis des coupes que l'on remplissait, que l'on heurtait dans les rires et les joyeuses exclamations, sur tout ce bruit qui parvenait à ses oreilles. Arrivé près du salon, il se dissimula dans une encoignure pour observer à sa guise les intrus. Or, Chanceux, à qui l'inquiétude faisait lancer l'œil de tous côtés pour voir si personne ne rentrait à l'improviste, aperçut le prince connétable. Sa compagne, toute à son occupation, ne vit rien : elle mangeait et buvait. Mais Chanceux, lui, qui savait, sentit comme un feu qui tombait du ciel, semant la mort dans son cœur. « Cette fois, se dit-il, je n'en ai plus pour longtemps à vivre. » Il se levait ; la fille le retint et lui demanda où il allait.

— Je ne tarderai pas, répondit-il. Je suis là dans un instant.

Elle crut comprendre qu'il avait quelque besoin naturel à satisfaire. Mais Chanceux, sortant du salon, allait vers l'émir qui, dès le premier regard porté sur le jeune homme, sut qu'il avait affaire à quelqu'un de noble, à quelqu'un qui venait d'une famille à exercer dans son pays des responsabilités. Ainsi s'entendit-il interpeller par le propriétaire des lieux :

— Jeune homme, crois-tu qu'on puisse ainsi entrer dans les maisons en en forçant la porte et en en arrachant les serrures ? Et avec une femme ? D'où viens-tu ? Que fais-tu chez nous ?

— Ô mon maître, répondit Chanceux, je suis un jeune étranger.

Il nomma alors son pays, son père le roi, raconta au connétable ce qu'ils avaient subi, son frère et lui, et comment, pour finir, il avait pénétré dans la maison, abusé par la femme qui en avait pratiqué l'effraction elle-même. Bref, il lui dit tout, sans rien lui cacher. Du coup, notre al-Adlami fut gagné par un amour sans borne pour cet homme étranger : il faut dire qu'il le sentait fait pour lui ; ainsi le récit de Chanceux lui paraissait empreint de talent oratoire, prononcé avec une élocution précise par un garçon séduisant, en tout point accompli. Il ne lui fut guère difficile de lui pardonner et de le rassurer :

— Mon enfant, lui dit-il, n'éprouve aucune crainte. Par le Dieu Très-Grand, je ressens une joie extrême à te recevoir ici. Apprends que je suis l'émir connétable du sultan, que cette maison m'appartient, et que je l'ai réservée pour des banquets avec des personnes passionnées d'amour que j'ai la bonne fortune de fréquenter. Si j'ai bien compris, tu as dit à cette jeune fille que tu avais envoyé ton serviteur au marché ; eh bien, va t'asseoir avec elle, mange et bois, sois heureux, car ta présence fait descendre sur moi mille bénédictions. Quant à moi, attends-toi à me voir revenir te voir en livrée de serviteur : tu seras le maître et je serai l'esclave. Je jouerai ce rôle jusqu'au soir, moment où vous vous retirerez pour aller dans le même lit, elle et toi, et vous y resterez sans vous faire aucun souci jusqu'à demain matin.

» Donc, dans un instant, me voici devant toi ; à ce moment-là, tu me frappes, tu me maltraites, comme on fait d'un serviteur, sans avoir peur de rien. Et puis demain matin, adieu la femme, que tu renvoies avec tous les honneurs voulus. Et, quand elle sera partie vaquer à ses affaires, je te ferai part d'un petit secret qu'il faut bien que tu connaisses si tu veux, avec l'aide de Dieu, gagner ton salut.

Chanceux revint s'asseoir après ces recommandations de l'émir connétable : il avait bien essayé de lui signifier avec insistance qu'il partait sans plus tarder et qu'il avait déjà abusé, mais l'autre ne voulait rien entendre. Il rejoignit donc sa compagne, pour manger et boire de bon cœur, louant le Dieu Très-Haut d'avoir apporté un dénouement heureux à cette affaire, et en se répandant au-dedans de lui en éloges sur les mérites d'un émir connétable qui ne s'était pas contenté de lui pardonner, mais qui lui avait montré de la générosité. Il se tourna alors vers la femme :

— Ô dame mienne, reçois mes excuses : si ma mine était renfrognée et mon humeur sombre, c'est à cause de ce serviteur qui est parti depuis longtemps et qui n'est pas encore de retour. Mais attends un peu qu'il revienne, il n'a rien perdu pour attendre et je saurai lui rappeler comment on me sert, moi.

— Que le malheur tombe sur tous les serviteurs et tous les esclaves du monde ! s'exclama la jeune fille. Ne pense plus à lui, et profitons de la chance que nous avons d'être ensemble. Et puis, quand il sera là, tu aviseras à ce qu'il faut lui faire.

On reprit les choses où on les avait laissées : manger, boire, et rire. Maintenant, le jeune homme était délivré de toute crainte et c'est parfaitement détendu qu'il plaisantait avec la femme. Alors arriva le propriétaire, déguisé, comme il l'avait dit, en domestique, et qui se jeta aux pieds de Chanceux :

— Ô mon maître, pardonne-moi mon retard. Si j'avais su que tu recevais... Oh ! je t'en supplie, accorde-moi le pardon.

Mais Chanceux restait sans bouger, les bras croisés :

— Ô serviteur nul ! Ô le plus funeste des esclaves ! s'écria Chanceux. Je t'envoie au marché avec un travail à faire et tu t'en vas dans les tavernes t'enivrer ? Par le

Dieu Très-Grand, je vais t'infliger une de ces corrections qui pourra bien t'ôter la santé définitivement !

— Ô mon maître, répondit l'émir déguisé, je suis allé faire le travail dont tu m'as chargé, simplement j'ai attendu qu'il soit mené à bonne fin avant de rentrer.

Le jeune homme, d'un bâton qu'il était allé chercher, lui appliqua deux ou trois coups légers, qu'il assortit de quelques insultes et revint s'asseoir à table, le sourcil froncé, la face empreinte de colère, maugréant :

— Ah ! le maudit, le sinistre individu ! Ah ! le plus funeste des valets ! Attends, ce n'est pas le moment le mieux choisi pour te punir, mais qu'à cela ne tienne, et je t'apprendrai à accomplir avec du retard un travail dont je te charge, oui, je t'apprendrai à me présenter des excuses qui n'en sont pas, et qui sont aussi peu engageantes que ta personne !

Quand Chanceux eut fini d'insulter ainsi le serviteur, ce fut au tour de la jeune fille de se lever, de prendre le bâton et de se mettre à tomber à bras raccourcis sur l'émir connétable, tout en l'insultant :

— Serviteur mal dressé ! Que Dieu maudisse les gens de ton espèce !

Les larmes maintenant jaillissaient des yeux du malheureux al-Adlami et coulaient en flots sur ses joues, tant était vive la douleur provoquée par les coups. La femme frappait sans s'arrêter, si bien que Chanceux, pris de pitié pour l'émir, fut contraint de se lever pour la retenir. Il lui arracha le bâton des mains et la fit asseoir, avec cet argument :

— Ô dame mienne, ne te fatigue pas ainsi, ménage ta santé...

Les choses revinrent dans l'ordre : al-Adlami servait les fêtards, leur versait le vin, et cela dura jusqu'à ce qu'ils fussent rassasiés. Alors, il leur présenta l'aiguière et le bassin pour leurs ablutions, desservit la table, alluma le cierge, disposa les substances odoriférantes et toutes sortes de fleurs devant eux. Il alla même, pour accompagner les gâteaux de toutes espèces et les fruits, jusqu'à leur préparer du vin vieux.

L'heure de dormir approchait : le prince-esclave cessa

de leur servir à boire et à manger pour aller leur arranger un lit couvert d'étoffes de soie, puis il se retira dans une autre pièce de la maison et se plongea dans un sommeil bien mérité, après ce changement de condition parfaitement épuisant. Entre le jeune homme et la jeune fille cependant, la conversation se prolongeait un peu. Elle n'entendait pour sa part que les ronflements d'al-Adlami profondément plongé dans le sommeil à la suite de ses peines de domestique, ce qui la poussa à demander à Chanceux :

— Ce maudit, cet esclave, où dort-il ?

Sans attendre la réponse, elle se leva pour chercher sa chambre, où elle entra et vit le sabre du propriétaire accroché au-dessus au mur, à la tête de son lit. Elle s'en saisit et le dégaina :

— Que vas-tu faire ? lui demanda Chanceux.

— J'ai l'intention de trancher la tête de cet homme, répondit-elle.

Le jeune homme bondit sur elle, la désarma et la ramena au salon où ils avaient festoyé, essayant de la raisonner :

— Ô dame mienne, mon domestique est un homme d'un bon naturel ; de sa vie, il n'a commis une faute comme celle d'aujourd'hui. De plus, je n'ai point d'esclave qui, comme lui, déploie chaque jour des trésors d'ingéniosité dans son dévouement à mon service.

— Soit, répondit la femme, mais c'est ainsi : je ne peux absolument pas renoncer à lui trancher la tête !

— Ô dame mienne, continuait Chanceux, cela ne se fait pas. Pourquoi cette obstination à vouloir lui trancher le col ?

— J'en ai fait le serment par le Dieu Très-Grand. Donc, il ne se peut pas que j'aille là-contre.

— Ô dame mienne, chasse de ton esprit toutes les pensées qui concernent ce serviteur, et jouissons de notre chance de prendre ensemble du plaisir.

— Mais il n'est pas possible, par le Dieu Très-Grand, que je renonce à trancher la tête de ce maudit !

— Ô dame mienne, je t'adjure, par ton honneur et

par Dieu au-dessus de toi, de ne plus penser à ce serviteur.

— Par le Dieu Très-Grand, insistait-elle, il n'est pas question que je chasse de mon esprit la pensée de cet homme, et c'en sera fait du plaisir pour moi, si auparavant je ne lui ai pas tranché la tête. Je dois donc le faire.

Chanceux comprenait que la femme était ivre, qu'elle avait dépassé la mesure permise en matière de vin ; elle ne renoncerait pas à son idée, elle ne se laisserait pas détourner de son projet de tuer al-Adlami. Il tenta alors un marché :

— C'est bon, mais pour te faire plaisir, laisse-moi lui trancher la tête à ta place.

— J'accepte, répondit-elle.

Il se dressa sur ses pieds, et entra avec elle dans la chambre où dormait al-Adlami. Il décrocha le sabre du mur et fit mine, en se cachant de la femme, d'appliquer un coup fatal au dormeur. Mais à la réflexion, il se dit : « Maudite engeance ! Le mal que tu nous as fait cette nuit ne te suffit donc pas ? » et lui donna, à elle, le coup de sabre fatal, qui lui sépara la tête du corps. Et c'est précisément la tête qui, après avoir plané dans les airs, retombant sur al-Adlami, le réveilla !

Voyant sur son lit une tête de femme dégoulinant de sang et un homme debout qui tenait encore le sabre à la main, et enfin un corps décapité qui gisait dans un autre coin de la pièce, le connétable fut pris d'un tremblement convulsif. Il demanda au jeune homme ce que signifiait ce tableau, et comment la femme avait été tuée. Chanceux lui raconta tout :

— Cette maudite femme, expliqua-t-il, avait fait le serment sur sa vie de t'ôter la tienne cette nuit. C'était ainsi, et pas autrement. J'ai eu beau essayer de la relever de son serment, en lui rappelant que nous t'avions frappé, que cela suffisait, rien à faire : elle ne renonçait pas à son idée fixe, et elle jurait par le Dieu Très-Grand qu'il lui fallait nécessairement te tuer. Lorsque je me suis rendu compte qu'il n'y avait pas moyen de la détourner de son projet, je lui ai promis que ce serait moi qui te trancherais la tête : c'est alors qu'elle m'a sommé de me lever pour le faire, à quoi j'ai répondu moi-même : « Maudite femme, c'est ta vie que je vais t'ôter, oui ! » Et comme elle me suivait pour vérifier ton exécution, je lui ai donné le coup de sabre dont tu vois ici les effets.

A ce récit, al-Adlami manifesta sa reconnaissance envers Chanceux, qu'il serra dans ses bras, s'écriant :

— Quel homme fidèle ! Ô mon enfant, si seulement chacun pouvait montrer sa loyauté et sa gratitude par des actes, comme tu le fais ! Vraiment, tu es de la race des rois. A présent, c'est moi qui suis ton obligé et qui ai une dette envers toi...

— Par le Dieu Très-Grand, c'est juste le contraire : comment, moi, me montrer assez reconnaissant envers ta personne ?

— Par Dieu, reprit al-Adlami, c'est moi ton débiteur... Mais cessons là cette discussion, il y a plus pressé ; et puis, chacun de nous se conduit comme ses origines le lui dictent. Maintenant, ô mon enfant, il m'incombe de porter au fleuve ce corps sans vie et de l'y jeter.

— C'est à moi de le faire, et tu n'as pas à t'en occuper, répliquait déjà le jeune homme.

— Je regrette, c'est moi qui dois assumer cette tâche, répondit l'émir : c'est en prenant ma défense que tu as tué cette femme. Sans compter que tu es un étranger, mon enfant, et que tu pourrais te perdre en sortant de la ville. Mais avant de me livrer à cette besogne, je dois écrire un billet de ma main en ta faveur : tu seras le légataire de ce palais et de tout ce qu'il contient. D'autre part, il y a dans la vasque de cette fontaine que tu vois là-bas un anneau de cuivre fixé dans une dalle de marbre. Sous la dalle, il y a assez d'argent pour suffire à tous tes besoins, et qui te fera une réserve dans laquelle tu n'as qu'à puiser au jour le jour : cependant garde-toi de sortir seul de la maison, car il se pourrait bien qu'il t'advienne de subir le même sort que ton frère avec les Mages.

— Quelle idée, ô mon maître, de me léguer ta

fortune ? Tu es vivant et en bonne santé — que le Dieu Très-Haut en soit loué !

— Mon enfant, je m'apprête à transporter le corps de cette traîtresse pour le jeter dans le fleuve. Si le jour se lève sans que je sois revenu, sois sûr que le gouverneur m'aura rencontré au milieu de ma besogne et qu'il m'aura arrêté afin de me mettre à mort.

Ces mots plongèrent Chanceux dans une grande tristesse. Il eut beau insister pour accompagner l'émir, celui-ci s'en tint à son idée : il alla donc chercher plume et encrier et écrivit de sa main un billet dans lequel il lui léguait le palais et tout ce qu'il contenait. Après quoi il lui remit ce testament, enveloppa le corps dans un sac qu'il chargea sur ses épaules, et sortit de la maison.

Et en effet, tandis qu'il se dirigeait vers le fleuve, le gouverneur et sa troupe se saisirent de sa personne : son ravisseur, l'ayant reconnu, l'amena dans son propre palais où il l'emprisonna jusqu'au matin, attendant que le jour fût levé pour monter chez le sultan qu'il mit au courant de toute l'affaire. Il faut savoir que l'émir al-Adlami, qui faisait partie de la suite royale, ne pouvait être jugé que par le roi. Le gouverneur fit donc ce rapport au sultan :

— L'émir qui a la charge de ton écurie a été rencontré et interpellé par nous, sur le chemin du fleuve où il se rendait afin de s'y défaire du corps d'une jeune fille décapitée.

En prenant connaissance de ces faits qui concernaient un de ses plus hauts fonctionnaires, le sultan, courroucé au plus haut point, fit comparaître l'émir connétable :

— Ô maudit que tu es, commença-t-il, j'avais si près de moi, dans ma ville et parmi mes sujets, un voleur doublé d'un assassin, et qui a opéré jusqu'ici dans le crime à l'insu de tout un chacun ? Sans doute ton activité de brigand patenté ne remonte-t-elle pas à hier ! Ô le plus païen des hommes que créa le Dieu Très-Haut, tu mets donc à mort dans ta propre maison les filles des gens et puis tu vas au fleuve jeter leur corps...

Il continua quelque temps dans ces invectives et finit par donner au bourreau l'ordre de le décoller. Al-

Adlami ne soufflait mot : il préférait supporter avec courage la colère du sultan et la sentence de condamnation à mort plutôt que de compromettre Chanceux. On se saisit donc de l'émir, qu'on traîna dans les rues de la ville, précédé par le héraut qui faisait aux habitants l'annonce criée du crime et de son châtiment :

— Qui veut se réjouir du spectacle d'un criminel que l'on châtie en lui tranchant la tête, que celui-là vienne assister à l'exécution de l'émir connétable du sultan, et sache que l'accusé a été convaincu, sans doute possible, de vol et de meurtre commis sur les biens et la personne de serviteurs du Dieu Très-Haut.

Or, le crieur faisait sa tournée par toutes les rues de la ville et le cortège passa à un moment donné sous les fenêtres de la maison où demeurait Chanceux. Quand celui-ci entendit la proclamation du héraut, il sentit le chagrin l'oppresser et son sang bouillir : « A cause d'une débauchée, une âme généreuse, un homme bien né comme lui va passer de vie à trépas ! » se disait-il. Il ne s'en tint pas là : « Voilà un homme qui m'a rendu un service inestimable, et moi, je le laisse aller à la mort ! Il n'y a pas de doute, cet homme est valeureux : il a supporté l'humiliation, il s'est plié à la sentence de mort et il n'a pas parlé, il n'a pas voulu me compromettre. Serait-il plus valeureux que moi, qui compte parmi les fils de rois ? Par Dieu, non, jamais de la vie ! »

Il sortit de la maison, qu'il referma du mieux qu'il put, et gagna de toute la vitesse de ses jambes la place où l'on exécutait les condamnés. Fendant la presse, il se fraya un chemin jusqu'au gouverneur. De là, se tournant vers le bourreau, il l'interpella :

— Bourreau ! arrête un peu et écoute : c'est moi le coupable, et c'est moi que tu dois punir. Je vais te dire comment un sultan équitable devrait juger : un homme de cette valeur n'a pas à encourir la peine capitale pour le meurtre d'une débauchée et d'une traîtresse, encore moins quand il n a pas commis ce meurtre. C'est moi qui l'ai commis. Et si je l'ai tuée, elle, c'est parce qu'elle voulait assassiner cet homme, cet homme qui est d'une race si noble qu'il a préféré s'exposer à la mort plutôt que de se tirer d'affaire en me dénonçant, alors qu'il n'est pour rien dans ce meurtre.

Puis il fit quelques pas en direction du sultan et du gouverneur, leur racontant tout ce qui lui était arrivé avec la jeune fille, ainsi que les bontés de l'émir al-Adlami envers lui. Le sultan, conquis par un jeune homme si bien fait, si accompli à tous égards, le fit approcher pour lui demander de revenir sur certains détails : Chanceux dut ainsi expliquer que la fille l'avait abordé spontanément, comme il sortait du bain, et que c'était elle qui avait commis l'effraction à la porte de la maison du connétable, dont il ne cessait au passage de louer l'infinie libéralité. Il conclut par le récit du meurtre proprement dit :

— Ô roi de l'époque et du moment, cette femme damnée avait formé le projet de trancher la tête de mon hôte et elle ne voulait pas en démordre ; comme il était impossible de lui faire changer d'avis, j'ai dû trancher la sienne.

— Jeune homme, de quelle origine es-tu ? demanda le sultan.

— Ô mon maître, si ma mère ne m'a pas menti, je suis fils de roi...

Et il se mit à raconter toute son histoire ainsi que celle de son frère, expliquant au sultan comment leur père avait décidé de les tuer et lui donnant tous les détails sur leur voyage jusqu'à leur arrivée en son royaume et dans sa capitale. Sur son frère, il ajouta :

— Ô roi du temps, une fois arrivés sains et saufs à l'entrée de ta ville, nous avons décidé que l'un de nous y pénétrerait ; ce fut mon frère, mais il n'en est pas revenu. Pour moi, quand j'y suis entré à mon tour, à sa recherche, j'ai connu avec cette traîtresse les mésaventures que tu sais.

Une fois de plus, Chanceux avait séduit, par une éloquence qui tenait la balance égale entre la diction et le fond ; le sultan, se levant de son trône, allait vers lui et le serrait sur son cœur, en le bénissant :

— Que les fils de rois qui te ressemblent aient longue vie en ce monde !

Il donna l'ordre de conduire Chanceux au bain, lui fit tenir un costume d'apparat, le nomma vizir de sa droite, et répara le dommage causé au connétable en le comblant de bienfaits et le nommant vizir de sa gauche. Le premier acte public proclamé par Chanceux au nom du sultan fut naturellement de faire crier dans toute la ville que quiconque trouverait un étranger répondant au nom de Glorieux et se présentant comme ceci et comme cela, recevrait s'il l'amenait au sultan des richesses qui lui suffiraient à lui et aux siens jusqu'à la troisième génération. Cette annonce fut faite et répétée par les crieurs pendant un certain temps, mais en vain : rien de Glorieux ne transpira, aucune information sur lui ne parvint au vizir. Et voilà pour Chanceux...

Du côté de Glorieux, que se passait-il ? Il ne cessait de subir les tourments que lui infligeaient Jardin et sa sœur Piscine, les filles du vieux Mage. Chaque jour apportait son lot de cruautés. Mais la Fête des Mages approchait, où l'on devait offrir des sacrifices de victimes aux idoles qu'adoraient ces païens : les divinités du Feu. On apprêtait déjà le navire qui devait conduire la communauté vers la Montagne du Feu, site sacré où aurait lieu la cérémonie avec son holocauste. Le vieux quant à lui s'était occupé de Glorieux : il l'avait installé, mêlé à certaines marchandises, dans un coffre, où il avait pris la précaution de ménager un trou qui laissait respirer le prisonnier.

Or, le vizir Chanceux avait été mis au courant par ses informateurs de ce rite des Mages qui, chaque année, affrétaient pour leur solennité un navire destiné à les transporter jusqu'à la Montagne du Feu ; arrivés là-bas, ils sacrifiaient leurs victimes à leurs divinités. Les informateurs avaient précisé :

— Il n'est pas exclu que ton frère soit tombé entre leurs mains et qu'ils l'embarquent avec eux : ce serait une victime toute désignée pour leur dieu du Feu.

Du coup, ainsi alerté, Chanceux se porta vers le navire, dès qu'il fut prêt à prendre la mer. Il avait avec lui une troupe de soldats auxquels il ordonna une perquisition du bâtiment. Mais les hommes eurent beau chercher parmi les gens le frère du vizir, ils ne trouvèrent rien. On abandonna donc la fouille et le capitaine put monter à bord, parer à la manœuvre et gagner le large. Il s'agissait d'un dénommé Barhâme, un homme très pieux dans sa religion, un zélé païen, sincère adorateur de son panthéon du Feu. Dès qu'il eut atteint la pleine mer et que la côte ne fut plus en vue, il courut libérer Glorieux de son coffre et le laissa, quoique entravé, aller sur le pont du navire. Quelques jours plus tard se levait une tempête : on eut vent debout, la mer s'enfla, et d'énormes vagues frappaient les bords. Les passagers commençaient à désespérer de leur salut ; le commandant en second grimpa à la vigie quelques instants afin d'essayer d'identifier le littoral le plus proche et redescendit de son poste en informant les voyageurs qu'on longeait le pays de la reine Brin-de-Corail.

Cette reine faisait partie des souverains qui avaient adopté la Foi véritable et les pratiques de l'islam. Sa haine pour les idolâtres et les Mages sectateurs du Feu était intense, à telle enseigne qu'on brûlait sur son ordre quiconque confessait ce genre de croyance. La nouvelle que le navire voguait au large de la capitale de cette reine, qu'on était déjà dans ses eaux et qu'on ne manquerait pas d'être drossé sur cette côte inhospitalière aux non-musulmans plongea le capitaine dans la détresse : il se mit à gémir, à pleurer, à se frapper le visage de ses mains. Puis il réunit les passagers et tint conférence avec eux :

— Quel est votre avis ? les sollicita-t-il. De quelque manière qu'évolue la situation, son issue est un danger pour nos vies. Que pensez-vous de l'idée qui consiste à laisser le bateau dériver doucement vers la terre ferme, avant d'y être jetés par le gros temps ?

— Fais ce que bon te semble, répondirent les passagers.

— Alors, voici : je pense que nous devons habiller le jeune musulman comme un esclave que nous souhaitons conduire au marché, et une fois entrés dans le port, attendre que la reine Brin-de-Corail nous envoie quelqu'un qui nous demandera de sa part ce que fait ici le bateau et quelles marchandises il apporte.

» C'est là que je répondrai : « Je transportais des esclaves, et il ne m'en reste qu'un seul, mais d'excellente race, qui sait lire, écrire, et qui occupe la fonction de secrétaire que je lui ai confiée sur le navire. » Dès qu'elle verra le jeune musulman, la reine le trouvera à son goût et elle me le demandera. Peut-être ce procédé nous sauvera-t-il d'entre ses mains.

La compagnie approuva ce plan, à l'unanimité. Le capitaine Barhâme conduisit donc le navire au port, où il fit bientôt son entrée. Il fit mettre à Glorieux des vêtements propres, capables de le faire passer pour un secrétaire ou un messager, lui ôta ses entraves et lui plaça dans la ceinture un encrier et une plume.

L'équipage jetait l'ancre quand la reine Brin-de-Corail, de la fenêtre de son palais, qui donnait sur la mer, vit qu'un navire était arrivé ; elle envoya aussitôt chercher le capitaine qui, prenant avec lui Glorieux, son encrier à la ceinture à la mode des secrétaires, se rendit au palais, se fit introduire et se tint devant la reine, comme prêt à la servir. Il lui présenta d'abord ses respects, fit des invocations pour la continuité de son pouvoir et sa prospérité, puis l'informa que les circonstances l'avaient obligé à se dérouter et à faire escale dans son port. Pendant ce discours, la reine Brin-de-Corail n'avait d'yeux que pour Glorieux et pour sa beauté : elle était tombée dans le filet de la grande passion que déjà il suscitait en elle. Aussi, se tournant vers le capitaine, répondit-elle à ses propos par une question.

— Quel est ce jeune homme qui t'accompagne ?

— Ô dame mienne, lui expliqua Barhâme, j'avais avec moi des serviteurs et des esclaves en grand nombre. Je les ai tous vendus, pour ne garder que ce jeune homme auprès de moi, car il est très compétent, et comme il sait à la perfection lire et écrire, je l'ai nommé secrétaire pendant le temps du voyage.

La reine Brin-de-Corail interpella alors le jeune homme pour lui demander son nom.

— Ô dame mienne, lui répondit-il énigmatiquement, veux-tu mon nom actuel ou celui d'autrefois ?

— Que veux-tu dire ? s'étonna la reine. Aurais-tu deux noms ?

— C'est cela même, reprit l'autre. Jadis, mon nom véritable était Glorieux, et maintenant je me nomme Holocauste.

Cette réponse du jeune homme laissait perplexe la reine Brin-de-Corail, qui lui donna cependant cet ordre :

— Écris un peu sur cette feuille, que je voie ton écriture.

Glorieux prit la feuille et y jeta ces mots :

« Ceux qui avaient des yeux pour voir sont devenus aveugles et les aveugles ont recouvré la vue. Maudite soit l'époque où le bègue accède au rang d'orateur à la parole fluide et où l'expert en discours a contracté le bégaiement, maudit le temps où les adorateurs du Feu se sont mis à capturer les croyants qui professent la Foi véritable, qui prononcent le Nom d'un seul Dieu, l'Unique, le Tout-Puissant, et puis les destinent à être sacrifiés aux dieux du Feu qu'ils adorent. Et moi, malheureux que je suis, je suis tombé entre leurs mains, je me suis exposé à être offert en holocauste au Feu, et n'ai d'autre refuge que Dieu... et toi, ô reine, qui me délivrerez ensemble d'eux. »

Puis il tendit le papier à la reine qui lut le message et comprit immédiatement ce qu'il signifiait. Elle se tourna alors vers le capitaine, en lui déclarant :

— Ô capitaine, je souhaite prendre cet esclave pour moi. Qu'en dis-tu ? En échange, je t'accorderai le pardon et épargnerai ton navire.

— Ô dame mienne, protesta l'homme, tu sais qu'on a besoin d'un secrétaire sur un bateau : nul dans notre équipage ne sait écrire comme il faut, aussi ne m'est-il pas possible de te laisser ce garçon.

A ces mots, la reine Brin-de-Corail sentit monter en elle la colère, et donna l'ordre de brûler sur-le-champ le navire et de trancher la tête de son capitaine ainsi que de chacun des matelots de l'équipage. L'homme tomba aux pieds de la reine, la suppliant de lui pardonner et d'oublier les paroles qu'il avait prononcées. La sultane Brin-de-Corail était trop contente de se voir complètement disposer de Glorieux pour garder rancune au capitaine de ses propos inconsidérés : au contraire, elle le couvrit de dons, et lui donna son congé pour la nuit même avec son navire et son équipage. Si le jour le trouvait encore au port, on lui brûlerait son bâtiment, et il n'aurait à s'en prendre qu'à lui. L'homme quitta donc le palais et se prépara à se remettre en route après cette escale forcée.

La sultane, de son côté, emmena Glorieux dans ses appartements privés et demanda qu'on lui apportât le repas du soir. La table fut aussitôt avancée, garnie de mets abondants.

— Assieds-toi et mange, ordonna la reine à son compagnon.

Elle lui désignait la place à sa droite. Mais lui refusa en s'excusant :

— Un esclave, un captif, n'a pas sa place ici.

— Mais, ô Glorieux, répliqua-t-elle, tu n'es ni un esclave ni un captif, que je sache. Je te demande de t'asseoir et de me raconter tes mésaventures avec ces méchants : quelles peines, quelles offenses t'a infligées ce maudit capitaine, ce soi-disant marchand d'esclaves ?

— C'est vrai, ô dame mienne, je ne suis ni serviteur ni esclave. Mais j'ai dû subir des tourments et des humiliations tels qu'on ne peut les décrire. Sans ta providentielle bienveillance, j'étais offert en holocauste aux divinités du Feu. Mais, ô dame mienne, avant d'en passer aux dernières péripéties, il me faut remonter en arrière et te raconter toute mon histoire depuis le début

Glorieux déroula alors pour elle la longue suite de ses malheurs depuis le commencement jusqu'à son arrivée auprès d'elle dans ce palais. Il souligna son ignorance totale du sort de son frère Chanceux. En apprenant cela, la reine fut non seulement attristée pour lui, mais encore très échauffée contre ces Mages, ces adorateurs du Feu qui avaient infligé d'ignominieux traitements au jeune homme.

Ce fut alors le moment de passer à table : la reine formait de sa propre main des bouchées qu'elle portait aux lèvres de son hôte, pour lequel elle éprouvait un amour immense. Pour lui encore elle remplissait des coupes de vin qu'elle lui passait, si bien que Glorieux, qui fêtait également sa délivrance d'entre les mains des infidèles, dépassa la mesure : il n'avait pas l'habitude de boire, et le vin lui montait à la tête. Quand on eut bien bu et bien mangé, on se leva de table, mais Glorieux éprouvait le besoin de sortir au grand air pour respirer un peu : voyant devant lui un jardin dont la porte était ouverte, il décida de s'y promener en régalant ses regards de ce qu'il y avait de beau à y voir.

Arrivé devant un bassin dont le jet d'eau s'élevait avec une puissance peu banale, il prit le temps de s'asseoir et de jouir de la délicieuse fraîcheur de la brise qui le caressait, en même temps que du doux murmure de la fontaine. La lune, dans sa phase du quatorzième jour, éclairait de ses rayons la route de celui qui venait ou qui partait. Glorieux s'assoupit : la boisson, comme il a été dit, faisait son œuvre.

Cependant, le capitaine Barhâme, qui se préparait, selon les recommandations de la reine, à reprendre la mer, disait à son équipage :

— Allez chercher à terre une provision d'eau douce suffisante pour nous permettre de finir notre voyage.

Les matelots se récrièrent :

— Comment veux-tu que dans une ville que nous ne connaissons pas, nous trouvions une source ou une fontaine ?

Or, le capitaine et la reine Brin-de-Corail avaient eu leur entrevue dans le parc du palais, et Barhâme avait noté que l'eau y coulait en abondance, à partir de nombreuses sources qu'on avait canalisées. Du côté de la mer, le parc était longé d'un mur, qu'il suffisait de franchir. Le capitaine ordonna donc à ses hommes :

— Allez prendre de l'eau dans ce jardin, en passant sur le mur que vous apercevez là : vous verrez toutes les sources qu'il renferme, vous n'avez qu'à remplir les récipients et revenir.

Les ordres furent exécutés point par point, mais les matelots, en parcourant les allées qui les menaient aux sources, tombèrent sur Glorieux qui dormait à côté de la vasque : ils crurent bon de le ramener endormi au navire, en même temps que leur eau, dont ils avaient eu soin d'emplir leurs récipients sans faire de bruit. Le jeune homme ne s'était réveillé ni pendant cette opération ni pendant le transport, et eux volaient presque de joie ; le capitaine également se frottait les mains à l'idée de pouvoir reprendre la mer avec sa victime. Il fit appareiller sans tarder, sortit du port et gagna la haute mer sans être ennuyé par les garde-côtes. Quand Glorieux se réveilla, il avait déjà les pieds entravés par des chaînes : il ne lui restait plus qu'à se lamenter de se retrouver dans un malheur identique, et qu'à opposer à la liesse indescriptible des mariniers un flot de larmes amères. Il entendait leurs actions de grâce :

— Notre Dieu, le Feu, nous a donné la victoire sur nos ennemis !

La reine Brin-de-Corail, elle, attendait patiemment le retour de Glorieux. Mais en vain. Au bout d'une heure de patience, elle commença à s'inquiéter et envoya des gens à sa recherche, elle-même parcourant les endroits du palais où il pouvait se trouver. Avec ses servantes, elle en était à explorer le jardin, quand, tout près de la fontaine, elle trouva par terre une chaussure, qu'elle reconnut pour être l'une de celles du garçon disparu. La ruse de Barhâme lui sauta immédiatement aux yeux : il avait pénétré dans le jardin et lui avait repris Glorieux. Il fallait savoir sans tarder si le navire était reparti : les messagers, envoyés en toute hâte, lui apprirent qu'il avait gagné le large, après que les hommes eurent fait provision d'eau douce précisément dans ce jardin. Le forfait était signé : tous les navires de la flotte devaient s'armer et prendre la mer le matin même qui suivrait.

— J'ai l'intention, ajouta la reine Brin-de-Corail à tous ses commandants de bord, de donner la course au bateau qui a quitté le port cette nuit et mis le cap sur la Montagne de Feu.

La flotte se prépara pour le voyage. La reine en personne fut embarquée dans l'un des bâtiments, qui prit également une nombreuse troupe à son bord. Elle donna l'ordre de s'élancer sur l'erre de Barhâme et de suivre son cap. Toutes voiles déployées, la flottille, qui avait vent arrière, ne mit que trois jours à découvrir le pavillon de Barhâme : quand, se retournant, celui-ci vit qu'il était pourchassé par les navires de la reine Brin-de-Corail, qu'il avait bien reconnus, il ne sut trop que faire. La situation était si embarrassante pour lui qu'il décida de se précipiter sur Glorieux, de lui ôter ses fers, et de lui infliger sans pitié des tourments renouvelés :

— Ô maudit, lui reprochait-il, il est donc dit que tu seras la cause de notre mort à tous !

Après quelques supplices bien sentis, il finit par le jeter par-dessus bord. Par chance, Glorieux savait nager, et il commença par se diriger vers les navires de la reine Brin-de-Corail. Mais à la réflexion, il se trouva plus proche de la côte que de la flotte amie, et décida de nager en direction de la terre ferme. Il finit par la rejoindre et quand il eut touché pied sur le rivage, son premier soin fut de remercier le Dieu Très-Haut qui l'avait délivré d'entre les mains des infidèles. Après quoi, il essora ses vêtements, qu'il mit à sécher, tout en versant des pleurs sur les malheurs qu'il avait subis. Dès qu'il eut de nouveau ses habits, il s'en revêtit et marcha vers l'intérieur des terres.

Sa marche dura dix jours ; au bout de ce temps, il se retrouva devant une ville qu'il ne reconnaissait que trop : la Cité des Mages, où l'avaient si bien tourmenté les adorateurs du Feu. Il craignait d'y entrer : le soir tombait et si quelqu'un de cette population de Mages venait à le rencontrer, qui sait dans quel malheur encore pire que le premier il serait entraîné ! Après avoir regardé à droite et à gauche, il avisa un cimetière et trouva qu'il ferait bon y passer la nuit. Il s'installa donc près d'un mausolée et s'endormit, car il préférait attendre qu'il fît jour pour affronter la ville : au moins, en pleine lumière, il était plus facile de distinguer un païen d'un musulman.

La reine Brin-de-Corail cependant avait fait cerner par sa flotte le bateau ennemi, qu'elle arraisonna avec sa garde. Comme elle cherchait partout Glorieux en vain, elle demanda au capitaine :

— Où as-tu mis l'homme que tu as capturé comme un voleur, maudit que tu es, en t'introduisant dans le jardin et en le traînant dehors ?

Ce disant, elle dégainait son sabre, dont elle voulait lui faire voler la tête. Elle ajouta :

— As-tu poussé l'aplomb jusqu'à entrer dans mon palais pour y prendre des musulmans et les offrir en holocaustes à tes idoles, ô infidèle ? Mais attends un peu : tu vas voir quel châtiment je te réserve.

Elle recommença ses recherches dans le bateau : pendant ce temps, le capitaine lui jurait ses grands dieux que le jeune homme n'y était pas et qu'il ne l'avait pas vu depuis leur entretien au palais. Comme la reine en effet ne trouvait rien, elle confisqua les marchandises, fit mettre en pièces le navire de Barhâme, qu'elle fit transborder avec son équipage et ses passagers sur la terre ferme. Tout ce petit monde se mit donc en route à pied et l'on ne tarda pas à arriver à son point de départ, la Cité des Mages. La nuit était tombée : la troupe ne put entrer dans la ville et dut se contenter du cimetière pour tout gîte. Par un coup du sort, ce fut précisément le mausolée choisi par Glorieux qui abrita aussi les derniers arrivants : quand ils y entrèrent, ils virent quelqu'un qui y dormait déjà, et qu'ils réveillèrent en lui demandant qui il était.

Glorieux se nomma ; les autres alors se saisirent de lui et, l'ayant lié, se mirent à lui infliger vexation sur vexation :

— C'est à cause de toi si nous avons perdu nos biens, lui jetaient-ils. Notre navire tout entier a été brisé ; c'est de ta faute, ô maudit. Mais si cette année le feu t'a épargné, sois sûr que l'an prochain, il n'en ira pas de même !

Le lendemain, dès l'aube, ils l'emmenèrent avec eux

dans la ville, le placèrent sous la garde du funeste vieillard de l'autre fois, et celui-ci à son tour le déposa entre les mains de ses deux filles Jardin et Piscine. Au passage, le vieillard fut informé par Barhâme que le navire avait été mis en pièces par les soins de la reine Brin-de-Corail, qui en avait d'autre part confisqué le fret, avait failli tuer tout le monde, mais s'était ravisée et avait fait transborder équipage et passagers sur la terre ferme.

Les deux sœurs Jardin et Piscine reprirent possession de Glorieux, qu'elles reconduisirent dans ses oubliettes, qu'il n'avait quittées que provisoirement. C'est Jardin qui la première se saisit des instruments de torture, pensant que c'était son tour de conduire les opérations : elle se mit en besogne, arrachant au prisonnier des cris de douleur, des appels au secours et des gémissements. Au moment où elle le rhabillait, sa tâche achevée, la compassion la prit et elle se mit, toute triste, à réfléchir sur le sort de ce jeune homme, qui lui inspirait cette réflexion : « Quel irréparable dommage pour la jeunesse de cet homme, avec son corps doux comme le camphre ! » Elle continua de le regarder avec d'autres yeux, et admirait sa beauté, en tout point accomplie : « Non, décidément, cet homme ne doit pas subir la torture, il est trop beau ! »

Du coup, elle prit la tête de Glorieux sur ses cuisses, l'étreignit, l'embrassa, tout en murmurant son remords dans ses pleurs :

— Pardonne-moi, ô mon âme, les traitements cruels que je t'ai infligés. Mais c'était, hélas, pour obéir à mon père, maudit soit-il !

Elle continua à insulter quelque temps son père sur ce ton et revint à Glorieux :

— Je t'appartiens maintenant. Il ne sera possible à personne désormais de te faire du mal. Je déclare, aujourd'hui, que j'ai la foi en Dieu et en son Prophète. Je vais faire tout ce qui est en mon pouvoir pour tenter de te délivrer des mains de mon père, ce tyran, ce maudit, ce vieillard impur. Peux-tu m'enseigner les lois de ta religion ? Quelques serviteurs musulmans que nous avons eus m'en ont déjà exposé les rudiments. J'atteste à présent qu' « Il n'y a pas d'autre dieu que Dieu et que Mouhammad est Son Envoyé ! ».

Glorieux la remercia de ces paroles et loua le Dieu Très-Haut d'avoir jeté dans le cœur de cette femme des sentiments de pitié à son égard. Là-dessus, il commença à enseigner à la jeune fille les lois religieuses de l'islam. Quant à elle, elle descendait chaque jour le visiter, ayant défendu à sa sœur d'assurer sa part de tortures, et elle en profitait pour lui apporter nourriture et boisson, de la cuisine cette fois, et non plus des portions de survie. D'ailleurs, ils mangeaient tous deux la même chose. Glorieux lui racontait toute son histoire et celle de son frère depuis leur plus tendre enfance jusqu'à leur arrivée devant la Cité des Mages. Quelque temps s'écoula donc dans ces amicales conversations.

Un jour, Jardin entendit crier le héraut, sans comprendre le message qu'il lançait. Comme toutes les femmes, qui aiment bien prêter l'oreille à tous les bruits, elle s'en alla donc à sa porte pour savoir de quoi il retournait. Elle reconnut le vizir et une escouade de sergents, que précédait le crieur public. Ce dernier s'arrêtait de temps à autre pour publier sa proclamation :

— Ô serviteurs de Dieu, confessez que Dieu est unique, comme a prescrit que vous le fassiez le Grand Vizir. Son frère, un nommé Glorieux, a disparu dans cette ville depuis une année complète. Quiconque l'amènera ou donnera quelque renseignement à son sujet recevra des richesses surabondantes. Quiconque sait où se trouve l'homme qui est recherché et retient son témoignage sera brûlé avec sa maison, ses proches parents et même ses enfants, comme l'a prescrit le Vizir. Gardez-vous de la désobéissance...

Jardin n'eut pas plus tôt entendu cela qu'elle vola vers Glorieux, emplie d'une joie qui la soulevait du sol, et qu'elle lui annonça la bonne nouvelle :

— Ô mon bien-aimé, viens et suis-moi, car le moment de ta délivrance est arrivé.

Glorieux la suivit ; elle lui fit gagner la rue par une autre porte et lui expliqua :

— Vois : ton frère le vizir est en face de toi. Il est en train de te chercher, lui, le ministre en personne.

Glorieux courut à la rencontre de son frère, qui le reconnut, descendit de cheval et se jeta sur lui, l'embrassant, le serrant contre son cœur. Puis le vizir, le hissant sur une monture royale, amena Glorieux au sultan, qui entendit de sa bouche le récit complet de ce qui lui était arrivé avec le vieillard puis avec Barhâme, le capitaine du navire.

Pour ces deux-là, le sultan ordonna de les faire traduire devant lui, avec les deux filles du vieux, Jardin et Piscine. On commença par brûler la maison du vieux, contenant et contenu. Les inculpés eux-mêmes, se jetant aux pieds du roi, évitèrent le bûcher en adhérant à l'islam et en demandant le pardon de leurs fautes passées. Le roi tint compte de leur conversion et fut plein de mansuétude puisqu'ils croyaient désormais en la Parole de vérité, et confessaient leur foi nouvelle. Même Chanceux combla de bienfaits Barhâme le capitaine du navire et lui donna le premier rang parmi ses fonctionnaires.

Lorsque le capitaine eut appris que Chanceux et Glorieux étaient les fils du sultan de la presqu'île d'Abnoûs, il fit le rapprochement avec le sultan qu'il avait connu lors de ses voyages dans cette contrée et leur fit savoir que leur père Lune-du-Temps cherchait partout ses enfants, convaincu qu'il était de leur innocence et que seule une calomnie les avait fait condamner. Il compléta ainsi son rapport aux deux frères :

— Votre père le sultan a appris que vous aviez échappé à la mort, et il multiplie les efforts pour vous retrouver. Si vous désirez aller le rejoindre dans sa presqu'île, mes seigneurs, je me propose pour vous y conduire moi-même.

C'était une affaire conclue, et le vizir et son frère mirent le sultan au courant de leur projet ; le souverain ne put que s'en féliciter et il ordonna de mettre à leur disposition le plus grand navire de la flotte, équipé de tout le nécessaire pour le voyage, après quoi on entra chez le roi pour lui faire ses adieux.

Pendant que tous trois en étaient là, un messager pénétra tout soudain dans la salle où se tenait cette réunion, pour annoncer que se dirigeait vers la ville une armée de soldats aussi nombreux que les grains de sable du désert. Le sultan, qui était peu préparé à soutenir une guerre, en fut effrayé. Alors Chanceux se redressa devant le sultan et lui déclara :

— Ô dispensateur des bienfaits, donne-moi la permission de me porter au-devant de cette armée pour prendre tous les renseignements utiles. Que ton cœur retrouve la paix, que ton âme soit sereine, et que cette affaire ne suscite en toi aucune préoccupation, que tu sois ou non prêt pour le combat. Pour l'instant, nous renonçons au voyage projeté, et nous restons à tes côtés pour voir comment évolue la situation.

Le sultan, tout à fait rassuré, lui donna la permission demandée. Chanceux partit à cheval pour l'endroit où les sentinelles avaient signalé la marche des troupes. A peine eut-il rejoint la première ligne, qu'il demanda à être mis en présence de la reine qui les commandait, et qui n'était autre que la reine Brin-de-Corail. Il voulut aussitôt savoir la raison de son arrivée dans le pays, la priant de préciser si elle venait poussée par l'affection pour son cousin le sultan de cette ville ou si au contraire quelque cas de guerre l'amenait.

La reine répondit :

— Je suis là comme l'amie la plus proche de votre sultan. Mais je voudrais obtenir de lui qu'il tienne un lit de justice, auquel je souhaite m'associer, pour statuer sur l'un de ses sujets, un capitaine de navire : j'ai pris à cet homme un esclave, un dénommé Glorieux, mais il est revenu dans mon palais le reprendre. Il me faut donc obtenir ce Glorieux du sultan lui-même, puisque celui qui l'a pris est un de ses administrés. Nous avons toujours eu des rapports amicaux, votre sultan et moi, et nous avons su créer entre nous un climat pacifique et d'affection mutuelle. Cette entente ne date pas d'aujourd'hui : elle remonte à nos parents et aux parents de nos parents qui étaient sultans avant nous ; on peut dire qu'elle dure depuis toujours. Mais si Glorieux ne m'est pas restitué, je laisserai de côté l'affection, à mon corps défendant, et me verrai contrainte de déclarer la guerre et de le récupérer par la force des armes. Cependant, je n'attaquerai pas le sultan sans lui donner un délai pour se préparer à la lutte armée. Mais s'il me livre Glorieux, nous resterons amis, comme par le passé, et ne cesserons de maintenir nos bons rapports.

Alors Chanceux se jeta aux pieds de la reine et s'écria :

— Ô dame mienne, je suis Chanceux, le frère de Glorieux, que ta Majesté réclame.

Sur ce, il lui raconta toutes ses aventures depuis sa plus tendre enfance jusqu'à son actuelle condition. Il lui apprit comment il avait retrouvé son frère, et ajouta :

— Ô dame mienne, si tu veux te rendre dans notre ville, alors accompagne-moi chez le sultan.

La reine Brin-de-Corail remonta immédiatement en selle, imitée par ses vizirs et les personnages importants de son royaume, et entra dans la ville avec Chanceux, laissant camper son armée en dehors des limites de la cité. Dès que le sultan la vit dans son palais, il se leva et marcha à sa rencontre en signe de respect. Il la reçut avec toute la solennité et tous les honneurs souhaitables. Glorieux, de son côté, s'avança vers elle et la salua. La reine Brin-de-Corail le prit entre ses bras, le serra contre elle : elle débordait de joie de le retrouver.

On était tout au plaisir de cette réunion, quand un énorme nuage de poussière s'éleva : c'était une armée en marche, si serrée qu'on ne pouvait en distinguer les soldats, si compacte qu'on ne pouvait la dénombrer. Le sultan, voyant qu'elle menaçait d'atteindre la ville, fut rempli d'un effroi indescriptible. Chanceux monta en selle et se porta à la rencontre de la troupe ; il demanda à voir le roi qui la commandait, lui fit les compliments d'usage et voulu savoir ce qui l'amenait dans ce pays. Il s'entendit répondre :

— Je suis le sultan des îles et presqu'îles de la Chine, et j'ai une fille unique appelée Dame Clair-de-Lune. Je l'ai mariée à Lune-du-Temps, fils du sultan de l'Irâq. Mon gendre a emmené ma fille avec lui, pensant rendre visite au roi son père dans son pays ; ils devaient le voir, ne rester chez lui qu'une année, et ensuite revenir chez moi. Or, cela fait de nombreuses années que je n'ai pas de nouvelles d'eux. Je les cherche partout à présent : si dans votre royaume, on a entendu quelque bruit les concernant, qu'on me dise ce que l'on sait.

Alors Chanceux lui fit cette déclaration :

— Ô roi, mets ton cœur en repos et chasse ton inquiétude. Je suis le fils de Lune-du-Temps et Glorieux, mon frère, est le fils de Dame Clair-de-Lune ta fille. Il va venir sur l'heure se présenter devant toi. Quant à notre père Lune-du-Temps, c'est maintenant le sultan de la presqu'île d'Abnoûs. Il y réside dans les meilleures conditions avec ta fille Dame Clair-de-Lune. Toutefois, concernant celle-ci, elle n'est pas sans connaître quelques embarras...

Il lui fit donc le récit de tout ce qui leur était arrivé à lui et à son frère, depuis le temps passé jusqu'au moment de leur entretien présent. En entendant tout cela, le sultan de la Chine se leva pour serrer Chanceux contre son cœur et l'embrasser, tant il était heureux de faire sa connaissance. Il lui demanda pour finir d'appeler son frère Glorieux.

Chanceux alla le chercher. Le sultan de la Chine l'eut à peine vu qu'il se mit à étreindre et à embrasser son petit-fils, en lui multipliant les signes de son allégresse. Quelle satisfaction de retrouver le fils de sa fille ! De son côté, Chanceux allait faire au sultan, son maître, rapport de tous ces événements :

— Ce sultan de la Chine, lui expliqua-t-il, est le grand-père de Glorieux, le père de Dame Clair-de-Lune la mère de mon frère. Il parcourt les pays à la recherche de notre père Lune-du-Temps et de sa fille Dame de-Lune.

Glorieux avait mis son grand-père au courant de l'inconduite des deux épouses de Lune-du-Temps envers leurs propres enfants. Mais le sultan de la Chine le rassura :

— Ne t'inquiète pas pour cela, lui dit-il, je vais vous prendre tous les deux, ton frère et toi, et j'irai trouver avec vous votre père Lune-du-Temps. Tout cela s'arrangera, fais-moi confiance.

A la nouvelle que le sultan nouvellement arrivé avec son armée avait des liens familiaux avec les deux jeunes princes, le sultan de la ville se mettait en marche pour aller à sa rencontre le saluer. Mais on annonçait déjà une autre armée.

Celle-ci était rapide : ses soldats donnaient l'impression de vouloir prendre la ville d'assaut. Chanceux et Glorieux se portèrent du côté des troupes qui approchaient, afin de savoir leurs intentions. Arrivés devant celui qui les commandait, ils reconnurent Lune-du-Temps, leur père, qui les recherchait dans les différents pays. En effet, il avait appris de la bouche de l'émir qu'il avait lui-même chargé de les tuer que celui-ci les avait épargnés, car ils l'avaient sauvé d'un lion qui s'apprêtait à le dévorer. Sachant cela, lui, Lune-du-Temps, avait envoyé des patrouilles et des éclaireurs de confiance dans tous les pays ; il avait ainsi entendu dire qu'ils se trouvaient dans la Cité des Mages, les adorateurs du Feu, et il avait levé une armée pour venir les délivrer. Maintenant qu'il voyait ses enfants devant lui, il les reconnaissait bien et ne désirait rien tant que les embrasser. Il se précipita donc sur eux, puis sombra dans les pleurs et la pâmoison. Il demeura sans connaissance toute une heure de temps.

La quatrième armée qu'on annonça quand il revint à lui remplissait tout l'horizon, les plateaux et les vallées. Lune-du-Temps avait eu à peine le loisir d'entendre le récit des aventures de ses fils, mais il leur dit :

— Allez voir d'où viennent ces soldats et ce qu'ils veulent. S'ils avaient l'intention de porter la guerre dans ce pays, vous me le feriez savoir, et je m'avancerais à leur rencontre pour défendre votre sultan, qui vous a traités avec tant de bonté.

Il leur avait aussi présenté ses excuses pour sa conduite dans le passé. Il avait appris de leur bouche l'arrivée, le jour même, du sultan de la Chine, le père de Dame Clair-de-Lune, qui était à la recherche de sa fille et de son gendre Lune-du-Temps, et parcourait tous les pays. Et tandis que Chanceux et Glorieux allaient voir du côté de la nouvelle armée quelles étaient les intentions de son général, Lune-du-Temps se rendait auprès de son beau-père pour le saluer.

Les deux frères furent donc introduits auprès de la personne qui commandait l'armée des nouveaux arrivants ; ils lui firent les compliments d'usage et adressèrent à Dieu des invocations en sa faveur, Le priant de lui accorder puissance et richesses. Puis ils lui demandèrent qui il était et ce qu'il voulait. Le roi le leur apprit :

— Je suis le sultan de l'Irâq, qui parcourt tous les pays à la recherche de son fils Lune-du-Temps.

Les deux jeunes gens lui apprirent en retour ceci :

— Ô roi, ton fils est en bonne santé. Nous sommes tous les deux ses enfants.

A ces mots, le sultan de l'Irâq, ne se sentant plus de joie, se leva pour embrasser et serrer sur son cœur ses petits-fils. Puis il les fit parler un peu plus sur son fils Lune-du-Temps . il était justement arrivé, lui dirent-ils, le jour même sur les lieux. Ils lui donnèrent tous les détails sur les aventures de leur père et sur les leurs, en racontant l'histoire du commencement jusqu'à la fin.

Ils avaient maintenant terminé leur récit, et ils demandèrent à leur grand-père la permission de le quitter afin d'aller retrouver leur père Lune-du-Temps pour lui apprendre que ces valeureux soldats n'étaient autres que ceux du sultan de l'Irâq.

— C'est notre grand-père, ou si tu préfères, ton père, qui est arrivé, après avoir parcouru les pays à ta recherche, lui firent-ils savoir.

A ces mots, Lune-du-Temps, qui se rappelait comment il avait quitté son père, et qui n'avait donné aucune nouvelle de lui durant toutes ces années, tomba évanoui. Lorsqu'il reprit connaissance, il s'empressa de rejoindre le sultan de l'Irâq. Ce furent entre le père et le fils embrassades et accolades, puis des larmes.

La joie de tous était vive. Un groupe, formé de Lune-du-Temps, ses deux fils, son père le sultan de l'Irâq, son beau-père le roi de la Chine, père de Dame Clair-de-Lune, entra dans la ville. Cette visite fit plaisir à tout le monde, surtout à la reine Brin-de-Corail qui en profita pour demander pour époux Glorieux, le fils de Lune-du-Temps. On organisa des fêtes et l'on fit entrer Glorieux chez son épouse la reine Brin-de-Corail.

Chanceux, lui, prit pour femme Jardin, la fille du vieil émir qui adorait le Feu, parce qu'elle avait été à l'origine de la délivrance de Glorieux son frère. Après quoi, le sultan de la Cité des Mages, se voyant parvenu à un âge avancé et n'ayant plus les forces nécessaires ni la jeunesse pour administrer ses sujets, intronisa Chanceux l'émir à sa place, lui donna sa couronne et son sceptre, l'adopta pour fils et lui légua ses possessions.

Le sultan de l'Irâq, père de Lune-du-Temps, et le sultan de la Chine, père de Dame Clair-de-Lune, demandèrent pour leur part à s'en aller, en compagnie de Chanceux et de Glorieux, dans la presqu'île d'Abnoûs, le royaume du père des deux princes. Ils prirent avec eux la reine Brin-de-Corail et s'entendirent ensemble pour réconcilier Lune-du-Temps avec ses femmes Dame Clair-de-Lune et Dame Vie-des-Ames, et ces deux-là avec leurs enfants Chanceux et Glorieux, les deux émirs.

— Je ne viens avec vous, avait posé la reine Brin-de-Corail comme condition, je ne m'honore de votre présence et ne m'accorde avec vos désirs que si à votre tour vous passez dans mon royaume, qui est sur votre route, et me faites la joie d'y rester quelque temps.

On accepta de lui faire ce plaisir, on prit congé du sultan de la Cité des Mages, qui laissa repartir tout le monde à condition de retrouver pour lui Chanceux, dès qu'il se serait réconcilié avec sa mère Dame Vie-des-Ames. Le pacte fut conclu et l'on se mit en route pour le royaume de la reine Brin-de-Corail, nouvelle épouse de Glorieux l'émir. Toutes les armées suivaient. Le séjour chez la reine dura un mois : elle distribuait à chacun des cadeaux et des objets d'art magnifiques, dignes de ceux à qui elle les offrait, car la reine Brin-de-Corail était très riche.

Après l'avoir louée de ses bontés, les voyageurs se

remirent en route, accompagnés par la reine jusqu'à la capitale de la presqu'île d'Abnoûs, le royaume de Lune-du-Temps.

On fit les préparatifs pour la réception des rois, on orna les rues et les maisons, et tous les sujets de Lune-du-Temps se réjouirent, car le sultan avait retrouvé ses fils et les ramenait chez lui. Tous les vizirs, les émirs, les grands du royaume, les notables sortirent en cortège pour accueillir les rois. Ceux-ci entrèrent dans la ville. Lune-du-Temps fit élargir Dame Clair-de-Lune et Dame Vie-des-Ames, et ce furent les deux émirs Chanceux et Glorieux qui allèrent les chercher, avec la permission de leur père Lune-du-Temps ; devançant les gardes, ils se présentèrent seuls devant les deux femmes. Lorsque les deux mères les virent, chacune se précipita sur le fils de l'autre pour le serrer contre sa poitrine, Dame Clair-de-Lune embrassant Chanceux et Dame Vie-des-Ames Glorieux. Elles leur manifestaient une affection qui venait du fond de leur cœur, caressant chacune tantôt son fils respectif puis de nouveau le fils de l'autre, et de leurs sentiments étaient bannies toute souillure et toute fourberie, car elles s'étaient repenties de leur forfait. Elles quémandèrent le pardon de leurs enfants. Et chacun des deux offrit à sa belle-mère un cadeau.

Puis les rois défilèrent dans la ville, accompagnés par la reine Brin-de-Corail, la nouvelle épouse de Glorieux, et par Jardin, la nouvelle épouse de Chanceux. On organisa des réjouissances publiques telles qu'on n'en avait jamais vu de pareilles. On réconcilia Lune-du-Temps avec ses deux épouses Dame Clair-de-Lune et Dame Vie-des-Ames. Les rois restèrent ensemble une année complète, au bout de laquelle chacun revint dans son pays. Chanceux s'en alla avec sa nouvelle épouse Jardin dans son royaume, la Cité des Mages. Glorieux s'en alla avec sa nouvelle épouse la reine Brin-de-Corail dans son royaume à elle. Les deux ménages vécurent dès lors dans la paix et la tranquillité. Le père de Lune-du-Temps enfin regagna l'Irâq, tandis que le sultan de la Chine s'en retournait chez lui. Seul Lune-du-Temps resta sur les lieux, dans son royaume de la presqu'île d'Abnoûs. Chacun d'eux gouverna son empire en jouissant d'un bonheur calme et bienfaisant, jusqu'au moment où vint les trouver Celle qui ruine l'édifice des plaisirs et disperse les assemblées…

TABLE

Introduction. 7

1. Compagne au doux langage 13

2. Un mariage par ouï-dire
Histoire de Djoullanare de la Mer 83

3. Visages de l'amour
Histoire du prince Qamar al-Zamâne, « Lune-du-Temps », et de la princesse Boudoûr, « Clair-de-Lune » 155

LES MILLE ET UNE NUITS T. I

DAMES INSIGNES
ET SERVITEURS GALANTS

Evocation poétique d'un Orient lointain et mystérieux. Contes libertins, drolatiques, féeriques ou philosophiques. Livre de sagesse, roman d'amour et d'aventures... « Les Mille et Une Nuits » sont tout cela et plus encore ! La découverte d'un monde fabuleux, le plaisir d'un texte fascinant d'invention romanesque !

Découvrez les royaumes de l'Islam et leurs coutumes. Et que la tisserande des nuits, Schéhérazade, berce vos rêves !

LES MILLE ET UNE NUITS T. II

LES CŒURS INHUMAINS

Femmes infidèles, capricieuses, rusées, cruelles, amoureuses... Capables de persécuter leurs soupirants comme de se donner au premier regard, insensibles aux richesses mais jamais à un poète, les femmes règnent sur « Les Mille et Une Nuits ».

Cycle de la passion amoureuse, « Les Cœurs inhumains » décrivent tous les visages de l'amour, en parcourent tous les chemins.

Un art d'aimer oriental où l'amour, éveil de tous les sens, s'accompagne de festins, de jeux et de mort parfois...

LES MILLE ET UNE NUITS T. III

LES PASSIONS VOYAGEUSES

Bagdad : la ville dont rêvent tous les voyageurs. Ville aux fastes excessifs, aux splendeurs baroques. Ville-mystère, ville-songe aux palais enfouis et aux harems inaccessibles.

Ruse et malice règnent sur la cité. Tout y est possible : les destinées s'y croisent, les amants s'y retrouvent, les khalifes s'y promènent, déguisés, en quête d'aventures ou de belles à enlever...

Marchands, lettrés, femmes voilées, entremetteuses, étrangers : toute la vie pittoresque de Bagdad s'offre dans ces « Passions voyageuses ».

Quand le conte se fait satire sociale et comédie humaine.

LES MILLE ET UNE NUITS T. IV

LA SAVEUR DES JOURS

Voici « La Saveur des jours » : où un mari infidèle est cruellement puni, où le jeune Ghânim tombe amoureux d'une concubine de l'Emir des Croyants, où, chaque nuit, la princesse Lune-des-Lunes est transportée endormie dans la demeure d'Aladin, où un sage persan fait surgir les mers pour protéger son jeune maître.

Sortilèges, féerie, masques, jeux de l'amour et du hasard, « Les Mille et Une Nuits » s'achèvent avec bonheur sur les plaisirs de l'amour.

Achevé d'imprimer en juin 1990
sur les presses de l'Imprimerie Bussière
à Saint-Amand (Cher)

PRESSES POCKET - 8, rue Garancière - 75285 Paris
Tél. : 46-34-12-80

— N° d'imp. 1654. —
Dépôt légal : janvier 1989.

Imprimé en France

